CW00724208

Abdul Bashur,
soñador de navíos

Letras Hispánicas

Álvaro Mutis

Abdul Bashur, soñador de navíos

Edición de Claudio Canaparo

CÁTEDRA
LETRAS HISPÁNICAS

1.ª edición, 2003

Ilustración de cubierta: Thomas Moran, *Venice* (fragmento)

Juan Ignacio Luca de Tena, 15. 28027 Madrid
Depósito legal: M. 27.652-2003
I.S.B.N.: 84-376-2071-6
Printed in Spain
Impreso en Lavel, S. A.
Humanes de Madrid (Madrid)

Índice

Introducción

Para Enrique Spoljaric,
que me regaló el primer Mutis.

Para Carlos Puchero *Scharff,*
navegante del imposible como ninguno.

El Mutis autor

El problema del autor

Antes de afrontar el estudio de la novela, es relevante recorrer en breve un ya clásico esquema de análisis. En principio, toda novela consta, desde una perspectiva funcional, de tres niveles posibles de análisis: el del autor, el del narrador y el de los personajes (figura 1). Cada uno de estos niveles posee «vida propia» y existen diversas y posibles conexiones entre ellos. Sin embargo, estas conexiones ni son inmediatas ni tampoco gratuitas. Esto significa que cada referencia de un nivel hacia o respecto de otro debe ser argumentada, ya no sólo en términos simbólicos o de contenido de las tramas, sino respecto de cada nivel en su conjunto. Si al analizar *Abdul Bashur, soñador de navíos*[1], por ejemplo, hacemos referencia a un dato de la narración biográfica del autor Mutis, para justificar una perspectiva o argumento, entonces, para que esta justificación sea legítima, debería ser puesta en contexto del nivel autor en su conjunto, es decir, respecto de *todos* los elementos de la narración biográfica (cartas, entrevistas, notas, etc.) y respecto asimismo de *todo* el resto de elementos autorales (otros libros, comentarios, publicaciones, etc.).

Como puede deducirse, la complejidad y extensión creciente del análisis que deriva de una aproximación tal es inevitable. Por esa razón, en la medida de lo posible y a los pro-

[1] La primera edición es de 1991 (diciembre) y fue publicada en Bogotá por la editorial Norma. Aquí empleamos la que fue la primera reimpresión (febrero, 2002) y en adelante le indicaremos como *Abdul Bashur*.

pósitos analíticos, esta introducción se mantendrá dentro de los límites del nivel de los personajes y, de alguna manera, dado que, como veremos, el narrador de *Abdul Bashur* funciona también como personaje, del nivel del narrador.

Este esquema clásico de análisis de una novela intenta asimismo evitar la actual común confusión de los análisis entre persona biológica y autor literario[2]. Confusión que en particular se acentúa cuando el creador del autor está vivo y, además, goza de cierta notoriedad comercial o enciclopédica. Es hipótesis de esta introducción que toda conexión que desee establecerse en este sentido, entre persona biológica y autor, acaba por lo general en una apología de la *intentio operis* como método de estudio o, peor aún, en una confusión insondable entre género biográfico y narración historicista. Un autor es una construcción ficta que nada tiene que ver con la persona biológica que le ha creado[3]. O, mejor dicho, que todos los vínculos que entre uno y otro sin duda pueden establecerse no fructifican casi nunca en análisis interesantes o efectivos. Los beneficios mercantiles de tales confusiones, entre persona biológica y autor, aun con toda su pompa, no son suficientes para aportar clarificaciones en las dos derivaciones antes mencionadas.

La figura 1 presenta de forma gráfica esta distinción de niveles que en la enseñanza tradicional y académica de la litera-

---

[2] Para un análisis extenso sobre el particular puede consultarse Claudio Canaparo, *The Manufacture of an Autor,* Londres, King's College London, 2000.

[3] Sobre el particular, el autor Mutis realiza una observación que aclara hasta qué punto es consciente de esta dificultad cuando se piensa en una idea de literatura: «[Pregunta] —Al hablar de Neruda, manifiesta admiración por su poesía, pero algunos episodios —su odio contra Huidobro, su egolatría—, le resultan molestos. ¿Puede una obra estupenda borrar a un autor controvertido? —No lo borra, sencillamente lo pone en otro lugar. Uno de los poetas más grandes de todos los tiempos es para mí Baudelaire, y que creo que era una pésima persona. No por ser pésima persona escribió lo que escribió, ni el hecho que haya escrito lo que ha escrito lo hace buena persona. (...) [Pregunta] —¿El escritor debe escribir y no convertirse en una figura pública? —Exacto. Mire, hay dos frases de Epicuro que me han formado desde niño. La primera es "Huye, afortunado, con las velas desplegadas de toda forma de cultura". Y la otra: "Vive secreto"» (A. Mutis, «Mares, cabarets y bibliotecas», en *Clarín*, Buenos Aires, sábado 27 de abril, 2002; entrevista de Reina Roffe).

tura ha funcionado de lo general a lo particular: uno conocería primero un autor, luego entendería al narrador de uno de sus libros y finalmente podría dar así con el sentido que gobiernan a sus personajes. Si bien las virtudes comerciales e institucionales de este empleo del esquema son indudables, sus alcances epistemológicos son, sin embargo, más que limitados. La hipótesis que aquí presentamos —y que en mayor amplitud ya hemos discutido en otros trabajos[4]— es que es necesario *invertir* el empleo del esquema para prevenir generalizaciones que no contribuyen a una siempre necesaria claridad epistemológica[5]. Proceder de lo particular a lo general, del personaje al autor en los términos de la figura 1, respetando la autonomía de los niveles de análisis tiene la virtud pedagógica de prevenir generalizaciones infundadas y simplificaciones artificiales entre la narración biográfica de un autor y la obra construida por él. De forma similar, la inversión estaría alentando que los análisis y perspectivas funcionen por agregación, por suma de elementos, y no, de forma abstracta y artificial, por una decisión concebida a priori. Por último, este esquema lleva a concebir la literatura —«lo literario» sería más correcto decir— como una compleja producción que involucra diversos ámbitos, actores, comunidades y mercados.

En pocas palabras, a diferencia de la actitud clásica, la inversión del esquema debería contribuir a los siguientes aspectos, por lo general no considerados o considerados de forma secundaria en los análisis: (1) a una comprensión *física* del libro, (2) a un adecuado análisis del contexto en el cual dicho libro fue recibido y leído como novela, (3) a una crítica com-

---

[4] Sobre el particular puede consultarse: *El perlonghear,* Buenos Aires, Zibaldone Editores, 2001; «Autopsia, escritura y *theory of knowing*», en Carlos Barral (ed.), *Historia a Debate,* Santiago de Compostela, Universidad de Santiago de Compostela, 2000, volumen I, págs. 401-408; «Un mundo modernista para la cultura rioplatense», en *Bulletin of Spanish Studies* (Glasgow), LXXIX: 2-3 (marzo-mayo, 2002), págs. 193-209.

[5] Es decir que, mientras que la generalización subyacente en el modo de empleo clásico del esquema hace que pierda todas sus virtudes clarificadoras, por el contrario, la inversión propuesta debería prevenir cualquier tipo de generalización que no esté respaldada por una apropiada contextualización bibliográfica y teórica.

prensión de cómo la bibliografía en torno a dicha obra ha sido construida y, no menos relevante, (4) a una idea *no representativa* de literatura. Como es evidente, estos aspectos escapan al propósito introductivo de este trabajo, pero, sin embargo, como veremos, es necesario dejarlos planteados desde el comienzo para que la perspectiva con la que será afrontada la novela sea acotada y expuesta con los límites del caso.

Uno de los elementos que requieren esta clarificación de niveles de análisis, como veremos, viene dado por el hecho que el narrador de *Abdul Bashur* —y de *Empresas y tribulaciones de Maqroll el Gaviero*[6] en general— se sitúa asimismo como *personaje* y partícipe fundamental de los sucesos de la trama[7]. Más aún, en algunas ocasiones, como sucede en la novela que aquí analizaremos, este narrador también se presenta como autor del momento en que, por ejemplo, hace referencia a «mis lectores» (pág. 198) y, asimismo, a los libros o publicaciones suyas que se vinculan con la novela (págs. 199, 221 y 281, entre otras).

La figura 2, por otra parte, trata de ofrecer una perspectiva más específica aún de cómo se presenta este estudio. De acuerdo con lo ya comentado respecto del esquema clásico de análisis (figura 1), existirían tres dimensiones analíticas que hay que considerar en una novela, las cuales a su vez podrían ser divididas en dos grandes áreas. Mientras que lo que indicamos como nivel de los personajes y del narrador pueden ser considerados como el *mundo novelesco* propiamente dicho, el nivel del autor puede ser entendido como el *mundo literario* en sí.

Para aprehender a un autor, sería necesario entonces, de acuerdo a este esquema, no sólo construir el mundo literario en el que se erige, sino también los diversos mundos novelescos de los que hace empleo. Afrontar el análisis de *Abdul Bashur* será tratar de elucidar sólo uno de estos mundos novelescos (véase, asimismo, figura 13). Tarea que presenta no pocas limi-

---

[6] Álvaro Mutis, *Empresas y tribulaciones de Maqroll el Gaviero,* Madrid, Siruela, 1993, 2 volúmenes. En adelante indicaremos esta publicación como *Empresas y tribulaciones*.

[7] Véase, por ejemplo, en las páginas 163, 166, 172, 175-176, 202, 257, 288, 297, 301, entre otras.

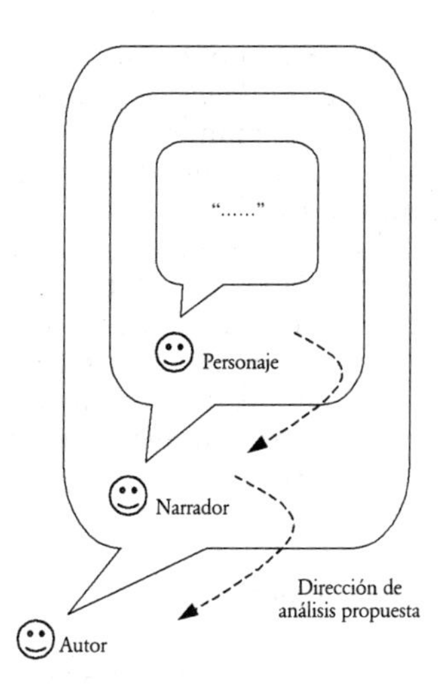

Figura 1. Niveles de análisis de la literatura.

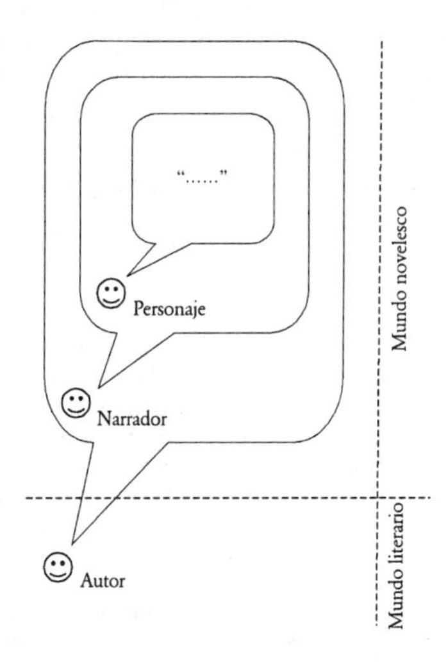

Figura 2. Los mundos en los niveles de análisis literario.

taciones por el hecho que, como se verá, esta novela se nutre en gran medida de la saga de *Empresas y tribulaciones*, es decir, que su autonomía en cuanto mundo novelesco está relativizada por su pertenencia a un conjunto de siete novelas que funcionan a su vez como *mundo*[8].

Explorar los vínculos y conexiones de los mundos literarios y novelescos, al mismo tiempo que el funcionamiento interno de cada cual, ha sido el objeto último de los mejores análisis literarios del siglo XX[9]. Dados los límites de espacio y el propósito introductorio de este estudio, nos limitaremos, en la medida de lo posible, a ciertos aspectos de *Abdul Bashur* en cuanto un mundo novelesco específico.

Reivindicación del pensamiento reaccionario

En primera instancia, el desafío más grande que la prosa del autor Mutis presenta para el lector se vincula con los intercambios de los clásicos niveles novelescos de análisis: el narrador se sitúa a menudo como personaje de la trama, los personajes se confunden con nombres y biografías de dominio público y la biobibliografía del autor se confunde también con el narrador[10]. De esta forma, las novelas de *Empresas y tribulaciones* acaban fundiendo en un mismo movimiento tres formas de narración: la histórica, la ficta y la biográfica.

Sostiene Guillermo Sheridan sobre el particular:

---

[8] Acerca de la idea de *mundo*, con los alcances epistemológicos aquí mencionados, puede consultarse, por ejemplo, Hans Blumenberg, *Die Lesbarkeit der Welt*, Frankfurt, Suhrkamp, 1981 (versión castellana: *La legibilidad del mundo*, Barcelona, Paidós, 2000; traducción de Pedro Madrigal Devesa).

[9] Véase, por ejemplo, Paul Ricoeur, *Temps et récit*, París, Seuil, 1983-1985, 3 volúmenes. En particular, véase los análisis del volumen II (versión castellana de los dos primeros volúmenes: *Tiempo y narración*, Madrid, Ediciones Cristiandad, 1987; traducción de Agustín Neira).

[10] El encuentro entre la narración biográfica de un autor y el sistema narrativo/bibliográfico que generan las publicaciones a él atribuidas, constituye eso que podemos indicar como *biobibliografía*. Para un comentario y análisis acerca de la noción de biobibliografía, en relación con los análisis literarios, puede consultarse *The Manufacture of an Autor, op. cit.*, en particular el volumen II.

> El sistema de autorreferencias que borda Mutis es elaborado en extremo: en un libro suelta una palabra cuya clave aparecerá en otro y cuya explicación dará él mismo aún en otro poema posterior. Se abre así una especularidad hecha de indicios entre el personaje —que también es poeta— y su amanuense que no deja de irlos emparejando y entretejiendo[11].

Bajo estas condiciones, a pesar de que, como dijimos, ello no sea objeto de estas páginas, un breve comentario sobre el *ideario* del autor Mutis puede aportar elementos para tener un contexto de análisis más apropiado en relación con *Abdul Bashur*.

El autor Mutis, en sentido similar a como antes lo hicieran bajo diferentes circunstancias entre otros Joseph de Maistre (1753-1821) en *Considerations sur la France* (1796)[12], Alexis de Tocqueville (1805-1859) en *De la démocratie en Amérique* (1835-1840)[13], Louis-Ferdinand Céline (1894-1961) en *Voyage au about de la Nuit* (1952)[14], Émile Cioran (1911-1995) en *Essai sur la pensée réactionnaire* (1977)[15], y Richard Sennett en *The Fall of Public Man* (1977)[16], postula una reinterpretación de lo que ha dado en llamarse pensamiento reaccionario menos por razones políticas que por motivos estéticos y sociales. Reinterpretación esta que en muchos casos constituye una reivindicación erecta contra los sistemas políticos y sociales de los tiempos modernos.

---

[11] Guillermo Sheridan, «*Los emisarios* en Álvaro Mutis», en Javier Ruiz Portella (ed.), *Caminos y encuentros de Maqroll el Gaviero,* Barcelona, Áltera, 2001, pág. 257.

[12] Versión castellana: *Consideraciones sobre Francia. Fragmentos sobre Francia. Ensayo sobre el principio generador de las constituciones políticas,* Buenos Aires, Ediciones Dicto, 1980; traducción de Gustavo A Piemonte.

[13] Versión castellana: *La democracia en América,* Madrid, Alianza, 2002; traducción de Dolores Sánchez de Aleu. La primera versión castellana de este trabajo data de 1854.

[14] Versión castellana: *Viaje al fin de la noche,* Buenos Aires, Centro Editor de América Latina, 1971; traducción de Armando Bazán.

[15] Versión castellana en *Historia y utopía,* Barcelona, Tusquets, 1981. También en *Ensayo sobre el pensamiento reaccionario,* Colombia, Tercer Mundo Editores, 1991.

[16] Versión castellana: *El declive del hombre público,* Barcelona, Ediciones Península, 1978; traducción de Gerardo Di Masso.

La sórdida inutilidad de las revoluciones (De Maistre), los peligros de la igualación democrática (Tocqueville), la ausencia de todo progreso moral o ético (Céline), el agnosticismo como método de pensamiento (Cioran) y las consecuencias estéticas y sociales que genera la ausencia y pérdida de un espacio público (Sennett), constituyen argumentos y temas que el autor Mutis ha desarrollado de forma radical todo a lo largo de su narración biobibliográfica.

Sobre la banalidad de los cambios políticos en las sociedades estatales modernas y sobre las revoluciones, por ejemplo, Mutis ha escrito este pasaje de antología:

> Yo nunca he reconocido la Independencia ni las gestas de independencia, que no son más que una cadena de ignominiosa de traiciones de oficiales del ejército español, radicados en las Indias, indigestados de lecturas de segunda mano de Juan Jacobo Rousseau, que creyeron inventar la república y la democracia, con resultados tan catastróficos como los que conocemos: una secuencia interminable de guerras civiles, de sangre, de bestialidad y de violencia, así como de una total falta de material espiritual, que nos define. Nosotros, gracias a estos oficiales traidores, Bolívar, San Martín y todos los otros cuyas estatuas pueblan nuestras capitales, cortamos el cordón umbilical que nos unía con mil años de historia, una de las historias más grandes del Occidente europeo, la historia de España, y recibimos, en cambio, como herencia, una racionalismo y un jacobinismo trasnochados[17].

De forma similar, con elocuencia denosta la noción de «ideología»:

> Las ideologías son construcciones puramente razonadas por el hombre, utopías tóxicas que a base de una cadena de razonamientos, a priori casi siempre, proponen la solución a todos los problemas del hombre. Ésa es una falacia aterradora. Hemos visto derrumbarse todas las ideologías. Desde Jean-Jacques Rousseau hasta Lenin no hemos visto sino derrum-

[17] «Entrevista con J. G. Cobo Borda», en Javier Ruiz Portella (ed.), *op. cit.*, pág. 78. La entrevista original fue editada por *Eco* (Colombia) en 1981.

barse unas tras otras estas grandes construcciones mentales en donde se hace la siguiente trampa: se crea una imagen de hombre ideal que se ajusta con perfección a los planteamientos y propuestas de las ideologías, cuando en verdad el hombre cada día cambia (...). Al rechazar todo misterio, todo hermetismo, se está creando un sistema muerto. Es como si se construyera un edificio sin cimientos[18].

Y este pensamiento le lleva a una radical visión del pasado en América Latina en su encuentro cultural con la colonización europea:

> El encuentro de estos dos mundos me parece trágico y lo siento, lo vivo así, pues tiene una inmensa proporción de absurdo. Las civilizaciones que había aquí, se las puede llamar así, no tenían absolutamente ninguna conexión, ninguna raíz, ni una sola zona de mínima en común con quienes llegaron a ocuparlas. Eran tribus sumergidas en un mundo mágico, casi todos ellos antropófagos, dentro de limitaciones absolutamente fatales que ese mundo mágico les establecía, con factores de decadencia gravísimos, de alimentación, de habitación. Es patético pensar que los mayas se extinguen por hambre, por falta de alimentación frente al mar. Ni siquiera el mar fue para ellos aliciente capaz de moverles a ser un pueblo de navegantes y conquistar el Caribe, lo que hubieran hecho inmediatamente los vikingos, los romanos o los griegos o los árabes, desde luego. Se quedan los mayas en la orilla y se mueren de hambre. Son pueblos con una fatalismo, viviendo en una oscuridad y una tiniebla que me produce miedo. A mí todo eso, azteca, inca, maya, quechua, me produce sencillamente miedo, porque es para mí completamente desconocido, no hay ni en su cultura ni en su pintura ni en su arquitectura ni en sus centros ceremoniales, nada que tenga que ver conmigo, que me diga algo (...). Claro que hay un interés inmenso en ese mundo mágico, hay una gran poesía en esa inmersión en el mundo totalmente místico en que vivían ellos. El encuentro de esa gene con los herederos de Grecia, de Roma, del Renacimiento, los doblemente herederos, los descubridores una vez más de esa herencia espléndida medi-

---

[18] En Eduardo García Aguilar, *Celebraciones y otros fantasmas. Una biografía intelectual de Álvaro Mutis*, Barcelona, Casiopea, 2000, pág. 39.

> terránea, a mí me parece trágico y absurdo. De ahí salió un mestizaje que no ha producido sino guerras civiles, desastres, muertes, desolación, inconformidad, desencuentro con nosotros mismos y, después, la gesta absurda y suicida de la Independencia, asestada a España como una puñalada en el momento que estaba invadida por extranjeros. De la Independencia para acá, en toda América Latina no ha habido sino guerras civiles[19].

Por otra parte, retomando la dimensión *ancien régime* del ideario del autor Mutis, a partir de él se puede comprender la relevancia que la idea de «estética» posee para el autor —y estética es aquí, como veremos, sinónimo de *poética*. Es que la estética, para alguien que piensa en términos de *ancien régime*, posee caracteres cotidianos e inmediatos que con posterioridad han desaparecido[20]. En la «edad de la razón», la instrumentalización práctica y económica del intelecto y de los afectos ha empujado a la estética a un terreno complementario, es decir, a un área secundaria y de adorno de la existencia que no puede sino representar la muerte de toda creatividad:

> Como lo he dicho muchas veces, estamos viviendo en un mundo de Gulag y de supermercados (...). Creo que estamos viviendo entre ruinas y entre muertos[21].

El *ancien régime* postulado de forma implícita por el autor Mutis entendía la vida como una cuestión de estilo, donde la estética constituía la base sobre la cual las decisiones sobre ella eran realizadas:

> Crear esa nueva realidad enriquecida, esa visión, esa certeza de que eso que el poema te está diciendo es una verdad, es

---

[19] En Eduardo García Aguilar, *ibídem*, págs. 62-63. Por otra parte, en una entrevista de 1997, sostiene Mutis de manera mucho más radical: «Mi interés por los problemas sociales de América Latina es cero. Detesto esta época. Este siglo me parece cada vez más infecto, más invivible, más siniestro» (A. Mutis, «No tengo nada que ver con el realismo mágico», en *Babelia* [suplemento de *El País*], Madrid, 18 de octubre de 1997, pág. 10; entrevista de Maite Rico).

[20] Para un breve compendio de opiniones en este sentido, véase, por ejemplo, Ruiz Portella (ed.), *op. cit.*, págs. 33-49.

[21] En Eduardo García Aguilar, *op. cit.*, pág. 34.

un pedazo de mundo resumido, hallado, creado en ese instante, es la poesía[22].

La famosa sentencia del conde Buffon (1707-1788), «el estilo es el hombre», estampada en el *Discours sur le style* de 1753, daba aún por implícita esta elección estética de los quehaceres individuales. Y tal vez por ello, por esta vinculación durante el *ancien régime* entre construcción de una individualidad y presentación social de los atributos subjetivos como forma máxima de libre albedrío[23], Mutis halla una relación directa entre ausencia de poética y decadencia o desaparición de las virtudes y condiciones individuales[24].

A partir de este principio de lo estético, puede comprenderse la radical defensa libertaria de la individualidad que realiza el autor. Para el autor Mutis, la estética no es el estudio de la belleza (o de su «representación»), sino el método por medio el cual cada uno elige y construye su propio destino. Y por la misma razón, el espíritu libertario de Mutis no concibe el anarquismo —al igual que como lo hace con la monarquía— como una idea política, sino como una forma de vida.

En términos del autor Mutis, el siglo XVII europeo podría considerarse como la época donde de forma definitiva desaparece el *ancien régime* y comienza a surgir una época gobernada por el cálculo, por la burocracia estatal y por una idea de razón basada en la técnica y el cientificismo:

---

[22] «Entrevista con Guillermo Sheridan», en Ruiz Portella (ed.), *op. cit.*, página 41. La entrevista original fue editada en 1976 por la Universidad Autónoma de México.

[23] Michel Foucault, en *Les mots et les choses* (1966), ha destacado con precisión y esmero esta situación y sus alcances filosóficos. Versión castellana: *Las palabras y las cosas,* México, Siglo XXI, 1986; traducción de Elsa Cecilia Frost.

[24] Véase Pierre Lepape, «Victorias de ultratumba», en Ruiz Portella (ed.), *op. cit.*, pág. 147. En este sentido pueden asimismo entenderse los críticos pareceres de Mutis sobre los deportes (véase A. Mutis, «La miseria del deporte», en www.clubcultura.com, 2001, «oficial site» de Mutis), la cinematografía actual (véase en Arcadi Espada, «Álvaro Mutis. El escritor aventurero», *El País Cultural,* Madrid, 19 de abril de 2002, págs. 16-24) y los gobiernos (véase Javier Ruiz Portella, «La democracia en cuarentena», en Ruiz Portella (ed.), *op. cit.*, páginas 97-122).

> [...] a partir de la Revolución francesa y del triunfo y la imposición del racionalismo como sistema para vivir y para interpretar el mundo, estamos perdidos. Hemos perdido la fe en lo mítico, en el lado oscuro que todos tenemos y de donde salen las verdaderas soluciones. Hoy en día una de las cosas más terribles del mundo, a mi juicio, es la conspiración contra la persona, contra el individuo; cada día somos más un rebaño y las computadoras se van a encargar de generalizar totalmente esta situación y de implantarla como un sistema. Espero ya no estar para ese entonces[25].

Este cambio de época habría significado asimismo una modificación en la perspectiva literaria. Mientras que en el *ancien régime,* por herencia y cercanía con el Renacimiento, se tendía a incluir las «ciencias» junto con las «artes» dentro de lo que podríamos indicar como *humanidades,* por el contrario, a partir del siglo XVII, la escisión entre «ciencias» y «artes» comienza a ser evidente —de la misma forma que las llamadas humanidades comienzan a dejar de ser un *cursus honorum* indispensable para todo hombre instruido[26]. De esta forma, con anterioridad al siglo XVII europeo, la noción de «literatura» podía ser entendida como poesía o crónica (de salón, de *coeur,* de viaje), mientras que a partir del siglo XVII dicha noción comenzará a incluir las ideas de teatro, novela y ensayo.

La nostalgia de Mutis hacia el sistema mítico y simbólico imperante en el *ancien régime* tiene que ver en gran medida con esta concepción de la literatura como una tarea que se divide entre la actividad poética y la del cronista —que en Mutis adquiere muchas veces la forma de un historiador clásico. Por cuanto una de las funciones fundamentales de la poesía sería, precisamente, ponernos en contacto con esa dimensión

---

[25] «Entrevista con Javier Aranda Lima», en Ruiz Portella (ed.), *op. cit.,* pág. 59. La entrevista original fue publicada por *Vuelta* (México) en 1996.

[26] Sobre el particular existe una abundante bibliografía dentro de los llamados «Science Studies», de gran predicamento en el mundo universitario anglosajón. Véase, por ejemplo, Mario Biagioli, *Galileo Courtier: The Practice of Science in the Culture of Absolutism,* Chicago, Chicago University Press, 1993.

no racional, mágica y mítica, que es, según el autor, de donde surge el verdadero conocimiento humano[27].

Todo ejercicio de autoridad, para ser efectivo, necesita asimismo entonces sustentarse en un elemento mágico, mítico o misterioso. Mejor dicho: toda autoridad para ser realmente tal necesita sustentarse, en gran medida, en un *artificio creíble*—ésta es la gran virtud que Mutis ve tenían las monarquías absolutas, en particular la desarrollada durante el reinado de Felipe II (1527-1598)[28]. La democracia moderna, según Mutis, ha minado toda posibilidad de construcción de un artificio de este tipo y, justamente, ello constituye una de las explicaciones de por qué el colectivismo, el caos, la decadencia y la violencia surgen como inevitables e ínsitos a las sociedades contemporáneas[29].

Otros aspecto a destacar en relación con el ideario del autor Mutis y la revalorización del *ancien régime* tiene que ver con el hecho de la concepción acerca de los individuos. No sólo en el sentido ya comentado de una radical afirmación de lo singular por sobre lo colectivo[30], sino también por cuanto la construcción de la individualidad no se basa ya en atributos esenciales e inamovibles que tendría la persona, sino en virtudes parciales, en talentos momentáneos y construidos: éste es sin duda el *costado* renacentista del autor Mutis.

---

[27] Véase, por ejemplo, en «Poesía, Dios Trascendencia», en Ruiz Portella (ed.), *op. cit.*, págs. 38-40.

[28] Véase, por ejemplo, Javier Ruiz Portella, «La democracia en cuarentena», en Ruiz Portella (ed.), *op. cit.*, pág. 121.

[29] Sobre esta perspectiva en Mutis puede consultarse Eduardo García Aguilar, *op. cit.*, págs. 41-65. También puede verse el ya mencionado «La democracia en cuarentena», en Ruiz Portella (ed.), *op. cit.*, págs. 97-122.

[30] Los vínculos del ideario de Mutis con algunas perspectivas libertarias son indudables. Las afirmaciones de los individuos basadas en ideas de Pierre-Joseph Proudhon (1809-1865), del príncipe Kropotkin (1841-1921), de Bakunin (1814-1876), entre otros, y, sobre todo, de Max Stirner (1806-1865), Henry David Thoreau (1817-1862), León Tolstoi (1828-1910) y Friedrich Nietzsche (1844-1900), sobrevuelan todo el ideario del autor Mutis. El problema que genera el desfase entre una afirmación radical de la individualidad y un presente dominado por la autoridad estatal es un tema clásico en la historia de las ideas libertarias y al que el autor Mutis vuelve con frecuencia. Sobre este aspecto anárquico en general, también puede consultarse Pierre Lepape, «Victorias de ultratumba», en Ruiz Portella (ed.), *op. cit.*, págs. 143-147.

Dice Mutis: «La felicidad, la dicha, es así; es instantánea, sucede y nunca —es obvio— se podrá prolongar. Sólo la infinita ingenuidad —otra vez, insisto— calvinista, gringa, piensa en esa meta de felicidad continua, que es como vivir en Disneylandia todo el tiempo, ¿no? Eso es una mentira, es una estupidez, no es así»[31]. El encuentro con el destino se basa menos en el cumplimiento de un *libreto* supuestamente predeterminado que en la aceptación de los cambios de rumbos, de los mutamientos afectivos y del futuro como una forma de azar que no ofrece esperanza de alguna cosa sino desafío de lo que de él se pueda extraer[32]. Esta *côté renaissantiste* es, como veremos, lo que aleja a Mutis de toda contaminación o tentación romántica.

Dicho desde otra perspectiva: el artista, el poeta, no es para Mutis un genio sino alguien *que tiene* genio como un atributo más —esta concepción propia del Renacimiento resulta relevante para entender la reivindicación del artista que realiza y para no confundirla con la noción romántica que predomina en Latinoamérica desde inicios del siglo XIX hasta el presente. El poeta es sí considerado por Mutis como alguien que posee un talento especial, diverso, como alguien que domina una lucidez que le permite ver *más allá* (el Gaviero en cuanto nombre, entre otras cosas, indica eso mismo). Sin embargo, esta situación de privilegio, dada la ausencia de progreso social o evolución política, no otorga al poeta privilegio moral o político alguno: he aquí la diferencia con la idea romántica que dominara y domina la concepción de autor literario en América Latina. Y es que, al no existir para Mutis ninguna forma

---

[31] «Entrevista con Gerardo Valdés Medellín», en Ruiz Portella (ed.), *op. cit.*, pág. 69. Esta entrevista apareció de forma original en Santiago Mutis Durán (ed.), *Tras las rutas de Maqroll el Gaviero 1981-1988*, Cali, Proarte, 1988.

[32] Sostiene Mutis: «Llamamos azar a muchas cosas, pero el azar, según Maqroll, sólo corresponde a un orden oculto que no conocemos y que nos sorprende. Pero no corresponde a todo un dibujo de nuestro destino y que está oculto. Entonces Maqroll rechaza el concepto de azar como suerte que aparece de repente. El azar sólo es la señal de un orden secreto. No hay tal azar. No existe» (en «Entrevista con Javier Molina», en Ruiz Portella [ed.], *op. cit.*, págs. 61-62. La entrevista apareció por primera vez en *La Jornada* [México] en 1991).

de progreso o evolución, carece de propósito atribuir al poeta ninguna *misión* social o política particular:

> La visión de que vamos a un mejoramiento, la noción de progreso, para que lleguemos a la palabra falsaria por excelencia, es la gran tartufada inventada en el siglo XVIII. Yo no creo que vamos a ninguna parte, es más, cualquiera que vea el mundo hoy en día se dará cuenta de que si íbamos para alguna parte, ya sencillamente caímos al abismo. El hombre como hombre es hoy prácticamente una pobre piltrafa devorada por las computadoras. La historia la veo como una especie de magma que se mueve y se desplaza sin propósito alguno, dando esquinazos sorprendentes, muy tristes a veces y resplandecientes otros. Pero quien lea con cuidado la historia de la Edad Media, se dará cuenta de que la idea de un plan preconcebido y de una marcha de la civilización hacia alguna parte es una sandez absoluta[33].

Más aún:

> Yo creo que esa noción de difundir la literatura y «culturizar», entre grandes, inmensas comillas, a la gente forma parte de ese delirio que vivimos de sociedad de consumo. La poesía nunca ha necesitado ser difundida y me parece inclusive que estos términos son antitéticos, son contrarios[34].

Y por estas mismas razones, que como dijimos previenen al autor Mutis de toda concepción romántica (o decimonónica) del artista o poeta, toda noción de «inspiración» es también del todo ajena a su ideario:

> La única inspiración verdadera es el trabajo diario, aburrido y necio, de escribir, borrar, quitar y volver a poner hasta la locura[35].

---

[33] En Eduardo García Aguilar, *op. cit.*, pág. 43.

[34] «Entrevista con Rómulo Ramírez Rodríguez», en Ruiz Portella (ed.), *op. cit.*, pág. 42. La entrevista fue publicada por primera vez en *Garcilaso* (Perú) en 1979.

[35] «Entrevista con Fermín Ramírez», en Ruiz Portella (ed.), *op. cit.*, pág. 36. Y agrega el autor en otro sitio: «[La disciplina, el oficio, el trabajo cotidiano] son un acto de invocación. Trabajar no es sólo escribir. Trabajar puede ser, en

El poeta, el artista, en los términos del autor Mutis, ejerce como veremos la ποίησις *(poiesis)*, es decir, persigue en última instancia un equilibrio, a partir de su hacer, entre cuerpo, sistema físico y emotividad.

Por último, la perspectiva *ancien régime* de Mutis permite sin duda, como también veremos más adelante, comprender el lugar fundamental que la estética, es decir, la *poética*, ocupa en su perspectiva de literatura. Para Mutis, al igual que como sucedía en general durante el período que denominamos *ancien régime*, el ejercicio poético y el epistolar (en cuanto forma de crónica) constituyen las dos formas básicas de la actividad literaria. Y si la narración histórica (otra forma de crónica en el sentido de Tácito)[36] ofrece siempre recursos útiles (dona los *points de référence)* a esta actividad literaria[37], como era frecuente en los ambientes cortesanos del *ancien régime*[38], lo poético entonces constituirá a su vez la forma superior del conocimiento humano.

---

la poesía, aprender a ver, aprender a verte a ti mismo, a mirar ese otro lado de las cosas y de los hechos, ese otro lado que tiene cada hora de nuestra vida. Estarlo vigilando» *(ibídem,* pág. 35). La entrevista fue editada por primera vez por *Uno más uno* (México) en 1991.

[36] Véase «Calumnias de Tácito», en Álvaro Mutis, *De lecturas y algo del mundo,* Barcelona, Seix Barral, 2000, págs. 209-210.

[37] Analizar la idea de historia del autor Mutis demandaría una extensión que escapa a los propósitos de este estudio. Sin embargo, con fines prácticos, una descripción sucinta puede ser realizada. La historia para Mutis carece de un propósito moral o de finalidad intelectual. La historia constituye una crónica de eventos destacables por razones heroicas o fabulescas. La historia para Mutis, como él mismo dice, sería una especie de «ficción con vidas reales» (en Ruiz Portella [ed.], *op. cit.,* pág. 73). La historia no enseña nada, el propósito intelectual de la historia es en realidad un aporte estético: ayuda a pensar, a reflexionar sobre lo poético aportando elementos, símbolos, circunstancias, objetos y personajes (véase García Aguilar, *op. cit.,* pág. 13 y págs. 45-46). Para un compendio de opiniones del autor sobre el particular puede consultarse también Ruiz Portella (ed.), *op. cit.,* págs. 73-77.

[38] Para comprender el contexto filosófico e intelectual de la producción literaria en las cortes europeas, puede consultarse el arduo pero sólido y siempre interesante trabajo de Norbert Elias, *Die höfische Gesellschaft,* Berlín, Luchterhand, 1969 (versión castellana: *La sociedad cortesana,* Madrid, Fondo de Cultura Económica, 1993). También resulta útil *Über den Prozeß der Zivilization,* Basilea, Haus zum Falken, 1939 (versión castellana: *El Proceso de la civilización,* Madrid, Fondo de Cultura Económica, 1987).

La poiesis

Con estas condiciones comentadas del autor Mutis es ya conjeturable por qué lo poético puede considerarse como el *nudo* de sus trabajos —y nudo aquí lo empleamos con los alcances filosóficos con que ha sido tratado por Jorge Eduardo Eielson (1924-), quien[39], no por casualidad, es uno de los autores al que el propio Mutis ha prestado su atención[40].

El nudo es en Mutis el ἄπειρον *(ápeiron)* presocrático, la protocosa de donde todo surge, aquello que si bien por una parte conforma la experiencia estética, por otra, genera entendimientos, razones y explicaciones. El nudo en Eielson puede ser expresado de forma pictórica, poética, en prosa o en objetos y cosas[41]. Y esta posibilidad de múltiples perspectivas para expresar aquello que indicamos por el momento como lo poético es asimismo otro rasgo en el que el autor Mutis coincide con este peruano, que, también como el propio Mutis, hace de las formulaciones del espacio (geográfico, imaginario, histórico) un *non plus ultra* de su obra.

Que el emperador romano Constantino *(circa* 280-337) sea considerado, por ejemplo, por el autor Mutis como una figura histórica y cultural clave[42], más allá de los argumentos del

[39] Véase, por ejemplo, Jorge Eduardo Eielson, *El diálogo infinito,* México, Universidad Iberoamericana, 1995. También puede consultarse Martha L. Canfield (ed.), *Jorge Eduardo Eielson. Nudos y asedios críticos,* Madrid, Iberoamericana, 2002, y José Ignacio Padilla (ed.), *Nu/do. Homenaje a Jorge Eduardo Eielson,* Lima, Pontificia Universidad Católica, 2002.

[40] Véase «Jorge E. Eielson», en *De lecturas y algo del mundo, op. cit.,* págs. 33-35.

[41] Véase, por ejemplo, L. Verner y L. Boi, «Enlazar arte, ciencia y naturaleza», en Martha L. Canfield (ed.), *op. cit.,* págs. 185-198. Asimismo, sostenía Mutis en 1993: «Hay un momento del socavón, cuando se empieza a entrar en ciertas curvas, donde se pierde la luz y está uno en plena oscuridad y con las manos tocábamos las herramientas y cosas abandonadas, cuya forma no nos era posible abandonar. Entonces íbamos por una linterna y entrábamos a ver y eran herramientas humildes, maquinaria que había quedado allí abandonada, ya sin uso. Pero para mí hay una gran poesía en esa maquinaria. Tiene un gran poder de evocación» (en García Aguilar, *op. cit.,* pág. 136).

[42] Véase, por ejemplo, en García Aguilar, *op. cit.,* págs. 43-46.

propio autor, puede asimismo explicarse porque es en ese momento de las narraciones históricas, en ese personaje, donde se producirían una serie de *anudamientos* cuyas consecuencias pueden rastrearse hasta nuestra época. Y esto es justamente aquello que interesa y fascina al autor Mutis: el desencadenamiento de consecuencias, el basculamiento de lo que no fue, el peso de las posibilidades, la evolución de las ocasiones perdidas, la concatenación no causal de eventos y circunstancias[43].

Lo poético en el autor Mutis escapa entonces a géneros o formas literarias específicas, de allí que la mezcla de estilos —verso, prosa poética, ensayo, narración histórica— se confunden indistintamente en sus trabajos. Y es que ellos no surgen en cuanto esquemas específicos sino en cuanto *formas materiales* que se adecuan a una necesidad cognitiva, como es, en definitiva, la actividad poética. La poesía del autor Mutis entonces, que a veces ha sido confundida como lo estrictamente poético de su obra[44], significa, como decimos, lo poético, es decir, *arte poética* (la *poesis* latina) y, más específicamente, ποίησις *(poiesis)* en el sentido del griego clásico.

Ποίησις en el mundo clásico significaba no sólo composición de poemas o de una obra poética. También podía significar (1) composición de melodías, (2) fabricación de alguna cosa, (3) creación, sobre todo creación de seres vivos, y, por último, (4) adopción. Ποίησις nuclea así las funciones principales del pensamiento, no sólo en sentido abstracto o racional, sino también en sentido práctico y operativo —y la αἰσθητικός (de αἴσθημα, «sentir, sentimiento» o «hecho de ser sentido»), origen de la estética, recuérdese que en la Antigüedad pertenecía a una dimensión práctica de la vida: el desarrollo de la capacidad de sentir y el acuerdo o equilibrio con el mundo y los conocimientos[45]. Equilibrio este que no por

---

[43] *Ibídem*, págs. 46-47.

[44] Véase, por ejemplo, la introducción de Rafael Conte a la *Summa de Maqroll el Gaviero 1948-1988* (Madrid, Visor, 1992).

[45] La noción de equilibrio era entendida también como ἁρμονία («armonía») —de ἁρμός, «ajuste», «combinación».

casualidad era considerado como «lo bello» en sentido estricto[46]. Y de allí también que la *economía* —la brevedad en sentido estricto, el aprovechamiento de los recursos escasos— constituya asimismo un elemento relevante para este equilibrio[47].

Fabricación de cosas, creación o adopción de vidas, producción de música, y composición retórica o lingüística: he aquí los cuatro sentidos fundamentales de lo poético en cuanto reflexión, en cuanto forma del pensar, que se hallan contenidos en la noción de ποίησις. Como es evidente, esta noción de lo poético posee alcances epistemológicos que atraviesan la idea misma de literatura: desde la idea de libro hasta la de autor, pasando por la de escritura, de biografía, de un principio de realidad, de una noción del presente, etc. Y es justamente a partir de esta noción que algunos autores, como, por ejemplo, Humberto Maturana (1928-), han extraído una teoría constructivista del conocimiento y de los seres vivientes[48]. La noción de *autopoiesis*, desarrollada por H. Maturana y Francisco Varela (1946-2001), a partir de 1973[49], enfoca justamente esta cuestión que Mutis afronta de forma estética.

El ejercicio de la poesía, en los términos del autor Mutis, supera los límites de una actividad artística para transformarse en el motor mismo del lenguaje y, por ende, del conocimiento en sí:

---

[46] Véase, por ejemplo, Jean-Pierre Vernant, *Les origines de la pensée grecque,* París, PUF, 2000; también *L'homme grecque,* París, Seuil, 1993; y *L'individu, la mort, l'amour,* París, Gallimard, 1996. Desde otra perspectiva puede asimismo consultarse Pierre Vidal-Naquet, *Le monde d'Homère,* París, Perrin, 2002.

[47] Preguntado Mutis, por ejemplo, acerca de por qué algunas obras literarias son perfectas, respondió: «Porque ni falta ni sobra nada. Son mecanismos ajustadísimos. Y verdaderos. Verdaderos quiere decir que no se sirven de trucos literarios, que construyen una realidad tan real como la otra. Y que surgen de lo profundo del escritor. Es decir, que van de dentro para afuera, y no al revés. Yo he quemado algunos textos por esta razón. Venían de fuera. No eran míos» (véase en Arcadi Espada, «Alvaro Mutis. El escritor aventurero», *op. cit.,* pág. 18).

[48] Véase, por ejemplo, Humberto Maturana, *La realidad: ¿objetiva o construida? I. Los fundamentos biológicos de la realidad,* Barcelona, Anthropos/Universidad Iberoamericana, 1995.

[49] Véase, por ejemplo, Humberto Maturana y Francisco Varela, *De máquinas y seres vivos,* Santiago, Editorial Universitaria, 1973.

> [La poesía] es el conocimiento *per se*. Es el más completo de los conocimientos, sin duda el que va más lejos[50].

La poesía, lo poético, pasa entonces a convertirse en algo cotidiano, en una forma práctica de afrontar la existencia:

> Suele repetirse hoy, con frecuencia que me espanta, que la poesía es un género literario destinado a desaparecer. Es evidente que quien tal cosa afirma no conoce la virtud esencial de la poesía que consiste en acompañar al hombre en cada instante de su paso por la tierra, así le haya sido negado el secreto de convertirla en palabras. Por ello la poesía está al margen del vértigo mercantil que se ha apoderado de otros géneros literarios. El último hombre que tenga que despedirse de este mundo al borde del caos, hará poesía sin saberlo porque invocará, antes de desaparecer, esas secretas fuerzas que nos han mantenido sobre el haz de la tierra desde el principio de los tiempos[51].

Esta estrecha e inmediata vinculación entre actividad poética, lenguaje y conocimiento posible, como dijimos, sitúa a Mutis en las vecindades de aquello que H. Maturana y F. Varela han denominado *autopoiesis,* es decir, la forma básica en que funcionan y se estructuran los seres vivientes[52]. Este as-

---

[50] Véase «Entrevista con Guillermo Sheridan», en Ruiz Portella (ed.), *op. cit.,* pág. 41.

[51] Extraído del discurso pronunciado por Álvaro Mutis en ocasión del recibimiento del Premio Reina Sofía de Poesía Iberoamericana en 1997. El escrito ha sido publicado en diversos medios pero puede consultarse, por ejemplo, en Ruiz Portella (ed.), *op. cit.,* págs. 17-18.

[52] Véase, por ejemplo, H. Maturana y F. Varela, *Autopoiesis and Cognition,* Dordrecht, Reidel, 1980; volumen 40 de la colección «Boston Philosophy of Science». Según Javier Torres Nafarrete: «La noción de autopoiesis sirve para describir un fenómeno radicalmente circular: las moléculas orgánicas forman redes de reacciones que producen a las mismas moléculas de las que están integradas. Tales redes e interacciones moleculares que se producen a sí mismas y especifican sus propios límites son los seres vivos. Los seres vivos, entonces, quedan definidos como aquellos cuya característica es que se producen a sí mismos, lo que se indica, al designar la organización que los define, como organización autopoética: "La característica más peculiar de un sistema autopoiético es que se levanta por sus propios cordones y se constituye como distinto del medio circundante a través de su propia dinámica, de tal manera que

pecto *constructivista* del ideario de Mutis no deja de ser relevante puesto que, más allá de sus conexiones con la denominada biología del conocimiento, exhibe de forma clara cómo el *arte poético* del autor Mutis conlleva una ínsita manifestación de unidad (respecto de una narración bio o autobiográfica, de una individualidad), de conjunto (respecto de narraciones pasadas, de significados y sentidos heredados) y de permanente auto-organización (respecto del devenir, del presente y de los ajustes necesarios).

La poesía es en Mutis, en última instancia, la producción de uno mismo, la creación y recreación de uno mismo en cuanto individuo —no sólo de forma existencial, en el sentido ya clásico del *être* sartreano[53], sino más aún de una forma material, casi biológica, de la dimensión subjetiva. Y es ésta la perspectiva última que emparenta a Mutis con las teorías filosóficas del *radical constructivism* que considera, como ya el mismo Jean Piaget (1896-1980) notara[54], imposible concebir un conocimiento ajeno o extraño al gesto y a la tarea misma —lingüística, de lenguaje— que funda simultáneamente ese conocer y el individuo en el que se desarrolla y evoluciona. El lenguaje, puesto en perspectiva individual, más que un *corpus* pasivo constituye un medio productivo, no sólo en cuanto máquina narrativa[55], sino también en cuanto *device* para com-

---

ambas cosas son inseparables" (de *El árbol del conocimiento,* Santiago, Editorial Universitaria, 1984, pág. 28)» (véase J. Torres Nafarrete, «Invitación a la lectura de la obra de Maturana», en Humberto Maturana, *op. cit.,* pág. XIII).

[53] Véase Jean-Paul Sartre, *L'Être et le Néant,* París, Gallimard, 1976 (edición original de 1949). Versión castellana: *El ser y la nada,* Buenos Aires, Losada, 1981; traducción de Juan Valmar.

[54] Véase, por ejemplo, Jean Piaget, *L'épistemologie génétique,* París, PUF, 1970. Versión castellana: *La epistemología genética,* Madrid, Debate, 1986; traducción y edición a cargo de Juan Delval.

[55] Véase, por ejemplo, Roland Barthes, *La retorica antica,* Milán, Bompiani, 1972 (versión castellana: *La retórica antigua,* Buenos Aires, Tiempo Contemporáneo, 1974; traducción Beatriz Dorriots). También, *L'aventure sémiologique,* París, Seuil, 1985 (versión castellana: *La aventura semiológica,* Barcelona, Paidós, 1990; traducción de Ramón Alcalde). Asimismo puede verse Giorgio Raimondo Cardona, *Antropologia della scrittura,* Milán, Loescher, 1991 (versión castellana: *Antropología de la escritura,* Barcelona, Gedisa, 1999; traducción de Alberto L. Bixio).

prender y conjeturar la llamada «deriva biológica» que caracterizaría a los seres vivos[56], y de tal forma ejerce entonces una función, una actividad que Maturana indica como el *lenguajear*[57]. Y es precisamente en esta concepción cognitiva, antropológica de la escritura, donde la reflexión filosófica y el arte literario del autor Mutis encuentran comunión.

Creación poética entonces es una actividad «del lenguajear», es decir aquella actividad que, al mismo tiempo que funda al individuo en cuanto tal, genera el conocimiento por medio del cual buscará un acuerdo entre él mismo, el devenir del presente y los significados del pasado. La actividad poética, «el lenguajear», es aquello en definitiva que nos permite, al mismo tiempo que crearnos como individuos, afrontar el cambiante devenir del presente, reconstruir de manera constante el pasado e interactuar de forma comunicativa con otros seres.

Mucho puede comprenderse de la figura de Maqroll[58], el Héroe de *Empresas y tribulaciones* y de gran parte de la *Summa de Maqroll el Gaviero*[59], si consideramos entonces que la *poiesis* es aquel elemento que trata de resolver el dilema entre un presente innombrable, un devenir que todavía carece de significado —y que, por tanto, genera conflictos o desavenencias— y un pasado o futuro que siempre poseen una forma narrativa:

> [...] el poeta tiene que usar las mismas palabras con las que compra cigarrillos o con las que ordena el almuerzo o con las que da instrucciones a un taxista. Con esas mismas palabras tiene que acercarse a decir lo que no se logra decir. Entonces pretende despojar a las palabras de ese óxido, de esa pátina que

---

[56] Sobre el particular puede verse H. Maturana, *La realidad: ¿objetiva o construida? I. Los fundamentos biólogicos de la realidad, op. cit.*, segunda parte.

[57] Véase, por ejemplo, H. Maturana, *ibídem*, primera parte.

[58] No por casualidad el personaje Maqroll aparece como *un escritor*. Si bien no existe en la saga mención a ninguna publicación suya, por lo cual no podemos considerarlo como *autor*, sí puede ser entendido como alguien que emplea la escritura como herramienta del conocimiento y de la formación individual.

[59] Álvaro Mutis, *Summa de Maqroll el Gaviero 1948-1988*, Madrid, Visor, 1997. En adelante le indicaremos como *Summa*.

les da el uso diario, cotidiano, intrascendente, generalmente sórdido. Con esas mismas palabras tiene que encargarse de decir lo que no se puede decir, o sea su visión de las cosas, del mundo, de los demás hombres, de sí mismo, de su posición frente a todo[60].

O expresado de forma más brutal por el autor:

> Pero yo, yo escribo para ordenar mi mundo, escribo para poder seguir viviendo[61].

Aspecto cognitivo este entonces, de lo poético, que también puede ser expresado de forma más alegórica y asible con la famosa imagen del *bateau ivre* de Arthur Rimbaud (1854-1891)[62], imagen muy oportuna además para un mundo como el de Maqroll poblado de barcos que son casi siempre *Tramp Steamer*[63]:

> La poesía —dijo usted— tiene que ser inventada por entero o no es poesía. (...). Mire, este oficio nuestro de hacer que el barco navegue, es muy semejante al del poeta. Todo nos es adverso y, sin embargo, siempre llegamos a puerto. Una vez en el muelle, un sordo aviso de nuestra conciencia nos está diciendo que toda hora que vamos a pasar en tierra constituye un tiempo vacío que no nos pertenece y que de nada nos sirve. Por eso, al zarpar de nuevo, sentimos que hemos rescatado ese extremo del hilo que guía nuestro destino. Igual sucede con la poesía, ella sola es bastante para resarcirnos de ese fracaso sin tregua en que consiste la tarea de vivir[64].

O, con un sentido más significativo aún, y de forma similar a como el autor Mutis asegura que el poeta es «el espía de

[60] En García Aguilar, *op. cit.*, págs. 102-103.
[61] En Ruiz Portella (ed.), *op. cit.*, pág. 35.
[62] Las continuas menciones del autor Mutis acerca de sus preferencias y regulares lecturas de Rimbaud no constituyen un dato casual. Véase, por ejemplo, «Viaje al fondo de la poesía», en García Aguilar, *op. cit.*, págs. 101-128.
[63] Véase, por ejemplo, el comentario de Mutis en García Aguilar, *op. cit.*, págs. 31-32.
[64] «Una carta de Maqroll el Gaviero a Enrique Molina», en Ruiz Portella, *op. cit.*, pág. 24.

Dios»[65], podría decirse con iguales razones, más por afinación de la imagen que por discenso, que quien ejerce lo poético *(poiesis)* constituye un vigía desesperanzado para una multitud de personas que no son otros que formas de nosotros mismos:

> El mundo de Maqroll —escribirá [Octavio] Paz— «no es tanto un mundo físico como un paisaje moral». Desde la gavia, ese lugar en lo alto de los palos del navío en el que se colocaba a un hombre con buena vista —pero también, no hay que olvidarlo, la jaula de madera donde se encerraba a los locos y a la gente peligrosa—, desde la gavia —digo— el vigía anuncia a la tripulación lo que viene, porque es el único que tiene la visión completa de las cosas. El territorio que divisa el gaviero no puede ser más turbador: es el de la enfermedad, la muerte y la desolación en medio de una exuberante naturaleza tropical[66].

Y por ello también el autor Mutis refrenda la sentencia de Jöe Bousquet (1897-1950)[67]:

> Sin embargo, hay una definición que encuentro muy cercana a la poesía. Es de Jöe Bousquet, un poeta que vivió en

---

[65] Véase, por ejemplo, en Ruiz Portella (ed.), *op. cit.*, pág. 38.

[66] Santiago de Mora y Figueroa, «Álvaro Mutis, Premio Reina Sofía de Poesía Iberoamericana 1997», en Ruiz Portella (ed.), *op. cit.*, pág. 153. La cita de Octavio Paz pertenece al escrito «Los Hospitales de Ultramar», incluido en *Puertas al campo* (México, UNAM, 1967).

[67] Bousquet fue pintor y escritor. *La Tisane de sarment* (1936) es el título de su primer trabajo editado cuando tenía 39 años. *Traduit du silence* (1939) y *La Connaissance du soir* (1945) son sus otros dos trabajos escritos más conocidos. En vida participó de algunas exposiciones pictóricas, pero sin que nunca sus trabajos, de corte surrealista, saliesen de un relativo anonimato. Por ironía del destino, Bousquet, que fuera lisiado de forma permanente a consecuencias de las heridas recibidas durante la batalla de Vailly en 1918, vivió casi toda su vida en el 43, rue de Verdun (de Carcassone, Francia). Bousquet asimismo fue un prolífico corresponsal e intercambió epístolas con diversas personalidades, entre ellas, una destacable correspondencia con Simone Weil (1909-1943). Esta breve semblanza de Bousquet trata de ejemplificar el tipo de oscuro y olvidado personaje histórico que por lo general atrae la atención y fascinación del autor Mutis. Véase sobre el particular «Aventura de la historia», en García Aguilar, *op. cit.*, págs. 41-65.

Carcassone toda su vida, y que era paralítico a causa de heridas que recibió durante la guerra del catorce: «La poesía es la lengua natural de lo que nosotros somos sin saberlo.» Eso es precisamente la poesía[68].

La saga de Maqroll

La saga

Empresas y tribulaciones de Maqroll el Gaviero fue editado por primera vez en 1993 por Ediciones Siruela de Madrid. Aparecían allí reunidas por primera vez las siete novelas cuyo común y principal denominador son los episodios del personaje Maqroll el Gaviero[69]. Cuando la primera novela de esta saga fue editada en 1986, si bien el personaje ya existía como tal y una *Summa* poética a él dedicada había ya sido editada[70], no estaba claro para el lector que sería parte de una saga. Incluso hasta la aparición de la tercera novela, esta afirmación es justificable (véase cuadro 2). Sólo con la publicación de *Un bel morir*, en 1989, la necesidad de nuclear en algún momento las novelas surgió como evidente y, hasta cierto punto, necesaria[71].

Es entonces fundamental e inevitable para la comprensión e interpretación de *Abdul Bashur*, dadas las referencias realiza-

---

[68] En García Aguilar, *op. cit.*, pág. 101.

[69] La primera novela de la saga, *La Nieve del Almirante*, fue editada en 1986 y los últimos episodios, al menos hasta el momento (febrero de 2002, NdA), aparecieron en *Tríptico de mar y tierra* en 1993. Para un panorama genérico véase el cuadro 2. Por convención utilizaremos aquí el término «novela» para indicar estos siete libros, aunque, como veremos más adelante, sería más apropiado hablar de narraciones que de un género literario específico.

[70] La *Summa* fue editada por primera vez, como ya vimos, en 1973, y la primera mención al personaje de Maqroll aparecía ya en el primer libro del autor Mutis en 1948. Para un panorama más específico puede consultarse la bibliografía comentada al final de este estudio introductorio.

[71] Como es evidente, la existencia misma, a partir de 1973, de la *Summa* podía hacer pensar ya en un «Summa» de las novelas. Pero también es válido el razonamiento que simplemente veía en las novelas un complemento natural de la *Summa*.

das en el texto por el mismo narrador, considerar la existencia de la novela dentro de la saga de las *Empresas y tribulaciones*.

La saga, tradicionalmente, constituye una narración cronológica basada en un grupo humano que guarda una relación entre sí. De manera más específica, la saga constituye una forma de composición literaria en episodios, secuencias o partes las cuales guardan entre sí una relación que se repite. Y a partir de este elemento (o elementos), que aparece repetido en todos los episodios, las sagas han sido caracterizadas. La situación clásica, en el género de aventuras, de historia o de biografías, es la de un mismo personaje —el Héroe[72]— que constituye el *hilo conductor* —y, en definitiva, el *leitmotiv*— de toda la saga[73]. Este caso clásico es sin duda el de *Tribulaciones y empresas* y, por ende, el de *Abdul Bashur,* en donde Maqroll el Gaviero constituiría la razón, el eje y motor, de toda la trama. Desentrañar a Maqroll como personaje será entonces, en gran medida, tener una perspectiva de la saga y de las novelas que le componen.

Saga deriva del alemán *sage,* que no sólo significa «leyenda» sino también fábula[74]. Y es precisamente este último sentido el que, tal vez, más se ajusta a la trama de *Empresas y tribulaciones*. La historia y andanzas de un personaje errante —organizadas de forma cronológica— cuyo oficio de navegante no fue obs-

---

[72] Sobre la figura del «Héroe» puede consultarse Fernando Savater, *La tarea del Héroe,* Madrid, Taurus, 1983. También resulta ilustrativo el trabajo de Hugo Francisco Bauzá, *El mito del héroe. Morfología y semántica de la figura heroica,* Buenos Aires, Fondo de Cultura Económica, 1998. Desde una perspectiva teórica, puede consultarse el destacable trabajo de Mijail Bajtín, *L'autore e l'eroe. Teoria letteraria e scienze umane,* Turín, Einaudi, 1988.

[73] Como veremos más adelante, la dificultad misma de establecer algunas informaciones básicas sobre Maqroll, como, por ejemplo, su apariencia física, coadyuba también a que la saga se construya sobre esta dificultad de establecer una distinción entre fábula y trama o, mejor dicho, entre disposiciones estéticas del autor e interpretaciones de lectura. Es de notar también la dificultad para establecer una cronología. Volveremos sobre el particular más adelante.

[74] Para un análisis de la fábula puede consultarse el ya clásico trabajo de Vladimir Propp, *Morfologia della fiaba,* Turín, Einaudi, 1966 (versión castellana: *Morfología del cuento,* Barcelona, Akal, 1998; traducción del francés de F. Díez del Corral).

táculo para que ejerciese asimismo los trabajos más inverosímiles y realizara los negocios más arriesgados, constituiría la fábula de *Empresas y tribulaciones*[75]. Sin embargo, dado los ocultamientos y ambigüedades con los que el narrador establece sus estrategias discursivas, esta precisión de cronologías y ordenamientos temporales nunca llega a ser posible a partir de la información obtenida en las novelas.

La trama *(intreccio, plot)* de *Empresas y tribulaciones* permanece entonces vaga respecto de cronologías o fechas específicas, con lo cual la fábula, que por definición es el relato ordenado de los eventos de la trama[76], no puede ser establecida en todos sus alcances. Existe en *Empresas y tribulaciones* un juego, un intercambio no del todo claro entre trama y fábula que justamente constituye uno de sus aspectos más originales. El intercambio, por ejemplo, entre un narrador que se convierte en personaje y un autor que aparecería como narrador, contribuye en no poca medida a esta situación ambigua o, mejor dicho, indefinida del *rapporto* entre trama y fábula.

Y es de destacar, en este sentido, el valor de *Empresas y tribulaciones* por cuanto en ningún momento el autor Mutis o el narrador recaen en fechas o cronologías para establecer, como

---

[75] A los fines prácticos, seguimos aquí la distinción clásica establecida por Cesare Segre, para quien existen cuatro niveles en un texto narrativo: 1) «Discurso», 2) «Intreccio», 3) «Fabula» y 4) «Modello». El *discurso* sería el «texto narrativo significante», es decir, la narración en sentido lato. El *intreccio* es la trama o *plot* —el *s̆juzet* según le denominaran los llamados «formalistas rusos» que iniciaron estas categorías de análisis, es decir, la construcción elegida por el autor para representar los eventos (véase, por ejemplo, Peter Steiner, *Russian Formalism,* Ithaca, Cornell University Press, 1984). La *fabula* es una abstracción del lector que presenta la trama de forma ordenada, la fábula es una interpretación que contrasta un «orden natural» (analítico) del lector con un «orden artificial» (estético) del autor. Por último, el *modello* constituye «la forma más general en la cual un relato puede ser expuesto manteniendo el orden y la naturaleza de sus conexiones». Véase Cesare Segre, *Le strutture e il tempo,* Turín, Einaudi, 1974, págs. 3-77 (versión castellana: *Las estructuras del tiempo,* Barcelona, Planeta, 1976; traducción de M. Arizmend y M. Hernández Esteban).

[76] Véase, por ejemplo, Angelo Marchese, *Dizionario di retorica e di stilistica,* Milán, Mondadori, 1989 (versión castellana: *Diccionario de retórica, crítica y terminología literaria,* Barcelona, Ariel, 1994; traducción de Joaquín Forradellas).

decíamos, el sentido o la estructura misma de la saga[77]. El *hilo conductor* de la saga, como veremos, son personajes, pero, sobre todo, objetos, libros, situaciones y lugares, con lo cual su sentido estético se ve reforzado y llevado a sus extremos poéticos en donde, como ya fue establecido, la distinción formal entre poesía y prosa se disuelve.

A grandes rasgos, dentro de los trabajos de Mutis, la saga puede situarse de acuerdo a la figura 3. De la simple observación de la bibliografía comentada al final de esta introducción puede constatarse que la obra de Mutis vinculada a Maqroll se compone de dos grandes períodos. El primero, que dura hasta 1986, en donde el Héroe aparece como un personaje de trabajos editados bajo la forma de poesía o prosa poética. Este período presenta diferentes etapas y ellas pueden más o menos ser identificadas con las diversas versiones de las *Summa* que el autor Mutis ha ido editando[78]. Durante este período, Maqroll, si bien posee un rol protagónico de Héroe, su figura en muchas ocasiones aparece caracterizada por asociaciones con objetos, situaciones o lugares y no necesariamente, como será más el caso durante las *Empresas y tribulaciones,* por eventos específicos de una trama o por aspec-

---

[77] En este sentido es necesario destacar además que *Empresas y tribulaciones* no fue pensado en principio —en 1986— como una saga, como una unidad narrativa, sino que sólo a partir de la tercera o cuarta novela comenzaron a vislumbrarse aquí y allá detalles que hacían pensar en una serie. Otro tanto puede decirse de la *Summa,* al menos hasta la primera edición que aparecerá en 1973. *Empresas y tribulaciones* y la *Summa* son así productos historiográficos, unidades narrativas construidas a posteriori y que luego sí, una vez establecidas como unidades, se han ido desarrollando y evolucionando como tales. *Abdul Bashur,* en este sentido y como veremos, puede ser considerado en parte como una necesidad de la saga ya establecida, por cuanto el personaje había aparecido ya en algunas ocasiones y se perfilaba como una especie de *alter ego* biográfico de Maqroll.

[78] Existen hasta el momento al menos cinco versiones de la *Summa de Maqroll el Gaviero:* la de 1973 (que reúne poemas y prosas de 1948 a 1970); la de 1982 (que reúne poemas y prosas de 1948 a 1980); la de 1992 (que reúne poemas y prosas de 1948 a 1988); la de 1997 (que reúne poemas y prosas de 1948 a 1997) y, por último, la de 2002 (que reúne poemas y prosas de 1948 a 2000). Para una información más detallada puede consultarse la biliografía comentada al final de esta introducción.

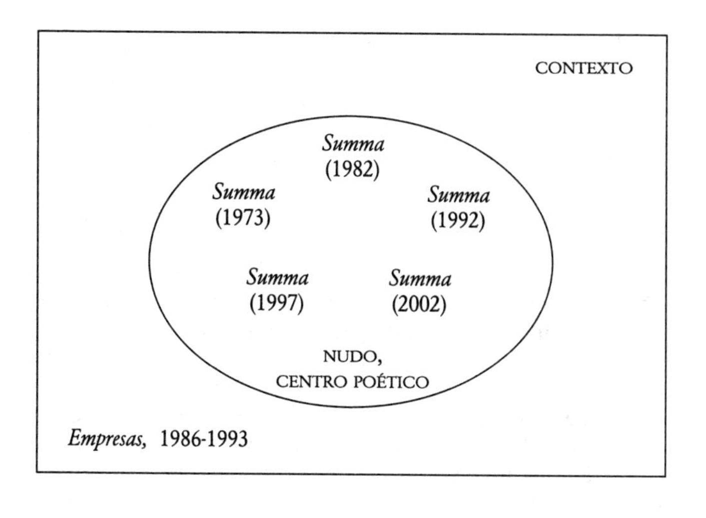

Figura 3. Relación bibliográfica entre la *Summa* y *Empresas y tribulaciones.*

tos de índole más psicológica[79]. Y, sin embargo, curiosamente y a pesar de esta cierta «impersonalidad», en este período Maqroll aparece prácticamente como el único personaje de su propia *Summa*. A partir de esta situación más adelante haremos referencia a una especie de materialismo o, mejor dicho, de *fisidad* presente en el imaginario de *Abdul Bashur*[80]. *Reseña de los Hospitales de Ultramar* (1959) y *Caravansary* (1981) son tal vez los escritos más significativos, en relación con Maqroll, de este período por cuanto allí surgen las primeras dos metáforas inolvidables de las tres o cuatro que, como veremos, harán de Maqroll un personaje único.

El segundo período, que podemos situar en 1986 con la aparición de la primera novela de *Empresas y tribulaciones*, presenta una forma más tradicional por cuanto el desarrollo de las tramas referidas a Maqroll es más amplio, aun cuando, como dijimos, los rasgos del Héroe continúen siendo más bien vagos y difusos en muchos sentidos. Pero, no obstante, esta vaguedad, en este período bibliográfico Maqroll aparece con elementos biográficos más definidos, su calidad de escritor aparece determinada con más nitidez y su relación con otros personajes aparece mucho más desarrollada.

Sin embargo, a pesar de esta distinción en dos períodos en los escritos del autor Mutis vinculados con Maqroll, lo interesante resulta que *Empresas y tribulaciones* funciona como una *contextualización*, como una especie de paratexto de la *Summa*[81]. De forma tal que aquello que en la *Summa* aparece concentrado, como en una especie de núcleo, surgirá de forma

---

[79] Mutis, confirmando de alguna forma la existencia de estos dos períodos, habla para referirse al segundo como de una necesidad de situar a Maqroll y de expresar la saga con otro tono y ritmo: «My intention was to continue to explore the same themes in narrative prose that I had developed in my poetry, to talk about landscapes of sensation and about my notion of man and of the world. I wanted to translate all of this into a narrative rhythm. And Maqroll helped me to do this; he accompanies me» (A. Mutis, en Francisco Goldman, «Alvaro Mutis», en *Bomb*, 74 [invierno de 2001], pág. 44).

[80] Para una discusión acerca de la noción de «fisidad» puede consultarse Claudio Canaparo, *Imaginación, mapas, escritura*, Buenos Aires, Zibaldone Universidad, 2000; y también *El perlonghear*, *op. cit.*, 2001.

[81] Acerca de la noción de «paratexto» puede consultarse Gérard Genette, *Seuils*, París, Seuil, 1987.

más amplia o con otras perspectivas en *Empresas y tribulaciones*[82]. En la figura 3 hemos tratado de establecer un gráfico sobre este aspecto historiográfico.

Y esta situación adquiere relevancia al momento de comprender la intrincada red de referencias cruzadas sobre las cuales no sólo se ha construido *Empresas y tribulaciones,* sino asimismo, y no menos importante, los vínculos de ésta con la *Summa.* La supuesta muerte de Maqroll, por ejemplo, que apareciera relatada en *Caravansary* (1981) —y parte ahora de la *Summa*— será luego sutilmente modificada en las páginas de *Un bel morir* (1989) —parte también de *Empresas y tribulaciones.*

De todas formas, la compleja relación entre la *Summa* y *Empresas y tribulaciones* o, de forma más específica, entre los libros editados como «poesía» y aquellos indicados como «novelas», no forma parte del propósito de este estudio introductorio[83]. Baste sólo con indicar los siguientes aspectos vinculantes a tener en cuenta entrambos:

1. Al menos dos títulos de poemas acaban convirtiéndose en títulos de sendas novelas de la saga («La Nieve del Almirante» y «Un bel morir»).
2. Personajes y lugares de los poemas acaban a su vez siendo protagonistas de las novelas (el río, Maqroll, personajes históricos, libros, memorias, etc.).
3. Situaciones sugeridas en los poemas se hacen explícitas en las novelas (la supuesta «muerte» ya mencionada, por ejemplo, de Maqroll).

[82] Dice al respecto Adolfo Castañón: «De hecho, desde *Caravansary* y *Los emisarios* se da ya un afloramiento de la tierra, y la oda marítima expresada en los poemas va siendo ganada en las novelas por un movimiento terrestre, una aventura sobre la tierra y en la sierra» (A. Castañón, «El tesoro de Mutis», en Ruiz Portella [ed.], *op. cit.,* pág. 201). Y agrega, indicando esta complementariedad como una especie de *tránsito:* «De los objetos al paisaje, de la poesía a la prosa, asistimos entonces a una apertura progresiva —si atendemos a la cronología real— o bien una concentración paulatina —si seguimos la cronología literaria— ...» *(ibídem,* pág. 202).

[83] Sobre el particular puede verse, por ejemplo, Adolfo Castañón, «El tesoro de Mutis», *op. cit.,* págs. 195-206. También puede consultarse Ricardo Cano Gaviria, «Introducción», en Álvaro Mutis, *Contextos para Maqroll,* Montblanc, Igitur/Mito, 1997, págs. 9-15.

4. Algunos aspectos de las novelas, que podríamos indicar como «puntos de fuga», señalan a la *Summa* como lugar de respuestas (en relación, por ejemplo, con lo que podríamos indicar como *estados de ánimo, Caravansary* aparece constantemente como punto de referencia).

De esta forma, aun cuando no analicemos esta relación, del hecho que *Empresas y tribulaciones* funciona como paratexto de la *Summa*, es inevitable que en aquélla surjan de forma permanente referencias e indicaciones que nos transportan fuera de sus límites. Y en efecto, uno de los aspectos más atractivos de lectura de *Empresas y tribulaciones*, para aquellos poco familiarizados con la obra del autor Mutis, es esta *falta de un centro*, esta especie de ausencia de un lugar común que constituye la saga sin la referencia inmediata de la *Summa*. Otra tanto ocurrirá con *Abdul Bashur* respecto del resto de las seis novelas que en su conjunto componen la saga.

El cuadro 1 expone el orden cronológico de publicación de las novelas y, al mismo tiempo, un orden *cinematográfico* pro-

CUADRO 1

Ordenamiento cinematográfico de la saga de Maqroll

ORDEN DE PUBLICACIÓN	ORDEN CINEMATOGRÁFICO
La Nieve del Almirante	*La Nieve del Almirante*
Ilona llega con la lluvia	*Amirbar*
Un bel morir	*Ilona llega con la lluvia*
La última escala del Tramp Steamer	*La última escala del Tramp Steamer*
Amirbar	*Abdul Bashur, soñador de navíos*
Abdul Bashur, soñador de navíos	*Tríptico de mar y tierra*
Tríptico de mar y tierra	*Un bel morir*

puesto por nosotros. Decimos «cinematográfico» por cuanto responde al ordenamiento de algunas imágenes de la saga más que a una consideración temporal respecto de la *plot*. La escasa información sobre este último particular, como ya fue mencionado, vuelve prácticamente imposible un ordenamiento fabulesco estricto. Un orden cinematográfico, por el contrario, presta menos atención a la ausencia de informaciones cronológicas precisas que al hecho que la fábula, es decir, el filme «en la cabeza» del espectador es una *construcción imaginaria* realizada a posteriori[84]. De forma similar, el orden de las tramas propuesto en *Empresas y tribulaciones* se disuelve con la lectura de las novelas, en una secuencia cuyos eventos destacables y momentos relevantes corren por cuenta del lector.

El ordenamiento aquí propuesto entonces (cuadro 1) es como si a las siete novelas quisiérase convertirlas en un filme con un exordio, un desarrollo, un clímax y un final. A menudo, el cinematógrafo consiste justamente en que la relación entre la trama y una posible fábula no se establece de forma cronológica, sino a partir de imágenes (visiones, panoramas, encuadres, fotografías) de lugares, objetos, cosas y breves narraciones biográficas[85]. Ello precisamente es *Empresas y tribulaciones* en su forma cinematográfica.

El cuadro 2 presenta los libros que forman la saga, ordenados de forma cronológica e indicando de manera sucinta los personajes principales de cada trama. El cuadro 3 por otra parte presenta asimismo la enumeración cronológica de los libros que componen la saga, pero en este caso indicando las voces narrativas —es decir, indicando aquellos personajes que

---

[84] Véase, por ejemplo, Roland Barthes, «Le problème de la signification au cinéma», en *Oeuvres complètes, I. 1942-1961*, París, Seuil, 2002, págs. 1039-1046. Y también *L'obvie et l'obtus. Essais critiques III*, París, Seuil, 1982 (versión castellana: *Lo obvio y lo obtuso: imágenes, gestos, voces*, Barcelona, Paidós Ibérica, 1992; traducción de C. Fernández Medrano).

[85] Sobre una noción genérica de cinematografía en cuanto forma de pensamiento puede consultarse Gilles Deleuze, *Cinéma 1. L'image-mouvement*, París, Minuit, 1983, y *Cinéma 2. L'image-temps*, París, Minuit, 1985 (versión castellana: *La imagen-movimiento: estudios sobre cine 1*, Barcelona, Paidós, 1984; traducción de Irene Agoff. Y también: *La imagen-movimiento: estudios sobre cine 2*, Barcelona, Paidós, 2001; traducción de Irene Agoff).

Cuadro 2
Principales personajes de «Empresas y tribulaciones»

Año de edición	Libro	Personajes principales
1986	*La Nieve del Almirante*	Maqroll Flor Estévez
1987	*Ilona llega con la lluvia*	Maqroll Ilona Witto Luis Antero («Longinos») Larissa
1989	*Un bel morir*	Maqroll Zuto Don Aníbal Van Brandem Amparo María
1989	*La última escala del Tramp Steamer*	Narrador Jon Iturri Warda Bashur Abdul Bashur
1990	*Amirbar*	Narrador Maqroll Abdul Bashur Yosip Dora Estela («La Regidora») Eulogio Almeiro Doña Claudia Antonia Tomasito Nils Olrik
1991	*Abdul Bashur, soñador de navíos*	Véase cuadro 7

Cuadro 2 (cont.)
Principales personajes de «Empresas y tribulaciones»

Año de edición	Libro	Personajes principales
1993	*Tríptico de mar y tierra*	Maqroll Sverre Jensen Cathy Abdul Bashur Vilnas Blekaitis Leb Maqroll Narrador A. Obregón Khalitan G. García Márquez Narrador Jamil Maqroll Mossén Ferrán Alejandro Obregón

aparecen *relatando,* sea por propia voz o a partir de una cita o referencia expuesta por el mismo narrador u otro personaje. Ambos cuadros permiten rápidamente constatar cómo la estructura y los personajes de las diferentes novelas poseen una estrecha relación entre sí y, por lo mismo, se puede concluir hasta qué punto, como fue dicho, el análisis de *Abdul Bashur* es también, en gran medida, una análisis de la saga de *Empresas y tribulaciones.*

Por último, un breve comentario acerca de la disposición espacial de las novelas que componen la saga. Si aceptamos la distinción genérica de un libro, en su dimensión física (estructura física) y en su estructura literaria (estructura imaginaria)[86], entre texto y paratexto, como aquella que distinguiría el texto propiamente dicho de aquellos elementos que conforman sus aledaños, entonces podemos conjeturar que existe en *Empre-*

[86] Volveremos sobre esta *arquitectura* de la novela más adelante.

CUADRO 3

Posibles voces narrativas en relación con «Empresas y tribulaciones»

AÑO DE EDICIÓN	LIBRO	VOCES NARRATIVAS
1986	*La Nieve del Almirante*	Narrador Maqroll
1987	*Ilona llega con la lluvia*	Narrador Maqroll
1989	*Un bel morir*	Narrador Maqroll Narrador
1989	*La última escala del Tramp Steamer*	Narrador
1990	*Amirbar*	Narrador Maqroll
1991	*Abdul Bashur, soñador de navíos*	Narrador Maqroll
1993	*Tríptico de mar y tierra*	Maqroll Narrador Maqroll G. García Márquez Narrador Maqroll Lina Vicente

sas y tribulaciones todo un manejo y un juego entre ambos ámbitos que no puede ser ignorado[87].

De acuerdo con la clásica definición de Gérard Genette (1930-), el paratexto está constituido por todos aquellos elementos que circundan al texto[88]. En primer lugar existiría en

[87] La primera novela de la saga, por ejemplo, incluía luego del texto original (el «Diario de Xurandó»), al menos tres escritos que ya habían sido editados en la *Summa*. Esta reedición de dichos escritos tiene sin duda consecuencias interpretativas que no se pueden ignorar.

[88] Véase Gérard Genette, *Seuils, op. cit.*, «Introduction», págs. 7-19.

sentido espacial un «interior» *(péritexte)* y un «exterior» del libro *(épitexte)* —el primero está formado por todo lo que es hallable en el libro, mientras que el segundo por todo aquello que se vincula a él (entrevistas, estudios, ensayos, etc.). Existiría asimismo, dentro del «interior», un paratexto próximo (títulos, epígrafes, citas al pie de página, epílogos originales, etc.) y un paratexto más remoto (tapas, contratapas, *excursus,* epílogos posteriores, *post-script,* etc.)[89]. A los fines de este estudio introductorio nos ocuparemos de forma breve sólo de lo que hemos indicado como paratexto próximo (figura 14)[90]. Es fundamental que el lector tenga en cuenta esta perspectiva, junto con lo ya mencionado en relación con el figura 1, para situar los límites analíticos del presente estudio.

La figura 4 presenta entonces un esquema paratextual genérico en relación con la saga. Los alrededores de los textos de las novelas estarían constituidos básicamente por cuatro elementos: epígrafes, dedicatorias, apéndices y notas a pie de página. Los epígrafes presentan una perspectiva general de contenido, introducen otras lenguas diversas del castellano, ofrecen un sentido mínimo de historia y contextualizan de forma sucinta la trama y los personajes. Las dedicatorias constituyen índices y diálogos que se vinculan con la narración biográfica del autor. Los apéndices dialogan con otros libros, ofrecen y sitúan un contexto para Maqroll, en definitiva, *crean* en gran medida la saga. Por último, las notas a pie de página constituyen aclaraciones bibliográficas, referencias a otros libros de la saga o a otras publicaciones, en donde aparece Maqroll o alguno de los otros personajes o situaciones y también presen-

---

[89] La taxonomía de G. Genette es mucho más amplia y comprehensiva, escogemos aquí de forma genérica su estructura de base. Para una aplicación más detallada de esta noción de paratexto puede consultarse Claudio Canaparo, *The Manufacture of an Author, op. cit.,* en particular el volumen II.

[90] Un análisis físico completo de los libros que componen la saga es algo que escapa a los propósitos de este estudio, pero que, sin embargo, constituye una tarea fundamental a realizar en relación con la obra del autor Mutis dadas, precisamente, sus características. Sin embargo, teniendo en cuenta la cantidad de información empírica y la disponibilidad de material de edición (y consulta de originales y manuscritos) que demanda, es probablemente muy pronto aún para que tal trabajo vea la luz del día.

Figura 4. Posible composición mínima del paratexto en las novelas que componen *Empresas y tribulaciones* y que posibilitan en gran medida su misma existencia.

tan indicaciones históricas, por lo general referidas a la historia europea.

La construcción de la saga entonces, al igual que el estrechamineto y puntualización de las tramas de las novelas que le componen, se constituye mayormente por aquello que podríamos indicar como un *efecto de paratexto*. Es decir, se constituye a partir de relaciones entre texto y paratexto, a partir de referencias en el texto que obliga al lector a remitirse al paratexto (o *imaginarse* el mismo), a partir de una huida constante hacia los márgenes de la historia (y del libro) que conforma una de las características fundamentales —y uno de los logros más interesantes— de *Empresas y tribulaciones*. Existe una estrecha relación entre el carácter nómada e imprevisible de Maqroll —su errancia sin destino, su devenir sin rumbo y azaroso— y esta estrategia de narración, en donde es como, si al leer cada novela, nos estuviera señalando otro sitio, otro lugar en donde hallar su recóndito secreto. *Empresas y tribulaciones* puede ser caracterizada y definida como una saga que fomenta la huida a sitios y lugares lejanos, más aún, como una saga que constantemente construye en sus páginas un *punto de fuga* que nos obliga como lectores a escaparnos del texto, a otros ámbitos, a otras tierras, a otras geografías. Éstas son las *geografías imaginarias* de las que hablaremos más adelante y constituye la clave a partir de la cual la noción de «aventura» —tan cercana y tan lejana al mismo tiempo a *Empresas y tribulaciones*— debería enfocarse.

La novelas que componen *Empresas y tribulaciones*, finalmente, presentan un sesgo historicista que proviene sobre todo de lo que podríamos indicar como «técnica histórica». No sólo por el hecho que la mención a escritos, cartas, etc. —como si fuesen *documentos*— es constante y adquiere la forma de *fuente*, sino, más aún, por la manera que, en más de una ocasión, un narrador o personaje narra a través de la transcripción de los dichos de otro. Y surge de aquí una característica fundamental de *Empresas y tribulaciones* y que, como veremos, se hará extensiva a *Abdul Bashur:* la enunciación y el tiempo de lo enunciado casi nunca coinciden en las novelas y, más aún, dicha característica sirve para extremar el sentido de lejanía, de distancia, de historia y de «cosa a ser contada». Sobre el particular sostiene Pierre Lepape:

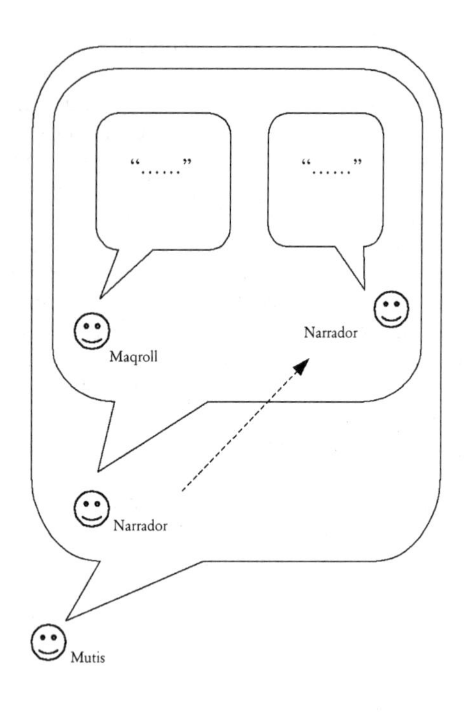

Figura 5. Los niveles de análisis considerando al Narrador convertido en personaje.

> Cabe subrayar que todas las aventuras de Maqroll son aventuras antiguas y relatadas. Nunca se dice lo que es o acontece, sino lo que ha sido. La aventura como valor es una cuestión de memoria y recuerdos[91].

De forma similar, la saga presenta otra característica que se hará presente asimismo en *Abdul Bashur* y es aquella del narrador que se sitúa *también* como personaje. La figura 5 presenta de forma gráfica esta estrategia fundamental de *Empresas y tribulaciones* y que genera en el lector no pocas intensiones de asociar de forma automática autor y narrador. Sin embargo, esta estrategia del narrador como personaje, más que incitar a una perspectiva del mismo como *testigo*, intenta con eficacia solidificar la ya mencionada distancia entre la enunciación y el tiempo de lo enunciado. Y precisamente a un escrito de estas características, en el sentido ya comentado del *ancien régime*, podríamos considerarlo como *crónica*. *Empresas y tribulaciones* constituye en este sentido, como veremos, una máquina para fabricar distancias y para inventar geografías, es decir, una especie de carta náutica o tratado acerca del espacio.

Maqroll

En el cuadro 4 puede consultarse un resumen fáctico de los eventos más destacados en la biografía de Maqroll como para que sirvan de guía a la lectura de *Abdul Bashur* y como ayuda asimismo a una mejor comprensión de la saga. Sin embargo, la pregunta básica sobre el personaje sigue vigente:

> Pero ¿quién es ese Maqroll? La respuesta no resulta fácil, pues apenas se puede caracterizar con atributos negativos. Se trata de un hombre sin nacionalidad ni rasgos físicos, que habla casi todas las lenguas pero que ninguna es la suya; es un viajero obstinado, pero no un aventurero; no busca sorpresas, sino que encuentra la experiencia a medida que suceden las cosas; tampoco es un espectador, alguien que pueda quedar-

[91] Pierre Lepape, «Victorias de Ultratumba», *op. cit.*, pág. 145.

Cuadro 4

Principales eventos en la biografía de Maqroll y en relación con los libros que le tienen como personaje

Evento	Poesía	Novelas
Aparece por primera vez	1948 *(La balanza)*	
Primera *Summa*	1973	
Muere Maqroll	1981 *(Caravansary)*	
Segunda *Summa*	1982	
Primer inventario de sus aventuras		1986 *(La Nieve del Almirante)*
Tercera *Summa*	1992	
Se reescribe su muerte		1989 *(Un bel morir)* 1990 *(Amirbar)* 1993 *(Tríptico de mar y tierra)*
Cuarta *Summa*	1997	
Último inventario de sus aventuras		1993 *(Tríptico de mar y tierra)*

se al margen de la vida; sabe que va a fracasar siempre, pero no le importa porque — (...) — el éxito no le interesa y su ética es la de la dignidad que proporciona el fracaso. Maqroll es además un lector singular: se conmueve con las *Memorias* del Cardenal de Retz, con las *Memorias de ultratumba* de Chateaubriand, con la obra de Émile Gabory sobre las guerras de la Vendée, con las cartas y memorias del Príncipe de Ligne, con Balzac, Céline y Siménon[92].

[92] Mora y Figueroa, «Álvaro Mutis, Premio Reina Sofía de Poesía Iberoamerica 1997», *op. cit.*, pág. 151.

En líneas generales puede decirse que una caracterización afectiva o de pensamiento, dadas las estrategias narrativas presentes y ya comentadas en *Empresas y tribulaciones*, resulta menos difícil que el establecimiento de una cronología factual del personaje. Y ello indica precisamente uno de los aspectos a tener en cuenta: la ausencia de rostro, la falta de datos o informaciones anagráficas con propósito indican no sólo que lo relevante tiene otros meridianos, sino que dicha ausencia tiene una función. Y esta función de *ausencia biográfica* no es sólo poética, en el sentido que ayuda a crear una *aura* en torno al personaje, sino también *ideológica* en sentido estricto[93]: Maqroll se constituye en torno a ella, por tanto, no es sólo un agregado o una característica, sino el mismo sentido paradójico de su existencia, es decir, la existencia de un individuo que hace de una ausencia el centro de su vida. Y es esto precisamente lo que ya antes habíamos indicado —e indicaremos para el caso de Abdul Bashur— como *pérdida del centro*.

Sostiene el autor Mutis:

> El nombre de Maqroll se originó en un instante. Trataba de buscar un nombre que no tuviera significación geográfica, nacional o regional y se me ocurrió de repente. El acierto fue poner la Q sin u, que es la usada en la transcripción al español del lenguaje árabe, y suena como k pronunciada con el fondo del paladar. Desde luego era muy ingenuo de mi parte creer que eso no tenía ninguna connotación, porque pronunciado de esa forma puede ser el simple señor escocés Mc Roll. La invención del nombre fue repentina, no fue una cosa muy elaborada. Me acordaba de la historia del nombre de Kodak, que se buscó fuera internacional y se pudiera decir en todas las lenguas. Encontré Maqroll, con su connotación mediterránea y a veces catalana, como me lo han dicho muchas personas[94].

---

[93] Para un análisis de esta acepción de ideología, en cuanto *practique imaginative*, puede consultarse Paul Ricoeur, *De texte à l'action. Essais d'herméneutique, II*, París, Esprit/Seuil, 1986, págs. 228 y ss. (versión castellana: *Del texto a la acción: ensayos de hermenéutica, II*, Buenos Aires, Fondo de Cultura Económica, 2001; traducción de Pablo Corona).

[94] Álvaro Mutis en García Aguilar, *op. cit.*, págs. 18-19.

Por otra parte, tratando de construir su biografía a partir de *Empresas y tribulaciones*, tampoco es mucho aquello que se obtiene:

> El lector no sabe prácticamente nada de la infancia de Maqroll. En *Un bel morir* nos habla sobre las plantaciones de café y azúcar que conoce de los Andes colombianos. No sabemos tampoco nada de su padre, salvo que una postituta, que resulta ser la hermana de Maqroll, guarda una foto de él que le dio su madre («la visita del Gaviero»). Asimismo, conocemos gracias a «Un Rey Mago en Pollensa» que su madre le enseñó a hablar en flamenco. En efecto, en *La Nieve del Almirante* (1986), el capitán de un barco sabe que Maqroll va a recuperarse cuando éste grita una maldición en flamenco: «*Godverdomme*» (57). De su infancia destaca: «Desde muy joven, ya en la gavia de los pesqueros en donde trabajaba, tuve que estar atento a lo que cada día se me echaba encima como un torrente de riesgos y de súbitas alarmas que no me daba tiempo a volver sobre mi infancia, perdido como estaba en el vértigo cotidiano de un presente implacable» (724-725)[95].

Sin tierra y sin lengua no existen raíces posibles para una narración biográfica, para la caracterización de un personaje. Éste es el primer elemento relevante en Maqroll que será luego, a partir de otros aspectos, multiplicado sin fin. Y bajo una condición tal, el tema del *destino* es una asignatura obligada tanto para el mismo personaje como para el narrador de sus hazañas o desventuras. Y entonces «allí [se] vuelve a algo que ya tocaron los griegos: la noción de destino como *fatum*»[96].

En el mismo sentido, el dinero y el conocimiento, elementos que pueden reemplazar —o tratar de suplir— la ausencia

---

[95] Williams L. Siemens, «El renacimiento de Maqroll en *Jamil* y "Un Rey Mago en Pollensa"», en Ruiz Portella (ed.), *op. cit.*, pág. 272. La edición empleada por el autor es la de *Empresas y tribulaciones* de Alfaguara de 1995 (Colombia) y a ella se refieren los números de páginas indicados entre paréntesis.

[96] Álvaro Mutis en García Aguilar, *op. cit.*, pág. 56. En la entrevista ya citada de 2001 con Francisco Goldman, afirma el autor Mutis: «Maqroll lives by a rule that is stated in one of the novels, I can't remember which; it is his *dictum:* never try to change or modify what destiny puts in your path, and never try to judge things» (A. Mutis, en Francisco Goldman, «Álvaro Mutis», *op. cit.*, pág. 45).

de raíces en la fundación de un personaje, surgen como argumentos recurrentes. El dinero aparece no como fuente de riqueza, sino como símbolo de otra cosa, como sinónimo de *negocio,* de negociación en el sentido oriental, casi arábigo, hebreo o persa del término. Aquello que importa no es el resultado de una transacción comercial, sino el hecho mismo de la transacción. Como en los personajes de Roberto Arlt[97], a Maqroll no le interesa el dinero sino *la forma* de hacerlo, son las complicaciones y devaneos para realizar una operación aquello que interesa a Maqroll del negocio y no su resultado monetario. La *ceremonia* del negocio es aquello que fascina a Maqroll —esa forma de ritual que alguna vez Jean-Paul Sartre (1905-1980) llamó, con tanto desprecio como eficacia, «la danza del almacenero»[98].

De forma similar a lo que sucedía con el dinero, sucede con los viajes. Llegar a un sitio carece de importancia. Aquello que cuenta es *estar en viaje,* es la realización misma del viaje[99]. Y resulta paradójica dicha perspectiva por cuanto es justamente lo opuesto aquello que sucede en el mundo contemporáneo. En la actualidad, lo que ha prácticamente ha desaparecido es el viaje en cuanto tal, hoy en día los individuos ya no viajan, sino que se desplazan de un sitio a otro. La permanente búsqueda de Abdul Bashur del *Tramp Steamer* ideal, como veremos, al igual que el *mundo* que Maqroll construye en torno a ellos, no son sino una expresión de la nostalgia que genera esta desaparición de los viajes.

---

[97] Véase, por ejemplo, Roberto Arlt, *Los siete locos,* Madrid, Cátedra, 1992; edición a cargo de Flora Guzmán. El ya clásico personaje Remo Erdosain es todo un paradigma de esta actitud hacia el dinero.

[98] Véase Jean-Paul Sartre, *Les carnets de la drôle de guerre. November 1939-Mars 1940,* París, Gallimard, 1983 (versión castellana: *Diarios de guerra. Noviembre de 1939-Marzo de 1940,* Buenos Aires, Losada, 1983; sin indicación de traductor).

[99] En una entrevista de 1997 decía el autor: «[Maqroll es como] un tipo que ya sabe que el mundo se parece todo, que Singapur tiene calles absolutamente exactas a las de Guayaquil, y por eso no va buscando experiencias nuevas: lo que de verdad le impulsa es el placer del desplazamiento, el desplazamiento como experiencia profunda e íntima» (A. Mutis, en *El Magazine de El Mundo,* Madrid, 6 de julio de 1997). Véanse también, por ejemplo, los pareceres del autor en García Aguilar, *op. cit.,* págs. 78-79.

La independencia y la autonomía de toda autoridad, que aparece como uno de los principios fundantes de la individualidad en Maqroll, puede sumarse entre las razones que contribuyen a estas anteriores características de su personalidad[100]. El dinero, los bienes materiales, las posesiones, todo ello genera dependencia, limitación en la movilidad, obligaciones y, sobre todo, una forma de vivir anticipadamente del todo inaceptable para Maqroll. La diferencia entre los individuos para Maqroll no es sólo la que puede establecerse entre aquellos que poseen más o menos independecia y sentido libertario de la existencia, y los que no la poseen, sino también entre aquellos que desconocen el presente porque viven de expectativas del porvenir y aquellos que, ignorando con propósito todo porvenir, negándose a cualquier ilusión, llevan adelante un escepticismo, un agnoticismo que les empuja hacia el presente, hacia el desarrollo de un mundo local, de un ambiente inmediato y de unos resultados tangibles en sentido físico.

Si bien existe un retraímiento en Maqroll respecto de toda forma de participación o evento de la «vida social», por otra parte, existe una voluntad de construir una vida pública como refugio contra la ausencia de intimidad. El mercado, los nego-

---

[100] En algunos casos existe incluso un cuestionamiento o provocación contra la autoridad. El espíritu *libertario* de Maqroll ha sido indicado varias veces, incluso por el mismo autor. Afirma Mutis: «Básicamente, la actitud de Maqroll podría resumirse en una frase así: "No acepto las cosas que me suceden tal y como me son dadas por el destino, quiero descodificarlas instantáneamente y someterlas a mi propia voluntad y delirio, a ver qué dan". Ésta es una posición bastante conocida en la literatura francesa. Es de origen rimbaudiano y baudelaireano también. No tragar entero nada de lo que se te dé, y no sólo las convenciones sociales. Es algo que algunos han denominado anarquismo puro. No hay inconformidad: "Si me vino esto, ahora vamos a ver qué hago. A partir de esto vamos a ver qué sucede". O sea, no sólo no acepto las cosas tal como me vienen, sino que voy a someterlas a pruebas mías; pero no porque esté inconforme, sino porque no puedo aceptar las cosas en su primera manera de presentarse ante mí» (Álvaro Mutis, en García Aguilar, *op. cit.*, págs. 21-22). En «Jamil» asimismo, el personaje mossèn Ferran indica a Maqroll como «este anarquista nato que pretende ignorarse o que se ignora como tal» (véase *Tríptico de mar y tierra*, Bogotá, Norma, 1993, pág. 122, y también William L. Siemmes, «El renacimiento de Maqroll en *Jamil* y "un Rey Mago en Pollensa"», *op. cit.*, pág. 265).

cios, los puertos, las estaciones de trenes, los bares, alguna biblioteca, hoteles, pensiones y burdeles, son algunos de los lugares a los que esta voluntad *ancien régime* de vida pública le lleva de forma casi impulsiva y constante. La participación en la vida pública no significa, sin embargo, para Maqroll concesiones personales ni confidencias de ningún tipo. Maqroll ejerce de forma estricta el sentido de *persona* en su acepción teatral más antigua y trágica, es decir, como *maschera*. La persona es un desarrollo, una construcción, una herramienta para ser ejercida en el ámbito público. Es famosa ya la sentencia atribuida a Cicerón (106-43 a.C.) y que podría aplicarse sin duda a Maqroll: *ex persona ardent oculi* («brillan los ojos debajo de la máscara»). La presencia de Maqroll siempre deja en otros personajes —e incluso en el mismo lector— la idea *de que nunca está ahí*, de que está pero no está, de que la vida y la existencia pasan siempre por otra parte[101], por algún lugar *visto pero imposible* y que no cesa de perseguir.

En este sentido, la más eficaz alegoría de Maqroll fue ofrecida por el mismo autor Mutis:

> [...] la visión de los aserraderos es como la visión de lo imposible. Algo que por mucho que codiciemos nos está definitivamente vedado...] La misma actitud que Maqroll tiene en las prosas anteriores las tiene en el aserradero de *La Nieve del Almirante*. Cuando el capitán del planchón expresa sus dudas sobre el aserradero, uno se da cuenta de que por un lado Maqroll se inquieta y por otro siente que ya sabía que había una parte de azar funcionando en eso, o sea que él no sabía muy bien qué eran los aserraderos. La experiencia del burdel con las *stewardess* en *Ilona llega con la lluvia* es la misma. A ver qué pasa. No nos pongamos ni leyes ni términos ni principios ni objetivos. Y el burdel se va deshaciendo a medida que se va fundando. En el momento que se funda y hay una cantidad de dinero para él y para Ilona, ambos no creen en el negocio y se lo dejan más bien a Longinos. No era ese el objetivo de

---

[101] Sobre el particular, en cuanto argumento literario, puede consultarse la ya famosa novela de Milan Kundera, *La vie est allieurs*, París, Gallimard; versión francesa de *Zivot je jinde* (1969) a cargo de F. Kérel y M. Kundera (versión castellana: *La vida está en otra parte*, Buenos Aires, Sudamericana/Planeta, 1987; traducción de Fernando de Valenzuela).

> su acción y por eso hay una frase que inquieta a los buenos lectores de *La Nieve del Almirante*, una frase que encontré en un pequeño *crack* de caballeros del Líbano, que eran puestos militares levantados allí por los cruzados para mantener hombres: «No era aquí». Eso es exactamente, es la frase clave: no era aquí, pero seguimos adelante. Seguimos adelante, no importa que haya o no aserraderos[102].

La figura de Maqroll puede caracterizarse por aquello que indicaremos como las cuatro metáforas fundamentales de la existencia. Y «metáfora» lo entendemos aquí en dos sentidos básicos: o como «traslación» (μεταφορά), originario de μετά («más allá») y de φέρο («llevar»); o como «mímesis» (μίμησις, originario de μιμέομαι)[103], representación[104]. Aquello que Maqroll traslada, lleva, y aquello que representa, es decir, aquello que *realiza* en la trama constituyen sus coordenadas fundamentales, la base para la geografía —física y anímica a un tiempo— que constantemente produce[105].

La primera metáfora está dada por aquello que Maqroll entiende como «Hospitales de Ultramar»:

---

[102] En García Aguilar, *op. cit.*, págs. 22-23.

[103] Paul Ricoeur, en una brillante interpretación de la *Poética* de Aristóteles, explica cómo la noción de *mímesis* («activité mimétique») se halla vinculada en senido conceptual y analítico con *muthos* («mise en intrigue»). De aquí que, para Ricoeur, «imitation ou représentation d'action et agencement des faits» sean la misma cosa —y que es, precisamente, aquello que veremos caracteriza los sistemas de objetos y la «naturaleza» de la novela. Véase Paul Ricoeur, *Temps et récit, op. cit.*, volumen I, págs. 66-104.

[104] Para un extensa y detallada discusión sobre las acepciones de metáfora puede consultarse Paul Ricoeur, *La Métaphore vive,* París, Seuil, 1975 (versión castellana: *La metáfora viva,* Buenos Aires, Megápolis, 1977) y también *Temps et récit, op. cit.,* en particular el volumen I.

[105] Para una perspectiva *espacial* en la formación del conocimiento y de la subjetividad puede consultarse, por ejemplo, Remo Bodei, *Geometria delle passione. Paura, speranza e felicitá,* Milán, Feltrinelli, 1991 (versión castellana: *Una geometría de las pasiones: miedo, esperanza y felicidad,* Barcelona, Muchnick, 1995; traducción de José Ramón Monreal). También puede verse Richard Sennett, *The Fall of Public Man, op. cit.,* y *The Conscience of the Eye,* Nueva York, W. W. Norton and Co., 1991 (versión castellana: *La consciencia del ojo,* Barcelona, Versal, 1991; traducción de Miguel Martínez-Lage).

> Con el nombre de Hospitales de Ultramar cubría el Gaviero una amplia teoría de males, angustias, días en blanco en espera de nada, vergüenzas de la carne, faltas de amistad, deudas nunca pagadas, semanas de hospital en tierras desconocidas curando los efectos de largas navegaciones por aguas emponzoñadas y climas malignos, fiebres de la infancia, en fin, todos esos pasos que da el hombre usándose para la muerte, gastando sus fuerzas y bienes para llegar a la tumba y terminar encogido en la oreja de su propio desperdicio. Ésos eran para él sus Hospitales de Ultramar[106].

La segunda metáfora es la eregida en *Caravansary* (1981)[107]. El caravasar, «la posada oriental para las caravanas», además de como sitio o lugar, también se presenta como verbo («caravasar» o también «caravanear»), como manera de hacer una cosa:

> El caravasar es también metáfora mayor de lo que significa Maqroll, la búsqueda de la experiencia a medida que suceden las cosas. «Lo que importa —dirá en una ocasión Mutis— no es adónde va o de dónde viene la caravana, sino el movimiento de la caravana.» Está también, sin embargo, el mundo de «los objetos que no viajan nunca», situados al margen de la marea de la vida y detenidos —dice el poeta— «en una eternidad hecha de instantes paralelos que entretejen la nada y la costumbre». *Caravansary* es, una vez más, una meditación sobre la muerte[108].

---

[106] Álvaro Mutis, *Summa, op. cit.*, pág. 104. Este párrafo aparece como *incipit* del libro.

[107] Como epígrafe del libro, el autor introduce la siguiente definición extraída de la *Encyclopaedia Britannica* (ed. 1965, vol. 4): «Caravansary, in the middle east, a public building for the shelter of a caravan *(q.v.)* and of wayfares generally. It is commonly constructed in the neighbourhood, but not within the walls, of a town or village. It is quadrangular in form, with a dead wall outside, this wall has small windows high up, but in the lower parts merely a few narrow air holes (...) The central cour is open to the sky, and generally has in its centre a well with a fountainbasin beside it (...) The Upstairs apartments are for human lodging; cooking is usually carried on in one or more corners of the quadrangle below. Should the caravansary be a samll one, the merchants and their goods alone find place within, the beasts of burden being left outside...». En *Summa, op. cit.*, pág. 139.

[108] Santiago de Mora y Figueroa, «Álvaro Mutis, Premio Reina Sofía de Poesía Iberoamerica 1997», *op. cit.*, pág. 155.

La tercera metáfora se origina en torno a *Diario de Lecumberri* (1960) y se refiere a una sensación que se repite en los presidiarios y constituye un estado de ánimo definido y conocido bajo el nombre de «carcelazo»:

> El carcelazo es todo un terrible estado de ánimo, una total desesperanza. Es cuando se le cae a uno encima la cárcel, con todos sus muros, rejas, presos y miserias. Es como cuando se hunde uno en el agua y busca desesperado salir a la superficie para respirar; todos los sentidos, todas las fuerzas se concentran en eso tan ilusorio y que se hace cada día más imposible y extraño... *¡Salir!*[109].

Por último, la cuarta metáfora es la que podríamos asociar con *La última escala del Tramp Steamer* (1989) e incluso con *Abdul Bashur* (1991). Es la idea del navío como *milieu*, como ámbito natural de la existencia, pero también como método de una búsqueda sin fin, de navío en navío, de aquel que reuniría las características ideales[110]. La naturaleza en la que se sumerge Maqroll, más que poblada de selvas y trópicos, de mares o ríos, se halla constituida por barcos o por lugares de tierra firme que, dado su carácter transitorio y de provisoriedad, acaban funcionando también como *barcos inmóviles*[111].

Tenemos entonces las cuatro coordenadas básicas que determinan el clima, la atmósfera y la misma topografía de las geografías que Maqroll construye sin cesar. La metáfora de los hospitales funciona como sinónimo de estado de ánimo, es el *spleen* baudelaireano llevado a forma de vida cotidiana. La metáfora del caravanear se vincula a la provisoriedad, a la transitoriedad de todo presente, al estado nómada en que todas las circunstancias se producen y son llevadas adelante. La metá-

---

[109] Álvaro Mutis, en Elena Poniatowska, *Cartas de Álvaro Mutis a Elena Poniatowska*, México, Alfaguara, 1998, pág. 33.

[110] Robert Guyon, en un estimulante trabajo sobre los viajes de Blaise Cendrars (1887-1961), desarrolla una idea similar. Véase Robert Guyon, *Échos du Bastingage*, Rennes, Éditions Apogée, 2002.

[111] Por ello se comprende que el oficio de celador de barcos abandonados («cementerio de barcos») sea tal vez el que define a Maqroll más que ningún otro de los innumerables trabajos y negocios que llevara adelante. Véase «El hastío de los peces», en *Summa*, *op. cit.*, 35-36.

fora de la cárcel funciona como base de toda acción, de todo hacer por medio del cual al mismo momento de casi obtener aquello por lo que estábamos luchando, pierde interés y es abandonado. La cárcel funciona como método de una derrota tan imprevisible como segura. La metáfora del navío funciona como destino en tanto *fatum,* es decir, como predicción, como vaticinio, pero también como fatalidad dispuesta por una fuerza superior e inalcanzable.

Esta condición de la existencia, que Maqroll compartirá en gran medida con Abdul Bashur, hacen que a éste, como veremos, pueda considerárselo como una especie de *alter ego* en espejo, es decir, ambos comparten la geografía aquí mencionada, pero, aquello que para Maqroll surge como un límite de la existencia, para Abdul aparece como una posibilidad (aunque efímera) de ella —por eso, entre otras cosas, Abdul es quien persigue el *Tramp Steamer* ideal y no Maqroll; por eso también es Abdul quien conserva cierto sentido religioso y familiar, y no Maqroll; y por eso, por último, es Abdul quien tiene un hijo (Jamil), evento del todo inabordable para Maqroll. El agnosticismo de Maqroll es europeo e histórico mientras que el pesimismo de Abdul es oriental y religioso.

Las cuatro metáforas, su funcionamiento conjunto, permiten asimismo comprehender por qué a través de casi todas las novelas de *Empresas y tribulaciones,* Maqroll y otros personajes hablan por medio de objetos, cosas y lugares. Como si sólo una lengua cuyo léxico está hecho de colores, olores, formas e imágenes, pudiese hablar de los individuos o, mejor dicho, indicar quiénes son, para dónde van, qué buscan o anhelan[112]. En este último sentido, la vecindad de las *Empresas y tribulaciones* con el cómic es indudable. La figura de *Corto Maltés,* creada por Hugo Pratt (1927-1995), puede tomarse como paradigma, pero también de manera no menos pertinente la de *Gilgamesh,* de Robin Hood (1944-) y Luis Olivera (1937-), la

---

[112] Recuérdese el famoso aserto de Ludwig Wittgenstein (1889-1951) para quien el lenguaje no puede nombrar sino sólo *indicar* significados. Véase *Philosophical Investigations,* Oxford, Basil Blackwell, 1953 (versión castellana: *Investigaciones filosóficas,* Barcelona, Crítica, 1988; traducción de A. García Suárez y U. Moulines).

de *El eternauta,* de Héctor Oesterheld (1919-1976), y la de *Nippur de Lagash,* también de Robin Hood y Luis Olivera[113].

Por último, Maqroll aparece en la saga como un escritor sin obra édita y como un lector empedernido. Más que como un autor, dado que no ha publicado (al menos hasta donde sabemos), surge como una especie de *escriba* cuya obra está constituida de manuscritos, cartas, postales y borradores[114]. Dado el carácter historicista con que el narrador presenta cada novela de la saga —uso de escritos como fuentes, voluntad de «clarificar» un episodio, noción de «documento», etc.[115]—, Maqroll nunca habla por sí mismo, sino a partir de la introducción de un escrito que funciona como *documento* citado por el propio narrador (otro rasgo de historicismo): el caso del «Diario» en *La Nieve del Almirante* (1986) es tal vez el más explícito. El narrador habla incluso allí de una «totalidad de escritos, cartas, documentos, relatos y memorias de Maqroll el Gaviero»[116].

El cuadro 5 presenta una lista provisoria, basada en el apéndice que aparece en *Amirbar* (1990), de los libros asociados con Maqroll. Más que un inventario exhaustivo e informativo esta lista permite construir un *imaginario* de lectura, una especie de pequeño mundo genérico que ofrece una formulación alternativa del ideario, que ya comentamos con anterioridad.

---

[113] Sobre el particular puede consultarse J. Gociol y D. Rosemberg, *La historieta argentina,* Buenos Aires, Ediciones de la Flor, 2000; H. G. Oesterheld y A. Breccia, *El eternauta y otras historias,* Buenos Aires, Colihue, 1998; Hugo Pratt, *Avevo un appuntamento,* Roma, Edizioni Socrates, 1995; Hugo Pratt, *Le désir d'être inutile. Souvenirs et réflexions,* París, Robert Laffont, 1991; Hugo Pratt, *Le monde extraordinaire de Corto Maltese,* París, Casterman, 2002; Hugo Pratt, *De l'autre côté de Corto,* París, Casterman, 1996.

[114] Acerca del estilo de escritura de Maqroll, sostiene el narrador de *Empresas y tribulaciones* en el prólogo a *La Nieve del Almirante:* «Este Diario del Gaviero, al igual que tantas cosas que dejó escritas como testimonio de su encontrado destino, es una mezcla indefinible de los más diversos géneros: va desde la narración intrascendente de hechos cotidianos hasta la enumeración de herméticos preceptos de lo que pensaba debía ser su filosofía de vida». Véase en *La Nieve del Almirante,* Madrid, Alianza, 1986, págs. 15-16.

[115] Volveremos sobre esta característica de la saga al analizar *Abdul Bashur.*

[116] Álvaro Mutis, *La Nieve del Almirante,* Madrid, Alianza, 1986, pág. 11.

CUADRO 5
Imaginario literario de Maqroll

ELEMENTOS
Jean François Paul de Gondi *Mémoires du Cardenal de Retz* Amsterdam, 1719. Edición a cargo de J. F. Bernard y H. de Sauzet en 4 volúmenes.
François René de Chateaubriand *Mémoires d'Outre-tombe* Edición rústica, «Classiques Garnier».
«Las obras de Émile Gabory».
«Cartas y memorias del Príncipe de Ligne». Edición de 1865 realizada en Bruselas.
Georges Simenon *L'Ecluse Nº 1* y el resto de sus novelas.
«Céline, Balzac».

En *Los emisarios* (1984), incluido en la *Summa*, hay un escrito con el que se abre el libro titulado «La visita del Gaviero». En él se halla la única referencia, hasta donde he podido comprobar, al aspecto físico de Maqroll. Una barba entrecana, una mirada «entre oblicua y cansada», unos hombros carentes de «toda movilidad de expresión» y que soportan todo el peso de sus «miserias» y de su «indeterminada desventura»[117].

De acuerdo con Martha Canfield,

> Maqroll es un hombre ya viejo que pasa buena parte del tiempo recordando. Alguna vez los recuerdos lo llevan hacia los años juveniles (véase «Cocora», en *Caravansary*, 1981), cuando todavía era «gaviero», como dice su epíteto, y subía al punto más alto del mástil de la nave para escrutar el horizon-

[117] Véase, *Summa, op. cit.*, págs. 181-204.

te, anunciar las tormentas, la costa a la vista, los grupos de ballenas o los veloces bancos de peces[118].

A menudo se tiene la sensación que Maqroll más que un personaje constituye una *figura*, un concepto o idea:

> Cuando el encargado de turno en el puesto de policía llenaba la declaración de Maqroll y le preguntó cuál era su oficio, este repuso altanero en su premioso inglés con acento levantino: —Yo soy un chuan extraviado en el siglo XX[119].

El heroísmo, la aventura

Más allá de la numerosas clasificaciones acerca de la figura del Héroe, existen tres momentos en los que la mayoría de los autores coinciden en que el Héroe participa. El primero es cuando el Héroe sale de un ámbito local hacia el cumplimiento de su misión, el segundo es cuando el Héroe lleva adelante su tarea o cometido y, por último, el tercero es el momento consagratorio cuando el Héroe, ungido con un aura triunfal debido al cumplimiento exitoso de la misión, regresa a su ámbito local. En este sentido, como puede verse, Maqroll no constituiría un Héroe en sentido tradicional, ya que él no sale de ninguna parte y no vuelve a ninguna otra. Más aún, ninguno de los episodios en los que participa dejan un claro saldo triunfal o nada que se le parezca. No hay heroísmo alguno ni en Maqroll ni en *Empresas y tribulaciones*. Afirma Pierre Lepape, refiriéndose a cómo surge Maqroll en las últimas páginas de *Amirbar* (1990):

[118] Martha Canfield, «De la materia al orden: la poética de Álvaro Mutis», en Ruiz Portella (ed.), *op. cit.*, pág. 294.

[119] Álvaro Mutis, *Amirbar*, Bogotá, Norma, 1990, pág. 146. «Chuan» es el nombre con que, por lo general, se identifica al campesino bretón. Los chuanes eran campesinos bretones de creencias promonárquicas. Se hicieron famosos en Francia a partir de la insurrección monárquica de 1799. Son notorios asimismo gracias a Honoré de Balzac (1799-1850), quien les dedicara un novela *(Les chouans,* 1829). También en *Amirbar, op. cit.*, pág. 136, se puede hallar un comentario sobre el particular.

> Así acaba, de forma melancólica y clásica, la novela y, podría pensarse, que también quizás el ciclo novelesco de Maqroll iniciado cuatro años después [sic]. Contra lo que se podría esperar, no se anuncia la muerte del Gaviero en circunstancias imprevisibles y trágicas, lo que podría interpretarse como una señal de un futuro renacimiento[120]. Desaparece en la espesa y real sombra de la vejez, de la enfermedad y de la decrepitud. Maqroll puede sobrevivir a los naufragios, pero es incapaz de hacerlo al reumatismo[121].

Bajo estas condiciones entonces, menos interesante que explorar la noción de Héroe es comentar aquella de aventura y que presenta no pocas aristas, en particular respecto del cómic y de cómo la manera de exponer y utilizar una combinación de imágenes y técnica narrativa de crónica histórica puede acercar literatura e *historieta* (término con el cual, no por casualidad también se entiende el cómic en Sudamérica)[122]. La tentación de sin mediaciones indicar a *Empresas y tribulaciones* como «tradicionales novelas de aventuras» sin duda existe pero[123], a nuestro entender, quedaría descar-

---

[120] Este aspecto también puede verse como un recurso de *feuilleton* aplicado a la noción de saga. Las conexiones entre la literatura por entregas y la idea de saga, como se sabe, fueron frecuentes, cuanto menos, durante gran parte del siglo XIX. Véase, por ejemplo, Lise Dumasy (ed.), *La querelle du roman feuilleton. Littérature, presses et politique. Un débat précurseur 1836-1848,* Grenoble, Éditions Ellug, 1999, y también Maria Adamowicz-Hariasz, *«Le juif errant» D'Eugene Sue —Du roman-feuilleton au roman-populaire,* Londres, Edwin Mellen Press, 2002.

[121] Pierre Lepape, «Victorias de Ultratumba», *op. cit.,* pág. 144.

[122] Sobre esta base de crónica histórica sostiene Pierre Lepape: «La elección del cardenal de Retz como interlocutor privilegiado [de Maqroll] también supone una elección metafísica: una visión de la historia, concebida no como el cambiante desarrollo del tejido temporal, sino como el inmutable telón de fondo sobre el cual se desarrolla la gesticulación igualmente inmutable de los hombres. La aventura sólo puede entenderse bajo esta condición» (véase Pierre Lepape, «Victorias de Ultratumba», *op. cit.,* págs. 144-145). De forma más general, sobre la conexión entre imagen, historia y literatura en América Latina puede verse Néstor García Canclini, *Culturas híbridas,* Buenos Aires, Paidós, 2001; Jesús Martín-Barbero, *De los medios a las mediciones,* Barcelona, Gustavo Gili, 1987; Carlos Monsiváis, *Aires de familia. Cultura y sociedad en América Latina,* Barcelona, Anagrama, 2000, y también *Los rituales del caos,* México, PGC/Ediciones Era, 1995.

[123] Refiriéndose a un lector de este tipo, sostiene Ruiz Portella: «El lector común se deja llevar por la belleza que envuelve la novela, pero se queda en la

tada de plano por lo ya comentado hasta aquí acerca del ideario del autor, de su estructura y, más importante aún, por las características de Maqroll en cuanto personaje. Es esto aquello que el mismo autor probablemente trata de prevenir cuando afirma:

> Hay quien dice que mis personajes son aventureros y se equivoca: Maqroll no es un aventurero como tampoco lo son Abdul e Ilona. Aventurero es un hombre que busca la sensación de la aventura y se desplaza para encontrarse con novedades y con sorpresas; ninguno de mis personajes actúa así, a ellos los acontecimientos se les imponen, no saben lo que va a pasar[124].

Sin embargo, existe una perspectiva de aventura, una acepción que ésta adquiere en algunos cómics, que, como ya mencionamos, tiene puntos de contacto interesantes con *Empresas y tribulaciones* al igual que con la *Summa* —aunque este último caso no lo consideremos aquí[125]. Y estas conexiones son aquellas que algunos autores, de forma incipiente, han sugerido ya, aunque sin adentrarse nunca en el terreno del cómic[126].

---

superficie. Toma como meras aventuras lo que no es sino expresión del "itinerante e incierto destino del hombre en el mundo"» (en «La democracia en cuarentena», en Ruiz Portella [ed.], *op. cit.*, pág. 101).

124 En «Entrevista con Eduardo Vázquez Martín», en Ruiz Portella (ed.), *op. cit.*, pág. 62. Mutis llega incluso más lejos cuando hace responsable a los cómics de la simplificación que predomina en la actualidad respecto de la idea de «aventura» —confirmando de esta forma la estrecha relación que existe entre unos y otra (véase en García Aguilar, *op. cit.*, pág. 100).

125 El aspecto tal vez más interesante que conecta *Empresas y tribulaciones* y los cómics —que aquí no consideramos— es la historieta que la suma de imágenes *invisibles* de *Empresas y tribulaciones* oculta, es decir, que no aparecen en la clásica forma dibujada de historieta, pero que, sin embargo, allí están y funcionan de forma similar. La relación dispar entre presente de enunciación y presente de los enunciados, que más adelante comentaremos como característica de *Abdul Bashur*, reemplaza de alguna forma esta *formulación escrita de una historieta* que es, en definitiva, *Empresas y tribulaciones*.

126 Véase, por ejemplo, Pierre Lepape, «Victorias de Ultratumba», *op. cit.*, págs. 143-148; Louis Panabière, «Lord Maqroll», *op. cit.*, págs. 165-172; Jon Juaristi, «Don Álvaro o la fuerza del sino», *op. cit.*, págs. 179-194, y Adolfo Castañón, «El tesoro de Mutis», *op. cit.*, págs. 195-206.

En la ya notoria conferencia que el autor Mutis diera en México en febrero de 1965 y titulada «La desesperanza» puede hallarse un breve resumen de esta perspectiva de aventura:

> Gaetán Picón lo anota con precisión en su libro: «Los primeros héroes de la obra —dice refiriéndose a la novelística de Maulraux— no actúan para crear cosa alguna, sino únicamente para combatir, para no aceptar»[127]. Si Garine se une a la Revolución es porque ella es menos edificación que ruptura, porque —explica— «sus resultados son lejanos y siempre en transformación».
>
> «¿Vivir, actuar, vencer? Nada de eso. Sólo probarse a sí mismo que no ha rechazado la inevitable derrota, así sea en el momento fulgurante de una muerte con las armas en la mano. "Ser muerto —habla Malraux—, desaparecer, poco le importaba; no se sentía unido a sí mismo... Pero sí, aceptar, vivo, la vanidad de su existencia como un cáncer, vivir con esa tibieza de muerte en la mano. ¿Qué era esa necesidad de lo desconocido, esa provisional destrucción de las relaciones entre prisionero y amo, que aquellos que no la conocen llaman aventura, sino su propia defensa contra ésta?"»
>
> Y a este párrafo comenta Malraux, esta vez de su puño y letra al margen: «Esta palabra —aventura— gozó, hacia 1920, de un gran prestigio en los medios literarios; prestigio al cual se opusieron más tarde la cómica anexión por el comunismo francés de las virtudes burguesas y la seria anexión del orden por el stalinismo.»
>
> «Es natural que el espíritu revolucionario no se muestre hostil al aventurero cuando éste es un aliado contra un enemigo común, pero sí lo sea cuando el aventurero es un adversario.
>
> »El aventurero está evidentemente fuera de la ley; el error está en creer que lo sea únicamente de la ley escrita, de la convención. El aventurero se opone a la sociedad en la medida en que ésta es la forma de la vida, él se opone menos a sus convenciones racionales que a su naturaleza. El triunfo lo mata: Lenin no es un aventurero, tampoco lo es Napoleón. El equívoco tiene origen en Santa Helena. Tampoco lo hubiera sido Lawrence si hubiera aceptado gobernar Egipto (lo cual

[127] Se refiere al libro del crítico francés Gaetán Picón (1915-1976) titulado *Malraux* (París, Seuil, 1976; edición revisada).

rechazó; pero sin duda no hubiera rechazado responsabilidad alguna en 1940). De la misma manera como el poeta substituye la relación de las palabras entre sí, con una nueva relación de las cosas entre sí —las llamadas "leyes de la vida"— por una relación particular. La aventura comienza con el desarraigo y a través del mismo el aventurero terminará loco, rey o solitario; la aventura es el realismo de lo feérico. De ahí el pero de Harrar en el mito de Rimbaud: se antoja (y en parte debió serlo) *Les illuminations* de su vida. El riesgo no define la aventura; la legión está llena de antiguos aventureros, pero los legionarios sólo son soldados audaces.»

Sólo así concebida, puede la aventura ser aceptada por quien ya no *par délicatesse* sino *par lucidité,* ha perdido su vida. Es por eso que en la obra de Malraux la acción toma un aspecto espectral, único e indefinible. Ella sólo toca a sus héroes en la medida en que éstos van usando, al frecuentarla, la vana servidumbre de sus sentidos, la secreta e inútil materia de la vida. Y es por eso también que la muerte le llega como una clara aura de tranquila certeza, sin sorpresa alguna, con la serenidad de quien sabe que también ella está en el juego y que al tiempo que forma parte del mismo, secretamente lo conforma y guía[128].

Hay entonces variedad de nociones acerca de la aventura y de los aventureros. Hay aventuras que reflexionan sobre la misma noción de aventura, de forma similar a como hay aventureros desengañados, remisos y que no buscan ni exploran nada. De éste tipo de aventura y aventurero estamos hablando entonces. Más que con el cómic en general, *Empresas y tribulaciones* se relaciona con la forma en que ciertos cómics han sido desarrollados y se han valido del género. Y aquí nos remitimos de forma estricta a los cuatro casos antes mencionados[129].

---

[128] Álvaro Mutis, «La desesperanza», en *Contextos para Maqroll, op. cit.,* páginas 52-53.

[129] Sobre la exploración y límites de la historieta puede consultarse, por ejemplo, Néstor García Canclini, *Culturas híbridas, op. cit.;* Daniele Barbieri, *Los lenguajes del cómic,* Barcelona, Paidós, 1993; Italo Calvino, *Cosmicomiche vecchie e nuove,* Milán, Garzanti, 1984 (versión castellana: *Memorias del mundo y otras cosmicómicas,* Madrid, Siruela, 1999; traducción de Aurora Bernárdez); David William Foster, *From Mafalda to Los Supermachos,* Boulder, Lynne Rienner Publishers, 1989. De forma más teórica también puede verse Benoît Peeters, *Lire la bande desinée,* París, Flammarion, 1998.

Todos estos ejemplos presentan un denominador común y que es que se alejan de cierto romanticismo *á la page* que transita gran cantidad de cómics en donde, de una forma u otra, aquello que se relata es «la tarea del Héroe». En el fondo, estos últimos presentan una moraleja o, mejor dicho, hacen que las acciones de sus personajes se ajusten a una idea *naïf* de presente y a una noción simplista de devenir. Y, no menos relevante, hacen que las acciones, los eventos de los Héroes, sea aquello en torno a lo cual gira toda la trama —no hay puntos de fuga. Nada más alejado, según vimos, de la perspectiva de *Empresas y tribulaciones*. También como complemento de esta ilustración con dibujos de una literatura decimonónica, como podría definirse a esta forma tradicional de cómic[130], se halla una perspectiva reductiva justamente de la idea de imagen, en donde se la presenta como representación de otra cosa y no, como es el caso de los ejemplos citados y de la propia *Empresas y tribulaciones,* como la cosa misma. Y esta *fisidad* de la que hablábamos puede hallarse en las *Empresas y tribulaciones,* de la misma forma que en los mejores cómics: una voluntad de *realización del mundo,* de los sentidos y de las geografías, a partir de objetos, de cosas, de percepciones y de sucesos que acaecen de forma física[131]. De aquí también la relevancia que la visión, la visibilidad, la mirada y el ojo poseen en forma discreta pero no menos importante en la obra del autor Mutis[132].

El elemento tal vez más relevante por el cual *Empresas y tribulaciones* difiere del género tradicional del cómic de aventuras, pero se acerca a ese cómic que podríamos llamar de forma provisoria como *de autor,* es el hecho de que, como diji-

---

[130] Mutis sostiene sobre el particular: «La verdad es que la mayoría de las veces las adaptaciones de textos literarios son ilustración baldía» (A. Mutis, en Arcadi Espada, «Álvaro Mutis. El escritor aventurero», *op. cit.,* pág. 18).

[131] Para un desarrollo de la conexión entre imagen y sistema físico puede consultarse Claudio Canaparo, *Imaginación, mapas, escritura, op. cit.;* en particular el estudio dedicado a la obra de Guillermo Kuitca.

[132] «... recordad —sostiene el narrador de «Acogida al capitán» en la versión de Mutis— que todo en verdad está en el poder del ojo que ve» (Monny de Boully, «Acogida al capitán», en Álvaro Mutis, *Contextos para Maqroll, op. cit.,* págs. 63-64).

mos, en *Empresas y tribulaciones* el suceder de las cosas y los eventos siempre son cuestiones de memoria y recuerdos, mientras que el cómic tradicional demanda un mínimo de coincidencia entre enunciación y tiempo de lo enunciado —en el común de los casos bajo la forma de un presente o de una «actualidad»— sin el cual no puede funcionar y carece de atractivo para el lector. El aspecto «aventurero» de *Empresas y tribulaciones* es ese cómic posible que a partir de sus imágenes todo lector puede construir, pero, más relevante, el aspecto «aventurero» es esa formulación, tan común, por ejemplo, en *El eternauta* o *Gilgamesh*, donde el presente no existe porque se ha agotado, donde *el presente no se dice porque no tiene nombre ni palabras sino que se vive*. El cómic *de autor* centra ese aspecto tan problemático del mundo contemporáneo —y tan presente en Maqroll— donde la percepción y el conocimiento recorren caminos diferentes, y su encuentro no es sino un artificio tan necesario como fugaz.

Empresas y tribulaciones más que una saga de aventuras constituye un exploración al concepto mismo de aventura. Y volvemos así a *Corto Maltés*, a *Gilgamesh* y a *El eternauta*, cuyas tramas constituyen exactamente eso: una historieta de la historieta. Sostiene sobre el particular Jon Juaristi:

> Es cierto que en la narrativa de Álvaro Mutis abundan piezas que podrían considerarse en una primera aproximación como novelas de aventuras marinas. Pero en rigor se trata de algo distinto. No son novelas de aventuras, sino novelas sobre el concepto mismo de aventura, que en Mutis tiene mucho que ver con el concepto de desventura o, como reza el título de uno de sus ensayos más conocidos, con la desesperanza. (...) En este sentido, las novelas de Mutis no son novelas de género, es decir, no son novelas de aventuras marinas. En las novelas de Mutis, la aventura es un pretexto para hablar de otra cosa, para hablar de la vida como pérdida, para hablar de lo irremediable, para hablar de la condición del que sabe que no hay compensación ni resentimiento por lo que se pierde. Es decir, para hablar de las condiciones del desesperado[133].

[133] Jon Juaristi, «Don Álvaro o la fuerza del sino», en Ruiz Portella (ed.), *op. cit.*, págs. 180-181.

Y a esta noción de desventura y desesperanza podrían agregarse algunos otros elementos, que en su conjunto deberían ofrecer un listado de los aspectos temáticos en los cuales *Empresas y tribulaciones* halla un terreno común con el cómic o historieta *de autor:* (1) errancia de personajes y cosas, (2) ausencia de pasado, (3) fabricación de la memoria, (4) creencia en el destino como un *fatum,* (5) movilidad o inmovilidad extrema según las circunstancias, (6) construcción constante de los sentimientos en relación con una geografía, con lugares y objetos, (7) empleo de la imagen como ancla de un universo físico que se desintegra a cada momento, (8) ausencia de una naturaleza estable o a priori[134], (9) falta de un principio de realidad único, y (10) aceptación de la falta de un «más allá» metafísico.

Contrariamente a lo sostenido por algunos críticos y analistas[135], un «héroe desesperanzado» no es Héroe ni puede ejercer heroísmo alguno. Aunque es verdad que, como ha notado Guillermo Sheridan, existen algunos aspectos de *tarea heroica* en la *Summa,* de eventos cumplidos de forma estoica frente al azar e imprevisibilidad del destino y que tratarán luego de ser construidos a posteriori por el propio Maqroll. Estamos así frente a la figura del *viajero*[136], más que la del aventurero en sentido tradicional:

---

[134] En este sentido, aquello que aparece como histórico en *Empresas y tribulaciones* se conecta de forma directa con la atmósfera de *science fiction,* por ejemplo, en los ya mencionados *El eternauta* o *Gilgamesh.* Una fabricación del pasado, en cuanto ayuda de memoria del presente, funciona de la misma forma que la construcción de un futuro posible como forma del pensamiento de las cosas presentes. Acerca de la relación entre construcción de la memoria histórica y expectativa del provenir puede consultarse Paul Ricoeur, *Temps et récit, op. cit.,* volumen III y también *La mémoire, l'histoire, l'oubli,* París, Seuil, 2000.

[135] Véase, por ejemplo, Jon Juaristi, «Don Álvaro o la fuerza del sino», *op. cit.,* págs. 189-190. Con más acierto, Ricardo Cano Gaviria ha indicado la misma condición, señalando a Maqroll como una especie de «aventurero metafísico» (véase Cano Gaviria, «Introducción», en Álvaro Mutis, *Contextos para Maqroll, op. cit.,* pág. 13).

[136] Existe un escepticismo, un *distanciamiento* en el viajero que nunca hallamos en la figura del Héroe de aventuras, que siempre, de una forma u otra, acaba involucrándose mentalmente en los eventos de los sitios por los que pasa. El viajero, al igual que Maqroll, vive del pasado o hacia el futuro, ignora el presente que, por el contrario, es la materia fundamental del aventurero tradicional.

> El Gaviero ha tenido tanta vida como agonía. Desde el principio el esquema de su aparición era el mismo: después de largas jornadas por el mundo regresaba a su sitio en las Tierras bajas en el que iniciaba una elaborada reconsideración del viaje. Enfermo y cansado, solo o con su amanuense, escribía o relataba lo que había visto o vivido. La retahíla de versiones, de deseos y sueños *tejía* (es el verbo que se utiliza siempre) la materia del poema que, en ocasiones presentaba en algunas líneas el amanuense («Los siguientes fragmentos pertenecen a un ciclo de relatos y alusiones tejidos por Maqroll el Gaviero en la vejez de sus años...»)[137].

Quienes son conscientes de lo ilusorio de toda exploración, de toda búsqueda o motivo, no poseen heroísmo, ya que les es algo ajeno, algo extraño a su léxico y que no presenta un significado cotidiano o histórico: están en una *deriva* constante que sienten como su propio ámbito o *milieu*[138]. Ésta es la profunda conexión que *Empresas y tribulaciones* —al igual que la *Summa*— tiene con lo que aquí indicamos como historieta *de autor*. El «Diálogo en Belem do Pará»[139], como veremos en el análisis de *Abdul Bashur*, presenta un comentario insuperable acerca de ilusiones necesarias, de transcurso del tiempo y de concreción no querida de un destino que funciona como *fatum*. El lema de que «el verdadero estado de gracia es estar en desgracia» nunca podría pertenecer a un Héroe en el sentido clásico[140], pero sí a un personaje como *El eternauta* o *Gilgamesh*, viajeros naturales, nómadas de su

---

[137] Guillermo Sheridan, «*Los emisarios* de Álvaro Mutis», en Ruiz Portella (ed.), *op. cit.*, págs. 255-256.

[138] Para una noción de *deriva* en el sentido aquí expresado puede consultarse G. Deleuze y F. Guattari, *Mille plateaux*, París, Minuit, 1980 (versión castellana: *Mil mesetas*, Valencia, Pre-textos, 1988; traducción de José Vázquez Pérez) y también *Qu'est-ce que la Philosophie?*, París, Minuit, 1991 (versión castellana: *¿Qué es la filosofía?*, Barcelona, Círculo de Lectores, 1995; traducción de Thomas Kauft).

[139] Véase págs. 305-312.

[140] Véase Alberto Ruy Sánchez, «La obra de Álvaro Mutis como un edificio mágico y sus rituales góticos de tierra caliente», en Ruiz Portella (ed.), *op. cit.*, págs. 247-248.

propia existencia, errantes de lenguas y culturas, navegantes de su propia derrota[141].

Como ha notado Ricardo Cano Gaviria, la clave última de esta ausencia de lustre, de aura heroica faltante, reside en la secreta proporción que anima las ya comentadas cuatro metáforas de su existencia:

> [...] para Maqroll, en la medida en que la vida del cuerpo se mide por cantidad de «enfermedad» y decrepitud que es capaz de soportar, la vida del espíritu se materializa en la cantidad de recuerdos que almacena o suscita[142].

Geografías imaginarias

Siempre una geografía es *imaginaria* porque la idea misma de geografía supone un componente de *figuración,* de totalidad no perceptible a simple vista. La famosa broma de Borges (1899-1986) sobre el mapa del Imperio no es sino una constatación de ello[143]. En su origen, la geografía deriva de la noción de «geógrafo» (γεογράφος, que deriva de γή, «tierra», y de γράφω, que se entendía como «describir», pero también como representación gráfica, dibujo, y como la acción misma de escribir).

Lo inmediato, aquello *que se puede ver,* que es visible al ojo y objeto de los sentidos, no es geografía, sino, en el mejor de los casos, *topología* (de τοπογράφος, «topógrafo»)[144]. La geo-

---

[141] La lucidez, la incomunicabilidad de los estados anímicos más determinantes, la soledad irremediable, una estrecha relación con la muerte y un cierto entusiamo por las «dichas efímeras» que pueden otorgar los sentidos, estos cinco aspectos que el autor Mutis indicara como las características básicas de la *desesperanza* (véase Álvaro Mutis, «La deseperanza», *Contextos para Maqroll, op. cit.,* págs. 45-46), constituyen al mismo tiempo otros tantos aspectos comunes con los personajes de las *historietas* aquí mencionados.

[142] Ricardo Cano Gaviria, «Dieciséis fragmentos sobre Maqroll el Gaviero», en Ruiz Portella (ed.), *op. cit.,* pág. 324.

[143] Jorge Luis Borges, «Del rigor en la ciencia», en *Obras Completas,* Buenos Aires, Emecé, 1989, volumen 1, pág. 847.

[144] Para una análisis sobre el particular puede consultarse Claudio Canaparo, *Imaginación, mapas, escritura, op. cit.;* en particular capítulos 2 y 3. Y también «Medir, trazar, ver. Arte cartográfico y pensamiento en Jorge Eduardo Eielson», en José Ignacio Padilla (ed.), *Nu/do. Homenaje a J. E. Eileson, op. cit.,* págs. 289-314.

grafía nunca es inmediata ni cercana, sino que es una construcción de lo lejano, de lo que no está. Por eso puede entenderse por qué la relación que existe, tanto en Maqroll como en Abdul Bashur, entre existencia y construcción de geografías es tan estrecha —y «construción» significa aquí recorrido, puesto que ambos personajes funcionan como los cartógrafos previos al siglo XVI, cuando los instrumentos de medición no permitían aún visualizar en su totalidad, por medios abstractos, lugares y destinos[145].

Y si aceptamos que los sitios sólo existen en la medida que los conocemos —por los sentidos, la imaginación o el intelecto—, tal como es el caso de Maqroll, entonces la naturaleza misma que nos circunda —las ciudades, puertos y trópicos— constituye una construcción. Y ésta construcción de espacios recorridos es lo que podríamos indicar como territorio[146]. Un territorio, más que un lugar o localidad, es un espacio conocido, *nombrado*[147].

Por otra parte, también siempre una geografía es imaginaria por cuanto no es posible regresar *al mismo* sitio —a los mis-

[145] La introducción del sistema atribuido a Mercator (1512-1594) fue uno de los primeros instrumentos en este sentido. Si el empleo del astrolabio y ciertos cálculos provenientes de Oriente existían desde mucho antes, su empleo no era cartográfico sino marítimo: eran más bien instrumentos para la navegación y no para el recorrido del espacio. Sobre el particular puede consultarse, en sentido histórico, Leo Bagrow, *History of Cartography,* Londres, C. A. Watts and Co., 1964.

[146] El «ponerle sitio a los temas» no es en *Empresas y tribulaciones,* tal como ha sugerido James J. Alstrum, una cuestión de géneros literarios, sino, más relevante aún, un procedimiento, una estrategia que se vincula con esta producción de territorios (véase James J. Alstrum, «Metapoesía e intertextualidad: las demandas sobre el lector en la obra de Álvaro Mutis», en S. Mutis Duran [ed.], *Tras las rutas de Maqroll,* Bogotá, Instituto Colombiano de Cultura, 1993). Porque, en realidad, debiéramos hablar en Mutis de un *ponerle sitio a las cosas.*

[147] Éste es el sentido, por ejemplo, que se halla detrás la afirmación de que el trópico, contrariamente a lo que se piensa, es un sitio de desesperanza, ya que «todos estos espacios son avatares de la misma naturaleza ciega, indiferente a los sueños y esperanzas de los hombres» (véase, por ejemplo, Jon Juaristi, «Don Álvaro o la fuerza del sino», *op. cit.,* pág. 193). El propio autor, en su magnífica definición del trópico, deja asimismo claro este sentido de territorio y de idioma (véase Álvaro Mutis, «La desesperanza», en *Contextos para Maqroll, op. cit.,* págs. 57-59).

mos objetos, olores y seres. Al fijar un sitio, un lugar, al crear una imagen, en ese mismo momento, estamos ya aceptando su desaparición cierta[148]. No sólo en un sentido perceptivo, en cuanto que es difícil percibir un lugar siempre de la misma manera, sino, más relevante respecto de Maqroll y la saga, por cuanto el mundo físico evoluciona, cambia de forma irremediable. Y éste es el profundo *patriotismo* que el autor Mutis descubre en Rimbaud (1854-1891)[149]: cuanto más nos aferramos a un sitio, más nos fabricamos un exilio sin retorno[150].

En *Empresas y tribulaciones* estas geografías imaginarias adquieren tres formas diversas o, mejor dicho, generan tres formas diferentes de espacios: las geografías de lugares propiamente dicha, las geografías de biografías y las geografías de libros. Los lugares son puertos, mares, batallas, casas, canteras abandonadas, cementerios de barcos, hospitales, pensiones, negocios, hoteles, bares. Las biografías son conspiraciones, historias, rostros, cuadros, recuerdos, anécdotas, generales y príncipes, conocidos, amores, refugios, tratados. Los libros son barcos, lenguas, extranjeros, consuelos, mujeres, coincidencias, destinos, laberintos, rutinas, reinos e imperios, el Oriente, los mercados, Europa, el trópico. El espacio de lugares es el clima, la atmósfera, los fenómenos incontrolables. El espacio biográfico es la tierra, los accidentes del terreno, la inclemencia caótica de lo natural y humano. El espacio libresco son las cosas, los objetos, los elementos.

La transformación del mundo material es siempre en Maqroll una decadencia, una derrota del tiempo que nos lle-

---

[148] Sobre la relación entre exilio y construcción del espacio que establece el autor Mutis, pueden consultarse los pareceres del propio autor en, por ejemplo, García Aguilar, *op. cit.*, págs. 122-123.

[149] Véase, por ejemplo, «Viaje al fondo de la poesía», en García Aguilar, *op. cit.*, págs. 101-128. Y este *patriotismo* tiene que ver asimismo con el sentido de *iluminación* que aparece en la saga: «Su vida había sido una mentira interminable, una mezquina cobardía: "A mí nadie me contó que esto existía, señor. Nunca lo supe. ¿Se da usted cuenta?"» *(Ilona llega con la lluvia,* Bogotá, Norma, 1992, pág. 105).

[150] El Quindío, el Tolima, la ribera del Coello, un cafetal a inicios del siglo XX: ésta es la *patria* que Mutis no cesa de reinventar como propia. Véase, por ejemplo, «Discurso con ocasión de la recepción del Permio Príncipe de Asturias de las Letras 1997», en Ruiz Portella (ed.), *op. cit.*, págs. 13-16.

va hacia ninguna parte. La decadencia física, biológica, del individuo va aparejada a una decadencia social, mejor dicho, a una rarificación, empobrecimiento, deterioro y pérdida de pureza del mundo material. Y éste es, dicho sea de paso, otro de los aspectos relevantes del individualismo de Maqroll: el individuo es la medida física de lo que sucede —definición, si las hay posibles, de aquello que indicamos como el *materialismo* de Maqroll[151].

Bajo similares condiciones, cuando el autor Mutis sostiene, por ejemplo, que el *centro de gravedad* de su noción de poética es un sitio que se halla en las laderas del Nevado de Tolima[152], por supuesto que se refiere a una geografía imaginaria, no menos real por ello que una silla o una mesa, pero que se reformula a cada momento y cuya entidad cognitiva funciona diferente que un objeto como una silla o una mesa[153]. Por ello también puede comprenderse por qué Maqroll no tiene un *point de reference* fijo, un lugar al que volver de forma periódica que posea relevancia en su identidad como individuo. Para Maqroll, como para los personajes de cómic antes mencionados, la identidad en cuanto individuo se sitúa en el orden de

---

[151] Es sorprendente cuán pocos autores —tal vez con la tímida excepción de Martha Canfield— han notado la relevancia que la dimensión material posee en la saga y la poética toda de Mutis. Este *materialismo,* que ya hemos referido antes como «fisidad», no reside tanto en el inventario numeroso de objetos y cosas de *Empresas y tribulaciones* como en el hecho de que el funcionamiento mismo del individuo, su identidad, se basa en ellos o, mejor dicho, en los posibles sistemas que con ellos podamos establecer. Y acierta, creemos, Canfield cuando sostiene que los fantasmas de P. Neruda (1904-1973) y C. Vallejo (1892-1938) rondan aquí (véase Martha Canfield, «De la materia al orden: la poética de Álvaro Mutis», en Ruiz Portella [ed.], *op. cit.,* págs. 299-306).

[152] Sostiene Mutis: «Todo lo que he escrito está destinado a celebrar, a perpetuar ese rincón de la tierra caliente del que emana la substancia misma de mis sueños, mis nostalgias, mis terrores y mis dichas. No hay una sola línea de mi obra que no esté referida, en forma secreta o explícita, al mundo sin límites que es para mí ese rincón de la región de Tolima, en Colombia» («Álvaro Mutis por sí mismo», en Ruiz Portella [ed.], *op. cit.,* pág. 19). También puede consultarse Mutis en García Aguilar, *op. cit.,* págs. 122-123.

[153] Acerca de la relación entre mundo físico, artificios, conocimiento y principio de realidad puede consultarse Claudio Canaparo, «Medir, trazar, ver. Arte cartográfico y pensamiento en Jorge Eduardo Eielson», *op. cit.,* páginas 289-314.

lo transitorio, de lo que deviene sin remedio, eso que Gilles Deleuze (1925-1995) y Felix Guattari (1930-1992), como ya indicamos, llaman *deriva*[154].

Bajo estas condiciones podemos afirmar que *Empresas y tribulaciones* constituye, de forma paradójica, un libro semejante a aquellos compendios que los primeros naturalistas europeos produjeron en América Latina y en donde de lo que se trataba era de capturar un *mundo* geográfico (fauna, flora, especies, clima, etnias, costumbres)[155], ya que la búsqueda de *lo natural* debería ser garantía de conocimiento último de un lugar y de su gente[156]. El *flavour* taxonómico, de cosas, objetos, nombres y elementos, que existe en *Empresas y tribulaciones* es sin duda una confirmación en este sentido. Las «empresas y tribulaciones» de Maqroll, al igual que sus viajes y estadías, son como *expediciones* en el sentido con que estos exploradores de los siglos XVIII y XIX las entendían.

Empresas y tribulaciones es, de esta forma, un libro de viajes históricos, pero, al mismo tiempo, una antología de lugares y un manual de cartografía concebidos a partir de un *naturalismo* que descree de todo orden natural del mundo, pero que, sin embargo, es tal a partir de un férreo apego a la materialidad de las cosas, a la *fisidad* de las acciones de los individuos y a la capacidad para establecer un pensamiento de lo cotidiano[157].

---

[154] Véase G. Deleuze y F. Guattari, *Mille plateaux*, *op. cit.*, págs. 434-527, y, sobre todo, *Qu'est-ce que la Philosophie?*, *op. cit.*, págs. 82-108.

[155] El nombre de Alexander von Humboldt (1769-1859) es quien primero viene a la mente, cuyo viaje por América Latina tuvo una inmensa repercusión en las bibliografías. Pero es, sobre todo —y he aquí la paradoja—, en José Celestino Mutis y Bosio (1732-1808), el naturalista ibérico que pasara la mayor parte de su vida en Colombia, en quien es inevitable que pensemos.

[156] El trabajo de Humboldt, *Viaje a las Regiones Equinocciales del Nuevo Continente* (Caracas, Monte Ávila, 1991, 5 volúmenes; traducción de Lisandro Alvarado) es tal vez el ejemplo más acabado.

[157] Véase, por ejemplo, en la *Summa* el poema «Historia natural de las cosas» *(op. cit.*, págs. 260-262). Precisamente por esta situación algunos críticos afirman que la imposibilidad de obtener toda meta en Maqroll —o en la saga en general— tiene su origen no en la sociedad sino en la «naturaleza» (véase, por ejemplo, Jon Juaristi, «Don Alvaro o la fuerza del sino», *op. cit.*, pág. 192).

Puede comprenderse ahora entonces por qué la noción de *navegación* ocupa un lugar central en la saga: no sólo por los obvios motivos que la trama ofrece, sino, más relevante aún, porque la acción de navegar —los *argonautas* de la Antigüedad serían aquí la figura adecuada— es la que permite la creación de lugares[158]. Y, en este sentido, hay cuatro lugares que se repiten una y otra vez y que constituyen los *puntos de fuga* sobre los que se asienta —si paradoja tal es posible— la invención frecuente del mundo: los ríos, los puertos, ciertos libros y ciertas ciudades. Los ríos son el Sur; los puertos constituyen el Norte; ciertos libros, el Este, y ciertas ciudades, el Oeste. Los ríos son los sentimientos[159], los puertos constituyen la búsqueda[160], ciertos libros forman las historias y ciertas ciudades crean los sentidos[161] (véase figura 6).

Viajar, bajo estas circunstancias de navegación, será entonces, como ya sugerimos para Maqroll, la condición natural del presente, mejor dicho, del devenir que conforma el presente. Pero viajar tiene dos formas: una «en profundidad» y «otra en superficie». La primera nos lleva al presente propia-

[158] Bajo estas condiciones puede entenderse la siguiente observación del autor Mutis: «Ahora que hemos hablado mucho de viajes; voy a aparecer como una especie de viajero profesional. No tengo el menor interés en conocer países. Lo que me produce aún ebriedad es el hecho mismo de estar viajando, ir de un lugar a otro (...). A mí lo que me interesa es estar de viaje...» (en García Aguilar, *op. cit.,* págs. 78-79).

[159] «Este rechazo de lo permanente, del rumbo, ya que el único rumbo que se lleva cabo es el de los "cabos sueltos", constituye la regla de la vida, la de los destinos que oscilan entre los verbos recurrentes "anclar" y "zarpar". La inestabilidad, el movimiento y el equilibrio inestable son condiciones necesarias para el sentimiento de vivir: "A la vida no le gusta que la traten así, como si estuviera sentada en el banco de la escuela"» (Louis Panabière, «Lord Maqroll», *op. cit.,* pág. 170).

[160] «Los puertos del Caribe dejan de ser el remanso del viaje, la meta en la que se echa el ancla. Se convierten, por el contrario, en la apertura de los caminos del mar; y puesto que el puerto de llegada se hace a su vez puerto de partida, resulta que ya no hay en el mundo punto final del trayecto: todo es fuente de impulso» (Louis Panabière, *ibídem,* pág. 168).

[161] En la *Summa* pueden consultarse entre otros los siguientes escritos al respecto: «En el río» (de *Reseñas de los Hospitales de Ultramar,* págs. 109-110), «Cocora» (de *Caravansary,* págs. 155-158), «Canción del este» (de *Los trabajos perdidos,* pág. 97) y «Ciudad» (de *Los trabajos perdidos,* págs. 81-82).

mente dicho, a eso que, como vimos, no tiene nombre ni conocimiento posible, a los sentidos, a lo que Monny de Boully (1904-1968), en la versión de Mutis, llama «el Color». La segunda forma de viaje, la que nos lleva al pasado o al futuro en forma de expectativa o espera, es la más familar a *Empresas y tribulaciones,* y constituye aquello que ha sido indicado como «el Espacio»[162].

Y si la navegación es quien produce los lugares, la memoria y el recuerdo de éstos, esa forma de la *poiesis* según vimos, serán mapas en sentido estricto. Más que «un chuan extraviado en el siglo XX»[163], como se asegura, Maqroll se asemeja a un cartógrafo del siglo XVI extraviado en los libros de historia del siglo XX[164].

Por último, la figura 6 presenta lo que podríamos indicar como la carta marítima fundamental de Maqroll, basada no sólo en las cuatro metáforas funcionales comentadas, sino también en los *rumbos* o puntos de fuga enumerados. La figura 6 constituye un herramienta que puede ser utilizada para navegar, para medir distancias, para leer el espacio, para establecer proporciones, para construir recuerdos, para amueblar la memoria, para narrarse uno mismo, para escenografiar el pasado, para esperar el porvenir, para olvidar lo que no tiene nombre. El primer círculo es el que indicaríamos como *el mundo de Maqroll,* mientras que el segundo círculo sería *Maqroll en el mundo*. El exterior de ambos indica los rumbos.

Las geografías imaginarias, confirmando lo ya dicho sobre la saga, sobre Maqroll, sobre el autor Mutis y la *poiesis,* apuntan a la construcción constante, permanente, de un mundo que se disuelve y destruye al momento mismo de ser erecto.

---

162 Véase Monny de Boully, «Acogida al capitán», en Álvaro Mutis, *Contextos para Maqroll, op. cit.,* págs. 62-66. El poema traducido por Mutis fue extraído del libro a que da nombre: *Accueil au Capitaine,* París, Cahiers du Sud, 1937.

163 Véase *Amirbar, op. cit.,* pág. 146.

164 Recuérdese, por ejemplo, que el «mapa» que aparece en *Reseña de los Hospitales de Ultramar* (1959) es un mapa similar a los que se realizaron hasta al menos el siglo XVI, es decir, ilustrado con motivos gráficos y escenas. El mapa no eran sólo las líneas y los puntos, sino también las imágenes que le acompañaban. Véase «El mapa» en *Summa, op. cit.,* págs. 123-126.

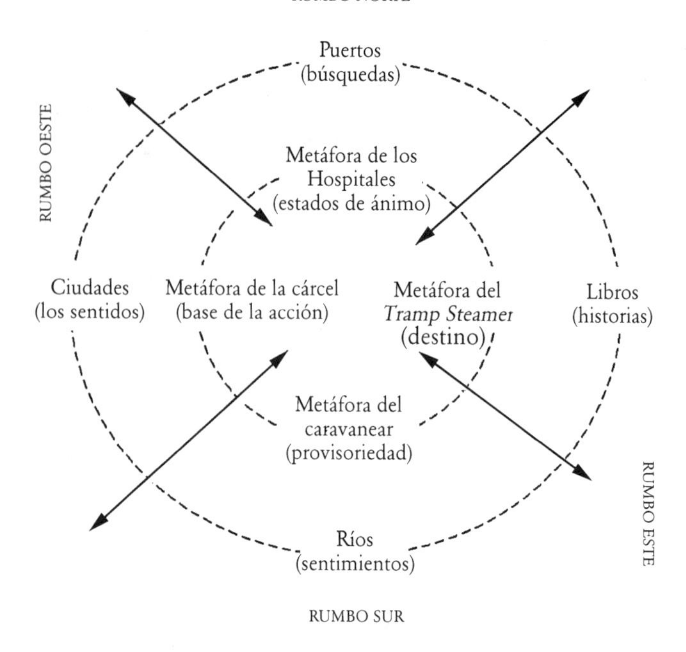

Figura 6. Carta marítima fundamental de Maqroll.

Tal como sostenía Italo Calvino (1923-1985) sucedía con las mejores y más fantásticas *ciudades invisibles*[165]: estaban en permanente destrucción en un extremo y en constante construcción del otro. Maqroll es el habitante de dichas ciudades, *Empresas y tribulaciones* es una de las historias de estas ciudades y *Abdul Bashur* es el episodio entrambos del que aquí nos ocuparemos.

«Abdul Bashur, soñador de navíos»

La navegación de la novela

A partir de la figura 6, en la cual veíamos las posibilidades de navegación por el mundo de Maqroll y, por ende, de *Empresas y tribulaciones*, podemos ahora realizar una aproximación más específica a *Abdul Bashur*, siempre teniendo presente lo ya dicho como esquema general de análisis.

El apodo de Maqroll, «gaviero», hace referencia, como ya indicamos, al sitio que, en los antiguos navíos, tenía en lo alto del mástil principal la persona que se ocupaba de observar y vigilar. Viendo normalmente aquello «que los otros no pueden ver», el gaviero constituía, aunque sin la autoridad correspondiente[166], el verdadero *adelantado* del barco. Esta situación de privilegio, es de notar, estaba basada en la visión, en la vista y en la mirada. Todo conocimiento, todo saber, era antes que nada una forma del ver, una manifestación visual. Esto resulta de interés por cuanto, como ya comentamos, existe en *Empresas y tribulaciones*, y en *Abdul Bashur* para el

---

[165] Véase *Le città invisibile*, Turín, Einaudi, 1972 (versión castellana: *Las ciudades invisibles*, Madrid, Unidad Editorial, 1999; traducción de Aurora Bernárdez).

[166] Nótese que, a diferencia de Abdul Bashur, Maqroll sólo por casualidad o azar aparece como propietario temporal o capitán de un navío. E incluso, en dichas circunstancias, la propiedad de la nave o el ejercicio del mando se hallan siempre afectados por paradójicas condiciones. El magnífico e insuperable oficio de celador de barcos abandonados, que ejerciera Maqroll, es tal vez el ejemplo perfecto de este capitán de muchos barcos, ninguno de los cuales navega ya (véase *Summa*, *op. cit.*, pág. 35).

caso que nos ocupa, una realidad del mundo imaginario y sentimental que pasa por un materialismo extremo, por una especie de dimensión metafísica —si tal cosa fuese posible— de los elementos, de la cosas y los objetos. Es aquello que podríamos indicar como *fisidad* y en la cual se asienta la noción de *poiesis,* como ya también analizamos. Sentir, percibir, enamorarse, padecer dolor, nostalgia o extrañamiento son todos estados que se hallan mediados, *indicados* y *significados,* a partir de elementos físicos o naturales —más importante aún: ellos sólo existen por esta indicación o significado. El trópico, el amor por Ilona, la nostalgia por el *Tramp Steamer,* el sabor por los bares y el transcurso del tiempo abordo, son algunos ejemplos, en *Abdul Bashur,* de estas condiciones siempre apuntadas, siempre ancladas por elementos y naturalezas. Y son éstos sin duda «los elementos del desastre», pero también la taxonomía vital de ese naturalista en ciernes que es, en la perspectiva de Maqroll, todo viajero que se precie de navegante —tal como sin duda es, a su manera oriental, el propio Abdul. Y «a su manera» aquí significa que, aquello que aparece como un caos sin remedio para el europeo Maqroll, aparece como una filosofía de desorden divino y querido para Abdul —y, sin embargo, no por ello menos interesante que el agnosticismo visceral de Maqroll.

Por otra parte, Gaviero deriva de «gavia» que significa jaula y que indica la función alternativa de dicho sitio, por el cual se le utilizaba asimismo como cárcel temporal para locos o criminales. Y también vemos así el sentido ambiguo de la posición de Maqroll —que se trasladará de igual forma a Abdul. Aquel beneficio vital de ser un *adelantado* va acompañado por la situación de marginación, en pocas palabras: la distancia entre la locura, la criminalidad y el ojo avizor es muy lábil y prácticamente difícil de establecer. El «gaviero» es por ello un «retirado», alquien *que está pero no está* —y de allí que hospitales, leproserías, lugares inóspitos, sentimientos recónditos y sombras de seres humanos, como la figura del Rompe Espejos, constituyen la materia ordinaria con que trata Maqroll. De esta forma se explica asimismo, en este episodio de la novela con Jaime Tirado (págs. 221-255), la atracción fatídica e irresistible que él ejerce sobre Abdul.

La «gavia» es sin duda el sitio más alto, para el ojo humano, de todo el barco. Pero también puede funcionar como el sitio más bajo: como galera, como prisión. Y por ello, en *Abdul Bashur,* como en *Empresas y tribulaciones* en general, la máxima exposición a la luz solar no tiene una virtud bienechora sino el mismo efecto de aquello que se halla sumido en la total oscuridad[167]. La luminosidad del trópico que recorre Abdul en la novela es lúgubre, gótica, rebuscada e insondable —nunca ayuda a ver, sino que, por el contrario, siempre marea y confunde. Por ello, en concordancia con la dicho, podríamos conjeturar que el trópico, como una de las formas del «Sur» según veremos (figura 8), es el presente en su manera más perfecta, el devenir en estado puro. El presente conforma un peligro justamente porque constituye un mareo constante de los sentidos y del intelecto. La búsqueda de diversos tiempos —históricos, pasados, amorosos, etc.— es precisamente la manera que en la novela los personajes tienen para evadir este peligro siempre al acecho. Las cinco «aventuras» principales que se relatan en la novela —la del amuerzo en Urandá, la de las alfombras persas, la del Rompe Espejos, la de los peregrinos a La Meca y la del tráfico de armas (véase cuadro 8b y 8a)— son así diversas manifestaciones de este puro devenir, que, como un elixir, como una especie de *élam vital,* es necesario pero también mortal.

La figura 7 presenta la posición espacial del Gaviero y el sentido que la gavia que ocupa tiene como herramienta de navegación. La navegación y la lectura, como el lector puede ya deducir de lo dicho hasta el momento, tienen una similitud indudable. Navegar *Abdul Bashur* en cuanto novela consistiría, según esta hipótesis, construir un *device* que nos permita entender *de forma espacial* los episodios, sucesos, eventos y disposiciones que ocurren en ella. Este *device,* cuanto menos una de sus posibilidades, es el que puede verse en las figuras 7 y 8. Ambas figuras presentan los cuatro ele-

[167] La similitud aquí con la perspectiva de ciertas novelas de Joseph Conrad (1857-1924) ha sido indicada por algunos autores y es sin duda evidente. Véase, por ejemplo, Jon Juaristi, «Don Álvaro o la fuerza del sino», *op. cit.,* págs. 178-182.

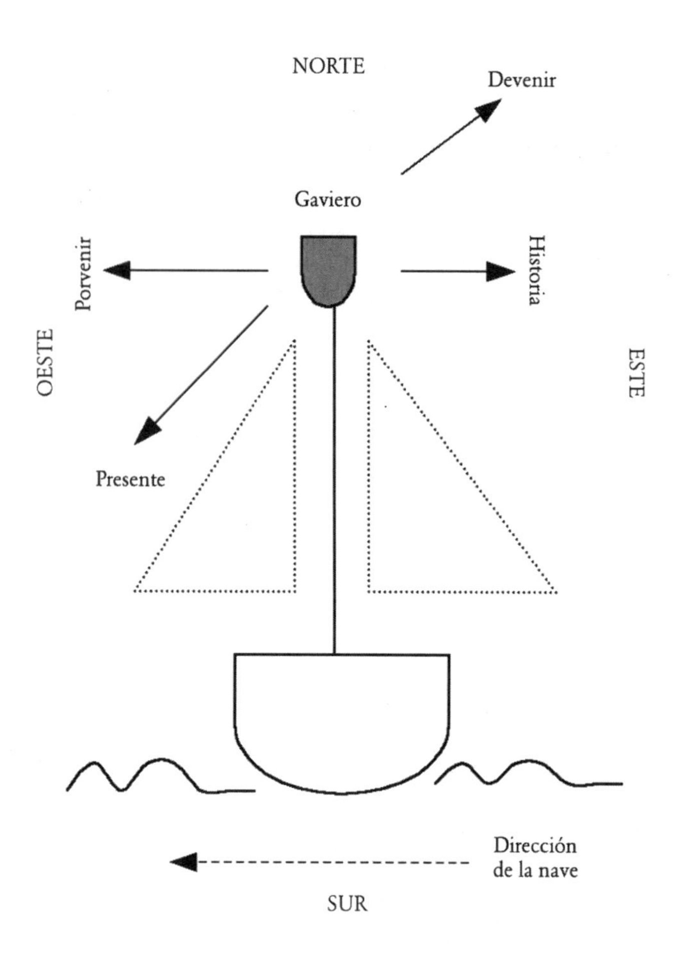

Figura 7. La navegación y los rumbos posibles de Maqroll y de *Empresas y tribulaciones*. La navegación es aquí rumbo Oeste; si fuese hacia el Este, se invertirían los sentidos.

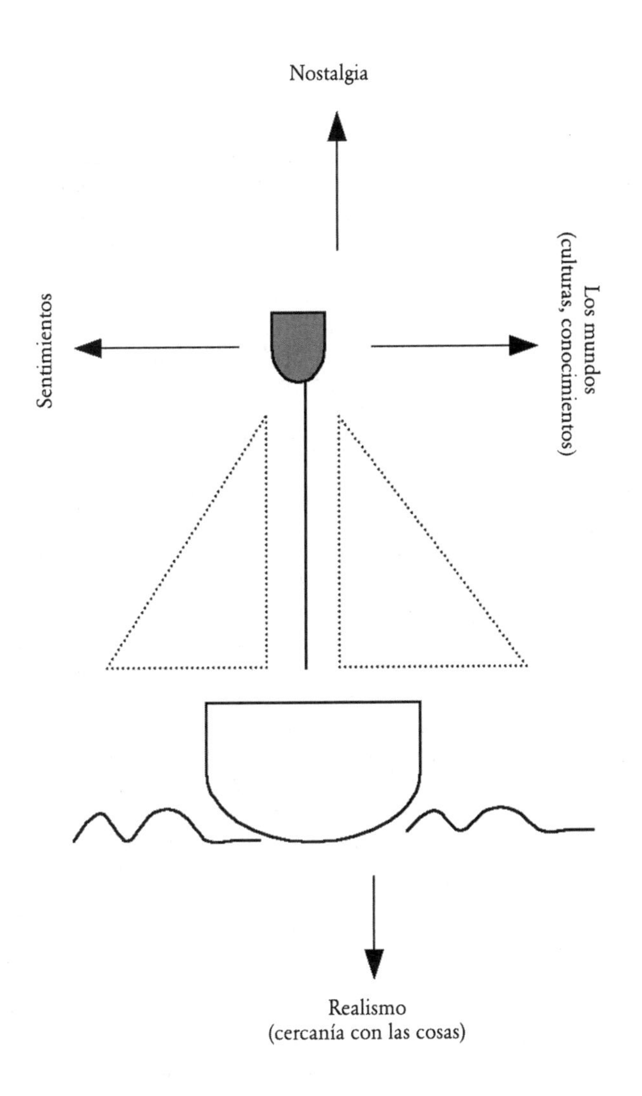

Figura 8. La navegación y los rumbos posibles en relación con las diversas dimensiones que implican e involucran.

mentos hacia los que se orienta la novela o, mejor dicho, a partir de los cuales la novela puede ser recorrida en forma espacial siguiendo los tradicionales rumbos geográficos. Desde la gavia, el Norte es el devenir, aquello que no tiene nombre pero que es el suceder de uno mismo, del individuo. El Sur sería el presente, que tampoco tiene nombre o significado aún, pero que es más un suceder de cosas y lugares. El Este es la historia —que, según la posición del barco, puede ser Lejano Oriente, Europa, Medio Oriente, el Imperio Romano o la Grecia antigua. Por último, el Oeste, constituye una forma de porvenir, no porque sea desconocido, sino porque la exploración —en el sentido naturalista ya comentado— es la única forma de recorrerlo.

Reemplazando esta disposición espacial por las características individuales de Maqroll y Abdul, tendríamos entonces la posibilidad de establecer un «mapa sentimental» (figura 8). Y según este mapa pueden conjeturarse cuatro formas de viajes novelescos. Los *viajes nórdicos* son la nostalgia, los *viajes europeos* constituyen los mundos (las culturas, los conocimientos), las *exploraciones* hacen los sentimientos y los *viajes al sur* son la cercanía con las cosas, el *realismo*.

La navegación novelesca de *Abdul Bashur* empalma entonces con la propuesta en la figura 6 para Maqroll y *Empresas y tribulaciones*. Los viajes nórdicos buscan puertos, los viajes europeos crean historias de libros, las exploraciones fabrican el espacio —*dan sitio* a lugares y ciudades— y los viajes al Sur posibilitan el recorrido fluvial (flujo, cauce) y torrentoso de los sentimientos. Por otra parte, siguiendo la estructura de la novela, en el cuadro 8a y 8b puede consultarse una posible distribución de ella según las cuatro formas de viaje mencionadas. Los capítulos en donde predomina el viaje nórdico, el común denominador es aquello que podríamos indicar como la apertura de lo cerrado: los puertos aparecen como sinónimos de fuga, de huida, de escape pero también de exilio, de refugio. Los capítulos en donde el viaje europeo domina, la tendencia es a inscribir los personajes y los eventos en un contexto histórico, narrativo y biográfico. Los capítulos en donde la exploración domina aquello que surge son los limítes: la visibilidad de los límites, su cercanía imposible constituye uno de los grandes temas de *Abdul Bashur*. Por último, los capítulos llevados adelante por lo que hemos indicado como viajes al Sur refieren los sentimientos, la vida afectiva como una manera de la evolución biológica y ella como una posible o imposible identidad individual de Maqroll, Abdul y el narrador.

Narrador y autor en la novela

A partir del esquema de análisis ya propuesto en las figuras 1 y 2, al igual y sobre todo que en la figura 5, podemos ahora afrontar la especificidad de *Abdul Bashur* dentro de *Empresas y tribulaciones*.

El primer aspecto a considerar es que, como se deducía de la hipótesis propuesta a partir de la figura 1, un análisis exhaustivo de *Empresas y tribulaciones* exigiría el trabajo conjunto de al menos cinco diversas dimensiones de análisis (véase figura 9). Un trabajo de tal índole escapa a los propósitos de esta introducción; sin embargo, es necesario, ahora sí, indicar que, dada la estrecha relación y el intercambio que existe entre los niveles del autor, el narrador y los personajes, la existencia de una dimensión que podríamos indicar como «otras obras o trabajos» y la de una que llamaríamos «escritos auto o biográficos»[168], no pueden ser del todo descartadas, ya que ambas, a través de la figura del autor Mutis, funcionan como *puntos de referencia* en la distancia.

Ya hemos analizado cómo el narrador de *Empresas y tribulaciones* —y, por ende, el de *Abdul Bashur*— en muchos casos se convertía en personaje y funcionaba como tal (véase, por

---

[168] Es evidente, por ejemplo, la relevancia que, en lo que podríamos indicar como «la obra de Álvaro Mutis», tienen las entrevistas. La escasez de trabajos dedicados a los libros del autor, pese a la notoriedad comercial que han adquirido en los últimos tiempos, ha sido afrontada sin duda por el autor a partir de una serie no despreciable de entrevistas, en las cuales, una y otra vez, ha explicado y contextualizado sus trabajos (véase la bibliografía al final de esta introducción). Y de aquí también la *cercanía* que él mismo, en cuanto autor, ha generado respecto de Maqroll y del narrador que le lleva adelante.

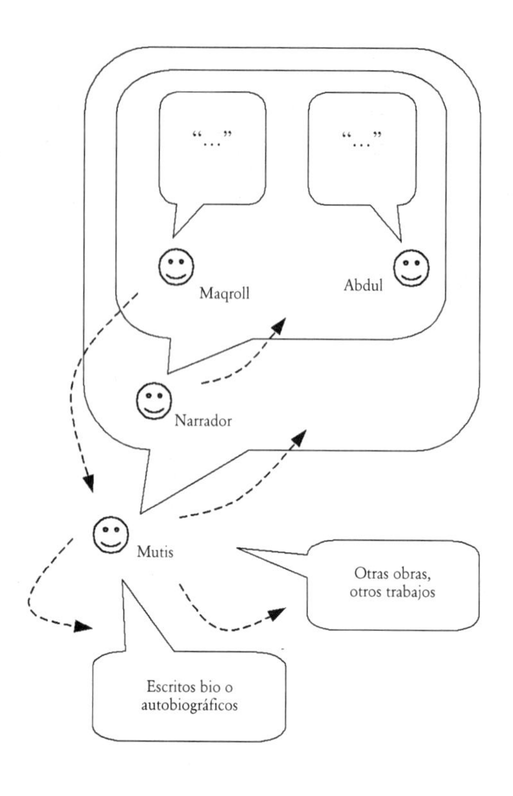

Figura 9. Los diferentes niveles de análisis posibles en relación con *Abdul Bashur*.

ejemplo, en págs. 202, 288, 297 y 314). Ahora es necesario agregar que el autor Mutis también, a través de indicios, de señales e indicaciones, sugiere un funcionamiento similar por medio del cual se convertiría en narrador o, dicho de forma más concreta, el narrador y el autor parecieran ser la misma cosa (véase figura 9 y 10). Los dos casos más visibles a partir de los cuales es sugerida esta asociación entre narrador y autor son (1) o a partir de implícitas indicaciones biográficas sobre el narrador que el lector asocia de inmediato con la narración biográfica del autor Mutis —tipo de trabajo que posee, el hecho de los viajes constantes, las indicaciones sobre su lugar de residencia, los personajes públicos que aparecen como personajes de la narración, etc.— (véase, por ejemplo, pág. 181, y sobre todo el evento del *bouffet* en Urandá), (2) o a partir de la existencia de lo que el narrador llama «mis improbables lectores» (pág. 175) o «mis lectores» (pág. 198), lo cual hace pensar en un autor ya establecido más que en un simple narrador, es decir, lógicamente en el autor que aparece en la portada del libro.

En *Abdul Bashur* tenemos entonces, desde el mismo comienzo de la novela, una situación por medio de la cual el narrador funciona como personaje y, un poco más adelante, la sugerencia *en el texto* de que el narrador es el autor de nombre Mutis. De esta forma surge un esquema característico de *Empresas y tribulaciones,* y en particular de *Abdul Bashur* con más nitidez: el funcionamiento de los niveles de análisis se basa en *lugares ausentes.* El narrador se ausenta de su sitio para convertirse en personaje y el autor abandona su lugar distante para convertirse en narrador. Este *desplazamiento* es un aspecto característico de la novela y de *Empresas y tribulaciones* en general (véase figura 10). Y en este último sentido las sugerencias del autor Mutis sobre Maqroll, como especie de *alter ego,* pueden ser tomadas en cuenta[169]: no como si fuesen parte de una literatura de corte folletinesco o romántico, de un realismo craso, donde el autor dice ser los persona-

[169] Véase, por ejemplo, «La figura de Maqroll el Gaviero», en Ruiz Portella, *op. cit.*, pág. 46. Y también en «La saga de Maqroll el Gaviero», en García Aguilar, *op. cit.*, págs. 17-32.

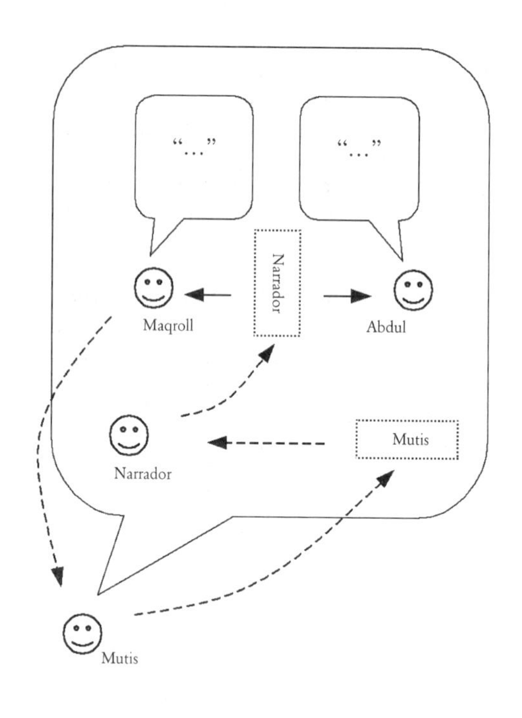

Figura 10. Los diferentes niveles de análisis considerados respecto de *Abdul Bashur*.

jes[170], sino como parte de una literatura mucho más trágica y cínica donde el autor, de forma elíptica, se *disfraza* de personaje para construir no sólo una idea de literatura, sino también para ser parte como personaje de una historia más general, de la cual puede participar como personaje pero nunca podría hacerlo como individuo de la vida ordinaria, como ciudadano con pasaporte y domicilio real. Es éste creo otro de los interesantes logros poéticos de *Empresas y tribulaciones:* el disfraz que todo autor siempre quiere ocultar está aquí expuesto en toda su crudeza, pero, por ello mismo, en toda su trágica dimensión estética[171]. La idea de que un autor es un artificio creado para dar lugar a personajes y lugares adquiere en *Abdul Bashur* —y en *Empresas y tribulaciones*— una belleza estética no del todo frecuente en la literatura de América Latina[172]. De forma similar, la idea de que un personaje paga su deuda con el narrador tratándolo de igual a igual, en una narración que no pretende ser ni científica ni histórica, constituye sin duda un logro estético que ha de tenerse en cuenta.

Asimismo, esta ausencia y desplazamiento mencionados, no hacen sino contribuir a la sensación de lejanía que recorre toda la trama y las andanzas de Maqroll. La idea de que, al mismo tiempo que suceden las cosas aquí, todo también está sucediendo en otro sitio, en otro lugar al que no tenemos acceso, es resultado de esta estrategia. Nada produce tanta sensación de lejanía como el hecho de un Héroe que, luego de incontables peripecias para llegar a un sitio, descubre que ese

---

[170] Recuérdese la legendaria afirmación del temeroso Flaubert (1821-1880): «Madame Bovary c'est moi». Sobre el particular puede, por ejemplo, consultarse «Relación entre el autor y sus personajes», en Ernesto Sábato, *El escritor y sus fantasmas,* Barcelona, Seix Barral, 1983, págs. 130-131.

[171] Sobre el particular puede consultarse el interesante escrito de Roberto Arlt, *El jorobadito,* Buenos Aires, Anaconda, 1933. La edición original de esta colección de cuentos comenzaba con «El escritor fracasado» y también incluía «El traje del fantasma» —cuentos ambos donde se explora de forma literaria esta cuestión aquí mencionada.

[172] Machado de Assis (1839-1908) y Jorge Luis Borges (1899-1986) son probablemente otros dos de los escasos ejemplos de esta situación literaria. Sobre el particular pueden incluso consultarse los pareceres del propio Mutis en *De lecturas y algo del mundo, op. cit.,* págs. 194-195; y también en «Viaje al mundo de la novela», en García Aguilar, *op. cit.,* págs. 81-100.

sitio «no era aquí»[173]. Y, al mismo tiempo, nada refuerza tanto esa lejanía de la trama como el esquema narrativo por medio del cual las distancias entre narrador, personaje y autor se evaporan y desaparecen, obligando de tal forma al lector a cuestionarse sobre el estado de lo que podríamos llamar «principio de realidad». De forma paradójica, esta destrucción de todo posible «realismo» en el esquema de *Abdul Bashur* es justamente aquello que vuelve a la novela más cercana al lector, *más realista.*

Los tiempos y la temporalidad en la novela

En relación con la estructura, si bien es válido en sentido genérico lo ya expresado acerca de la saga, *Abdul Bashur* presenta un aspecto específico —respecto de la relación entre los tiempos y la temporalidad— que merece comentario. Los *tiempos* de la novela son las maneras principales en que se narra la trama, y la *temporalidad* es el esquema que resulta del funcionamiento conjunto de los tiempos. Cada novela tendría sus propios tiempos y, por ende, su propia temporalidad. En *Empresas y tribulaciones,* este esquema, como ya sugerimos, se repite con alguna que otra distinción.

En *Abdul Bashur,* los tiempos de la novela son tres: un presente de enunciación, un presente de la narración y un pasado y/o futuro de la narración (véase figura 11). Por otra parte, lo que indicaremos como temporalidad de la novela, de forma paradójica en *Abdul Bashur,* es una especie de evaporación precisamente de la temporalidad: las cronologías fallan, los calendarios se ocultan, la temporalidad en definitiva se refugia en una evolución biológica difusa pero fatídica.

El presente de enunciación se refiere al momento mismo en que el narrador está efectuando el acto de contar lo que cuenta. De forma explícita, estos momentos son raros o casi inexistentes, ya que el narrador está constantemente narrando

---

[173] Véase «La saga de Maqroll el Gaviero», en García Aguilar, *op. cit.*, págs. 22-23.

en tiempo pasado o en una forma de futuro que es parte del pasado también. Hay que explorar los sobrentendidos de la narración para tratar de identificar, entre menciones a escritos y fuentes, cuándo el narrador está contando lo que cuenta. Literalmente, *en este presente no suceden cosas* —y tal es el estilo del historiador clásico: nunca mostrar donde el narrador, quien escribe, está situado[174]. Y este estilo, que en la narración histórica produce un sentido artificial de lo narrado[175], en *Abdul Bashur* en cambio funciona con gran efectividad, ya que de lo que se trata es de ocultar todo trazo que pueda situar de forma cronológica al narrador —y garantizar así, como veremos, una productiva y estética confusión de éste con el autor[176]. Lo único que sabemos, en *Abdul Bashur* al igual que en *Empresas y tribulaciones,* es que el narrador está contando algo que ya pasó. Y, no obstante ello, no obstante esta escasa dimensión, el narrador logra con éxito establecer un especie de *diálogo a ciegas* —el «Diálogo en Belem do Pará», en su forma y manera, puede ser entendido desde esta perspectiva— entre ese presente de enunciación no precisado y las diversas formas que adquiere el presente de la narración (véase figura 11).

Por el contrario, el presente de la narración adquiere diversas formas y se halla poblado principalmente o por personajes o por sucesos. Es el «mundo» en su forma ordinaria. Y la relación de este presente de la narración con la otra forma de tiempo mencionada —el pasado y/o futuro de la narración—

---

[174] Véase, por ejemplo, Michel de Certeau, *L'écriture de l'histoire,* París, Gallimard, 1975. Y también Paul Veyne, *Comment on écrit l'histoire — Foucault révolutionne l'histoire,* París, Seuil, 1971 (versión castellana: *Cómo se escribe la historia. Foucault revoluciona la historia,* Madrid, Alianza, 1984; traducción de Joaquina Aguilar).

[175] Véase, por ejemplo, Roland Barthes, *Michelet,* París, Seuil, 1954.

[176] Este aspecto que funciona como ocultamiento en términos de narrador, en una perspectiva más amplia de autor, funciona, sin embargo, como ya vimos, como una *exhibición.* El juego entre lo que se muestra y lo que se esconde, muy elaborado en los ambientes cortesanos del *ancien régime,* es también el sentido profundo de lo literario, según el autor Mutis, en libros como las *Mémoires* del Cardenal de Retz (1613-1679) —como se recordará, el libro de cabecera de Maqroll (véase cuadro 5) (véase, por ejemplo, A. Mutis, «Las lecturas del Gabiero», en *Amirbar,* Bogotá, Norma, 1990, págs. 143-147).

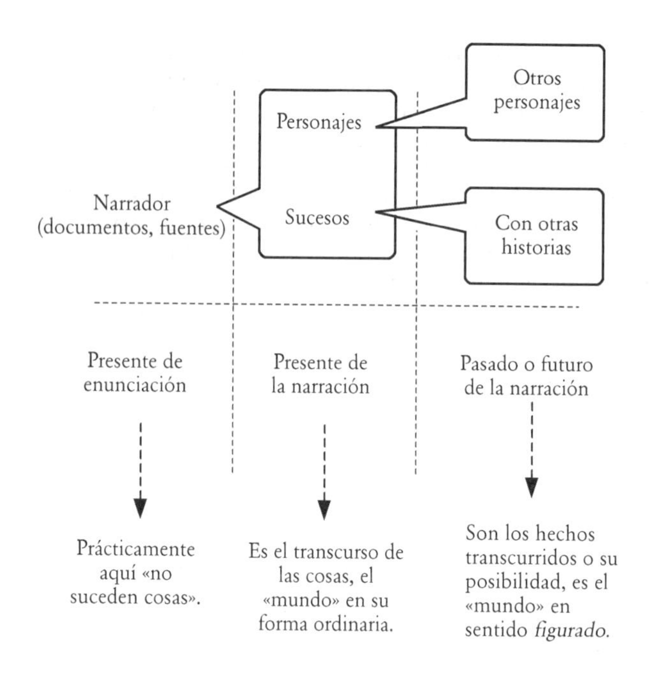

Figura 11. Esquema de los tiempos novelescos hallables en *Abdul Bashur* y, por extensión, en *Empresas y tribulaciones*.

es inmediata y amplia: los personajes *refieren* o comentan a otros personajes del pasado o del futuro y los sucesos *conectan* con otros sucesos del pasado o del futuro. De esta manera, el pasado y/o futuro de la narración, por ausencia de un presente de la enunciación al cual referirlo, se identifican y aúnan: el pasado es también una forma del porvenir que siempre debe ser producido, creado; y el futuro es a menudo una forma de lo sucedido, por cuanto, sin importar lo que esté por suceder, el resultado es ya intuido, percibido por los personajes. Es el «mundo» en su forma poética o *figurada* (véase figura 11).

Aquello que es necesario destacar, más allá del funcionamiento en la novela, es que en su conjunto los tiempos (la temporalidad) crean un sistema por medio del cual se refuerza el vínculo ya comentado entre autor, narrador y personaje (véase figura 10). En la figura 5 ya habíamos planteado cómo el narrador se convertía en personaje y ahora vemos que, a partir de una serie de indicios menores, de guiños y señas, el narrador sugiere que es el autor mismo. En pocas palabras: que el autor, como en las narraciones autobiográficas, pasa a funcionar como narrador (figura 10). Por ello, en la novela la relación entre autor y narrador puede ser entendida, (1) o como relato bio/autobiográfico, (2) o como relato de viaje, mientras que la relación entre narrador y personaje puede ser entendida, (1) o como un relato verídico, es decir, «algo que pasó», algo entendido como «real» puesto que ambos *se conocen,* (2) o también como relato de viaje.

Lugares de la novela

Los lugares de *Abdul Bashur* adquieren materialidad, o a partir del personaje que los recorre, o a partir del mapa que los configura. A los primeros podríamos indicarle como «lugares recorridos», mientras que a los segundos, como «lugares imaginados». El «mundo real», como algo autónomo y ajeno a estas dos formas de concebir los lugares, no existe o, mejor dicho, carece de propósito o sentido en *Empresas y tribulaciones.* En los «lugares recorridos» predomina el presente de la narración, mientras que en los «lugares imaginados» podría mayor-

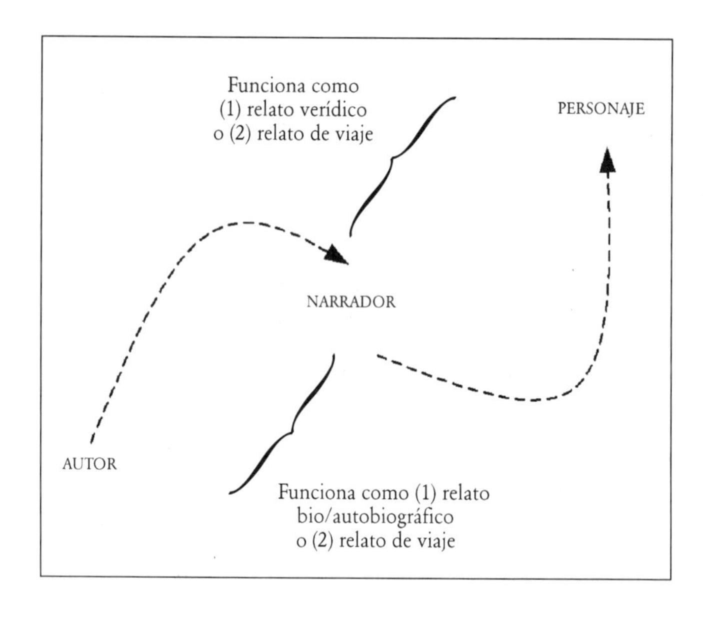

Figura 12. Esquema de la forma en que se vinculan los tres niveles clásicos de análisis de la novela en *Abdul Bashur* y, por extensión, en *Empresas y tribulaciones.*

mente situarse su pasado o su futuro (véase figura 11). Por otra parte, los «lugares recorridos» y los «lugares imaginados» son indicados, señalados y descriptos, en la forma de un historiador clásico, es decir, el presente de la enunciación no aparece, no es visible, se halla escondido.

Los cuadros 6a y 6b muestran un inventario de los lugares. Los «lugares recorridos» son aquellos que acompañan el tiempo que indicamos como presente de la narración, mientras que «los lugares imaginados» serían aquellos que se vinculan con el pasado o el futuro del presente de narración (véase figura 11). El predominio de «lugares recorridos» indica la presencia de eventos y sucesos que forman parte de la trama de manera efectiva, mientras que el predominio de «lugares imaginados» estaría indicando más bien una situación de reflexión (acerca de los personajes, de sentimientos, o de la misma trama de la novela). Por lo mismo, la presencia de «lugares recorridos» estaría sugiriendo traslados y movimientos físicos, mientras que los «lugares imaginarios» estarían señalando movimientos y maniobras que pueden ser o han sido y que ahora se realizan de forma no física (aunque sus consecuencias sí lo sean).

Siguiendo entonces los cuadros 6a y 6b, se podría conjeturar que *Abdul Bashur* (1) comienza con el establecimiento de ciertos hechos básicos y de sus fuentes («prólogo»), (2) sigue luego con un cierto «equilibrio» entre presente («lugares recorridos») y conjeturas en torno al presente a partir de su pasado o de su posible futuro («lugares imaginarios») (capítulos I a VII), y (3) concluiría con una especie de evaluación de los sucesos narrados (capítulo VIII, «Diálogo...», Epílogo).

Por otra parte, en los cuadros 6a y 6b, también puede observarse cómo los lugares oscilan entre localidades específicas —poblaciones, ciudades, puertos, regiones, barrios, países— o localizaciones geográficas —ríos, mares, sierras. Y esta variedad sin ordenamiento aparente también contribuye al sentido de *muda*, de tránsito constante, de provisoriedad y movimiento que domina la novela.

El cuadro 7 presenta una guía a la población de la novela. Como puede observarse, Abdul Bashur, Maqroll y el Narrador constituyen los tres personajes principales y que confor-

CUADRO 6a

Mapa de la novela a partir de sus lugares

CAPÍTULO	LUGARES RECORRIDOS	LUGARES IMAGINADOS
Prólogo	Estación de trenes de Rennes, Saint-Malo, Barcelona (Restaurant «La puñalada», bar de Boados, Cárcel Modelo), Puerto de la Escala, Bizerta, Beirut, París, Hamburgo, Túnez, Chipre, Brest, El Cairo.	
Capítulo I	Puerto Urandá (Hotel Pasajeros, bar «Glasgow») Nueva Orleans, carretera Urandá-Capital de provincia.	África Ecuatorial, Loago, Libreville, Alejandría, Tánger, Antillas, Aruba, Curazao, Toulon, Marsella, Trípoli, Estambul, Ras-Taruah, Aruba.
Capítulo II	Marsella (rue Marzagran, Gare du Prado, Café des Beges, Vieux Port), Génova, Ginebra (Grand Hotel Palace), Puerto de Media, Rabat, Trieste, Bósforo.	Port Said, Xurandó, Tetuán, Shangai, Busher, Shiraz, Rabat, Malasia, Túnez, Marruecos, El Cairo, Damasco, Teherán, Estambul, Tánger, Ramsay, Chipre.
Capítulo III	Río Mira, Marsella, Southampton, Dantzig, Djakarta, Trípoli, Limassol, La Rochelle, Guayaquil, Colón, Canal de Panamá, río Guayas, Fort de France (Martinica) Islas Trois Rivières, El Havre.	Egipto, Besarabia, Lwów, Panamá, Kuala Lumpur, Alejandría, Beirut, Ostia, Saint-Jean-les-Pins, Porto Alegre, Gdynia.

Cuadro 6b

Mapa de la novela a partir de sus lugares

Capítulo	Lugares recorridos	Lugares imaginados
Capítulo IV	Panamá (Villa Rosa, Avenida Balboa), Vancouver, Cristóbal.	El Chaco.
Capítulo V	Vancouver, El Pireo, Jablanc, Othonoï, Erikousa, Jiddah, Port Said.	La Meca, Egipto, Zagreb, Limassol.
Capítulo VI	Chipre, Túnez, Urandá, Paramaribo, Puerto Pollensa, El Cairo, Puerto Pireo (playa Turko Limanon, negocio «Empurios»), Atenas (calle Plaka).	La Bisbal, Puerto de La Escala, Bizerta, Alepo, Farragusta, Pola, Beirut, Estambul, Sfax, Tánger, Trípoli, Tarento, Cherchel, Bastia, Wabash.
Capítulo VII	Estambul (Kariye), Uskudar.	
Capítulo VIII		Puerto Pollensa, Estambul, Belem do Pará, Finlandia, Lisboa, Madeira, río Xurandó, Cádiz, San José de Costa Rica.
«Diálogo...»	Belem do Pará	Marsella, Martinica, río Mira, Mindanao, Balayán.
Epílogo		Lisboa, La Coruña, Alaska, Belfast, isla de Madeira, Funchal, Vancouver, Estambul, Santiago de Compostela.

Cuadro 7
Mapa de los personajes más destacados de «Abdul Bashur»

Capítulo	Personajes	Páginas
Introducción	Maqroll, Narrador, Abdul Bashur, Fátima Bashur, Warda Bashur, Yamina Bashur, Luis Palomares, «Cónsul inglés en Barcelona».	163-176
Capítulo I	Narrador, León, Abdul Bashur, Alistair Gordon, Suzette, «gente de la compañía», Aníbal Garcés, El Coronel.	177-198
Capítulo II	Maqroll, Abdul Bashur, Narrador, Arlette, Ilona Grabowska, Tarik Chaukari.	199-220
Capítulo III	Abdul Bashur, Jaime Tirado, Fátima, Maqroll, Maruna Vacaresco (Estela y Raquel Nudelstein), Lena Vacaresco, Doña Sara, Vincas Blekaitis, Alejandro Obregón.	221-255
Capítulo IV	Fátima, Maqroll, Abdul Bashur, Narrador, Vincas Blekaitis, Larissa.	257-261
Capítulo V	Maqroll, Abdul Bashur, Yosip, Vincas Blekaitis, Jalina, El Imán, Malik.	263-279
Capítulo VI	Abdul Bashur, Maqroll, John O'Fanon, Narrador, Fátima Bashur, Vicky Skalidis, Panos Skalidis.	281-296
Capítulo VII	Abdul Bashur, Maqroll, Narrador, Fátima.	297-299
Capítulo VIII	Abdul Bashur, Narrador, Maqroll.	301-303
«Diálogo...»	Arlette, Alejandro Obregón, Flor Estévez, Ilona Grabowska, Abdul Bashur, Narrador, Maqroll.	305-312
Epílogo	Narrador, Abdul Bashur, Maqroll.	313-316

man el *hilo conductor* de la novela. En un segundo plano de importancia se hallan los personajes que, además de aparecer en *Abdul Bashur,* ya lo habían hecho en alguna otra parte de la saga de *Empresas y tribulaciones* —como, por ejemplo, Ilona Grabowska o Vincas Blekaitis. Por último, se encuentran aquellos personajes cuya existencia se halla limitada a *Abdul Bashur* solamente —como León o las hermanas Vacaresco.

Confirmando de alguna forma lo ya dicho respecto de los lugares en la novela, es en la introducción (págs. 163-176), en el capítulo VIII (págs. 301-303), en el «Diálogo...» (págs. 305-312) y en el Epílogo (págs. 313-316), donde Maqroll, Abdul y el Narrador poseen un papel protagónico excluyente. Por ello, estos capítulos pueden ser considerados como *conectores imaginarios* con la saga de *Empresas y tribulaciones,* de forma similar a como los restantes capítulos de la novela pueden considerarse como *conectores factuales* (véase figura 13). Los *conectores imaginarios* hacen a la saga en cuanto tal y, por tanto, poseen una clara dimensión paratextual (véanse figuras 3 y 4), mientras que los *conectores factuales* constituyen la trama de la novela en cuanto tal y, por tanto, corroboran o consolidan la temporalidad antes mencionada, sea en relación con la misma novela o respecto de *Empresas y tribulaciones* (véase figura 11).

Los cuadros 8a y 8b expresan la relación entre los sucesos de la novela y las formas de viajes que ya postulamos. Siguiendo esta relación, podríamos conjeturar —como de alguna manera ya hemos hecho desde otra perspectiva— que (1) en los capítulos donde predomina el viaje nórdico la búsqueda nostálgica es motivo principal, que (2) cuando predomina el viaje europeo construir historias y localizarlas es el dominio más cercano y destacado, que (3) en los capítulos donde la exploración (viajes al Oeste) es mayoritaria cierta conquista del espacio, cierto riesgo y desconocimiento, son norma, y que (4), por último, en los capítulos donde el viaje al Sur predomina, el suceder, el devenir de cosas y sentimientos es lo corriente.

De esta forma, habiendo considerado los lugares, la población y los sucesos de la novela podemos componer su «arquitectura». El teórico Gérard Genette, para referir la relación en-

Cuadro 8a

Arquitectura de la novela.
Relación entre personajes,
ubicación de la población y situación espacial
(tipo de viaje sugerido: véase figura 6) de la novela

Capítulo	Situación	Tipo de viaje que predomina
Introducción	Presentación de los personajes. Introducción a la trama.	Viajes europeos.
Capítulo I	Episodio de la comida en Urandá. Primer encuentro del Narrador con Abdul. Referencias a Maqroll y al carácter de su amistad con Abdul.	Viajes al Sur.
Capítulo II	«El capítulo más remoto de las correrías de Abdul». Episodio de las alfombras.	Viajes nórdicos.
Capítulo III	Episodio de las hermanas Vacaresco. Episodio del Rompe Espejos.	Exploraciones (viajes al Oeste).
Capítulo IV	Resumen del episodio de la muerte de Ilona. Descripción del carácter de Abdul y de su relación con Maqroll.	Viajes al Sur.
Capítulo V	Episodio del transporte de peregrinos a La Meca.	Viajes nórdicos.

tre narración y su disposición espacial, habla de un *architexte* que sería algo así como el plano arquitectónico sobre el que se asienta el edificio de un escrito[177]. De allí que las observaciones que hemos venido haciendo —y las que haremos en el apartado siguiente— puedan de alguna manera conectarse con dicha idea. Según ya fue dicho, es hipótesis de esta introducción que sin una lectura «arquitectónica» de *Empresas y tribulaciones* —y, por ende, de *Abdul Bashur*— no es posible establecer una comprensión acabada de ésta.

A partir del espacio (lugares), de los habitantes (la población, los personajes en cuanto figuras) y de los movimientos (los sucesos, los viajes), podría conjeturarse que *Abdul Bashur* posee una arquitectura «material» y una «imaginaria». La figura 13 representa un posible anticipo de esta condición novelesca de *Abdul Bashur*. La arquitectura que indicamos como material es la que se vincula con los aspectos paratextuales comentados al inicio de este estudio. Es decir, se refiere a aquellos aspectos donde la dimensión física de *Empresas y tribulaciones* —y de *Abdul Bashur* en particular— en cuanto libro se vuelve relevante. Por el contrario, la arquitectura imaginaria es aquella donde la mencionada dimensión física encuentra sus puntos de fuga, donde se multiplican las perspectivas acerca de su existencia, es decir, aquellos aspectos en donde *Abdul Bashur* surge menos como libro que como novela, como escrito o texto.

Por ello, como ya hemos sugerido, *Abdul Bashur* en cuanto construcción novelesca puede ser equiparada en última instancia con una *carta geográfica*, puesto que dicho *device* posibilita justamente el encuentro entre las dos formas de arquitectura mencionadas. Cuando sugeríamos que Maqroll era un cartógrafo del siglo XVI extraviado en los libros de historia europea del siglo XX, hacíamos referencia justamente a esta situación por medio de la cual, un mapa ilustrado del siglo XVI era empleado bajo las condiciones de inventario y expectativa hallables asimismo en *Abdul Bashur*. Y afrontamos así una

---

[177] Véase Gérard Genette, *Introduction à l'architexte*, París, Seuil, 1979, y también *Palimpsestes. La littérature au second degré*, París, Seuil, 1982.

CUADRO 8b

Arquitectura de la novela. Relación entre personajes, ubicación de la población y situación espacial (tipo de viaje sugerido: véase figura 6) de la novela

CAPÍTULO	SITUACIÓN	TIPO DE VIAJE QUE PREDOMINA
Capítulo VI	Episodio del transporte de armas. Oficios varios y descripción de Abdul. Estadía en El Pireo-Operación «Avena helada».	Exploraciones (viajes al Oeste).
Capítulo VII	Descripción biográfica y sentimental de Abdul. Sobre su estadía y estado en Estambul.	Viajes al Sur.
Capítulo VIII	Se presenta el escrito de Maqroll «Diálogo...». Se comentan las últimas noticias sobre Abdul y Maqroll. Se comenta la imposibilidad de establecer cronologías o fechas para los eventos de la novela y, por ende, para la saga en su conjunto.	Viajes europeos.
«Diálogo...»	Se comentan asuntos referidos a los temas y a la trama de la novela. Se discuten las creencias principales de Abdul y Maqroll.	Viajes europeos.
Epílogo	Se relata la muerte de Abdul.	Exploraciones (viajes al Oeste).

vez más lo también ya sugerido en la mención a las *ciudades invisibles* de Calvino: una arquitectura es el mapa, el plano o la figura que la instituye como tal. Por una parte, *Abdul Bashur* existe porque pertenece a *Empresas y tribulaciones* (véase figura 4) y ésta, a su vez, existe porque se vincula con la *Summa* (véase figura 3). Por otra parte, y al mismo tiempo, *Abdul Bashur* es los lugares que indica y nombra, los personajes que describe o ejecuta y los movimientos que genera o produce.

Identificar los lugares en *Abdul Bashur* es, al mismo tiempo que nombrar un espacio, conjeturar los sentidos de los lugares novelescos en cuanto tal. Inventariar los lugares en *Abdul Bashur* es, al mismo tiempo, construir una escenografía de *Empresas y tribulaciones*. Realizar el censo de los habitantes de los lugares en *Abdul Bashur* es, al mismo tiempo que construir unas narraciones biográficas, contribuir al sentido de un historia que se sostiene sólo por la intriga o entretenimiento que ofrece. *Abdul Bashur* no es sólo un libro que ha sido distribuido como novela, sino un escrito que dialoga y conversa con los límites mismos de aquello que aún, por ausencia de términos, llamamos novela.

Una lectura de novela

Las diferentes ediciones

Lo interesante de *Abdul Bashur* es que cuando la novela fue editada por primera vez como libro, en 1991, otros cinco libros de la saga ya habían sido también editados (véase cuadro 1). *Abdul Bashur* fue así la anteúltima parte, de las que se conocen hasta la fecha (febrero de 2003, NdA), en ser publicada de la saga. Esto significa que la novela, en el momento mismo de ser editada, fue de manera inmediata asociada con la saga y nunca entonces pudo ser leída de forma autónoma[178].

---

[178] Incluso el más independiente de los lectores no puede ignorar las menciones *en el texto* ya comentadas y por las que el Narrador induce al lector a *imaginarse* el resto de las *Empresas y tribulaciones*.

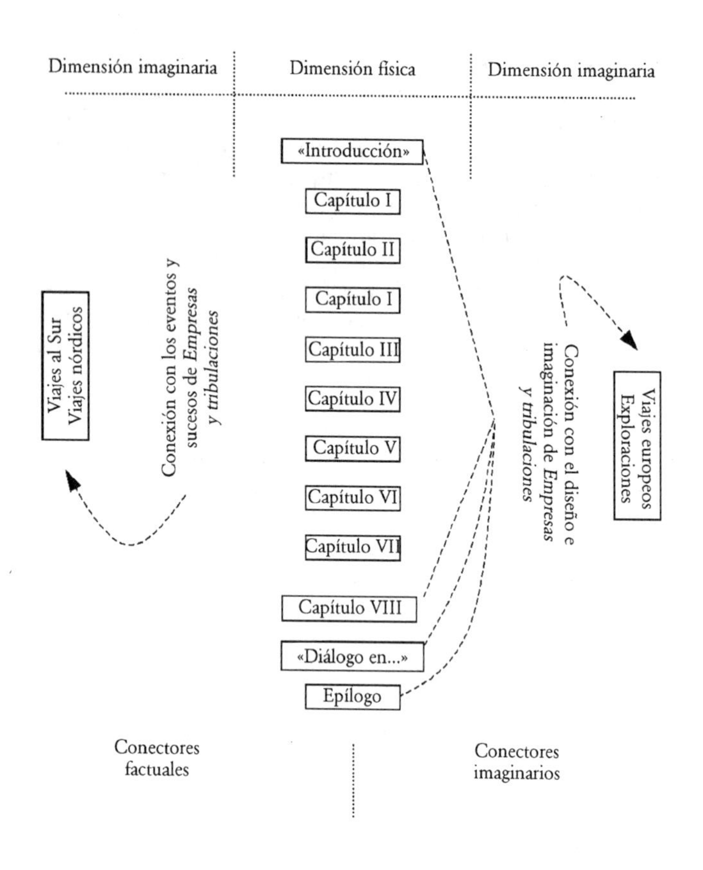

Figura 13. Arquitectura general de *Abdul Bashur* y en relación con *Empresas y tribulaciones.*

Más aún, podría decirse que *Abdul Bashur* fue editada de forma «independiente» apenas por dos años, es decir, hasta que en 1993 apareciera *Empresas y tribulaciones* por primera vez (véase cuadro 9) —desde entonces, toda edición de *Abdul Bashur* como libro separado de *Empresas y tribulaciones* es leída como episodio de la saga. En este sentido, es pertinente señalar que, sólo nueve años después de su primera edición, la novela fue reeditada en forma separada de *Empresas y tribulaciones* en España (edición del Círculo de Lectores, 2002)[179].

El cuadro 9 presenta los elementos que componen las tres primeras ediciones de *Abdul Bashur* que tuvieron lugar entre 1991 y 2001 —la primera como libro independiente y las dos siguientes como parte de *Empresas y tribulaciones.* La ausencia de índice, de numeración en los capítulos y de cualquier indicación o título en la «introducción» (págs. 163-176) en la edición de Norma —y que se repetirían en la de Siruela de *Empresas y tribulaciones* (1993)— es sin duda una señal querida de que estamos en presencia de «literatura» en sentido estricto. Sin embargo, la aparición de «capítulos» en la edición de Seix Barral de 2001, porque se halla en el conjunto de *Empresas y tribulaciones,* no resta efecto «literario», sino que, por el contrario, acentúa el aspecto novelesco del escrito.

La versión original de la editorial Norma, empleada como base para esta edición crítica (febrero de 1992), sitúa a *Abdul Bashur* en la colección «La otra orilla» y en la serie «Literatura». El comentario en la contratapa de esta primera edición presenta asimismo al libro como un episodio más de la saga. Sólo a partir de estos dos elementos, además del diseño gráfico y otros aspectos paratextuales que ya comentamos, podría ya el lector deducir que está en presencia de una *novela.* Sin

[179] Es evidente que las primeras ediciones de la novela no se agotaron de forma inmediata y todavía en el año 1995 era posible, con un poco de suerte, adquirir algún ejemplar en algunas librerías de América Latina. Aquí nos referimos, más que a este hecho comercial fortuito, a la perspectiva editorial y de autor por medio de la cual no aparecieron nuevas ediciones ibéricas durante el período. La editorial Norma produjo una segunda edición colombiana en 1998, que escasamente circuló en España y en otros países debido al hecho de que Siruela distribuía ya, en ese momento, la segunda edición de *Empresas y tribulaciones* (1997) en un solo volumen.

Cuadro 9

Breve comparación entre las tres primeras ediciones de «Abdul Bashur»

Edición	Elementos	Páginas
Norma (1991)	— Dedicatoria — Epígrafes — Introducción + 8 capítulos — «Diálogo...» — Epílogo — No índice	190 páginas
Siruela (1995)	— Dedicatoria — Epígrafes — Introducción + 8 capítulos — «Diálogo...» — Epílogo — Índice general	págs. 179-306 (127)
Seix Barral (2001)	— Dedicatoria — Epígrafes — Introducción + 8 capítulos — «Diálogo...» — Epílogo — Índice general. Los capítulos aparecen indicados como tales	págs. 507-634 (127)

embargo, lo que aquí también resulta interesante es que, como también vimos, *Abdul Bashur* —y *Empresas y tribulaciones* en general— juega con los límites mismos del género novelesco y los propios aspectos paratextuales, que, por una parte, nos aseguran que estamos en presencia de una «novela», y, por otra, cuestionan las bases sobre las que por lo general se establece dicho género[180].

[180] «Me considero poeta, sí, y también narrador, pero novelista no. Galdós, Dickens o Tolstói, ésos sí que son novelistas» (A. Mutis, en *El Mundo*, Madrid, 30 de diciembre de 2001; entrevista con Carlos Fresneda). Y también: «En las reflexiones hechas por este autor en las ciudades de Saltillo y Torreón, Coahuila, los días 26 y 27 de septiembre del año 2002, Mutis aseguró no sentirse

La imposibilidad entonces de leer *Abdul Bashur* sin considerar la saga no es sólo difícil, sino asimismo, luego de la edición de *Empresas y tribulaciones,* literalmente imposible si se pretende tener una comprehensión acabada de los personajes y eventos de la trama. De todos formas, como ya fue sugerido, estas conexiones de la trama de *Abdul Bashur* con el resto de *Empresas y tribulaciones* funcionan como puntos de fuga con relación a ella y como una especie de *mise en abîme* de los personajes. Con lo cual la *ignorancia* del resto de la saga también tiene su aspecto estético y su logro literario —situación esta que sin duda puede considerarse como una de las particularidades «de estilo» del autor Mutis. Las grandes sagas de la literatura decimonónica europea, en particular las de Balzac (1799-1850) y Dickens (1812-1870), cuyos trabajos no sólo se construían por *entregas,* sino que la mayoría de sus obras estaban a menudo conectadas unas con otras[181], son sin duda los fantasmas que recorren esta *forma* con que el autor Mutis ha decidido llevar adelante su prosa[182].

La arquitectura de la novela

Sobre la base general ya establecida en el acápite anterior de este estudio introductorio acerca de la arquitectura de la novela —y de *Empresas y tribulaciones*— podemos ahora agregar algunos comentarios más. El edificio de la novela se asienta entonces de forma clásica sobre dos estructuras di-

---

como un novelista. "Estos siete libros son el desarrollo de temas, visiones, ambientes que están en mi poesía. No creo que mis relatos merezcan el título de novelas, como sí lo merecen *Conversación en la «Catedral»* o la *Fiesta del Chivo.* Yo nunca he dejado la poesía por la novela, siempre estoy metido en un poema. *Conversación en la «Catedral»* pertenece a la gran tradición novelística francesa, o rusa, o inglesa del siglo XX. Las mías no"» (José Lara, Servicio de Prensa de Conaculta, en www.conaculta.gob.mx, 2002).

181 La impresionante saga de *La Comedie Humaine,* de Balzac, y *The Picwick Papers* (1836-1837) o *Great Expectations* (1860-1861), de Dickens, entre otros trabajos, pueden considerarse como ejemplos clásicos.

182 Sobre el particular pueden consultarse los pareceres del propio autor Mutis en «Viaje al mundo de la novela», en García Aguilar, *op. cit.,* págs. 81-100.

ferentes: una física y la otra imaginaria. La estructura física es, en primera instancia, relevante para comprehender las dimensiones de la otra *estructura ausente*[183]. En la figura 14 se presenta una breve enumeración de esta estructura física de la novela.

Aquello que indicamos como el paratexto próximo, conforma un texto que puede ser considerado como narración, pero sin indicación genérica de si es «fiction» o «non-fiction». Los capítulos ofrecen una trama que por momentos posee características de biografía y por momentos de relato histórico. La dedicatoria hace al escrito más íntimo y personal, poniendo en primer plano la biografía del autor y mezclando el nivel biográfico con el de las historias literarias de los personajes. Mientras que el «Diálogo...» y el Epílogo constituyen la *primera lectura* de la narración, es decir, de alguna forma construyen la recepción —o primera interpretación— en la que en principio se situará el lector. Los epígrafes, por último, se concentran sobre la figura del personaje, sugiriendo e indicando su dimensión de *driving element* de lo que se va a leer[184].

---

[183] Véase, por ejemplo, Umberto Eco, *La struttura assente,* Milán, Bompiani, 1968 (versión castellana: *La estructura ausente. Introducción a la semiótica,* Barcelona, Ediciones 1992/Lumen, 1986; traducción de Francisco Serra Cantarell). Como nada existe, en la perspectiva de Eco, que signifique alguna cosa antes que el lenguaje mismo, esta *ausencia* siempre estaría indicando que un evento (o varios) a posteriori del libro o de la novela determinarán en gran medida *el sentido* de dicho libro o novela. Por ello, si bien la «arquitectura física» puede ser cada vez más específicamente analizada por el crítico, siempre es estable. Mientras que, por el contrario, la que podríamos indicar como «arquitectura imaginaria» se halla en permanente evolución y cambio para una perspectiva de análisis crítico.

[184] El trozo «He address himself to reflection» probablemente haya sido extraído de alguno de los trabajos de Peter Dale (1938-), poeta, académico y traductor inglés, notorio por sus versiones de François Villon y Jules Laforgue. El trozo de «At Melville's Tomb» proviene de *Complete Poems and Selected Letters and Prose,* de Hart Crane (1899-1932), que se editara por primera vez en 1933 de forma póstuma. Crane fue un poeta de origen norteamericano que se suicidó en México y que en vida sólo publicó dos colecciones de poemas: *White Buildings* (1926) y, tal vez su obra más conocida, *The Bridge* (1930). La leyenda de Crane nace de los trazos románticos con que se ha transmitido su narración biográfica.

En cuanto al paratexto que indicamos como remoto, tanto las tapas, solapas, como la semblanza biobibliográfica, presentan al libro como una obra literaria o, cuanto menos, como el resultado artístico de un poeta, es decir, como el resultado de la máxima expresión de un autor literario.

De forma más general, el diseño de la tapa/contratapa de la edición de Norma que aquí empleamos como *editio princeps*, basada en una fotografía de Paolo Angulo, muestra una serie de botellas vacías, del tipo de las que uno tiraría con un mensaje al mar, las cuales en su interior poseen respectivos y sucesivos trozos de la imagen de un navío antiguo. La otra mitad inferior de la tapa/contratapa está ocupada por la reproducción de lo que podría ser perfectamente un tapiz persa del tipo «Princess Boukhara», al que se hace referencia en el capítulo II de la novela. Este encuentro, sugerido a partir de las imágenes, entre el sueño y el comercio, el dinero y el ideal, presenta, creo que de forma acertada, la figura de Abdul Bashur y, por extensión, la del propio Maqroll. Por otra parte, el plano roto —pero sin embargo compuesto en secuencias— del navío antiguo afronta la noción del «barco ideal» con igual introductoria eficacia (véase figura 15).

Las palabras del autor Mutis que aparecen en la contratapa presentan a Abdul como una especie de *alter ego* espiritual de Maqroll. La colección «La otra orilla», en la que se incluye la novela, surge asimismo como una oportuna connotación de ella: la orilla que nunca se alcanza, pero también Europa o el trópico, la historia o el presente, el sueño o el dinero, según la perspectiva con que se mire. Por último, la semblanza biobibliográfica que aparece en la solapa de la tapa confirma una vez más la relación de la novela con la saga y ofrece una perspectiva para su lectura: la obra de Mutis —se asegura allí— proviene de un suceso biográfico, es decir, del encuentro/desencuentro entre una infancia europea y una adolescencia sudamericana.

Respecto del «interior» de la novela, podríamos resumirlo con los siguientes pareceres. En aquello que aquí hemos indicado como «introducción», el narrador plantea el propósito y motivo de la novela. Más aún, el narrador deja establecida su perspectiva y método de *historiador* por cuanto, allí mismo y

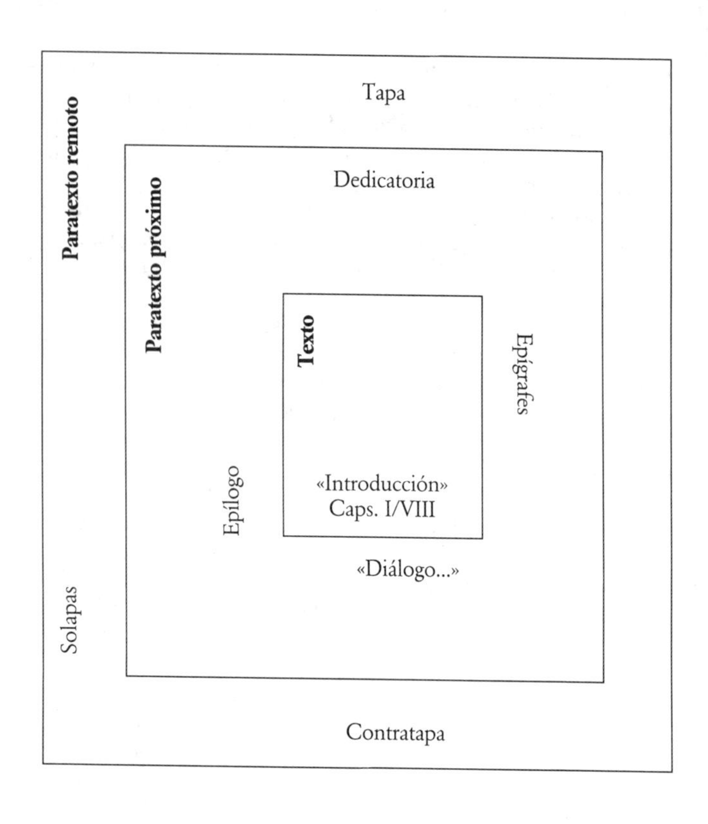

Figura 14. *Abdul Bashur* (primera edición de Norma, primera reimpresión, febrero de 1992) inventariado en sus elementos básicos según la perspectiva texto/paratexto comentada.

a lo largo de la novela, constantemente hará mención a fuentes, a los documentos que ha recabado, a los materiales que diferentes allegados a los protagonistas le envían. Por sus dichos, *Abdul Bashur* no es tanto una novela como una crónica biográfica.

Los capítulos, como ya fue indicado, presentan una concatenación de sucesos o «aventuras». Es en el «Diálogo en...» (págs. 305-312) donde se halla la clave de la novela, pues, ocupando una situación paratextual (véase figura 4 y figura 14), dicho apartado constituye una especie de novela dentro de la novela. En el «Diálogo en...» se comentan los sucesos relatados en la novela y se ofrecen interpretaciones acerca de ellos, algo así como si los personajes reflexionasen sobre sí mismos. El «Diálogo en...» no sólo contextualiza, como ya observamos, la trama, sino que vuelve explícito el sentido de más de una situación en ella. El «Diálogo en...» aparece así con una clásica función literaria, donde los personajes llevan adelante un diálogo para evitar que el narrador tenga que hacer explícitas ciertas situaciones —técnica literaria esta última que, si bien en contadas ocasiones resulta efectiva, en *Abdul Bashur* parece convincente. En el «Diálogo en...» se comentan (1) la idea del «barco ideal» (págs. 305-306), (2) la noción de destino o devenir (págs. 308-309 y 312), (3) Abdul habla sobre sus creencias (págs. 308 y 309) y, por último, (4) Maqroll realiza un comentario sobre el episodio con el Rompe Espejos y conecta con otros eventos de su vida y de la saga (págs. 308-309 y 309-311).

El Epílogo vuelve a cerrar el círculo que se abriera al comienzo, describiendo la muerte de Abdul casi como un suceso *cinematográfico*, como algo que era necesario que sucediese no en sí mismo, sino para la memoria y para la historia que debía justificar.

La *estructura ausente*, como el lector habrá ya adivinado, queda librada al azar de la lectura, sea que ésta se sitúa sólo en la novela o sea que se trate de llevarla adelante en relación con *Empresas y tribulaciones*. Por ello, se halla estrechamente vinculada con aquellas partes, aspectos o capítulos de la novela en donde el Narrador o el autor tratan de conformar una *recepción de lectura*. En este sentido, más que de

Figura 15. Tapa de la primera edición (primera reimpresión, febrero de 1992) de *Abdul Bashur, soñador de navíos.*

«estructura ausente», hablaríamos literalmente de una *estructura invisible*.

En términos más generales y de acuerdo con la perspectiva desarrollada en este estudio introductorio, la *estructura ausente*, la segunda forma de esta arquitectura que hemos mencionado, sería el resultado de (1) explorar las navegaciones posibles (véase figura 6), (2) de ordenar de alguna manera los elementos «naturales» antes mencionados, (3) de concretar algunos puntos de fuga y, sobre todo, (4) de construir una cronología y un término a la antología de episodios. Es decir, de lo que la *estructura ausente* trata es de recorrer aquellos espacios que en la novela sólo aparecían como posibilidad, como un tal vez o quizá poco probable.

La idea de barco

En la novela existen dos tipos de barcos. Aquellos que son soñados, imaginados e inalcanzables o muertos y asimismo inalcanzables por otras razones; y aquellos concretos, útiles y que posibilitan negocios. Los primeros son los que podríamos indicar como los barcos en sentido estricto en la novela, mientras que los segundos aparecen más como productos del progreso, de la técnica, son máquinas que sirven a un propósito. El cuadro 10 presenta un inventario de los barcos que aparecen en la novela.

La idea del barco que nunca se alcanza, la idea del barco perfecto que siempre resulta más allá de las posibilidades de sus perseguidores, es un argumento que ya de alguna forma había surgido en *La última escala del Tramp Steamer* (1988). La idea misma del «Tramp Steamer», los navíos destinados a morir y a realizar de manera constante su último viaje, constituye todo un aserto sobre la relación estrecha entre navío, destino y persecución de un sueño[185]. El Narrador establece el sen-

---

[185] Acerca de la noción de *Tramp Steamer* puede consultarse A. Mutis, *La última escala del «Tramp Steamer»*, Madrid, Mondadori, 1988, págs. 17-18. «Tramp Steamers son barcos de carga, así llamados dentro del vocabulario de navegación comercial inglesa —en inglés se ha dado la mayor cantidad de

CUADRO 10
Los barcos de Abdul Bashur que aparecen en la novela

NOMBRE	UBICACIÓN EN LA NOVELA	CONDICIÓN
«Nebil»	págs. 217 y 219	Soñado
«Princess Boukhara»	págs. 219 y 221-222	Comprado
«Thorn»	pág. 227	Soñado
«Fairy of Trieste»	pág. 258	Comprado/Es vendido
«Hellas»	pág. 263	Comprado/Vendido por pérdida de licencia
Transbordador sin nombre (Uskudar-Estambul)	págs. 298-299	Comprado en sociedad con un primo
«Antiguo *Tramp Steamer*»	págs. 313-314	

tido que este «barco ideal» tiene para Abdul Bashur en cuanto que, como sustento vital del hacer o del disponer, acabó, sin embargo, siendo para él una promesa del futuro más que una realidad del presente (véase págs. 217-219). De esta forma, Abdul sin duda es *sosías* de Maqroll, por cuanto el presente, más allá de los sentidos, sólo puede tener, o una realidad histórica (la memoria, el pasado), o una expectativa futura (el porvenir, la aventura, lo que aún no ha sucedido).

---

nombres para el ejercicio de la navegación comercial. El *Tramp Steamer* es un barco que no pertenece a ninguna línea ni a ninguna compañía de navegación; navega por su propia cuenta, recogiendo de puerto en puerto la carga que haya disponible en los muelles y que le quieran dar y va hacia donde esa carga ocasional debe ir. Generalmente, el capitán es dueño o socio de los dueños. Son barcos viejos, no hay mucho dinero para mantenerlos. Como lo dice el nombre, *Tramp* viene de trampero, vagabundo, de hombre de situación decadente y lamentable respecto del mundo práctico. Son barcos que necesitan pintura. Son esos barcos que hemos visto en todos los puertos del mundo y que siempre nos conmueven» (A. Mutis, «La saga de Maqroll el Gaviero», en García Aguilar, *op. cit.*, pág. 29).

Los barcos perseguidos se forman como una serie de imágenes fugaces y como tal atraviesan toda la vida de los protagonistas (véase, por ejemplo, la descripción del «Nebil» en la página 234). La búsqueda del barco ideal acaba entonces siendo una especie de pesquisa, que, de forma visual, trata de establecer las características de ese ideal del cual nunca se tiene una acabada descripción física. Salvo en contadas ocasiones (como con el «Nebil» o el «Thorn», por ejemplo), este barco ideal tampoco tiene ni nombre ni forma determinada. Más que un «Tramp Steamer» es un *buque fantasma* del que no se tienen ni planos ni datos específicos —incluso en casos concretos, como el del «Thorn», las imágenes que los personajes tienen son también difusas y fugases[186].

Al inicio del «Diálogo en...» (págs. 305-306), la conversación entre Maqroll y Abdul que transcribe el Narrador constituye una aclaración fundamental sobre el sentido de esta persecución del *buque fantasma*. El «barco ideal» acaba así siendo asociado por el mismo Maqroll con la caravana y el «caravanear» que apareciera en el *Caravansary* de la *Summa* y que ya comentamos con anterioridad[187]:

> Una caravana no simboliza ni representa cosa alguna. Nuestro error consiste en pensar que va hacia alguna parte o viene de otra. La caravana agota su significado en su mismo desplazamiento. Lo saben las bestias que la componen, lo ignoran los caravaneros. Siempre será así (pág. 306).

¿Qué es entonces el «barco ideal»? Algunos autores han sugerido que es una alegoría de la sociedad, otros que representa el ideal de autor romántico[188]. La perspectiva que aquí postulamos es que el «barco ideal» no es nada, que es la *pura nada*

---

[186] Recuérdese que Pablo Neruda, a quien Mutis comenta y recomienda en varias ocasiones, tituló un poema «El fantasma del buque de carga» y que pertenece al primer volumen de *Residencia en la tierra* (1933). Es justamente un fragmento de este poema el que aparece como uno de los epígrafes de *La última escala del Tramp Steamer.*

[187] Véase «Caravansary», en *Summa, op. cit.*, págs. 141-166.

[188] Véase, por ejemplo, el comentario de Jon Juaristi, en «Don Álvaro o la fuerza del sino», *op. cit.*, págs. 183-184.

con la que se encuentran cada tanto los personajes —y de allí su relevancia, la necesidad de su existencia pero también la inutilidad de su hallazgo (págs. 306-307)[189]. El «barco ideal» es el fantasma que nadie quiere ver, el espectro con el que nadie quiere encontrarse, pero que todos reclaman como indispensable para cada navegante, como parte de una mística cotidiana y esencial, pero al mismo tiempo lúgubre y fatídica.

Los elementos

La naturaleza no es un *donné,* algo dado de antemano, sino un descubrimiento del presente, un gran caos cuyo orden es tan evidente como la imposibilidad de los personajes para encontrarlo. Esta artificialidad de la naturaleza, sin embargo, no le hace «menos» natural, ya que forma parte de la artificialidad del presente en la que viven sumidos los mismos personajes[190]. Más aún, lo natural en *Abdul Bashur* —y en *Empresas y tribulaciones*— son precisamente las construcciones constantes de sentimientos, del sentido del mundo físico, de la dimensión de los objetos, del pasado y de la expectativa de lo porvenir.

La naturaleza que *Abdul Bashur* ofrece decimos que es artificial no sólo por el hecho de que es constantemente construida y porque no existe con independencia de quienes la habitan, sino también por el hecho que son *tan naturales* bares, estaciones de trenes y prostíbulos como la selva tropical, los ríos y los mares de Oriente. En consonancia con *Empresas y tribulaciones, Abdul Bashur* ofrece un panorama desolador y esperanzado a un tiempo: no existe naturaleza que nos preceda o jus-

[189] La actitud anímica y la perspectiva que Antoine Roquentin, el personaje ya clásico de *La nausée* (1946), tiene gran similitud con el agnosticismo vital de Maqroll.

[190] No obstante la relevancia de la percepción sensual en los personajes, el presente como tal resulta artificial precisamente porque nunca podemos tener una idea acabada de él: siempre plantea situaciones para las que aún no tenemos palabras o significados. La artificialidad del presente reside en que sólo como parte de la historia o como expectativa del porvenir puede ser nombrado o indicado.

tifique como individuos —fuente esto de permanente desasosiego—, pero al mismo tiempo ello nos da la posibilidad de la «aventura», del cambio, de la navegación en el sentido ya discutido con anterioridad —fuente esta del optimismo vital que simboliza Abdul.

Cartas, fotografías, alfombras, barcos, bares, prostíbulos, ríos, puertos, mares, libros, calles, ciudades, cárceles, edificios públicos, estaciones de trenes, anécdotas, bancos, selvas, personajes históricos, horizontes, lenguas, religiones, cócteles, comidas: son éstos algunos de los elementos que en *Abdul Bashur* forman ese sistema artificial que indicamos como naturaleza. Más importante aún, sin embargo, que la existencia de esta naturaleza, resulta el hecho de que ésta genera un sentido de *naturalidad:* en *Abdul Bashur* muy pocas cosas tienen lugar que no surjan como «naturales», todo es normal o así lo parece. Y es justamente ésta una de las características más destacables de la atmósfera de navegación presente en ella: hasta el evento o la situación más extraña e inesperada aparecen a los ojos de los personajes como algo natural para ser sorteado, para ser superado y *vivido.*

Aquello que, sin embargo, sí puede predicarse de estos elementos naturales y de la naturalidad que conllevan es que funcionan con una especie de lógica y ella es la que ya hemos descrito empleando la figura 6. A partir de esa «carta marítima», los elementos pueden también ser entendidos y vinculados unos con otros.

Si postulásemos, por ejemplo, que todo el mundo se halla compuesto de una forma u otra a partir de los cuatro elementos fundamentales ya considerados por los pensadores presocráticos (tierra, aire, agua fuego), podríamos entonces vincularlos a la carta marítima de la figura 6. De esta manera, el rumbo Norte sería el aire; el rumbo Este sería la tierra; el rumbo Sur, el agua, y el rumbo Oeste, el fuego.

Agua y tierra son los elementos dominantes y recurrentes en la novela; sin embargo, aparecen como telón de fondo, como presencia descontada e implícita. El aire, en cambio, aparece sólo como forma de lejanía, y el fuego no aparece como elemento, sino como medio de destrucción, es inmediato y voraz. El agua es el devenir que nunca se detiene;

la tierra es un pasado que no se puede percibir de forma física sino a partir de la memoria; el aire parece que siempre puede ser asido, pero nunca estamos lo suficientemente cerca, y, finalmente, el fuego es la única realidad tangible, pero los personajes evitan acercarse demasiado y, cuando lo hacen, sólo dejan paso a la destrucción de aquello que debía haber sido antes comprendido.

Las metáforas elementales de la novela

De la misma forma y con el mismo alcance conceptual con que sugerimos que la figura de Maqroll se hallaba constituida a partir de cuatro metáforas fundamentales, ahora postulamos que la novela toda, en relación con su atmósfera y sentido, se halla asentada sobre cinco metáforas básicas. Estas metáforas, como ya fue dicho pero resulta indispensable reiterar *in extenso*, asumen que la dimensión metafísica de los individuos, y de la vida en general, no existe como tal, sino *como resultado de su dimensión física.* No hay sentimientos en *Abdul Bashur*, o en sus personajes y situaciones, sino por la *fisidad* que le dan forma y sentido. Éste es el materialismo al que ya nos hemos referido al hablar del autor Mutis y del propio Maqroll. En este sentido entonces, las metáforas no representan cosa alguna, sino que *constituyen la cosa misma*, es decir, la única forma de indicar o señalar una situación o sentimiento —más que de «metáfora», entonces deberíamos hablar de μίμησις[191]. Y de allí también que las descripciones de objetos, cuerpos o cosas constituyan la única alternativa para indicar unos sentimientos y estados de ánimo siempre huidizos e inalcanzables.

---

[191] Véase *supra* notas 103 y 104. Por otra parte, en este sentido puede interpretarse la perspectiva de Mutis: «Hay que desconfiar de la metáfora. La metáfora es una manera más fácil y directa de pasar un instante de poesía al papel, pero hay que tener cuidado porque se puede caer fácilmente en el preciosismo, en el simplismo, en fin, en la muerte de la poesía» (A. Mutis en I. García y S. Serrano, «Un encuentro con Álvaro Mutis en El Escorial», en *Cuadernos Hispanoamericanos,* 619 [enero de 2002], pág. 48).

La primera metáfora es aquello que ofrece la base para los sentimientos en general y para la vida sentimental de los personajes. Es el equivalente de los Hospitales de Ultramar en la novela:

> Por lo demás, el personal de esas casas estaba formado, en su mayoría, por seres desnutridos, anémicos y desdentados, por lo general víctimas de exóticas enfermedades del trópico, la más extendida de las cuales es el terrible pian, una avitaminosis que corroe las facciones en tal forma que, quienes la sufren, jamás se dejan ver a la luz del día y, de noche evitan exponerse a la luz eléctrica. Cubierta la cara con improvisados pañuelos y velos caprichosos, las mujeres atienden a sus clientes en la penumbra y saben despacharlos con tanta destreza y rapidez, que éstos no alcanzan a darse cuenta de nada, menos aún después de tomar algunas copas de ron adulterado (pág. 180).

Los sentimientos son como estos rostros y estas vidas —este «personal»— que se esconden detrás de velos y sombras, y cuyas realidades son más adivinadas que conocidas. Los sentimientos no construyen ni llevan dirección alguna, sino que conforman una decadencia que, según la fortuna individual, adquieren forma más o menos visible en una penumbra que nunca nos abandona. Por eso, como ya fue dicho, el trópico es nocturno por excelencia y no luminoso[192].

La segunda metáfora es aquella por medio de la cual el devenir, a partir de un recurso que fuera clásico en la literatura decimonónica inglesa, se identifica con cierto suceder de la meteorología:

> *Cette putain météo,* como la increpaba Abdul, era nuestra auténtica preocupación y a este respecto no había nada que hacer, porque no dependía, como es obvio, de nosotros (pág. 187).

El devenir de los eventos humanos se halla sujeto a lo imprevisible, de forma similar a como toda acción se halla deter-

---

[192] Sobre el particular también puede consultarse Jon Juaristi, «Don Álvaro o la fuerza del sino», *op. cit.,* pág. 193.

minada en su acontecer por la inevitable ignorancia en que nos sume la *météo*. De igual manera que nada puede decirse de la meteorología, nada es predicable del devenir, la única posibilidad es navegarlo, transcurrirlo, *vivirlo*.

La tercera metáfora es aquella referida a las que podríamos señalar como condiciones *naturales* de los vínculos entre individuos:

> Choukari despertaba en el Gaviero, más que desconfianza, una especie de inquietud causada por la raquítica figura del personaje, con su rostro desvaído y torturado por tics desconcertantes, su tez palúdica y el febril girar sin pausa de sus ojos que le recordaba a los espías del cine mudo. Pero también se daba cuenta de que todos esos síntomas, puramente exteriores, bien podían esconder, como era frecuente en las gentes de su raza, una energía devorante y un inagotable ingenio para descubrir los caminos que transgreden el código con el mínimo de riesgos (pág. 209).

Es este encuentro entre inquietud y necesidad aquello que signa la mayor parte de la relaciones entre los personajes en la novela. Si, por una parte, la desconfianza, la sospecha y la intranquilidad, gobiernan los pensamientos y acciones hacia los demás, al mismo tiempo los personajes son conscientes de la utilidad necesaria de esos demás, sin la cual nada podría funcionar. Hallar un equilibrio entre estos dos aspectos antagónicos, y sacar el mejor provecho de cada uno, es una de las reconocidas habilidades de Maqroll, pero sobre todo de Abdul. Hay en Abdul una especie de inocencia suicida (téngase presente el episodio con el Rompe Espejos) que le permite desarrollar, por un lado, una eficaz paranoia respecto de otros individuos, y, por otro y al mismo tiempo, extraer de estos individuos el máximo que pueden ofrecer en cada situación.

Por otra parte, lo problemático aquí no es sólo hallar este equilibrio, sino también gobernarse en un mundo donde las «apariencias externas», donde la dimensión física de los seres, constituyen los únicos elementos disponibles para conjeturar la base sobre la que tratamos y negociamos con los individuos. Ésta es la lógica que podríamos indicar, siguiendo la descripción del Narrador, como la del «espía del cine mudo»:

son los rasgos de su rostro, de su físico, lo único que nos da indicaciones sobre la actitud anímica y espiritual de un individuo. Por ello también, dadas estas condiciones «naturales», el trato entre individuos sólo puede adquirir la forma del comercio en sentido estricto, la forma del acuerdo, de la negociación o del tratado en sentido histórico: *quid pro quo*[193].

La cuarta metáfora es aquella que podríamos indicar como sinónimo de *mundo* o comunidad:

> Fue así como acabaron visitando el Pink-Surprise, como se llamaba, con bastante gratuidad, el tugurio donde actuaban las gemelas Vacaresco. Venían de recorrer una cantidad suficiente de bares como para que el *scotch* hubiera empezado a cumplir la promesa de Maqroll y todo tomara un aspecto más tolerable. El número de las hermanitas estaba animado, vaya a saberse por qué, con música española, lo que causó en Bashur un regocijo que el Gaviero no terminaba de entender. El acto comenzaba con la presentación de las hermanas, una en cada extremo del pequeño escenario, en medio del cual lucía una cama circular adornada con lazos y pompones color rosa, al igual que la sábana que la cubría. A la izquierda estaba Maruna, con una cabellera negra retinta, los ojos con gruesas rayas de kohl y sus rotundas formas cubiertas con un sucinto *baby doll* celeste. A la derecha aparecía Lena, con una abundante cabellera rubia platinada, los ojos circundados de un lila intenso y un atuendo tan escaso como el de su hermana,

[193] Algunos autores, analizando la figura de Maqroll, han sostenido justamento lo opuesto, es decir, que la lógica del «negocio» o comercio no tiene sitio en la saga. Sin embargo, este convencimiento tiene lugar por cuanto se quiere extraer de Maqroll una *prescriptiva* y porque se ignora el alcance que el profundo agnosticismo de Maqroll tiene. La artificialidad y cinismo cierto de los acuerdos «contractualistas» —indicados con acierto por estos autores— no los descalifica como la *única realidad* tangible en los personajes. Se confunden objetivos declarados de la filosofía mercantilista con transcurso ordinario de la vida corriente. Ni Maqroll ni Abdul tratan (o se interesan en) las ideas de Rousseau; sin embargo, ambos abrazan el negocio no sólo como un medio comercial de intercambio, sino como una *vía comunicativa* entre los seres. Por último, es justificado insistir una vez más en que el ideario del autor Mutis no necesariamente es sinónimo (o acuerdo con) de la lógica con la que la saga y *Abdul Bashur* funcionan. Para un perspectiva representativa de estos autores mencionados véase, por ejemplo, Ruiz Portella, «La democracia en cuarentena», *op. cit.*, págs. 105-106.

pero de color rosa. Comenzaba la acción con el pasodoble *El relicario,* al que seguían otras piezas de igual fama, hasta terminar, en el éxtasis de las hermanas, con *España cañí.* La rutina de entrelazamientos, besos, caricias y sonoros lametones, acompañado todo de quejidos y suspiros desaforados era, ya se dijo, tan poco convincente como monótona. La hilaridad de Abdul lo indujo a invitar a su mesa a las gemelas y ordenar una botella de champaña. El Gaviero lo miraba, intrigado ante tanto entusiasmo que no justificaban, ni el lugar ni las hermanas Vacaresco.

—Sólo los ingleses —comentó Abdul para explicar su entusiasmo— son capaces de producir un adefesio semejante, tan absurdo como chabacano. Esto es lo más deliciosamente grotesco que he visto en mucho tiempo. Las gemelitas tienen lo suyo. Poseen eso que usted llama la «calentura danubiana». Ya lo verá (págs. 222-223).

Cada aspecto de este *espectáculo* constituye una característica del *mundo* en que la novela se desarrolla y transcurre. El suceder, el devenir, es eso: un puro espectáculo basado en toda una serie de malentendidos. Los actores no hacen lo que querrían, sino lo que suponen que el público espera, la audiencia no ve lo que está viendo, sino aquello que puede interpretar a partir de lo que sucede e imagina, el recuerdo del espectáculo no existe para los actores y, sin embargo, acaba siendo fundamental para el público en cuanto parte de su narración biográfica. La desproporción asimismo es parte de cada cosa: de los gestos, del vestuario, de la música, de los dichos. La incoherencia de los elementos humanos, como en la vida de la novela, es total.

En este *teatro del mundo,* las identidades están trucadas, las ocupaciones son producto del azar y no de una elección, las biografías de los seres son una antología de malentendidos sin lógica que las conecte, el único aspecto en común entre todos los personajes de este *mundo* es cierta inevitable pérdida que nunca acaba de concretarse y el convencimiento de que el minuto presente es más importante que todos los recuerdos del pasado o las memorias del porvenir. Sin embargo, esta reivindicación del instante no es un glorioso *carpe diem,* sino el producto de una derrota que se conoce de antemano (véase también págs. 222-225).

Todo en la vida de este *mundo* es materia de *performance,* la comunicación entre los seres, que este episodio expone de forma ejemplar, no existe sino teniendo en cuenta toda una serie de malentendidos, queridos algunas veces e inevitables en la mayoría de los casos. Como en los escritos de Charles Fourier (1772-1837)[194], las pocas ocasiones en donde un panorama general de los individuos aparece en *Abdul Bashur,* siempre tenemos la sensación de que funciona como el «Pink-Surprise», es decir, como una especie de *falansterio,* que, dadas sus condiciones materiales y humanas, se parece más a un prostíbulo de gentes tristes y desganadas que a una armónica utopía realizada. Sólo excepcionalmente —la visita de Maqroll y Abdul es el caso—, estos lugares adquieren un interés memorable.

La quinta metáfora es, justamente, aquella que indica la *fisidad* de todo dominio afectivo:

> Todas las premoniciones y diagnósticos del Gaviero le vinieron a la memoria mientras saludaba al recién llegado. De estatura un poco mayor que la mediana, tenía esa agilidad de movimiento, a veces un tanto brusca, propia de quien ha practicado los deportes durante buena parte de su vida. Pero esta primera impresión de salud, se esfumaba al ver el rostro, cuyas facciones denunciaban a leguas eso que suele llamarse un «cabo de raza», o sea el espécimen en donde termina el entrecruzamiento de muy pocas familias durante más de un siglo. Matrimonios que han tenido por objeto primordial conservar las vastas posesiones de tierras y el nombre que las distingue, sin mezcla de extraños ni de recién venidos por ricos

---

[194] Nos referimos aquí a *Le Nouveau Monde industriel et sociétaire* (1829) donde Fourier postulaba una sociedad utópica, ideal y armónica. Fourier fundó asimismo la revista quincenal *Le Phalanstère,* que tomaba el nombre de esta sociedad utópica que postulaba. Las tentativas de realización de este sociedad utópica por la época no dejan de ser interesantes: no hallando individuos dispuestos a vivir la experiencia comunitaria, cuentan que Fourier llegó incluso a reclutar candidatos entre los *sans abri* de París. Los resultados, como era de esperarse, nunca fueron destacables. Véase, por ejemplo, Émile Poulat, *Les Cahiers manuscrits de Fourier,* París, Minuit, 1957, y también F. Armand y R. Maublanc, *Fourier,* París, Éditions Sociale Internationale, 1937, 2 volúmenes.

que sean. La mandíbula un tanto caída, notoriamente prognática y, como consecuencia de ello, la boca de labios carnosos y sensuales, siempre entreabierta. La nariz protuberante pero de un trazo regular y firme, bajo una frente estrecha donde los huesos sobresalientes ocupan el breve espacio entre las cejas pobladas y el pelo ralo y desteñido que apenas cubre una no disimulada calvicie. Esa cara de Habsburgo clorótico cobraba, de pronto, una intensidad felina gracias a los ojos móviles, inquisitivos y siempre dando la impresión de percibir los más escondidos pensamientos del interlocutor. Las grandes manos, de palidez cadavérica, se movían con seguridad dando en todo momento el efecto de una fuerza animal en engañoso descanso (pág. 235).

No puede haber comprensión anímica o perceptiva sin una dimensión física, sin un relieve físico que les nombre e indique. Cuando hablábamos del problema que presenta la discontinuidad entre percepción y pensamiento en el mundo moderno, y referíamos cómo la perspectiva *ancien régime* del autor Mutis trataba de afrontarla, en definitiva esta solución *naturalista* queríamos indicar: nada que no tenga una dimensión física, material, puede ser dicho o nombrado. Los sentimientos no son un origen localizable o un sentido atribuible del mundo físico, como el romanticismo más clásico quería, sino, por el contrario, es el mundo físico y material, los objetos y cosas, aquello que otorga un origen y sentido a los sentimientos.

Esta imagen del Rompe Espejos que surge de la cita es uno de los ejemplos más extremos de la novela, pero también uno de los más claros: todo aquello que vive dentro del personaje, su «vida interior», sólo puede ser conocido y nombrado a partir de estas señales y signos físicos. Más aún, todo aquello que es su «vida interior» *es resultado* de esta conformación física, de su evolución y del intercambio a partir de ella con otros seres. *Abdul Bashur* en cuanto novela deja una clara sensación de que sus personajes habitan un mundo material en donde no existe dimensión afectiva alguna, ya que ésta, aun cuando existiese, nunca podría ser alcanzada, nombrada o indicada. Y es ésta la profunda *desesperanza* que atraviesa toda la novela.

Biografía de Abdul Bashur

La primera aparición de Abdul en la saga precede a la publicación de *Abdul Bashur*[195]. Sin embargo, nada de lo dicho antes sobre el personaje puede volver a ser interpretado de la misma forma luego de la aparición de la novela a él dedicada. De hecho, tal es la sugerencia que deja entrever el Narrador en la introducción, en el «Diálogo...» y en el Epílogo de la novela.

De acuerdo con el orden de la saga propuesto en el cuadro 1 y siguiendo los eventos que se narran en la novela, podemos conjeturar una línea biográfica para Abdul, tal como aparece en la figura 16. Esta señalización biográfica, más allá de la información o del ordenamiento que posibilita, resulta asimismo útil por cuanto permite asociarla a la propia trayectoria de Maqroll y sus ritmos tomarlos también como similares a los de Maqroll (págs. 288-289).

El que hemos indicado como primer período se halla dominado por la persecución del «barco ideal». El segundo período —o «período negro»— se halla dominado por la «oscuridad del alma» del personaje, por la obsesión con el destino y por una actitud de desesperación. En el último período domina el fatalismo, el encuentro con el azar, la calma búsqueda de lo que no se conoce, la aventura en sentido pleno[196].

Desde la descripción física y su talante espiritual (páginas 183-184), hasta una descripción sentimental y psicológica (págs. 196-197), pasando por detalles de sus raíces culturales (págs. 266-267), de temperamento (págs. 211, 291-292 y 309) y de sus obsesiones (pág. 243), la novela ofrece un *dipinto* ejemplar del personaje, al punto que más que de personaje debiéramos hablar de una *figura emblemática* en el sentido que los Héroes de cómic antes mencionados poseen[197].

---

[195] Maqroll y Abdul se conocen en Port-Said, episodio contado en *La Nieve del Almirante*, Madrid, Alianza, 1986, págs. 89-90.

[196] Sobre este ordenamiento biográfico puede consultarse la descripción que Maqroll realiza en las páginas 297, 297-298 y 281 de la novela.

[197] En este sentido de figura heroica también puede consultarse Martha Canfield, «De la materia al orden: la poética de Álvaro Mutis», *op. cit.*, página 293.

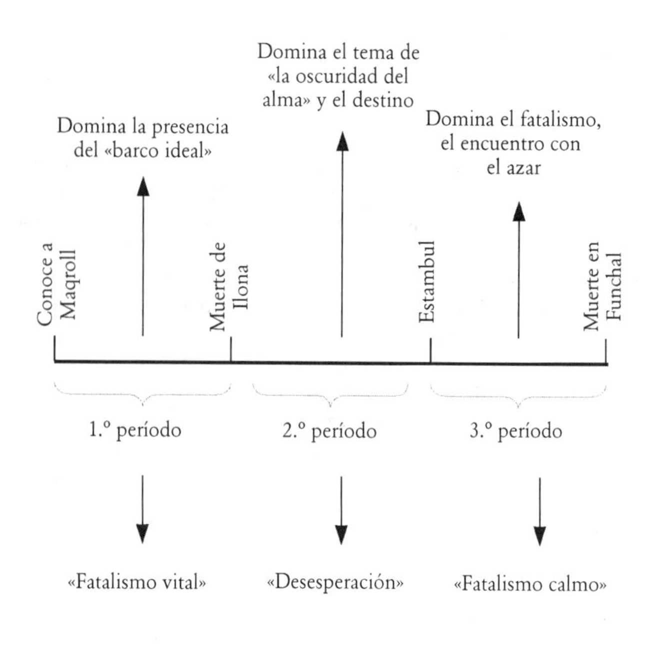

Figura 16. Sucinto esquema de una posible biografía de Abdul Bashur según su paso por *Empresas y tribulaciones.*

Creado a partir de la figura de un policía[198], como en las mejores series *noir* de Simenon o Céline, Abdul ha sido caracterizado como constructor de fracasos[199], como adalid de la desesperanza[200], y, de forma más genérica, como *alter ego* anímico de Maqroll[201]. Abdul aparece en todas las novelas de *Empresas y tribulaciones* y, junto con Maqroll y el Narrador, constituye otro personaje fundamental de ella.

Abdul en cuanto personaje, al igual que Maqroll, posee un visión de la que no puede desprenderse:

> «El diseño en espiral de nuestra vida», que dirá el narrador amigo de Alejandro Obregón, lleva a considerar las cosas periódicamente desde el otro lado, a «mirar el lado oculto de las cosas», «la otra orilla donde se pulan los símbolos»[202].

Y esta visión que otorga lucidez, pero al mismo tiempo limitaciones y tristezas, es el móvil secreto de la existencia de Abdul. Aquello que lo lleva tan derecho y relajado a la muerte como a perseguir la nuera del Imán o compartir Ilona con Maqroll.

---

[198] Véase Elena Poniatowska, *Cartas de Álvaro Mutis a Elena Poniatowska, op. cit.,* págs. 16-17.

[199] Véase, por ejemplo, Jon Juaristi, «Don Álvaro o la fuerza del sino», *op. cit.,* págs. 185-186.

[200] *Ibídem,* pág. 187.

[201] Véase, por ejemplo, A. Mutis, «La saga de Maqroll el Gaviero», en García Aguilar, *op. cit.,* págs. 21-22.

[202] Adolfo Castañón, «El tesoro de Mutis», *op. cit.,* pág. 204.

Esta edición

La primera edición de *Abdul Bashur, soñador de navíos,* publicada en Bogotá en 1991 por la Editorial Norma, es la base de esta edición. La claridad narrativa de Mutis, su estilo llano y sin demasiados localismos, no demanda un *editing* profundo, incluso pensando en un lector poco familiar con el castellano de América Latina. Sin embargo, la gran cantidad de nombres de lugares, de objetos y cosas, que aparecen en la novela sí requieren una dedicación más detallada.

Por otra parte, un *proofing* pormenorizado de la novela hubiera demandado la participación del autor y el acceso a los manuscritos originales, eventos ambos que no han tenido lugar.

Es de destacar asimismo que, dado que la novela forma parte de la saga *Empresas y tribulaciones,* algunas notas aclaratorias para el lector no familiarizado con ella han sido necesarias.

Las notas y comentarios incluidos en esta edición son, entonces, de carácter informativo, aclaratorio o ilustrativo. Pero no intervienen en los pormenores y confección del mismo texto, el cual, como fue dicho, permanece tal como fuese editado en su versión original.

Deseo agradecer a Josune García, de Ediciones Cátedra, por su vigilante ayuda, disponibilidad y franqueza.

Bibliografía

La condición de escritor *de culto,* de la que Mutis ha gozado por muchos años, y con una obra que fuera sólo para iniciados, de alguna forma justifican cierto detenimiento y extensión en la bibliografía. Los dispersos trabajos dedicados a la obra del autor, aún escasos y breves, refuerzan la necesidad de profundizar en los aspectos editoriales y bibliográficos de una tarea literaria que ha empleado y utilizado con generosidad gran cantidad de elementos paratextuales, y para cuya comprensión última es indispensable una reflexión bibliográfica.

Cuando las fuentes difieren acerca de los datos de una publicación o cuando alguna información complementaria he considerado era pertinente, en ambos casos, una indicación o comentario ha sido realizado al respecto, con lo cual esta bibliografía puede considerarse, con las limitaciones del caso, como una «bibliografía anotada».

Aun cuando, como fue dicho, no fuese propósito de este estudio introductorio presentar un estudio bibliográfico de los trabajos de Mutis, dada la dispersión de sus publicaciones creo que era necesario establecer un inventario mínimo. Por ello, se incluyen aquí todas las publicaciones atribuidas a Álvaro Mutis a las que, de forma directa o indirecta, he logrado acceder y revisar. Sin embargo, restan aún por inventariarse un gran número de escritos del autor fruto de sus colaboraciones con diversas revistas —como *Plural* y *Vuelta*— y de sus contribuciones a periódicos —como *Uno más Uno, El Sol de México* y *Novedades,* con el cual supo incluso tener una columna semanal llamada «El rincón reaccionario». También quedan por investigarse sus diversas contribuciones radiofónicas —por ejemplo, con las emisoras Nuevo Mundo y Nacional de Colombia— y televisivas —por ejemplo, el programa *Encuentros* que llevó adelante en Ciudad de México.

Trabajos de Álvaro Mutis

Poesía

La balanza, Bogotá, Talleres Prag, 1948. Publicado en colaboración con Carlos Patiño Roselli e ilustraciones de Hernando Tejeda. La edición fue concluida el 8 de abril de 1948, un día antes del famoso «Bogotazo» y en el cual la casi entera edición de 200 ejemplares numerados fue diezmada en los incendios que destruyeron entonces el centro de la ciudad. Aquí aparecía por primera vez, en un poema titulado «Oración de Maqroll», la figura de Maqroll el Gaviero. El libro contaba con seis poemas de Mutis.

Los elementos del desastre, Buenos Aires, Losada, 1953, 94 págs., 22 cm. El libro aparece en la colección «Poetas de España y América» que por entonces dirigían Rafael Alberti y Guillermo de Torre. El trabajo recogía cinco de los seis poemas de *La balanza* y se agregaban otros.

Reseña de los Hospitales de Ultramar, Bogotá, Separata de la revista *Mito*, año 1, número 2, 1955. Mutis sitúa esta publicación en 1958 y en el suplemento número 56 de la revista *Mito*. Jotamario Arbeláez, al igual que José Luis Díaz-Granados, sitúa el libro en 1959 y en el número 26 de la revista *Mito*. Algunos críticos, por otra parte, siguiendo la *Summa* editada por Ruiz Barrionuevo (1997), sitúan la publicación asimismo en 1959. En *Caminos y encuentro de Maqroll el Gaviero* (2001) se menciona incluso una *Crónica de los Hospitales de Ultramar*, Bogotá, Separata de Mito, año V, número 26, 1959. Ricardo Cano Gaviria en su artículo «El Húsar, breve descripción de una forma» habla de un libro (probablemente se refiera a la edición de 1955 de *Mito)* titulado *Memorias de los Hospitales de Ultramar* y el «oficial web-site» de Mutis (www.clubcultura.com) exhibe en la bibliografía una reproducción gráfica de la que aparenta ser la tapa de este libro. *Memoria de los Hospitales de Ultramar* es también considerado por José Luis Díaz-Granados como la primera versión de *Reseña de los Hospitales de Ultramar*.

Los trabajos perdidos, México, Ediciones Era, 1965, 76 págs., 20 cm. Editado en la colección «Alacena». El título de este trabajo proviene del último poema de *Los elementos del desastre*. Mutis sitúa esta publicación en 1964. El libro reúne todos trabajos escritos por el autor enteramente en México e incluye también escritos en prosa.

Summa de Maqroll el Gaviero (Poesía 1947-1970), Barcelona, Barral Editores, 1973, 173 págs., 20 cm. Situado en la colección «Insulae poetarum», número 5. Se incluye aquí la poesía de Mutis entre 1948 y 1970. El libro incorpora asimismo un estudio de Juan Gustavo Cobo Borda. Esta publicación, realizada cuando Álvaro Mutis contaba ya con 50 años, es el primer jalón de relevancia hacia un ordenamiento bibliográfico de su obra —ordenamiento que con el tiempo se convertirá en uno de los *recursos literarios* favoritos del autor. Existe asimismo una reedición de esta versión de la *Summa* por parte de la editorial Oveja Negra (1982).

Maqroll el Gaviero, Bogotá, Instituto Colombiano de Cultura, 1975, 143 págs., 21 cm. Incluido en la colección «Autores nacionales», número 5.

Poemas, México, UNAM, 1978. Editado en la colección «Serie Poesía Moderna», número 24. Selección de poemas y notas realizadas por el autor.

Summa de Maqroll el Gaviero (poesía 1947-1970), Bogotá, Oveja Negra, 1982, 130 págs., 20 cm. Este trabajo constituye un segunda edición de la recolección de poemas iniciada en 1973. También existe otra edición posterior: Barcelona, Barral Editores, 1992.

Caravansary, México, Fondo de Cultura Económica, 1981. Editado en la colección «Tierra Firme». El título en inglés de este libro certifica el empleo del lenguaje —de los idiomas, de los giros idiomáticos— como un instrumento más de lejanía, de tránsito, de provisoriedad. En el último texto del libro, titulado «En los esteros», se cuenta la muerte de Maqroll.

Los emisarios, México, Fondo de Cultura Económica, 1984, 117 págs., 23 cm. Editado en la colección «Tierra Firme». En este trabajo aparece, de forma parcial, Maqroll hablando en primera persona (en «El Cañón de Aracuriare» y en «La visita del Gaviero»), de forma similar a como ya sucediera en *Reseña de los Hospitales de Ultramar* (1959). En el texto titulado «El Cañón de Aracuriare», incluido en el libro, se halla una confirmación de la muerte de Maqroll y, por lo mismo, dicha indicación surge como un elemento que apela a una información paratextual, es decir, al libro *Caravansary* (1981) y, por ende, el narrador asume ya que estamos ante una *saga.* Con «El Cañón de Aracuriare» pareciera asimismo darse por cerrado el ciclo «poético» de Maqroll el Gaviero, por cuanto luego de *Los emisarios* la poesía de Mutis da la impresión de cambiar de argumento y de tono a través de una voz poética —de un narrador— de características muy diferentes a las de Maqroll y la voz que le daba vida.

Crónica regia, México, Ediciones Papeles Privados, 1985. Mutis confirma de alguna forma aquí el cambio de registro y abandona la figura de Maqroll y su saga. Se vuelca entonces el autor sobre uno de sus temas favoritos: la monarquía, su pérdida de legitimidad, la ausencia de un mito fundante de la política y sociedades contemporáneas.

Crónica regia y alabanza del reino, Madrid, Cátedra, 1985, 47 págs., 21 cm. Incluido en la colección «Poesía».

Obra literaria, Bogotá, Procultura, 1985, 25 cm; Tomo I. Poesía 1947-1985. Edición a cargo de Santiago Mutis Durán en la cual el editor rescata, bajo el título de «Primeros poemas», una serie de escritos inéditos en forma de libro hasta ese momento. A partir de allí los mismos también aparecerán en las sucesivas ediciones de la *Summa.* El volumen fue editado en la «Nueva Biblioteca Colombiana de Cultura» y bajo el título genérico de «Obras».

Sesenta cuerpos, Medellín, Comité de Publicaciones/Universidad de Antioquia, 1985, 182 págs., 20 cm. Edición y selección de poemas a cargo de Jaime Jaramillo Escobar. Incluido en la colección «Premio Nacional de Poesía». Los poemas incluidos en esta selección habían ya sido editados con anterioridad. Esta publicación constituye una especie de homenaje al autor con motivo de la obtención en 1983 del Premio Nacional de Poesía en Colombia.

Un homenaje y siete nocturnos, México, Ediciones El Equilibrista, 1986, 51 págs., 29 cm; edición de mil ejemplares. También existe otra edición: Pamplona, Pamiela, 1987, 45 págs., 19 cm.; colección «La Sirena. Poesía». El «homenaje» que lleva adelante este trabajo es al músico mexicano Mario Lavista, que ha producido parte de su obra inspirado en la poesía de Mutis. Los nocturnos constituyen una clara alusión a la forma musical que consagrara Frédéric Chopin.

Summa de Maqroll el Gaviero. Poesía 1948-1988, México, Fondo de Cultura Económica, 1990, 242 págs., 24 cm; colección «Tierra Firme». La edición incluye dos ensayos: «Los Hospitales de Ultramar», de Octavio Paz, y «El mundo ancho y ajeno de Álvaro Mutis», de Ernesto Volkening.

Summa de Maqroll el Gaviero. Poesía 1948-1988, Madrid, Visor, 1992, 271 págs., 19 cm; colección «Visor de poesía», número 285. Segunda versión de la edición mexicana de 1990. La edición llevaba un prólogo de Rafael Conte. Hay también una segunda edición publicada en 1997.

Antología de la poesía de Álvaro Mutis, Caracas, Monte Ávila, 1992, 111 págs., 20 cm. Selección y prólogo a cargo de José Balza. Incluido en la colección «Altazor».

Obra poética, Bogotá, Arango, 1993, 284 págs., 23 cm. Selección de poemas ya editados por el autor.

Antología Personal, Buenos Aires, Editorial Argonauta, 1995, 145 págs., 20 cm. Selección de poemas realizada por el autor y con prólogo de Octavio Paz. Publicado en la colección «Biblioteca de Poesía», número 4.

Summa de Maqroll el Gaviero. Poesía 1948-1997, Salamanca, Ediciones Universidad de Salamanca, 1997, 304 págs. (con ilustr.), 21 cm. Edición a cargo de Carmen Ruiz Barrionuevo. Editado en la colección «Biblioteca de América», número 12. Esta edición se llevó a cabo en razón del otorgamiento al autor del VII Premio Reina Sofía de Poesía Iberoamericana en 1997.

Reseña de los Hospitales de ultramar y otros poemas, Xalapa, Universidad Veracruzana, 1997, 100 págs., 21 cm. Editado en la colección «Ficción». Edición revisada de la versión de 1959 con el agregado de algunos poemas más recientes.

Antología, Barcelona, Plaza y Janés, 2000, 87 págs., 16 cm. Selección de Enrique Turpin. Editado en la colección «Poesía».

Antología personal, Barcelona, Ediciones Áltera, 2002, 155 págs. (con 4 ilustr.), 23 cm; editado en la colección «Biblioteca Álvaro Mutis». Selección del autor y prólogo de Esperanza López Parada.

Summa de Maqroll el Gaviero: poesía reunida, Madrid, Fondo de Cultura Económica/Universidad de Alcalá de Henares, 2002, 304 págs., 22 cm; colección «Biblioteca Premio Cervantes». Edición conmemorativa del otorgamiento del Premio Cervantes al autor.

Summa de Maqroll, el Gaviero: Poesía 1948-2000, Madrid, Visor, 2002, 275 págs., 20 cm; editado en la colección «Visor de Poesía», número 285. Prólogo de Rafael Conte. Edición revisada a partir de la versión de 1992.

Prosa. Novela, cuento

Diario de Lecumberri, Xalapa, Universidad Veracruzana, 1960, 122 págs., 20 cm. El libro aparece editado en la colección «Ficción». Mutis sitúa esta publicación en 1959. El trabajo se vincula con el período que Mutis pasó como presidiario en la cárcel del mismo nombre en México y que hoy ya no existe como tal. El libro incluía asimismo «La verdadera historia del flautista de Hamelín», el cual aparecería como publicación independiente en 1982. Hay una segunda edición ilustrada por Antonio Barrera en México: Utopía, 1976, 174 págs. (con ilustr.), 17 cm.

La mansión de Araucaíma, Buenos Aires, Sudamericana, 1973.

Diario de Lecumberri/La mansión de Araucaíma, Barcelona, Círculo de Lectores, 1975, 171 págs., 20 cm. Primera edición ibérica de ambos escritos.

La mansión de Araucaíma, Barcelona, Seix Barral, 1978, 139 págs., 20 cm; colección «Biblioteca Breve», número 425. A la edición original se agregan cuatro relatos inéditos («Antes de que cante el gallo», «El último rostro» [fragmentos], «Sharaya» y «La muerte del estratega»), Mutis, sin embargo, sólo menciona uno: «El último rostro» (que luego también indica como aparecido en *La muerte del estratega)*. Y justamente a partir de este relato, el autor había comenzado un libro sobre Simón Bolívar que acabo destruyendo y cuya idea original retomó García Márquez para realizar su *El general en su laberinto* (1989). También existe una edición de 1983 (Barcelona, 139 págs., 20 cm).

Poesía y prosa, Bogotá, Instituto Colombiano de Cultura, 1982, 734 págs., 21 cm. Edición a cargo de Santiago Mutis Durán. Editado en la colección «Biblioteca Básica Colombiana: Quinta serie», número 46. Se incluyen las entrevistas concedidas por el autor entre 1948 y 1979, así como también un conjunto de estudios sobre su obra que abarcan desde 1948 hasta 1975.

Los textos de Alvar de Mattos, Madrid, Siruela, 1982. Recolección de los escritos que Mutis publicara en la revista *Snob* entre 1962 y 1965.

La verdadera historia del flautista Hammelin, Bogotá, Ediciones Penélope, 1982. Recreación irónica del clásico cuento infantil en donde el villano se vuelve víctima. Este relato sarcástico contra la infancia había aparecido por primera vez en la edición de 1960 de *Diario de Lecumberri*. Existe también una versión de 1994 (Bogotá, CLIC).

Obra literaria, Bogotá, Procultura, 1985, 25 cm; Tomo II. Prosas. Segundo volumen de la edición ya mencionada y a cargo de Santiago Mutis Durán. Incluido también en la colección «Nueva Biblioteca Colombiana de Cultura». Este segundo volumen incluye una útil «Bibliografía completa de Álvaro Mutis hasta 1985» (págs. 233-234).

Diario de Lecumberri, Barcelona, Ediciones del Mall, 1986, 61 págs., 22 cm; colección «Sèrie Ibèrica», número 33. Segunda edición ibérica del escrito.

La nieve del Almirante, Madrid, Alianza, 1986, 145 págs., 20 cm; colección «Alianza Tres», número 76. Como apéndice de la novela aparece «Otras noticias sobre Maqroll el Gaviero», en donde se incluyen cuatro relatos ya anteriormente editados: «Cocora» (de *Caravansary,* 1981), «La Nieve del Almirante» (de *Caravansary,* 1981) «El Cañón de Aracuriare» (de *Los emisarios,* 1984) y «La visita del Gaviero» (de *Los emisarios,* 1984). Es de destacar que existe aquí un pequeña modificación al texto original de «El Cañón de Aracuriare», al final, en donde se cancela la mención a la muerte de Maqroll. Hay también otra edición individual posterior en Barcelona, Suma de Letras, 2002, 200 págs., 19 cm.

Ilona llega con la lluvia, Bogotá, Oveja Negra, 1987, 111 págs., 21 cm. Existen asimismo ediciones posteriores: Mondadori (1988), Norma (1992), Alfaguara (1997) y Suma de Letras (2002).

La última escala del Tramp Steamer, México, Ediciones El Equilibrista, 1988, 101 págs., 23 cm. Existe una edición casi simultánea en Bogotá (Arango, 1989, 114 págs., 20 cm). También hay una versión inmediata posterior en Madrid (Mondadori, 1990, colección «Rectángulo»). Existen también otras versiones: El Equilibrista (1990) y Espasa-Calpe (1999). De acuerdo con Mutis, la primera edición colombiana del libro llevaba unos planos y croquis de perfil de un transatlántico que las ediciones posteriores ya no poseen.

Un bel morir, Madrid, Mondadori, 1989, 129 págs., 23 cm; editado en la colección «Narrativa Mondadori». Existe una edición simultánea de Oveja Negra (Bogotá, 1989, 144 págs., 22 cm) en la colección «Novela» y otra de Diana (México, 1989, 144 págs., 21 cm). Como apéndice de esta novela se reintroduce el texto «En los esteros», ya editado en *Caravansary* (1981), donde se relata la muerte de Maqroll. Esta nueva contextualización del escrito (no aparece título y un breve texto introductorio cuestiona su veracidad) sugiere interpretaciones en donde la muerte de Maqroll aparecería como dudosa o ambigua. Es evidente que la intención del narrador —y la del autor si se piensa en la saga— es disminuir la relevancia de esa «muerte prematura» o, cuanto menos, multiplicar las ambigüedades y producir múltiples interpretaciones que generen tal efecto.

Amirbar, Madrid, Siruela, 1990, 175 págs., 23 cm; editado en la colección «Libros del Tiempo», número 23. También hay edición simultánea: Bogotá, Norma, 1990.

El último rostro, Madrid, Siruela, 1990, 99 págs., 22 cm; editado en la colección «Libros del Tiempo», número 14.

Abdul Bashur, soñador de navíos, Bogotá, Norma, 1991, 190 págs., 21 cm. Edición simultánea de Siruela (Madrid, 1991, 180 págs., 23 cm; colección «Libros del tiempo», número 35).

La mansión de Araucaíma/Cuaderno de Palacio Negro, Madrid, Siruela, 1992, 171 págs., 23 cm; editado en la colección «Libros del Tiempo», número 49. A la edición de 1978 se le agregan nuevos textos de carácter periodístico que el autor editara originalmente entre 1962 y 1982 (págs. 115-171). «Cuaderno de Palacio Negro» constituye, según José Luis Díaz-Granados, el título definitivo con que en adelante se conocerá el *Diario de Lecumberri* (1960); probablemente, la razón de este cambio resida en la voluntad del autor por restar dimensión biográfica al escrito original.

Tríptico de mar y tierra, Bogotá/Barcelona, Norma, 1993, 167 págs., 21 cm; colección «La Otra orilla». Edición simultánea de Siruela (Madrid, 1993). Se reúnen aquí tres acontecimientos diferentes de la vida de Maqroll, cada uno de los cuales culmina o «redondea» situaciones ya planteadas en los anteriores libros de la saga —de hecho, las referencias a situaciones en las tramas anteriores de la saga se multiplican y un gran número de los personajes ya habían aparecido con anterioridad.

Empresas y tribulaciones de Maqroll el Gaviero, Madrid, Siruela, 1993, 22 cm. Edición realizada en dos volúmenes en la colección «Siruela/Bolsillo», números 1-2 (tomo I: 317 págs., tomo II: 442 págs.). Hay una segunda edición de 1995 y asimismo una tercera edición de 1997, en un sólo volúmen (760 págs., 23 cm), en la colección «Libros del Tiempo», número 92.

Siete novelas: empresas y tribulaciones de Maqroll el Gaviero, Bogotá, Editorial Santillana, 1995, 717 págs., 24 cm; incluido en la colección «Alfaguara». Una segunda edición colombiana fue publicada en 2001.

Empresas y tribulaciones de Maqroll el Gaviero, Madrid, Alfaguara, 2001, 774 págs., 24 cm. Versión ibérica en un solo volumen simultánea a la segunda edición colombiana.

La Nieve del Almirante, Ilona llega con la lluvia, Un bel morir, Barcelona, Círculo de Lectores, 1995, 368 págs., 21 cm. Editado en la colección «Maestros de la narrativa hispánica» y también con el título de «Empresas y tribulaciones de Maqroll el Gaviero 1-3». El libro tiene una introducción de Mercedes Monmarry y una semblanza biográfica de Alberto Cousté. Entre 1995 y 1999 se realizaron tres ediciones de esta publicación.

La mansión de Araucaíma (relato gótico de tierra caliente) y otros relatos, Bogotá, Presidencia de la República, 1996, xvi y 103 págs., 21 cm; incluido en la colección «Biblioteca familiar de la República», número 8.

Prosa. Narraciones breves, ensayo

El mar en la poesía, México, Departamento de Pesca, 1977, 127 págs., 22 cm. Mutis realizó la introducción y probablemente la selección de textos que en esta edición se incluyen.

«Textos olvidados» en revista *Golpes de Dados,* número XLIV, 1980.

Historia natural de las cosas: 50 fotógrafos, México, Fondo de Cultura Económica, 1985, 87 págs. ilustradas, 28 cm. Mutis realizó los textos que se incluyen en el libro, mientras que Pablo Ortiz Monasterio realizó la selección y la edición general. El trabajo fue incluido en la colección «Río de Luz».

Abel Quezada, la comedia del arte, México, Fondo de Cultura Económica, 1985, 123 págs., 29 cm. Mutis es coautor con Carlos Monsiváis de los textos que se incluyen en el libro.

«Prólogo» en Arturo Camacho Rodríguez, *Obras Completas,* Bogotá, Procultura, 1986.

La muerte del Estratega, México, Fondo de Cultura Económica, 1988. También existe una versión de 1995 (Bogotá: Santillana, 76 págs., 20 cm; colección «Relato corto Aguilar») a la que se agrega además el relato «El último rostro».

Huellas de sol, México, Consejo Nacional para la Cultura y las Artes/Grijalbo, 1991, 79 págs. ilustradas, 30 cm. Selección de fotografías de Víctor Flores Olea con textos de Mutis. Incluido en la serie «Camera lucida».

«Prólogo» en Alvar Nuñez Cabeza de Vaca, *Naufragios,* México, El Milagro, 1994. La edición estuvo al cuidado general de Guillermo Sheridan. En realidad, se trata de una versión cinematográfica (libreto de «inspiración libre») basada en el libro original.

«Un resplandor desnudo» en AA. VV., *Sueños y aventuras: relatos para dejarse llevar,* Barcelona, Planeta-De Agostini, 1995.

«Testimonio» en José Asunción Silva, *Obra poética*, Barcelona, Hiperión, 1996. Editado en la colección «Poesía Hiperión», número 271. Edición a cargo de Jesús Munárriz.

Contextos para Maqroll, Montblanc, Igitur, 1997, 172 págs., 22 cm; colección «Igitur/Mito», número 1. Introducción a cargo de Ricardo Cano Gaviria. Existe un segunda edición (2000).

Palabra en el tiempo, Bogotá, Alfaguara, 1997.

De lecturas y algo de mundo, 1943-1998, Bogotá, Planeta/Barcelona, Seix Barral, 1999, 273 págs., 23 cm. Compilación, prólogo y notas de Santiago Mutis Durán. Serie de artículos periodísticos y ensayos breves, algunos de los cuales habían ya sido publicados con anterioridad. Editado en la colección «Los Tres Mundos. Ensayo».

De lecturas y algo de mundo, 1943-1997, Barcelona, Seix Barral, 2000, 287 págs., 23 cm. Compilación, prólogo y notas de Santiago Mutis Durán. Incluido en la colección «Biblioteca Breve».

Fábrica de Santos, México, Artes de México/Consejo Nacional para la Cultura y las Artes, 2000, 72 págs. ilustradas, 26 cm. El libro incluye textos de Mutis y un «ensayo fotográfico» de Tomás Casademunt. Incluido en la colección «Libros de la espiral», número 8.

Artículos

«Pourquoi écrivez-vous?», en *Libération*, París, marzo, 1985.

«Notas para un improbable Curriculum Vitae» en *Pasajes*, 6 (Pamplona, 1986), págs. 133-135.

«Álvaro Mutis por sí mismo», en J. Ruiz Portella (ed), *Caminos y encuentros de Maqroll el Gaviero*, 2001, págs. 19-21. Este escrito es una reproducción de «Notas para un improbable...» (1986).

«La última escala del *Tramp Steamer*», en *La última escala del «Tramp Steamer» leído por el autor*, Madrid, Alfaguara Audio, 1999. Texto breve en el que el autor presenta e introduce la novela.

«Sombra y destino de Maqroll el Gaviero», en AA.VV., *Del siglo XX al Tercer Milenio*, Bogotá, Conaculta, 1999-2000.

«Mutis por Mutis», en www.clubcultura.com, 2001.

«La miseria del deporte», en www.clubcultura.com, 2001.

«La materia esencial de mis sueños», en *El País*, Madrid, 24 de abril de 2002. Discurso de aceptación del Premio Cervantes.

«La celebración imposible», en *El País*, Madrid, 12 de octubre del 2002, página 11.

Correspondencia, biografía, misceláneas

La voz de Álvaro Mutis, Bogotá, H.J.C.K, 1960. Registro sonoro con una selección de nueve textos propios realizada por el autor.

La voz de Álvaro Mutis, México, Emisora H.J.C.K, 1965. Registro sonoro con una selección de poemas propios realizada por el autor.

Colombian poet Álvaro Mutis reading from his work, Washington, Library of Congress, 1976, un *tape*. La grabación se llevó a cabo el 27 de enero de 1976 en la Ciudad de México.

Poemas de Álvaro Mutis, México, Universidad Autónoma de México, 1990. Registro sonoro de una selección de poemas realizada por el mismo autor. El trabajo incluía un disco de 33 rpm y un *booklet* (12 págs., 30 cm). Realizado para la colección «Voz viva de América Latina».

Recital poético, Bogotá, Casa de Poesía José Asunción Silva/ Instituto Colombiano de Cultura, 1993. Registro sonoro de una selección de poemas realizada por el propio autor.

Álvaro Mutis, la palabra bifronte, vídeo documental realizado por Roberto Triana Arenas en Bogotá, 1993.

Cartas de Álvaro Mutis a Elena Poniatowska, México, Alfaguara, 1998, 163 págs. (con ilustr.), 23 cm. Trabajo atribuido a Elena Poniatowska, pero que incluye asimismo textos de Mutis, fotografías e ilustraciones.

Álvaro Mutis escala íntima, México, Conaculta/Televisión Metropolitana, 1999. Vídeo de 54 minutos en donde el autor se refiere a sus trabajos.

La última escala del «Tramp Steamer» leído por el autor, Madrid, Alfaguara Audio, 1999. Trabajo compuesto de 2 casetes con un total de 3h 20m en donde el autor lee la novela completa.

La voz de Álvaro Mutis, Madrid, Publicaciones de la Residencia de Estudiantes, 2001. Reúne dos ciclos de lecturas de Mutis llevados a cabo en Madrid: el pimero del 24 de abril de 1990 y el segundo del 22 de octubre de 1992. Se compone de un libro de 73 páginas (20 cm) y un CD con la voz del autor.

Entrevistas

Alameda, Soledad, «Álvaro Mutis», en *El País Semanal*, Madrid, 3 de agosto de 1997, págs. 16-23.
Aranda Luna, Javier, «Entrevista con Álvaro Mutis», en *Vuelta*, enero (México, 1996).
Aznárez, Juan Jesús, «Tal vez sea un anarquista como Maqroll», en *El País*, Madrid, 23 de diciembre de 2001.
Balboa, Rosina, «Perseguidor de nostalgias», en *Quimera*, 108 (Barcelona, 1991), págs. 26-30.
Balza, José y Medina, José Ramón, «Entrevista con Álvaro Mutis», en *Folios* (Caracas, 1992).
Barnechea, Alfredo y Oviedo, José Miguel, «Entrevista», en Álvaro Mutis, *Poesía y Prosa*, Bogotá, Instituto Colombiano de Cultura, 1982. La entrevista original es de 1974.
Cano, Ana María, «Entrevista con Álvaro Mutis», en Santiago Mutis Durán (ed.), *Tras las rutas de Maqroll el Gaviero, 1981-1988*, Cali, Proartes/Gobernación del Valle/Revista literaria Gradiva, 1988.
Cantú, Martha, «Entrevista con Álvaro Mutis», en *La Jornada*, México, 4 de abril de 1987.
Cobo Borda, J. G., «Soy gibelino, monárquico y legitimista», en *Eco*, número 237 (Bogotá, 1981).
Cruz, Ana, *Testigos de nuestro tiempo: diálogos con personajes de hoy*, México, Televisión Metropolitana/Fondo de Cultura Económica, 1999.
Espada, Arcadi, «Álvaro Mutis», en *El País Semanal*, Madrid, 19 de abril del 2002, págs. 16-23.
Fresneda, Carlos, «Álvaro Mutis», en *El Magazine* de *El Mundo*, Madrid, 6 de julio de 1997.
García, Inmaculada y Serrano, Samuel, «Un encuentro con Álvaro Mutis en El Escorial», en *Cuadernos Hispanoamericanos*, 619 (Madrid, enero de 2002), págs. 43-50.
García Aguilar, Eduardo, *Celebraciones y otros fantasmas. Una biografía intelectual de Álvaro Mutis*, Barcelona, Casiopea, 2000.
Gilard, Jacques, «Entretien avec Álvaro Mutis», en *Cahiers du Monde Hispanique et Luso-Brasilien/Caravelle 64* (Toulouse), 1995, págs. 179-192.
Goldman, Francisco, «Álvaro Mutis», en *Bomb*, número 74 (Nueva York, invierno de 2001), págs. 40-47.

Hoyos, Bernardo, «Entrevista», en Santiago Mutis Durán (ed.), *Tras las rutas de Maqroll el Gaviero, 1981-1988,* Cali, Proartes/Gobernación del Valle/Revista literaria Gradiva, 1988.

Jaramillo, Rosita, «Entrevista con Álvaro Mutis», en *Fabularia* (México, 1982).

Jiménez, Felipe, «Torturas y placeres», en suplemento *Cultura,* diario *La Nación,* Buenos Aires, 17 de mayo de 1997.

León, Francisco, «Entrevista con Álvaro Mutis», en *Siempre,* México, 11 de septiembre de 1997.

Mergier, Anne-Marie, «Entrevista con Álvaro Mutis», en *Gradivia* (Cali, 1990).

Moreno Zerpo, Juan Jesús, «Entrevista con Álvaro Mutis», en *Quimera,* 217 (Barcelona, 2002), págs. 47 y ss.

Pacheco, Cristina, «Entrevista con Álvaro Mutis», en *Uno más Uno* (México, 1981).

Paz-Soldán, José Edmundo, «Álvaro Mutis: "Maqroll no es un aventurero"», en *Lucero,* 9 (primavera de 1998), págs. 17-21.

Perales, Mely, «Entrevista con Álvaro Mutis», en *Hombre de Mundo,* México, octubre de 1979.

Pérez-Luna, Elizabeth, «Entrevista», en Álvaro Mutis, *Poesía y Prosa,* Bogotá, Instituto Colombiano de Cultura, 1982. La entrevista original es de 1975.

Pinilla, Augusto, «Entrevista», en Santiago Mutis Durán (ed.), *Tras las rutas de Maqroll el Gaviero, 1988-1993,* Bogotá, Instituto Colombiano de Cultura, 1993.

Quiroz, Fernando, *El reino que estaba para mí. Conversaciones con Álvaro Mutis,* Bogotá, Norma, 1993.

Rábago Palafox, Gabriela, «Entrevista con Álvaro Mutis», en *Siete,* México, 7 de octubre de 1975.

Ramírez, Fermín, «Entrevista con Álvaro Mutis», en *Uno más Uno,* México, 9 de mayo de 1991.

Ramírez Rodríguez, Rómulo, «Entrevista con Álvaro Mutis», en *Garcilaso* (Lima, 1979).

Rico, Maite, «No tengo nada que ver con el realismo mágico», en *Babelia,* suplemento de *El País,* Madrid, 18 de octubre de 1997, págs. 10-11.

Roffé, Reina, «Mares, cabarets y bibliotecas», en *Clarín,* Buenos Aires, 27 de abril de 2002.

Rossetti, Emmanuel di, «Entretien avec Álvaro Mutis», en *L'action française hebdo,* París, 24 de junio de 1993.

SEFAMÍ, Jacobo, *De la imaginación poética: conversaciones con Gonzalo Rojas, Olga Orozco, Álvaro Mutis y José Koser,* Caracas, Monte Ávila, 1996.

— «Entrevista», en Santiago Mutis Durán (ed.), *Tras las rutas de Maqroll el Gaviero, 1988-1993,* Bogotá, Instituto Colombiano de Cultura, 1993.

SHERIDAN, Guillermo, «Entrevista con Álvaro Mutis», Universidad Autónoma de México, 1976.

SOLARES, Ignacio, «Entrevista», en Álvaro Mutis, *Poesía y Prosa,* Bogotá, Instituto Colombiano de Cultura, 1982. La entrevista original es de 1969.

TOLEDO, Alejandro y LÓPEZ ALCÁNTARA, Yolanda, «Entrevista con Álvaro Mutis», en *El Semanario de Novedades,* 1995.

VALDÉS MEDELLÍN, Gonzalo, «Entrevista», en Santiago Mutis Durán (ed.), *Tras las rutas de Maqroll el Gaviero, 1981-1988,* Cali, Proartes/Gobernación del Valle/Revista literaria Gradiva, 1988.

VALENCIA DE CATAÑO, Gloria, «¿En qué época le hubiera gustado vivir?», en www.clubcultura.com, 2001. La entrevista fue llevada a cabo en Bogotá en 1955.

VÁZQUEZ MARTÍN, Eduardo, «Entrevista con Álvaro Mutis», en *Viceversa,* marzo-abril (1993).

VERSIONES CINEMATOGRÁFICAS

La mansión de Araucaíma. Director: Carlos Mayolo. Productor: Bertha de Carvajal. Producción: Focine, Colombia. 1986. Duración: 86 minutos. Según José Luis Díaz-Granados, ya en 1965 Luis Buñuel se había interesado en hacer un filme basado en *La mansión de Araucaíma.*

Ilona llega con la lluvia. Director: Sergio Cabrera. Productor: Sandro Silvestri. Coproducción Colombia/España/Italia. 1996.

RESEÑAS SOBRE LA OBRA DE MUTIS

AYALA-DIP, Ernesto, «Aproximación al héroe ficticio de Álvaro Mutis», en *Babelia,* suplemento de *El País,* Madrid, 30 de agosto de 1997, pág. 7. Reseña de *Contextos para Maqroll* (1997).

CADAVID, Jorge H., «Summa de Maqroll el Gaviero», en *Revista Credencial Historia,* 110 (Bogotá, febrero de 1999).

CHARRY LARRA, Fernando, «Los trabajos perdidos», en *Eco*, 61 (Bogotá, 1965).
ECHEVARRÍA, Ignacio, «El crepuscular heroísmo de Maqroll», en *Babelia*, suplemento de *El País*, Madrid, 18 de octubre de 1997, pág. 11.
GILARD, Jacques, «Ilona llega con el cine/Ilona arrive avec le cinéma», en *Cinémas d'Amérique Latine*, 5 (1997), págs. 3-4.
GOLDMAN, Francisco, «Introduction», en A. Mutis, *The Adventures and Misadventures of Maqroll*, Nueva York, New York Review of Books, 2002, págs. v-xiv.
HILL, W. Nick, «A Sketch-Map of Alvaro Mutis», en *University of Dayton Review*, 18, 1 (Dayton, verano de 1986), págs. 69-83. Sobre *Reseña de los Hospitales de Ultramar*.
HOMERO, José, «Tres novelas de Álvaro Mutis», en *Vuelta*, 13, 152 (México, julio de 1982), págs. 42-45.
MARCO, Joaquín, «De lecturas y algo del mundo», en *El Cultural*, Madrid, 23 de enero de 2001, página 17. Reseña de *De lecturas y algo del mundo* (2000).
ORTEGA BARGUEÑO, Pilar, «Navegando con Mutis y Maqroll el Gaviero», en *El Mundo*, Madrid, 14 de diciembre de 2001.
PAZ, Octavio, «Os Hospitais de Ultramar», en *Suplemento Literário de Minais Gerais*, 24, 1156 (Minais Gerais, diciembre de 1990), pág. 12. Publicado de forma original en *Puertas al campo*, México, UNAM, 1967.

TRABAJOS SOBRE LA OBRA DE ÁLVARO MUTIS

Libros

AA.VV., *A propósito de Álvaro Mutis y su obra*, Bogotá, Norma, 1991.
ALZATE CUERVO, Gastón Adolfo, *Un aspecto desesperanzado de la literatura: Sófocles, Hölderlin, Mutis*, Bogotá, Colcultura, 1993.
CAJÍAS, Dora y VALVERDE VILLENA, Diego, *Álvaro Mutis: la nueva geografía de la novela*, La Paz, Universidad Mayor de San Andrés, 1997. Editado en la colección «Cuadernos de Literatura», número 7.
COBO BORDA, J. G., *Álvaro Mutis*, Bogotá, Procultura, 1989. Editado en la colección «Clásicos Colombianos», número 10.
— *Para leer a Álvaro Mutis*, Bogotá, Planeta, 1998.
GARCÍA AGUILAR, Eduardo, *Celebraciones y otros fantasmas: una biografía intelectual de Alvaro Mutis*, Bogotá, Tercer Mundo Editores, 1993.

HERNÁNDEZ, Consuelo, *Álvaro Mutis. Una estética del deterioro,* Caracas, Monte Ávila, 1996. Publicado en la colección «Estudio. Serie Literatura».
LÉFORT, Michèle, *Álvaro Mutis,* Bédée, Folle Avoine, 1999.
MORENO, Belén del Rocío, *Las cifras del azar: una lectura psicoanalítica de la obra de Álvaro Mutis,* Bogotá, Planeta, 1998.
SHIMOSE, Pedro (ed.), *Álvaro Mutis,* Madrid, Ediciones de Cultura Hispánica/Instituto de Cooperación Iberoamericana, 1993. Trabajo originado en «La semana del autor» que el Instituto de Cooperación Iberoamericana de Madrid dedicara a Mutis del 26 al 29 de octubre de 1992. El libro incluye asimismo una bibliografía (págs. 141-151).

Artículos en libros

ARÉVALO, Guillermo, «Álvaro Mutis», en AA.VV., *Historia de la poesía colombiana,* Bogotá, Casa Silva, 1991, págs. 424-433.
BENEDETTI, Mario, «El gaviero Álvaro Mutis», en *El ejercicio del criterio,* Madrid, Alfaguara, 1995, págs. 340-344.
CHARRY LARA, Fernando, «Álvaro Mutis», en *Poesía y poetas colombianos,* Bogotá, Procultura, 1985, págs. 125-129.
COBO BORDA, Gustavo, «Álvaro Mutis: poesía y poder», en *La narrativa colombiana después de García Márquez y otros ensayos,* Bogotá, Tercer Mundo, 1989, págs. 187-201.
COLLARD, Patrick, «Los espacios culturales en *La muerte del estratega* de Álvaro Mutis», en Jacqueline Covo (ed.), *Historia, espacio e imaginario,* Villeneuve d'Asq, Presse Universitaire du Septentrion, 1997.
CUSATO, Domenico Antonio, «La passione secondo Álvaro Mutis», en G. de Cesare y S. Serafin (eds.), *Studi di letterature iberiche e ibero-americane offerti a Giuseppe Bellini,* Roma, Bulzoni, 1993, págs. 281-290.
ESPINADA, José María, «Estrategias del lenguaje (historia y sentido en Álvaro Mutis)», en *Cartografías,* México, Juan Pablos Editor/Universidad Autónoma Metropolitana, 1989, págs. 35-44.
FIGUEROA, Mario Bernardo, «La vorágine de nuestro malestar: de Rivera a Mutis», en María Mercedes Jaramillo *et al.* (eds.), *Literatura y cultura: Narrativa colombiana del siglo XX,* Bogotá, Ministerio de Cultura, 2000.

IKONOMOVA, Aneta, «Mutis y Bizancio» en María Mercedes Jaramillo *et al.* (eds.), *Literatura y cultura: Narrativa colombiana del siglo XX,* Bogotá, Ministerio de Cultura, 2000.
KOHUT, Karl, «Álvaro Mutis y la novela colombiana», en Peter Konde *et al.* (eds.), *Estudios de literatura y cultura colombianas y de lingüística afro-hispánica,* Frankfurt, Peter Lang, 1995.
MEJÍA DUQUE, Jaime, «"Los cuadernícolas" y "El grupo Mito"», en *Momentos y opciones de la poesía colombiana, 1890-1978,* Bogotá, Inéditos Ltda., 1979, págs. 99-127.
MORENO-DURÁN, Rafael, «La flora de la donna tórrida», en AA.VV., *A propósito de Álvaro Mutis y su obra,* Bogotá, Norma, 1991, págs. 9-29.
RODRÍGUEZ AMAYA, Fabio, «Mutis nudis», en María Mercedes Jaramillo *et al.* (eds.), *Literatura y cultura: Narrativa colombiana del siglo XX,* Bogotá, Ministerio de Cultura, 2000.
ROMERO, Armando, «Álvaro Mutis o la obsesión de la derrota», en *Las palabras están en situación,* Bogotá, Procultura, 1985, páginas 96-104.
SUCRE, Guillermo, «El poema, una fértil miseria», en *La máscara, la transparencia,* Caracas, Monte Ávila, 1975, págs. 367-379.
ZALAMEA, Alberto, «La balanza», en Álvaro Mutis, *Poesía y prosa,* Bogotá, Instituto Colombiano de Cultura, 1982.

Artículos en revistas

ALONSO GIRGADO, Luis, «Álvaro Mutis: Gaviero, estratega, capitán», en *Ínsula,* 46, 531 (Madrid, marzo de 1991), págs. 25-26.
BALBOA, Rosina, «Álvaro Mutis perseguidor de nostalgias», en *Quimera,* 108 (Madrid, noviembre de 1991), págs. 26-30.
BALZA, José, «Mutis: desiluciones y mudanzas», en *Inti,* 34-35 (Providence, otoño de 1991-primavera de 1992), págs. 193-198.
BARRERO FAJARDO, Mario, «La poesía: no sólo un trabajo perdido. Aproximación a la obra poética de Álvaro Mutis», en *Revista Casa Silva,* 9 (Bogotá, enero de 1996), págs. 115-120.
BRADU, Fabienne, «Vida y biografía», en *Vuelta,* 17, 200 (México, julio de 1993), págs. 54-55.
CANFIELD, Martha, «Un peregrino carismático», en *El País Cultural,* Madrid, IV, 176 (19 de marzo de 1993), págs. 1-4.
— «La poética de Álvaro Mutis», en *Cuadernos Hispanoamericanos,* 619 (Madrid, enero de 2002), págs. 35-42.

CANO GAVIRIA, Ricardo, «El Húsar, breve descripción de una forma», en *Cuadernos Hispanoamericanos,* 619 (Madrid, enero de 2002), págs. 27-33.

CASTAÑÓN, Adolfo, «El tesoro de Mutis» en *Vuelta,* 17, 205 (México, diciembre de 1993), págs. 60-63.

CASTRO GARCÍA, Óscar, «La muerte, espejo de la vida, en los cuentos de Mutis», en *Lingüística y literatura,* 15, 26 (julio-diciembre de 1994), págs. 67-82.

COBO BORDA, Gustavo, «Dos poetas de mito: Álvaro Mutis y Fernando Charry Lara», en *Revista Iberoamericana,* 51, 130-131 (Pittsburgh, enero-junio de 1985), págs. 89-102.

— «Gabriel García Márquez/Álvaro Mutis: La política y el olvido», en *Boletín de la Academia Colombiana,* 51, 207-208 (Bogotá, enero-junio de 2000), págs. 140-145.

EYZAGUIRRE, Luis, «Álvaro Mutis o la transitoriedad de la palabra poética», en *Inti,* 18-19 (Providence, otoño de 1983-primavera de 1984), págs. 83-105.

— «Transformaciones del personaje en la poesía de Álvaro Mutis», en *Revista de Crítica Literaria Latinoamericana,* 18, 35 (Hannover, primer semestre de 1992), págs. 41-48.

FRANCO, Ernesto, «Sognatore di navi», en *Leggere,* 5, 51 (Milán, julio-agosto de 1992), págs. 24-30.

HERNÁNDEZ, Consuelo, «Razón del extraviado: Mutis entre dos mundos», en *Cuadernos Hispanoamericanos,* 523 (Madrid, enero de 1994), págs. 69-78.

JARAMILLO, Eduardo, «La poesía de Álvaro Mutis: el trópico y la desesperanza», en *Universitas Humanistica,* Pontificia Universidad Javeriana, 18 (Bogotá, 1982), págs. 59-78.

MARTIN, Gerald, «Álvaro Mutis and the Ends of History», en *Studies in Twentieth Century Literature,* 19, 1 (Manhattan, invierno de 1995), págs. 117-131.

ORDÓÑEZ, Montserrat, «Álvaro Mutis: *La última escala del Tramp Steamer*», en *Revista Iberoamericana,* 151 (Pittsburgh, junio de 1990), págs. 644-649.

O'HARA, Edgar, «Los emisarios: respuestas que son preguntas», en *Revista de Crítica Literaria Latinoamericana,* 11, 24 (Hannover, 1986), págs. 263-268.

— «Lugar que no es habido: El arduo mester de Álvaro Mutis», en *Alpha,* 10 (1994), págs. 31-40.

OSPINA, William, «Álvaro Mutis», en *Cuadernos Hispanoamericanos,* 619 (Madrid, enero de 2002), págs. 7-13.

PONCE DE LEÓN, Gina, «El traspaso de la frontera como búsqueda en la obra de Álvaro Mutis», en *Explicación de Textos Literarios,* 28, 1-2 (1999-2000), págs. 98-107.
RESTOM, Marcela, «Álvaro Mutis o la Summa de una errancia», en *Quimera,* 211 (Barcelona, 2002), págs. 70 y ss.
ROMERO, Armando, «Gabriel García Márquez, Alvaro Mutis, Fernando Botero: Tres personas distintas, un objetivo verdadero», en *Inti,* 16-17 (Providence, otoño-primavera de 1982-1983), págs. 135-146.
— «Los poetas de Mito», en *Revista Iberoamericana,* 50, 128-129 (Pittsburgh, julio-diciembre de 1984), págs. 689-755.
SARDUY, Severo, «Prólogo para leer como un epílogo», en *Hispamérica,* 21, 63 (Gaithersburg, diciembre de 1992), págs. 69-71.
SEFAMÍ, Jacobo, «Dos poetas y su tiempo» en *Dactylus* (University of Texas), 6 (Austin, otoño de 1986), págs. 55-60.
STACKELBERG, Jürgen von, «El que sirve una revolución ara en el mar: Simón Bolívar bei Álvaro Mutis und Gabriel García Márquez», en *Iberoromania,* 36 (Tubinga, 1992), págs. 38-51.
ZAPATA, Miguel Ángel, «Álvaro Mutis: Pensando con los dedos, con las manos...», en *Inti,* 26-27 (Providence, otoño-primavera de 1987-1988), págs. 255-272.

Artículos en periódicos

CUARTAS, Javier, «García Márquez se declara discípulo de Álvaro Mutis», en *El País,* Madrid, 25 de octubre de 1997.
GARCÍA MÁRQUEZ, Gabriel, «Álvaro Mutis», en *El Espectador,* Bogotá, 1954.
— «Una amistad en tiempos ruines», en *El Espectador,* Bogotá, 29 de agosto de 1993.
— «Mi amigo Mutis» en *El País,* Madrid, 30 de octubre de 1993.
— «Homenaje al amigo», en *El País,* Madrid, 16 de diciembre de 2001.
PAREDES, Alberto, «La noche, el río de Álvaro Mutis», en suplemento «La jornada de libros» de *La Jornada,* México, 2 de mayo de 1987, págs. 1-6.
VILLENA, Miguel, «Mutis afirma que los personajes de las novelas saben más que los autores», en *El País,* Madrid, 22 de noviembre de 1997.

TRABAJOS SOBRE LA SAGA NOVELÍSTICA DE MAQROLL EL GAVIERO

Libros

LÉFORT, Michèle, *Álvaro Mutis et Maqroll el Gaviero,* Rennes, Presses Universitaires de Rennes, 2001.

MUTIS DURÁN, Santiago (ed.), *Tras las rutas de Maqroll el Gaviero, 1981-1988,* Cali, Proartes/Gobernación del Valle/ Revista literaria Gradiva, 1988.

— (ed.), *Tras las rutas de Maqroll el Gaviero, 1988-1993,* Bogotá, Instituto Colombiano de Cultura, 1993.

RODRÍGUEZ AMAYA, Fabio, *De Mutis a Mutis. Para una ilícita lectura de Maqroll el Gaviero,* Imola, University Press Bologna, 1995. Hay también una segunda edición (Viareggio, Mauro Baroni Editore, 2000).

RUIZ PORTELLA, Javier (ed.), *Caminos y encuentros de Maqroll el Gaviero,* Barcelona, Áltera, 2001.

SUMMERS, Carolyn, «An Investigation into the Theme of Voyage in *Empresas y tribulaciones de Maqroll el Gaviero* by Álvaro Mutis», MA Dissertation, University of Exeter, 2002, 69 págs.

Artículos en libros

COBO BORDA, Gustavo, «Álvaro Mutis y su Summa de Maqroll el Gaviero», en *Poesía colombiana 1880-1980,* Medellín, Universidad de Antioquia, 1987, págs. 159-172.

HERNÁNDEZ, Consuelo, «Los amores de Maqroll en el anverso social», en Pedro Shimose (ed.), *Álvaro Mutis,* Madrid, Ediciones de Cultura Hispánica/Instituto de Cooperación Iberoamericana, 1993.

RODRÍGUEZ, Amaya, Fabio, «Postfazione», en *Summa di Maqroll il Gabbiere. Antología poetica, 1948-1988,* Turín, Einaudi, 1993, páginas 321-331. Edición bilingüe castellano/italiano a cargo de Rodríguez Amaya.

Artículos en revistas

ARISTIZÁBAL, Alonso, «Cartas de Mutis a Maqroll y a Elena Poniatowska», en *Revista Universidad de Antioquía*, 255 (enero-marzo de 1999), págs. 99-103.

CASTAÑÓN, Adolfo, «¿Quién es el Gaviero?», en *Vuelta*, 21, 249 (México, 1997), págs. 46-50.

CASTRO GARCÍA, Óscar, «Estudios de literatura colombiana», en *Estudios de Literatura Colombiana*, 1 (julio-diciembre de 1997), páginas 19-33.

CORTÉS CASTAÑEDA, Manuel, «Las obsesiones poéticas de Maqroll el Gaviero», en *Ariel*, 8, 2 (1993), págs. 73-90.

GARCÍA AGUILAR, Eduardo, «El gaviero loco de Ultramar», *en Cuadernos Hispanoamericanos*, 619 (Madrid, enero de 2002), págs. 15-19.

HERNÁNDEZ, Consuelo, «Propuesta y respuesta de Maqroll», en *Folio*, 24 (Vlaanderen, julio-agosto de 1992), págs. 36-39.

LÉFORT, Michèle, «Maqroll el Gaviero: nom image, sésame de l'oeuvre d'Álvaro Mutis», en *Moenia*, Universidad de Santiago de Compostela, 2 (Santiago de Compostela, 1996), págs. 145-193.

LUCARDA, Mario, «La peregrinación dolorosa de Maqroll el Gaviero», en *Revista Universidad de Antioquía* (junio de 1989), págs. 96-100.

O'HARA, Edgar, «Ajuste de cuentas con Maqroll el suertudo», en *Iris*, 12 (Montpellier, 1992), págs. 123-137.

ORDÓÑEZ, Montserrat, «La secreta herida de Maqroll el Gaviero: La marca del centauro», en *Revista de Crítica Literaria Latinoamericana*, 27, 53 (Hannover, 2001), págs. 79-85.

PACHECO, José Emilio, «Sartre, Sade, Maqroll y Macondo», en *Gaceta Colcultura* (Bogotá, 1980), págs. 119-120.

RUIZ DUEÑAS, Jorge, «Dos nuevas novelas de Álvaro Mutis y el ciclo del Gaviero. La navegación del silencio», en *Plural*, 233 (México, febrero de 1991), págs. 23-27.

SERRANO, Samuel, «Maqroll el Gaviero, conciliador de mundos», en *Cuadernos Hispanoamericanos*, 619 (Madrid, enero de 2002), páginas 21-26.

Artículos en periódicos

MANRIQUE SABOGAL, Winston, «Una voz de ultramar», en *Babelia*, suplemento de *El País*, Madrid, 20 de abril de 2002, pág. 16.

SERRANO, Samuel, «Maqroll el Gaviero, un nuevo símbolo de nuestras letras», en *El País,* Madrid, 16 de diciembre de 2001.
ZAMBRA, Alejandro, «Maqroll y el horizonte más lejano», en www.uchile.cl, Universidad de Santiago, Facultad de Filosofía, 1997.

TRABAJOS SOBRE «ABDUL BASHUR, SOÑADOR DE NAVÍOS»

CANFIELD, Martha, «Álvaro Mutis, soñador de navíos», en *Hispamérica,* 23, 67 (Gaithersburg, abril de 1994), págs. 101-107.
GÜEMES, César, «Maqroll es la constante más cercana al *alter ego* del narrador residente en México», en *La Jornada,* México, 13 de diciembre de 2001.

EDICIONES DE «ABDUL BASHUR, SOÑADOR DE NAVÍOS»

En castellano

Bogotá, Norma, 1991, 190 páginas (21 cm). Incluida en la colección «La Otra orilla». Hubo reimpresiones de esta edición.
Madrid, Siruela, 1991, 180 páginas (23 cm). Incluida en la colección «Libros del tiempo», número 35.
Bogotá, Norma, 1998, 196 páginas (18 cm). Segunda edición respecto de la original de 1991.
Barcelona, Círculo de Lectores, 2002, 237 páginas (21 cm). Incluye una semblanza biográfica de Alberto Cousté.

En italiano

Abdul Bashur, sognatore di navi, Turín, Einaudi, 1996.

En francés

Abdul Bashur, le rêvoir de navires, París, Grasset, 1994. Traducción de François Maspero.

En inglés

«Abdul Bashur, dreamer of ships», en *The Adventures of Maqroll: four novellas,* Nueva York, Harper Collins, 1995, 369 págs., 24 cm. Traducción de Edith Grossman.

En holandés

De lokroep van de zee, Amsterdam, Prometheus, 1993. Traducción de Mariolein Sabarte Belacortu. La edición incluye también *Amirbar.*

En griego

ΑΜΠΝΤΟΥΑ ΜΠΑΣΟΥΡ, Atenas, Agra Publications, 1991.

Abdul Bashur, soñador de navíos

A la memoria de mi hermano
Leopoldo Mutis, quien, antes de
dejarnos, escuchó con interés el
proyecto de este libro y comentó con
voz que ya no era de este mundo:
«Qué bien. Apenas justo con Abdul.»

Years, years spent pouring words we couldn't
fathom. Only through death we speak in honest
fashion.

PETER DALE
He addresses himself to reflection

Monody shall not wake the mariner.
This fabulous shadow only the sea keeps.

HART CRANE
At Melville's Tomb

Desde hace tiempo vengo con la intención de recoger algunos episodios de la vida de Abdul Bashur, amigo y cómplice del Gaviero a lo largo de buena parte de su vida, y protagonista, en modo alguno secundario, de no pocas de las empresas en las que Maqroll solía comprometerse con sospechosa facilidad. En muchas de ellas Bashur desempeñó el papel de Salvador, rescatando a Maqroll en los momentos críticos, gracias a esa astuta paciencia que constituye uno de los rasgos predominantes del carácter levantino. Ahora he resuelto emprender esa tarea de cronista, que iba aplazando indefinidamente. La razón para hacerlo surgió de un hecho característico de los altibajos y sorpresas que poblaron la existencia del Gaviero.

En un cambio de trenes en la estación de Rennes, cuando iba camino a Saint-Malo para asistir a una reunión de amigos dedicados a preservar la tradición de los libros de aventuras y de viajes, perdí la conexión y tuve que esperar el paso del próximo tren con destino al ilustre puerto bretón. Caía una lluvia insistente y helada y resolví quedarme tranquilo en la sala de espera, leyendo un libro de Michel Le Bris sobre la Occitania medieval[1]. Estas salas son semejantes en el mundo ente-

[1] Michel Le Bris (1944-), escritor y ensayista francófono que se ha especializado en libros de aventuras. Ha escrito sobre piratas, bucaneros, salteadores de caminos y acerca de escritores que escribieron sobre aventuras. Gran admirador y estudioso asimismo de Robert Louis Stevenson (1850-1894), lo cual explica también el vínculo con Mutis. La referencia al libro tal vez sea a *Homme d'Oc* (1975) o a *Occitanie: volem viure!* (1974).

La Occitania medieval que menciona el texto se refiere a uno de los nombres que en la Edad Media se empleaban para designar la región donde se hablaba la denominada «langue d'oc». En francés se denomina «occitaine», que proviene del latín original en donde se hablaba de «Occitania Provincia».

ro. Un ambiente de tierra de nadie, el gastado mostrador donde nos ofrecen el consabido café chirle con su indefinible gusto a desamparo y los hostigantes licores de la región, de color y sabor harto improbables; su puesto de periódicos y revistas, viejos de varias semanas, que no atraen ya la atención de nadie por lo atrasado de sus noticias y las imágenes locales insulsas y desteñidas. Los afiches de turismo pegados en las paredes, sugieren siempre estaciones balnearias con un relente de enfermedad y decadencia o muestran picos nevados cuyo nombre nada nos dice y para nada invitan a la necia proeza de escalarlos. Las bancas, siempre duras y tambaleantes, acogen a los anónimos pasajeros que esperan su tren con esa resignación fatal del que ha perdido ya la esperanza de dormir esa noche en su hogar. Todo el mundo se encuentra allí resignado a lo que suceda, sin importar lo que sea.

Alguien pronunció mi nombre de repente, allá desde una esquina de la sala, en donde una estufa de gas intentaba en vano luchar contra el frío y la humedad ambientes. No vi quién me llamaba y me acerqué, entre curioso y molesto, intrigado de que alguien, en la estación de Rennes, donde jamás había estado antes, supiera de mí. Junto a la estufa, sentada y con un niño de aproximadamente diez años en brazos, una mujer que conservaba la belleza de las mujeres del Oriente Medio, me sonreía con curiosidad y cierto temor. Sus facciones, su acento libanés, algo en sus gestos despertaron en el fondo de mi memoria una ola de recuerdos imprecisos.

—Soy Fátima. Fátima Bashur. ¿No se acuerda? Nos vimos en Barcelona, cuando llevé el dinero para sacar a Maqroll de la cárcel —me dijo, entre sonriente y contrita. Me incliné para besarla en las mejillas y me senté a su lado, musitando no recuerdo qué atropellada excusa por mi vacilación en reconocerla.

Fátima Bashur. ¿Por qué, a menudo, el azar se empeña en adquirir el acento de una sobrecogedora llamada de los dioses? Todo el episodio de nuestro encuentro me vino a la mente, con la desordenada precipitación de lo que teníamos relegado al olvido para resguardar el precario equilibrio de nuestros días. En efecto, Fátima, la hermana que antecedía en edad a Abdul, apareció en Barcelona con la suma que enviaba su hermano para enfrentar los gastos de un proceso que estuvo a punto de llevar a la cárcel por largos años a Maqroll el Gaviero. Cuando descargaba, en el pequeño puerto de la Escala[2], un lote de armas y explosivos ocultos en cajas de repuestos para una planta de refrigeración de pescado, llegó la policía portuaria, informada, sin duda, por algún anticipado soplón. Abdul y Maqroll habían convenido el transporte del cargamento con una pareja que simulaba estar pasando la luna de miel en Túnez. En realidad, se trataba de una banda de anarquistas que hizo de Barcelona, por aquella época, su centro de operaciones. Habían venido siguiendo los viajes del carguero chipriota que operaban los dos amigos en el Mediterráneo y coligieron que eran los tipos ideales para llevar el cargamento a la Costa Brava. Bashur se había quedado como rehén en Bizerta[3]. Cuando se supo la captura del barco con Maqroll y el armamento, la pareja se esfumó como por arte de magia. Bashur partió para Beirut y allí logró reunir el poco dinero que pudo para tratar de salvar a su socio, que insistía ante la policía española en ser víctima de un engaño e ignorar lo que en verdad, contenían las cajas que llevó a la Escala. Abdul pensó, con razón, que era más prudente mandar a una de

---

[2] El Puerto de la Escala está situado Cataluña, en la Costa Brava (42° 7' N y 3° 8' E). Es un pequeña bahía con facilidades para embarcaciones de pequeño porte (eslora máxima 15 m). Véase asimismo la nota 97 de la página 284.

[3] Bizerta es un puerto de Túnez situado en la costa del mar Mediterráneo a unos 65 km de la capital (37° 17' N y 9° 50' E). El puerto asimismo se halla a la ribera del lago de Bizerta (llamado «Tinja» por los árabes), que tiene una conexión natural con el mar. Bizerta posee un puerto exterior antiguo y dos puertos interiores conectados por canales a partir del primero, uno situado en la bahía de Sebra y el otro en el propio lago. Bizerta, que en árabe se denomina «Binzart», fue fundada por lo fenicios, luego fue colonia romana y ocupada por ibéricos en 1535. De todas formas ha estado en manos árabes desde el siglo VII. En 1881 fue ocupada por los franceses, que construyeron la base del puerto que hoy se conoce —incluido un puente magnífico, obra de Ferdinand Arnodin (1845-1924) y que fuera destruido en 1904. Luego de la Segunda Guerra Mundial pasó definitivamente a manos de Túnez.

En uno de los planos más bonitos que conozco de la ciudad, realizado en 1613 por orden de Pedro Fernández de Castro, conde de Lemos y virrey de Nápoles, existe una nota adjunta en la que se define a Bizerta, con un indudable tono de época, como «la ladronera de toda la Berbería».

sus hermanas en lugar de ir en persona y encargó de la misión a Fátima, cuya seriedad y ponderación se ajustaban perfectamente a ese cometido. Eran tres las hermanas de Abdul; Yasmina, ya casada, con un hijo que sufría una extraña enfermedad que los médicos insistían en diagnosticar como leucemia; Fátima, soltera entonces, cuya belleza serena y un tanto hierática solía pasar de momento desapercibida, para tornarse, luego, como fue mi caso, en una imagen obsesiva y enigmática y Warda, de una hermosura fresca y deslumbrante, cuya historia ya tuve ocasión de narrar en parte[4].

La prisión de Maqroll me la comunicó Bashur a París, en donde estaba de paso, de regreso de Hamburgo y camino a casa. Cambié mis planes de inmediato y partí para la ciudad condal, para ver qué se podía hacer por nuestro amigo. Cuando lo visité en la cárcel, se hallaba sumido en una extraña apatía, cosa que solía sucederle de ordinario en circunstancias semejantes. Le expliqué los planes de Bashur y el próximo arribo de Fátima con el dinero necesario para pagar un abogado que llevase el caso. Se alzó de hombros sonriendo vagamente.

—No creo —comentó— que valga la pena gastar esa suma que buena falta les hace. O la policía resuelve creer en mi historia, que hay que reconocer como dura de tragar, o aquí me sepultan por quién sabe cuántos años. Ya estoy harto de ir dando tumbos de uno a otro lado y de meterme en líos que, en el fondo, poco me atraen. En estos días he estado pensando en que tal vez ya sea tiempo de parar la ruleta y de no provocar más a la suerte. En fin no sé. Ya veremos. —No quise recordarle que, en ocasiones anteriores, le había escuchado las mismas o parecidas palabras.

Sin embargo, siempre regresaba a sus andanzas. No estaba él de humor para tales reflexiones. Me limité a informarle que yo permanecía en Barcelona hasta la llegada de Fátima y enterarme de cómo se encaminaban las gestiones para conseguir su libertad. Hizo un gesto de resignado asentimiento, se puso

---

[4] El Narrador se refiere a *La última escala del Tramp Steamer* (Madrid, Mondadori, 1990), en donde Warda Bashur tiene un romance con Jon Iturri, el personaje principal y capitán del *Alción*.

de pie y, despidiéndose con un movimiento de la mano, se llevó la cazadora al hombro y se perdió por la puerta de la sala de visitas de la Cárcel Modelo.

Dos días después, Fátima me llamaba desde el aeropuerto. Había adelantado su viaje y se olvidaron de hacérmelo saber. Le indiqué la dirección de mi hotel y llamé a la recepción para cambiar la fecha de su reserva. Más tarde, unos tímidos golpes en la puerta me sacaron de la siesta en la que estaba entrando sin darme cuenta. Fui a abrir y me encontré con una mujer alta, de miembros firmes y esbeltos, hombros rectos que le daban un ligero aire marcial, sobre los cuales descansaba una cabeza cuya proporción y facciones me recordaron las esculturas indohelénicas. La hice pasar y tomó asiento con sencilla familiaridad que me pareció, no sé por qué, conmovedora. Hablaba un francés correcto, como ya casi ningún francés suele hablarlo y sí, en cambio, algunos libaneses y sirios de la alta burguesía comerciante. Le conté mi diálogo con Maqroll y ella comentó simplemente:

—Es natural que se sienta así. Siempre le sucede lo mismo. Vamos a sacarlo como sea. —Había tal firmeza en sus palabras que mi opinión sobre la suerte del Gaviero se tiñó de un optimismo no por gratuito menos consistente.

Al día siguiente comenzamos las diligencias. Esa misma tarde visitamos a un abogado cuyo prestigio descansaba en el éxito de sus gestiones en favor de extranjeros con problemas judiciales en España. Durante varias semanas, Fátima y yo nos movimos de una oficina a otra, llevando memoriales y entrevistando funcionarios de la más diversa índole, acompañados del diligente jurista. Era un desfile de rostros circunspectos, herméticos y distantes, que no autorizaban la menor esperanza. Entretanto, comencé a darme cuenta de que la compañía de Fátima Bashur daba a todas estas gestiones un encanto muy peculiar. Debo advertir de mi repugnancia a todo contacto con el mundo burocrático vinculado con la justicia. En somero examen de conciencia, después de la cena con Fátima en La Puñalada, durante la cual abordamos temas un tanto más personales, al margen del caso de nuestro amigo, llegué a la conclusión de que comenzaba quizás a enamorarme de la hermana de Abdul. El asunto tenía sus bemoles. Conocía ya a Fátima lo suficiente como para saber que ni era mujer para *flirts* superficiales ni yo le interesaba más allá de una normal simpatía, siempre en relación con las responsabilidades que le había transmitido su hermano. Por fortuna me daba cuenta de la situación y decidí ni siquiera insinuar a Fátima lo que comenzaba a sentir por ella.

Los problemas de Maqroll hallaron solución por la vía más inesperada e imprevisible. Una noche, en el bar de Boamdas, a donde mi amigo Luis Palomares me había introducido con recomendación de que me atendieran muy especialmente, estaba ensayando, por enésima vez, la fórmula ideal del *dry martini*[5], cuando se me acercó un inglés, a todas luces funcionario del consulado de Su Majestad en Barcelona, para proponerme un par de variaciones que podrían llevarnos al paradigma de ese cóctel inalcanzable. Los resultados fueron positivos pero no convincentes; en cambio, la experiencia nos llevó a entablar una relación todo lo cordial que permiten los isleños de John Bull[6]. No sé cómo se me ocurrió comentarle la razón de mi estadía en Barcelona, sin entrar, desde luego, en mayores detalles. Se interesó de inmediato en el tema y, al final, se limitó a decirme, con la flema ya consabida:

—Vaya a verme mañana al consulado. Se me ocurre que tal vez algo se pueda combinar en favor de su amigo. ¿Me dijo usted que viaja con pasaporte expedido en Chipre, verdad?

---

[5] El «Dry Martini» es un cóctel que aparece por primera vez mencionado en *The Modern Bartender's Guide* (1884), de O. H. Byron, bajo el nombre de «Martine». La fórmula consiste en 2/10 de Martini blanco y 8/10 de gin. En algunas variantes, el gin es reemplazado por vodka o tequila. El «Dry Martini» es considerado como un cóctel «short and classic».

[6] Se refiere aquí el narrador al apodo con que también se conoce y personifica a los habitantes de Inglaterra. John Bull surgió como personaje en la novela de John Arbuthnot (1667-1735) *The History of John Bull* (1712). Sin embargo, fue John Tenniel (1820-1914) quien le hizo famoso con sus *cartoons,* que fueran editados en la revista *Punch* a mediados y fines del siglo XIX. John Bull, en cuanto personaje, ha sido descrito «as an honest, solid, farmer figure, often in a Union Jack waistcoat, and accompanied by a bulldog». Empleado con diversos fines gubernamentales y publicitarios, su figura comienza a decaer después de la Segunda Guerra Mundial. John Bull es frecuentemente asociado a su equivalente norteamericano Sam Wilson (a) «Uncle Sam».

Le confirmé ese detalle y nos despedimos con la promesa de intentar en otra ocasión la fórmula ideal para el *dry martini*.

Al día siguiente me presenté en el consulado británico. Mi compañero del Boadas, sin perder su cordialidad anterior, había adquirido un acento más oficial y algo distante. Me llevó a su despacho y, cerrando la puerta, entró de lleno en el asunto. Maqroll tenía un pasaporte expedido en Chipre durante el dominio inglés. Por una cadena de circunstancias, que no entró a pormenorizar, Inglaterra tenía particular interés en que España concediera la libertad a ese súbdito inglés para así poder dejar libre en Gibraltar a un ciudadano español, detenido allí por habérsele sorprendido en sospechosas conexiones y que el gobierno de Madrid reclamaba con insistencia. Se trataba de recibir algo a cambio para no establecer un precedente inaceptable. Yo creí estar en medio de una intriga digna de las novelas de Eric Ambler[7], pero el resultado final no pudo ser más halagüeño. Maqroll salió libre, después de haber permanecido en la Cárcel Modelo por casi tres meses. Debía regresar a Chipre y ponerse a disposición de las autoridades. El barco sería incautado y los funcionarios de la aduana decidirían qué hacer con él.

Fátima había gastado apenas una modesta parte del dinero que trajo y esto tranquilizó bastante al Gaviero, que conocía la situación un tanto estrecha por la que pasaban la familia y el mismo Abdul. Maqroll partió para Chipre en un barco griego, llevando consigo ese pasaporte que lo había salvado y sobre cuya autenticidad había razones para abrigar las mayores dudas. En el muelle, el Gaviero, al despedirse, me comentó mientras sonreía con malicia:

—Muchas gracias por todo. Me alegro de que esto no haya sido más fastidioso para ustedes. Mire lo que son las cosas de

[7] Se refiere aquí al novelista inglés Eric Ambler (1909-1998), considerado junto con Somerset Maugham (1874-1965) y Graham Greene (1904-1991) como uno de los pioneros de las novelas policiales con intrigas políticas y de una cierta sofisticación en su trama. También escribió, bajo el seudónimo de Eliot Reed, cuatro novelas en colaboración con Charles Rodda (1891-1976). *The Dark Frontier* (1936), *Uncommon Danger* (1937) y *Epitaph for a Spy* (1938), son algunos de sus títulos más clásicos entre los 20 que se le atribuyen.

la vida; yo salgo libre y usted ha estado a punto de caer en una prisión, encantadora, es cierto, pero llena de consecuencias incalculables. Recuerde siempre que Allah cuida a sus mujeres, amigo. Es importante tenerlo en cuenta cuando se anda por tierras del Islam[8].

El mismo día, en la tarde, Fátima tomaba el avión de regreso a Beirut. La acompañé en todos los trámites y, cuando se dispuso a pasar por la Policía de Emigración, me miró un instante fijamente y después de acercarme las mejillas para recibir mi beso de despedida, me dijo con voz un tanto opaca a causa de su natural timidez:

—Fue un gran placer conocerlo y le agradezco su prudente caballerosidad, no muy común, por cierto, entre los hombres occidentales. Lo felicito y le quedaré reconocida para siempre. Adiós.

Era un adiós tan definitivo que me quedó grabado durante largo tiempo. Muchas veces hube de preguntarme luego qué hubiera sucedido de adoptar con Fátima las tácticas del Caballero de Seingalt[9]. Siempre nos queda esa duda en tales ocasiones. Que las mujeres son insondables es un lugar común ya inmencionable, pero menos divulgado, como es obvio, es que los hombres somos una especie inconsecuente y fantasiosa y es allí donde perdemos siempre la partida.

---

[8] Se refiere al Dios en la creencia musulmana. De hecho, «Allah» en árabe significa Dios. Por otra parte, «Islam» —que en árabe significa «entrega a la voluntad de Dios»— es el conjunto de dogmas y preceptos de la religión predicada por Mahoma (*circa* 570-632) y que se hallan escritos en el Corán. El islamismo, por tanto, es la profesión del Islam. Véase también las notas de páginas 207 y 265.

[9] «El Caballero de Seingalt» era uno de los títulos o seudónimos con el que Giovanni Jacopo Casanova (1725-1798) le gustaba ser identificado. De origen italiano, este aventurero, «Don Juan», escritor y cortesano, fue un viajero incansable que recorrió las cortes europeas más importantes del siglo XVIII. Entre 1791 y 1798 escribió en francés, que era entonces la lengua de la corte, *Histoire de ma vie* (también más conocido bajo el título de *Mémoires)*, su trabajo más importante, en donde confirma y erige de forma definitiva la leyenda de «Don Juan» que ya tenía en vida y realiza un *dipinto* ejemplar de la sociedad de corte europea del siglo XVIII. El *dictum* favorito de Casanova era *sequere deum*, es decir, «sé tu propio Dios».

De aquel encuentro con la hermana de Abdul en Barcelona, perduran un rostro cuya armonía pertenece al tiempo en que la Hélade penetró en el Oriente[10], una voz aterciopelada y cálida y una serenidad de movimientos y reacciones que tenía mucho de bizantino. Todo esto percibido como algo que no me era dado y cuyo disfrute se antojaba inconcebible. Ahora, muchos años después, en una helada estación de tren, en plena Bretaña azotada por la lluvia, me encontraba con Fátima, sujeta ya a esa inclinación a la corpulencia, característica de las mujeres mediterráneas que se acercan a la cincuentena, el rostro aún hermoso, pero maculado por ciertos signos de cansancio y cuya serena sonrisa se mantenía con una ligera inflexión en la comisura de los labios, signo de años de lentas decepciones y mezquinas angustias cotidianas. Volvía a mirarme con una mezcla de asombro y simpatía y yo trataba de hilvanar triviales preguntas, tales como ¿qué había sido de ella en todos esos años? ¿Quién era el niño que llevaba en brazos? ¿Qué era de sus hermanas? Tantas cosas habían pasado desde el lejano episodio de Barcelona que cada respuesta hubiera requerido largas horas. Es verdad que teníamos varias por delante, pero ella se limitó a responderlas en forma sucinta pero amable. Poco después de su visita a Barcelona, se casó con un primo lejano, que le habían asignado desde pequeña. Era un comerciante en telas, acomodado y metódico, que siempre la trató como a una niña. Tuvo con él tres hijos. El niño que traía en brazos era un nieto que llevaba a París para someterlo a un tratamiento en la columna. Sus padres vivían en Brest, donde el hijo de Fátima seguía un curso de comunicaciones navales[11]. Era segundo oficial de la flota mer-

---

[10] La Hélade es el nombre con el que, durante la Antigüedad y el imperio romano, se conoció una parte de Grecia. En Homero este lugar era la «Phthiotide», mientras que bajo el imperio romano era la Grecia media (por oposición al Peloponeso, es decir, la zona de islas situada más al sur). De forma más actual, se ha empleado como sinónimo de Grecia en su totalidad.

[11] Brest es una localidad portuaria francesa situada en la extremidad occidental de la región bretona (48° 0' N y 4° 0' O). Brest adquiere relevancia a partir de 1631 cuando el cardenal Richelieu (1696-1788) decide construir allí un nuevo puerto y un arsenal. En la actualidad constituye el puerto militar más importante de Francia.

cante libanesa. El muchacho se había caído mientras jugaba en las escolleras y sufría dolores en la espina dorsal. Fátima quedó viuda hacía ya más de diez años y estaba dedicada por entero a sus nietos. Los otros dos hijos, también varones, ya estaban graduados, uno era abogado y el otro oculista, casados ambos. Su hermana mayor, Yamina, había fallecido poco después de Abdul. Warda continuaba su vida retirada y silenciosa, entregada a trabajar para la Cruz Roja libanesa en auxilio de los refugiados palestinos. Pasamos a otros temas y personas con las que nos unían vínculos comunes. De Maqroll hacía mucho que ninguno de los dos sabía nada. Mis últimas noticias eran de Pollensa, en donde cuidaba unos astilleros abandonados. Pude notar que, cuando mencioné al Gaviero, sus facciones se coloreaban levemente y su voz adquirió una intensidad diferente. Pensé si no habría estado alguna vez enamorada de él. Fatalmente acabamos hablando de Abdul. Había sido su hermano consentido y más próximo. Le seguía en edad y habían crecido juntos.

—La bondad de Abdul —comentó— tenía una condición muy especial. No era evidente, no se manifestaba en actos notorios. La llevaba muy adentro, escondida, pero siempre dispuesta a ejercitarse. Nos quería a todos, incluyendo a sus amigos, con una atención permanente, vigilante pero discreta, que lo hacía indispensable, nunca se lograba saber muy bien para qué. Era como un ángel protector cuya ausencia dolía. En su trajinada vida supo de las situaciones más contradictorias, sin parar jamás mientes en si estaba fuera o dentro de la ley. No tuvo más ley que la que dictaban sus sentimientos. Bueno, usted lo conoció bastante. No sé por qué le digo todo esto.

Le respondí que, en verdad, no lo había tratado tan de cerca y buena parte de lo que sabía de él venía del Gaviero, éste sí su inseparable camarada y cómplice de andanzas de todo orden. Nos habíamos visto dos o tres veces en la vida. Había, sí, comprobado que la dedicación por la gente de sus afectos era una constante de su carácter. Maqroll solía hablarme de él con ese acento mitad afectuoso y mitad festivo con el que nos referimos a un hermano menor. Yo guardaba muchas cartas y relatos en los que el Gaviero hacía mención de Abdul y que me había confiado cuando comencé a relatar sus andanzas.

—Pues yo le puedo completar esa información — repuso Fátima conmovida—. Guardo muchas cartas de mi hermano y documentos relacionados con sus viajes y empresas. Si le interesaran, con mucho gusto se los enviaré. Estoy segura de que sabrá hacer mejor uso de ellos, que nosotros. Los conservamos guardados en un baúl, por cariño a su memoria.

Acepté su ofrecimiento y le escribí en una tarjeta mi dirección para que me hiciera llegar esos papeles. Con ello iba a completar, sin duda, los datos que necesitaba para relatar a cabalidad algunos incidentes de esa vida que por tanto tiempo transcurrió paralela a la de mi amigo Maqroll el Gaviero.

Nuestra charla continuó, volviendo sobre los mismos asuntos. Fátima conservaba su encanto, difícil de precisar, hecho de conformidad hacia la vida y sus sorpresas y de un arraigado sentido de la realidad que dejaba a un lado toda exageración y toda fantasía que acababa desvirtuando la escueta verdad de cada día. Fátima admiraba mucho a su hermano Abdul, su preferido, que vivió una existencia tan agitada como irregular. Algo de esto le comenté y ella me dijo, en tono de quien busca definir algo que, hasta entonces, no se había planteado:

—Ya sabemos que Abdul siempre fue muy inquieto. Nunca se conformó con aceptar las cosas como la vida se las iba ofreciendo. Jamás, sin embargo, lo movió una auténtica ansia de aventura, ni el deseo de vivir experiencias fuera de lo común. Era práctico y metódico en su insaciable deseo de modificar el curso de las cosas y corregir lo que, para él, fue siempre capricho inaceptable de unos pocos, precisamente aquellos para quienes están hechas las leyes y códigos que encarrilan la conducta de las personas. Su frase favorita fue siempre: «Y por qué no más bien intentamos esto o lo otro» y proponía luego la transgresión radical de lo que se le planteaba como regla inamovible. Pero siempre lo hacía apegado a un juicio sobre la gente que nada tenía de indulgente. Sobre nadie se hizo jamás ilusión ninguna, pero creía con inconmovible certeza en los lazos de afecto que lo unían a parientes y amigos. Una cosa no anulaba la otra. Es difícil de explicar y, más aún, de entender, pero así era.

Me sorprendió la inteligente apreciación de Fátima de los matices y aparentes contradicciones del carácter de su hermano, que yo había advertido ya pero nunca logré precisar. Volvimos al Gaviero y le pregunté si, entre los suyos, no se pensaba que Maqroll hubiera podido ser un factor de descarrío para su hermano, sobre todo durante el último período de la vida de Abdul, en el que éste recorrió los más sombríos senderos de los bajos fondos del Oriente Medio. Fátima me miró con extrañeza y se apresuró a responder:

—Nunca pensamos tal cosa. Abdul no era hombre para dejarse desencaminar por nadie. Desde un principio entendimos que, sencillamente, había topado con alguien que compartía muchas de sus maneras de ver la vida. Por eso anduvieron juntos tanto tiempo. Ellos, en cierta forma, se complementaban. Maqroll fue un buen amigo nuestro y su recuerdo está tan presente como el de Abdul —yo había hecho la pregunta con intención de auscultar un poco más en los sentimientos de Fátima con respecto al Gaviero, pero había apuntado con evidente torpeza.

Cuando llegó el momento de tomar el tren para Saint-Malo[12], me puse en pie y ella también lo hizo, a pesar de llevar en brazos a su nieto. Nos despedimos con pocas palabras. Nos dábamos cuenta, en ese instante, de que habíamos levantado una nube de recuerdos tan delicados como difíciles de manejar en esas circunstancias y pasado tanto tiempo. La besé en ambas mejillas y ella lo hizo también con efusión espontánea y no disimulada. Subí al tren y, desde mi ventanilla, vi que seguía despidiéndose tras de los vidrios, opacos de hollín y de humedad. Pasaron varias horas antes de que pudiese ordenar un poco el remolino de nostalgias y sentimientos encontrados que me había suscitado el encuentro con Fátima.

Apenas había transcurrido un mes, cuando recibí un voluminoso paquete de cartas y algunas fotografías, que enviaba Fátima desde El Cairo. En carta que acompañaba el envío,

---

[12] Saint-Malô es una localidad portuaria situada en el NO de Francia, en la región de Bretaña (48° 39' N y 2° 1' O). La relevancia del sitio se debe a que constituye un importante lugar de tráfico de pasajeros y mercaderías hacia y desde Inglaterra.

me explicó que se había establecido en Egipto, porque la situación de su país era en extremo crítica y violenta. Fue así como llegó a mis manos la documentación necesaria para cumplir con mi viejo propósito de recrear, para mis improbables lectores, algunos episodios de la vida impar y accidentada del más fiel y viejo amigo del Gaviero. La memoria tiene para nosotros la piadosa condición de preservar ciertos recuerdos al margen y por encima del desencanto que nos puedan inflingir los años con sorpresas como la que tuve en Rennes. Por eso, siempre que pienso ahora en Fátima, me viene a la mente la muchacha con rostro de medalla indohelénica, firmes hombros y miembros elásticos que se me apareció en Barcelona para sacar de apuros a Maqroll el Gaviero y no la mujer madura y robusta, llevando un nieto en brazos, con la que me enfrentó el azar en la lluviosa Bretaña.

De inmediato me dediqué a revisar los papeles enviados por Fátima. Con ellos venían, como ya dije, algunas fotografías de Abdul en diferentes épocas de su vida. Hubo una que me llamó la atención en forma muy especial. Mostraba a un niño de siete u ocho años, observando con asombrado interés un montón de hierros retorcidos y calcinados, aún humeantes. Algunas partes no destruidas por el fuego, indicaban que se trataba de un avión que había caído a tierra momentos antes. El niño miraba la escena con sus grandes ojos oscuros, uno de los cuales bizqueaba ligeramente. La cabellera encrespada y también oscura completaba su evidente aspecto levantino. Al fondo se alcanzaban a ver los nevados montes del Líbano. Al reverso de la foto estaba escrito en esmerada caligrafía árabe: Abdul a los ocho años de edad. Me puse a clasificar los papeles y a reunir en orden cronológico, hasta donde ello era posible, los que se referían directamente a las andanzas de Bashur por las más diversas y distantes regiones del globo, dejando de lado, desde luego, los que hacían referencia a circunstancias familiares o a los negocios de sus parientes inmediatos. A partir de estos documentos y de mi recuerdo de los varios encuentros que tuve con Abdul, me pareció tener material suficiente para un relato de modesta extensión, que podría merecer el interés de quienes han seguido las peripecias del Gaviero y conocen ya algunos de los episodios de las mismas en donde su amigo y cómplice libanés figura como coprotagonista[13]. Este empeño mío se ha de cumplir, pues, dentro de un marco bien poco convencional y para nada conforme a como debe contarse una historia. Dar unidad cronológica a mi relato es de todo punto imposible. Las fechas de los papeles en mi poder no son de fiar, cuando aparecen. En la mayoría de los casos, la ausencia de toda indicación impide ubicar la época del relato. Además de los documentos escritos, parciales y no siempre ricos en detalles, he tenido que acudir a los testimonios escritos del mismo Maqroll y al recuerdo de lo que, por voz propia, me narró en múltiples ocasiones. Pero no creo que esta irregularidad cronológica tenga mayor importancia. El rigor que exige la biografía de un personaje de la historia, viene a sobrar cuando se trata de «los comunes casos de toda suerte humana». Bien está, sin embargo, comenzar narrando las circunstancias de mi primer encuentro con Abdul Bashur; dejando luego que los hechos se ordenen por sí mismos, que tampoco la vida suele ceñirse siempre al rutinario paso de los días. A menudo opta por someternos a mudanzas y repeticiones que la hacen, por esencia, imprevisible y voltaria. Veamos pues cómo conocí a Abdul Bashur.

---

[13] Como ya comentamos en el estudio introductorio, el personaje Abdul Bashur, de manera explícita o implícita, aparece en todas las novelas que componen *Empresas y tribulaciones* (Madrid, Siruela, 1993).

I

Trabajaba yo entonces como jefe de relaciones públicas de la subsidiaria en mi país de una gran corporación petrolera internacional. Una mañana, que se anunciaba tranquila y sin sobresaltos, en vista de lo cual me disponía a visitar a un librero de viejo que me venía tentando con algunos títulos inencontrables de Ferdinand Bac, el nieto de Jerónimo Bonaparte[14], me llamó el gerente de la compañía. Su voz en el teléfono traicionaba una inquietud evidente. Adiós, pues, a los jardines de Bac y a sus recuerdos finiseculares. Cuando entré al despacho de mi jefe, éste hablaba por teléfono con el ministro de Obras Públicas, hombre de temperamento tiránico y resoluciones draconianas, que por aquellos días se perfilaba como futuro presidente de la República. Mi gerente contestaba con dos frases, repetidas en forma de letanía. «Sí, señor ministro, así lo haremos», «No veo problema alguno, señor ministro. Quede usted tranquilo. Nos haremos cargo de todo». Mal se anunciaban las cosas para quien debía convertir en realidad las promesas del gerente. Si me quedaba alguna duda sobre la

[14] Personaje multifacético de origen alemán y naturalizado francés, Ferdinand Bac (1859-1952) fue arquitecto, dibujante de renombre, escritor y diseñador de jardines. Primogénito de un hijo natural del príncipe Jerôme Bonaparte, Ferdinand fue introducido en el mundo *comme il faut* del Segundo Imperio gracias al escritor Arsène Houssaye (1815-1896), quien fuera su mentor. Su escrito más conocido es el *Livre-Journal* (1919), en donde realiza una pintura de época, un viaje insuperable a un «pays d'autrefois», como dirá uno de sus comentaristas.

persona en quien iba a recaer la misión de marras, el gerente se encargó de aclarármela tras colgar el teléfono:

—En diez días, escúchalo bien, en diez días, ni uno más, debemos preparar hasta el último detalle de la ceremonia de inauguración del terminal del oleoducto en el puerto de Urandá[15]. Asistirán al acto los ministros de obras públicas y de minas de aquí y de los países limítrofes, además de los gerentes seccionales de nuestra compañía en esos lugares y las autoridades eclesiásticas y civiles de la capital del departamento y de la misma Urandá. La buena noticia es que no se invitará a las esposas. Hay que prever y estar muy al tanto de la situación del aeropuerto en esa ciudad y del posible alojamiento de los invitados, por si el regreso se tiene que cancelar a último momento. Todos vendrán en aviones oficiales o de la empresa. Hay que servir, después de la ceremonia de inauguración del muelle y la bendición del mismo por el obispo, un almuerzo de primera calidad, naturalmente. No se te vaya a olvidar la invitación a las autoridades eclesiásticas. Como estudiaste con los jesuitas, no creo que tengas problemas por ese lado.

Si bien el asunto, a esa altura, ya no me tomaba de sorpresa, debo confesar que las perspectivas que se me presentaban eran bastante sombrías. Una serie de factores adversos se acumulaban para hacer la tarea casi imposible. Urandá es un puerto, la mitad edificado en forma lacustre sobre pantanos que se van a confundir con el mar a través de una red inextricable de manglares; la otra mitad está construida en una colina ocupada casi en su totalidad por la zona roja. La región se precia de tener el mayor índice de precipitación pluvial del planeta y, por tal motivo, el aeropuerto permanece cerrado buena parte del año. El clima, de un calor agobiante, mantiene allí un ámbito de baño turco que agota toda iniciativa y mina todo entusiasmo. Al caer la tarde, convertidos en au-

[15] El puerto de Urandá es probablemente un lugar imaginario de Colombia que, siguiendo las indicaciones ofrecidas a lo largo del texto en este capítulo (oleoductos, manglares, pantanos, precipitaciones pluviales, etc.), podríamos conjeturar se hallaría situado en los manglares del golfo de Urabá, al N de Colombia.

ténticos zombies, los visitantes ocasionales buscan desesperadamente un poco de sombra fresca y el vaso de *whisky* que tal vez los reviva. Ambas cosas pueden obtenerse sin mayores dificultades. De la sombra se encarga la noche que se viene encima de repente, con su cortejo de zancudos y aberrantes insectos que parecen surgidos de una pesadilla de ciencia ficción; grandes mariposas de alas negras, velludas y torpes, que insisten en pegarse a los manteles y a las toallas del baño; escarabajos cornudos, de un verde irisado y fosforescente, que golpean sin cesar contra las paredes hasta caer en el vaso en donde tomamos o en la cabeza donde se debaten enredados en el pelo; rubios escorpiones, casi translúcidos, expertos en complicados acoplamientos y en danzas rituales de un erotismo delirante. En lo que respecta al vaso de escocés, éste se consigue en el bar del único hotel habitable del puerto, que lleva el original nombre de Hotel Pasajeros. Destartalada construcción de cemento maculado por el moho y el óxido, cuyos tres pisos destilan constantemente, por dentro y por fuera, un maloliente verdín aceitoso. Típico edificio concebido por un ingeniero, con espacios de proporciones ya sea desmesuradas o bien mezquinas y, en ambos casos, gratuitas, según el humor del fantasioso maestro de obras que debió de encargarse de la construcción. Un comedor vastísimo, de techos altos y manchados con sospechosos escurrimientos de tuberías mal acopladas; una recepción larga y angosta donde se mantiene una atmósfera asfixiante cargada de olores ligeramente nauseabundos y que invita a la claustrofobia inmediata; las habitaciones, cada una con las proporciones y formas más absurdas. Muchas de ellas, vaya a saberse por qué, terminaban en un ángulo agudo perturbador del sueño del más sereno de los huéspedes. El bar se hallaba dispuesto a lo largo de otro corredor angosto, sin ventanas, que unía la recepción con un patio donde estaba la piscina, turbio estanque de agua verdinosa, visitado por una fauna indefinible de seres mitad pez y mitad saurio enano de ojos saltones. Una fila de mesas, adosadas a la pared, se enfrentaba allí con una barra hecha de maderas tropicales, con motivos indígenas y africanos labrados en alto relieve, todos tan espurios como horrendos. El alivio que pudiera llegar con el *whisky,* en el que flotaban trozos de hielo de un inquietante color marrón, se esfumaba de inmediato en el ámbito infecto de ese pasillo de cuartel de policía, al que algún administrador, con macabra humorada, bautizó como Glasgow Bar. El hotel se hallaba rodeado de una vasta zona de chozas lacustres que despedía un fétido aliento de animales en descomposición y de basura que flotaba en las aguas muertas y lodosas.

Urandá contaba, además, con un barrio de edificaciones levantadas en tierra firme, que escalaba una ligera colina por la que pasaba, de vez en cuando, una brisa piadosa y fugaz. Como era de suponer, las *madames*, como allí se les nombra, se apresuraron a ocupar la zona para instalar allí sus burdeles. Era frecuente que los viajeros familiarizados con las características del puerto, tomaran allí una habitación con aire acondicionado y algunos servicios de hotel más o menos regulares, huyendo del siniestro Hotel Pasajeros. Las pupilas del lugar no insistían mucho en brindar su compañía. Sus clientes preferidos eran los marineros que llegaban provistos de los apetecidos dólares, marcos o libras, y no los huéspedes surtidos con la devaluada moneda nacional. Por lo demás, el personal de esas casas estaba formado, en su mayoría, por seres desnutridos, anémicos y desdentados, por lo general víctimas de exóticas enfermedades del trópico, la más extendida de las cuales es el terrible pian, una avitaminosis que corroe las facciones en tal forma que, quienes la sufren, jamás se dejan ver a la luz del día y, de noche evitan exponerse a la luz eléctrica. Cubierta la cara con improvisados pañuelos y velos caprichosos, las mujeres atienden a sus clientes en la penumbra y saben despacharlos con tanta destreza y rapidez, que éstos no alcanzan a darse cuenta de nada, menos aún después de tomar algunas copas de ron adulterado.

Pensar, entonces, en servir en Urandá un *buffet* de seis platos con tres clases de vinos de gran calidad, como en cualquier hotel de la Riviera[16], era hazaña que sobrepasaba los límites de lo

---

[16] «Riviera» es el nombre genérico con el cual se identifica la costa mediterránea de Francia —y por traslación se asocia también con sus hoteles, playas restaurants, etc., que en los años 50 y 60 del siglo XX eran considerados como el *non plus ultra* de la «buena vida». Aquí es empleado precisamente como sinónimo de lujo y *savoir faire*.

posible para entrar francamente en los del delirio. A esto había que agregar las condiciones de aterrizaje y despegue del aeropuerto, cuya precaria torre de control solía quedarse sin energía eléctrica a la menor llovizna, en un sitio en donde la lluvia era casi permanente. Las condiciones de visibilidad en la pista eran, por igual motivo, tan escasas como efímeras. En un estado de ánimo fácil de imaginar, partí a la capital de provincia. Me alojé allí en un hotel que conocía muy bien, administrado por una pareja de luxemburgueses que daban al sitio un encanto muy particular y mantenían un servicio impecable. La ciudad era una próspera capital azucarera con un clima parejo y agradable, que supo mantener un cierto ambiente cosmopolita y bullanguero en una vida que transcurría sin altibajos ni sorpresas. Era como una isla en medio de la tormenta de pasión política desenfrenada que devastaba al país y lo mantenía sumido en una atmósfera de sangre y luto. Me gustaba demorarme por largas horas en el bar, instalado en una veranda donde corría un aire fresco, cargado de capitosos aromas vegetales. Allí dejé pasar los días sin encontrar solución a mi problema. Las visitas que hice a los clubes campestres y sociales de la ciudad, no dieron como resultado sino las miradas de incredulidad de los encargados del comedor que me escuchaban como si hubiera perdido la razón.

En el bar del hotel servía un barman nuevo, también súbdito de los Grandes Duques[17], con el cual me fue fácil establecer amistad a fuerza de evocar mis años en Bélgica y mis frecuentes tránsitos de entonces por Luxemburgo. El hombre resultó ser mucho más imaginativo y emprendedor que la mayoría de sus compatriotas. Un día en que me hallaba en vena de confidencias, se me ocurrió contarle el trance en que me encontraba. Después de escucharme con atención partió hacia la barra sin decir palabra. Me trajo un escocés algo más generoso que los habituales y permaneció a mi lado en actitud de meditación. Rompió su silencio para preguntarme:

[17] Se refiere a la casa ducal que ha regido históricamente los destinos del Gran-Ducado de Luxemburgo. En la actualidad, Luxemburgo es una monarquía constitucional. Desde 1964 hasta 2000, el gran-duque Jean de Luxemburgo (1921-) fue quien se hallaba al frente de la casa ducal, fecha esta última en que abdicó a favor de su hijo el gran-guque Henri de Luxemburgo (1955-).

—¿Tiene alguna limitación de presupuesto para semejante despropósito?

—En absoluto —le respondí intrigado—. Tengo carta blanca.

—Pues entonces, yo me encargo de todo —me respondió León, que era el nombre de mi salvador.

Ante la expresión de incrédulo pasmo que debí poner, pasó a explicarme con la mayor naturalidad.

—Mire, amigo. He trabajado en la costa del África Ecuatorial en lugares que comparados con Urandá, ésta es un edén. Allí he servido *buffets* que los invitados siguen recordando como algo difícil de superar. El problema es muy sencillo, pero muy costoso: se reduce a tener transportes adecuados y seguros, mucho hielo y una coordinación que debe ser infalible. Cada minuto cuenta en forma decisiva. La carretera al puerto es infernal. Por ella vine y no es fácil de olvidar. En Urandá hay que mantener tres camiones con motores y llantas en perfecto estado, listos para auxiliar a los tres que partirán de aquí con la comida, los vinos, la vajilla y los cubiertos. Si hay un derrumbe en el camino o se presenta una avería, aquellos camiones deben venir en auxilio, llamados por radio, instalado en las dos flotas. En cuanto al menú, le sugiero seis platos la mayoría de ellos fríos, para presentar un *buffet* variado y muy selecto. Las salsas y el aspic los preparo allá al llegar. De todo esto tengo larga experiencia, no se preocupe. Respecto al precio, le puedo presentar un presupuesto pormenorizado de los gastos, para que lo muestre a su gerencia a la que puede avisar desde ahora que todo está solucionado. Confíe en mí, que no lo haré quedar mal, Urandá no ofrece más dificultades y riesgos que Loango o Libreville[18]. Confieso que sentí el impulso de estampar un beso en la frente del

---

[18] Loango es una localidad del actual Congo situada sobre la costa atlántica (4° 38' S y 11° 49' E), al N de Pointe Noir. Loango fue la capital del reino de Vilis (siglos XVI y XVII) que se extendía sobre la costa del Congo y sobre gran parte de lo que hoy conocemos como Gabón.

Libreville es la capital de Gabón situada sobre el estuario del río del mismo nombre (0° 23' N y 9° 27' E). La ciudad fue fundada en 1849 para acoger a los esclavos liberados. Colonia francesa desde 1888, obtuvo la independencia en 1960.

leal luxemburgués. Me detuve a tiempo y apuré a su salud el vaso que me había servido.

Mi gerencia aprobó el presupuesto sin presentar objeción alguna. Las cosas comenzaron a marchar con la regularidad de un comando. Quedaba el problema del transporte aéreo. Seis aviones debían aterrizar y despegar con la más estricta puntualidad. Partí a Urandá, con cuatro días de anticipación a la fecha de la ceremonia, para coordinar la ingrata tarea de hacer viable el incierto puente aéreo. Tuve, en esa ocasión, que alojarme en el Hotel Pasajeros, ya que era el único con línea de larga distancia y télex. Fui a visitar al personal del aeropuerto. Me reuní con quienes iban a manejar la operación, alrededor de una mesa que conseguí me instalaran en el patio de la supuesta piscina. Discutimos largamente todas las posibilidades de salir con suerte del apuro. Había pedido a mi compañía que me enviaran como refuerzo a tres meteorólogos de la refinería y éstos sirvieron para mantener la moral de los técnicos locales que se veían muy afectos al desaliento.

Una noche, en que me hallaba solo, en esa mesa de operaciones donde se habían barajado todas las posibilidades de un desastre incalculable, apurando un *whisky* que había logrado salvar del hielo lodoso poniéndole únicamente soda helada, vi que venía hacia mí un personaje con gorra oscura de marino, camisa de mezclilla con los botones de concha y un traje de lino de indudable calidad pero que debió conocer días mejores transitando por los cafés de Alejandría o Tánger, antes de venir a lucir en ese lugarejo del Pacífico. El aspecto del visitante era por entero ajeno al ambiente que lo rodeaba. Sin embargo, se movía con una familiaridad desconcertante. Cuando llegó frente a mí, me saludó llevándose la mano a la visera de la gorra y me dijo en fluido francés, con un muy leve acento árabe:

—Permítame presentarme. Soy Abdul Bashur y tenemos un amigo común muy apreciado por ambos, se trata de Maqroll el Gaviero. Tal vez haya escuchado hablar de mí alguna vez.

Me levanté para saludarlo y le invité a sentarse, cosa que hizo con lentitud ceremonial. Era un hombre alto, de brazos y piernas largos y nervudos que transmitían una impresión de energía gobernada por una mente crítica y ágil. Al andar mostraba una leve vacilación que, en un comienzo, achaqué más a cautela que a timidez. El rostro afilado, de facciones regulares, hubiera podido tener un atractivo oriental un tanto obvio, a no ser por el ligero estrabismo que daba a su mirada una expresión de sonámbulo recién despertado. Las manos, ahuesadas y firmes, se movían con una elegancia singular, ajena a la menor afectación. Pero esos movimientos nunca correspondían a sus palabras, lo cual creaba un vago desconcierto. Era como si un doble, agazapado allá en su interior, hubiera resuelto expresarse por su cuenta, según un código indescifrable. La presencia de Abdul Bashur despertaba siempre, por ese motivo, una mezcla de inquietud y simpatía. Esta última suscitada por ese cautivo que sólo lograba hacerse presente a través de gestos de una distinción desusada, ajena a la persona real que hablaba con nosotros. Los cabellos rizados y espesos mostraban en las sienes una zona de canas rebeldes de un blanco intenso. Sonreía con espontánea facilidad, mostrando una hilera de dientes levemente manchados por el cigarrillo que no lo abandonaba jamás. Abdul, que se expresaba con riqueza y soltura en unos diez idiomas, entre ellos el turco, el persa, el hebreo y, desde luego, el propio, que era el árabe, pasó del francés en el que me saludó a un español que conservaba la pronunciación peninsular. Era evidente que lo había aprendido en Andalucía, lo que más tarde pude confirmar.

«Así que éste es el famoso Abdul Bashur» —pensé—, camarada inseparable de Maqroll el Gaviero en sus más audaces correrías, el hombre con quien compartía el amor de Ilona, historia de la que me enteré una vez en Marsella por boca del mismo Gaviero, que andaba en un improbable negocio de alfombras antiguas[19]. Lo primero que se me ocurrió preguntarle, ya sentado frente a mí en el pringoso patio del Hotel Pasajeros, era qué lo había traído hasta ese infecto hueco del Pacífico, donde creía que nada se le hubiese perdido.

---

[19] El narrador hace referencia aquí a un evento probablemente diferente del que se relatará más adelante en la novela y que involucra un negocio *non sancto* con alfombras de origen persa, en el cual, como se verá, están también implicados Maqroll, Ilona y el propio Abdul.

—Vine para conocerlo personalmente y hablarle de un asunto que me interesa mucho —me contestó conservando una sonrisa afable como si tratase de aplacar cualquier prevención de mi parte.

Pasó a explicarme, luego, que venía de Nueva Orleans donde lo citó el director de la flota marítima de nuestra compañía. Resultó que ese funcionario estaba invitado a la inauguración del muelle petrolero de Urandá. Comentó a Bashur que me conocía muy bien porque habíamos viajado varias veces juntos por las islas del Caribe. Le instó a venir con él y Abdul tuvo —fueron sus palabras— dos razones para aceptar: conocerme —el Gaviero le contó que yo seguía sus pasos desde hacía mucho tiempo, porque me proponía relatar su agitada existencia— y explorar las posibilidades de que nuestra empresa tomase en arriendo dos buques cisterna de propiedad de su familia que ahora operaban en el área del Caribe. Pensó que yo podía ser la persona para orientarlo en ese sentido y presentarle a mi gerente. De éste dependía la decisión, como se lo confirmó el director de la flota, su amigo. Había llegado con él esa mañana en el buque tanque que iba a descargar el primer combustible en el terminal de oleoducto. Venía a buscarme, para conocerme en persona y conversar un poco conmigo, antes de comenzar a tratar de negocios.

Tenían sus palabras y, sobre todo, su acento, una familiaridad de viejo amigo, entreverada con un inconfundible matiz comercial, muy característico de su gente. Desde luego, le ofrecí que lo pondría en contacto con mi gerente y me adelanté a advertirle que era persona muy celosa de sus atribuciones y responsabilidades y la ingerencia de funcionarios de la empresa en arcas ajenas, le causaba siempre cierto recelo. Le prometí que hablaría con él para preparar el terreno y limar cualquier desconfianza. En cuanto a Alastair Gordon, el director de la flota en las Antillas, éramos viejos amigos y, en efecto, habíamos consumido incontables litros de *scotch* viajando entre Aruba, Curazao y el continente[20]. Era un escocés

[20] Aruba es una isla caribeña que se halla al N de Venezuela, y Curaçao es una de las islas que forman parte de lo que se conoce como las Antillas holandesas. No obstante Aruba, desde el punto de vista geográfico, se halle tam-

amable, de carácter a menudo excéntrico y explosivo, pero buen amigo y con sus bordes de sentimental reprimido.

Luego, nos lanzamos, Abdul y yo, a hacer reminiscencia de nuestra amistad con el Gaviero y allí hubiéramos pasado el resto de la noche de no haber aparecido, horas más tarde, el mismo Alastair Gordon en persona, con su eterna pipa de cerezo, su pedregoso acento escocés, donde las erres rodaban como cantos en una pendiente llena de obstáculos y su sed inagotable. Con él convinimos el enfoque que debía darse a la oferta de Bashur, y Gordon estuvo de acuerdo en que se anduviera con suma precaución. Cuando Abdul, cerca ya de la media noche, propuso que pasáramos al comedor, agotada, entre Gordon y yo, la segunda botella de *whisky*, tuve que explicarle que era aconsejable evitar esa experiencia, por ahora. Iríamos a la colina, a casa de una *madame*, nacida en Toulon y buena amiga mía. Ella nos prepararía una macedonia de mariscos de su invención, poco ortodoxa es cierto, pero digna de confianza. Tendríamos, eso sí, le expliqué, que tener cierta comprensión con el mediocre vino blanco chileno que nos ofrecería, porque era el único potable en Urandá. Estuvieron de acuerdo y partimos hacia la colina en un jeep de la compañía, que debió participar en la invasión de Sicilia por Clark[21], tan desvencijado estaba. Suzette accedió a prepararnos su plato favorito. Una vez liquidado éste, junto con el vino que toleramos con paciencia, convencí a mis amigos de que nos quedáramos a dormir allí. Ellos no sabían lo que podría esperarnos en el Hotel. Las pupilas de la casa circulaban a nuestro alrededor y nos lanzaban miradas invitadoras, des-

---

bién en el mar de las Antillas, siempre tuvo un estatuto especial como colonia. Ambas islas, distantes a unos pocos kilómetros una de otra, se hallan frente a la península de Paraguaná, en Venezuela. Aruba se halla al O de Curaçao. Véase también la nota 26 de la página 196.

El narrador hace referencia aquí a un viaje muy frecuentado por los lugareños —y por no pocos turistas— que une las islas con el continente por medio de un sistema informal de «ferries».

[21] Se refiere al general norteamericano Mark Wayne Clark (1896-1984), lugarteniente de Dwight Eisenhower (1890-1969) y el cual, durante la Segunda Guerra Mundial, encabezara el desembarco de las tropas Aliadas en el sur de Italia en septiembre de 1943.

pertando en el rostro de Abdul una expresión de pánico conmovedora. Yo ya le había prevenido sobre las sorpresas que podrían reservarle las secuelas del pian. Suzette puso en orden al personal y yo le expliqué a Bashur que no estábamos obligados a irnos a dormir acompañados.

—He frecuentado y vivido —comentó Abdul— en los peores antros de Tánger, Marsella, Trípoli, Alejandría y Estambul. Pero jamás pensé en que algo parecido a esto pudiera existir.

En vista de la reacción de Bashur, Alastair propuso que fuéramos a dormir al barco. Accedí a su invitación. Pagamos largamente a la dueña del establecimiento, dejamos para las muchachas algunos dólares y partimos hacia el muelle. En el rostro de Abdul se reflejó un alivio evidente.

Durante los días que siguieron, mi relación con Abdul se fue haciendo más cercana y las aficiones y experiencias comunes, más evidentes. El no acababa de creer que la suerte me hubiera deparado en forma tan milagrosa al *maître* luxemburgués y seguía paso a paso las peripecias de la inverosímil hazaña gastronómica de León. Por ese lado, todo iba cumpliéndose sin tropiezos, tal como lo habíamos planeado. Lo que continuaba ofreciendo obstáculos, al parecer invencibles, era el problema de la *météo,* como lo llamaba Abdul, siempre con un dejo de ansiedad. Los controladores que pedí a la refinería me daban, sin embargo, un cierto margen de confianza en comparación con los de Urandá que vegetaban allí en condiciones infrahumanas. De todos modos, la incógnita planteada por los bruscos cambios del clima en la región, seguía allí como una espada de Damocles pendiendo sobre nuestras cabezas. Ordené aplanar la pista y construir algunos desagües de emergencia, para tratar de mantener la firmeza del piso. La aplanadora se dedicó a rellenar la pista con cascajo y restos de los edificios que se derrumbaban por la acción del clima y las mareas. Pero nada de esto era lo principal. *Cette putain météo,* como la increpaba Abdul, era nuestra auténtica preocupación y a este respecto no había nada que hacer, porque no dependía, como es obvio, de nosotros. La llegada y la partida de los seis DC3 con los invitados debía calcularse dentro de las horas de menor riesgo de mal tiempo. Pero, por otra parte, la comida debía servirse ajustada a ese intervalo.

El día en cuestión llegó sin incidentes. El tiempo era bueno y los aviones fueron llegando con toda regularidad. La bendición del muelle y los discursos del ministro de Obras Públicas y del gerente tomaron el tiempo que habíamos previsto. Cuando se sirvió el *buffet*, ya nos dolía la nuca a Abdul y a mí de tanto levantar la vista al cielo para descubrir el menor cambio en las nubes que corrían apaciblemente por un firmamento de un azul de sospechosa inocencia. Bashur se había solidarizado por entero conmigo y seguía las etapas del evento con tanto interés y ansiedad como yo. Conseguí conversar un instante con mi gerente y éste, ya advertido por mí, lo trató amablemente pero le dijo que prefería hablar con él en la capital del departamento, donde pensaba permanecer un par de días. Ahora tenía que atender a toda esa gente y no tenía cabeza para otra cosa. Bashur lo entendió muy bien y acordamos que viajaría con el personal de la empresa en el avión de la gerencia, que llevaría también a los ministros y a sus ayudantes.

El *buffet* fue un éxito y León fue felicitado por el propio ministro de Obras Públicas quien daba la casualidad de que también había estudiado en Bruselas y se dirigió al *maître* en francés para decirle que jamás olvidaría la exquisita calidad de los platos, servidos y degustados en el último lugar de la tierra imaginable para hacerlo. Ya nos disponíamos a subir a los coches que debían llevarnos al aeropuerto, cuando escuchamos el primer trueno anunciador de la tormenta, que nos sonó con estruendo apocalíptico. Nuestro regocijo se esfumó al instante y con él la prestigiosa hazaña del banquete.

El gerente se me acercó y, en voz baja, me dio instrucciones para llevar de inmediato al aeropuerto a las comitivas extranjeras. El avión de la compañía saldría también al instante con los ministros locales y el obispo. Nosotros viajaríamos en una limusina de las tres que había preparado para esa eventualidad. Partí al campo aéreo con el grupo de extranjeros dejando a Bashur que departía con el gerente y sus colaboradores, entre, desconcertado y divertido. El último avión salió con la tormenta ya en la cabecera de la pista. Los pasajeros tenían una expresión de pánico que aparentaban dominar con bromas tan sosas como inútiles. El piloto de nuestro avión, un antiguo as del Transport Air Comando[22], me dijo que estaba seguro de poder salir sin riesgo. Todos estuvieron de acuerdo en partir con él, menos el ministro de Economía y el jefe de la guardia presidencial, quienes decidieron venir con nosotros por carretera. Como es obvio, me abstuve de hacer objeción alguna, pensando, además, que el gerente quisiera aprovechar la ocasión para tratar algunos asuntos con el ministro, durante el interminable trayecto por tierra. El doctor Aníbal Garcés, que así se llamaba el ministro, era uno de esos sujetos de corta estatura, regordetes, sonrosados y de calvicie avanzada, con rojizos bigotes meticulosamente recortados un tanto más arriba del borde del labio, cuyos ojos en forma de almendra, algo femeninos, acostumbran fijarse con insolente autoridad, como intentando suplir la falta de estatura y la redondez abacial de la silueta. Suelen ser personas que todo lo saben, todo lo explican, todo lo objetan y a todo se anticipan, con prisa cortante que atropella sin admitir réplica. La carrera política de estos personajes siempre culmina en los gabinetes ministeriales. Su presencia en las plazas públicas, indispensable para alcanzar la presidencia, es inimaginable.

Sin esperar a que cayera la noche, partimos en la limusina. Nos acomodamos, el ministro y el gerente en el asiento trasero, Abdul y yo en los banquillos intermedios y el flamante coronel de la guardia presidencial, al lado del chofer. Era de ver a ese representante de las fuerzas armadas cuya presencia, además, nadie acababa de entender con su uniforme de ceremonia de un blanco deslumbrante y el pecho cargado de conde-

---

[22] El «Air Transport Command (ATC)» fue creado en 1942 como sucesor del «Ferrying Command» que había a su vez sido establecido en 1941 con motivo de la guerra. Este servicio, pensado en principio como transporte, se convirtió en la «life line» entre los Estados Unidos y los diferentes destinos en donde había tropas de esa nación. Tranportaba desde material de guerra hasta correspondencia, medicamentos, tropas, etc. Una de sus características más singulares era la gran cantidad de civiles sin mucho entrenamiento que formaban su personal. En su momento de apogeo durante la Segunda Guerra Mundial llegó a poseer una flota de 3.000 aviones. Al concluir dicha guerra, la ATC era la aerolínea más grande del mundo. Cuando en 1947 fue creada la US Air Force (USAF), la ATC fue subsumida por el nuevo Military Air Transport Service (MATS).

coraciones imposibles de identificar. El gerente insistió a última hora en que Bashur viniera con nosotros. Era evidente que existía ya entre ellos una corriente de simpatía. Luego, durante el trayecto, recordé que mi gerente había sido jefe de operaciones de la empresa en Ras-Tanurah y se ufanaba de haber aprendido el árabe y de hablarlo con relativa propiedad[23]. De allí, quizá, su inclinación por Bashur. Nos despedimos de Alastair, quien se acercó al auto en el último momento para recordar a Abdul que tres días después, el barco saldría una vez descargado el combustible en el muelle terminal recién inaugurado. Abdul le aseguró que no faltaría a la cita y dejamos al escocés, que se despedía de nosotros moviendo la cabeza en un gesto de franca desaprobación, que sólo el chofer y yo entendimos cabalmente.

La carretera que une al puerto de Urandá con la capital de la provincia, ha sido un venero de historias, la mayoría de ellas macabras y otras de un absurdo delirante, sólo comprensibles cuando se ha hecho ese viaje, no importa en qué época del año. Al salir del puerto, el camino atraviesa primero, durante una veintena de kilómetros, por una monótona planicie sembrada de plátanos y algunos otros árboles frutales de nombres difícilmente pronunciables. Comienza, luego, a subir en un cerrado zigzag hasta alcanzar los tres mil metros de altura. Allá, arriba, entre una espesa niebla que se viene encima de repente y hace casi imposible avanzar, comienza el lento descenso, bordeando precipicios de una profundidad que la vista no logra calcular a causa de la misma niebla que corre encajonada en el abismo, impelida por un viento que no cesa. Abajo, el río caudaloso que desciende golpeando contra las grandes piedras que siembran el cauce, deja oír el fragor de la corriente en un bramido que llena de espanto. Ha sido imposible, para los ingenieros encargados de mantener transitable esta vía, la única que comunica con el mar a una de las re-

---

[23] Ras-Tanurah es una localidad portuaria de Arabia Saudí situada al norte de la región de Dhahram (26° 39' N y 50° 10' E). La localidad posee un «oil port» y una refinería que tiene capacidad para producir hasta 180.000 barriles de petróleo al día. El «oil port» de Ras-Tanurah es considerado como el más grande del mundo en su tipo.

giones azucareras más ricas del mundo, evitar los perpetuos derrumbes y grandes deslizamientos causados por las lluvias incesantes. En incontables ocasiones, es preciso, para abrir una nueva ruta y mantener el tráfico, pasar los *bulldozers* por encima de caravanas enteras de camiones, sepultados bajo tierra con sus tripulantes. Los vehículos que esperan para continuar su camino, corren el peligro de quedar, a su vez, enterrados y por esta razón no hay tiempo para rescatar ni las víctimas ni la carga. Una fila de cruces, colocadas por los deudos en el sitio del desastre, son el único recuerdo que queda de quienes yacen allí. En ocasiones, pasados algunos meses o años, la tierra sigue rodando hacia los precipicios y las aguas del río acaban por arrastrar hasta el valle, restos anónimos que se hunden lentamente en el limo de las orillas, formado por arenas movedizas intransitables.

La limusina avanzaba por entre las tinieblas de una noche que cayó de repente, al comenzar la subida de la cordillera. El ministro y el gerente conversaban en voz baja, mientras Abdul y yo tratábamos de conservar el equilibrio en los precarios banquillos intermedios, guardando un discreto silencio. Adelante, junto al chofer, el coronel roncaba estruendosamente. Lo habíamos visto acosar a los meseros durante el banquete, exigiéndoles que llenaran su copa con vino blanco y, luego, con champaña, con la insistencia de quien desea aprovechar una ocasión que parece no habérsele presentado con mucha frecuencia en la vida. Así pasaron las primeras horas del viaje hasta cuando alcanzamos la cima. Nuestros compañeros del asiento trasero habían suspendido su charla y guardaban un silencio cargado de esa densidad característica que emana de quienes se internan en una meditación sobre problemas suscitados durante el diálogo y que no acaban de encontrar solución. Comenzamos a descender, otra vez en un apretado zigzag que forzaba al conductor a avanzar con una lentitud que se antojaba fantasmal, entre la niebla iluminada por los faros con resplandor lácteo que cegaba la vista. A menudo teníamos que detenernos. De vez en cuando, en una curva tomada con extrema prudencia, las luces mostraban el borde del abismo por el que corría la bruma que se escapaba trepando monte arriba como si quisiera huir de las profundidades en las que había estado presa. Siempre que recorría esa ruta me venían a la memoria los grabados de Doré para la Divina Comedia[24].

De pronto, el ministro rompió el largo silencio en el que se hallaba absorto, para ordenar al chofer que se detuviera porque necesitaba orinar. El chofer obedeció y el ministro abandonó el auto sin decir palabra. El gerente comenzó a conversar con nosotros y se lanzó a nostálgicas remembranzas de su vida y experiencias en el Oriente Medio. Barajaba con Bashur nombres de lugares y personalidades de la política y los negocios y se fue creando entre ellos esa especie de *hortus clausus* en el que se confinan quienes comparten la añoranza de sitios en donde creen haber sido felices. Tuve que interrumpirles, pasado cierto tiempo, para hacerles caer en la cuenta de que el ministro Garcés se estaba tomando un tiempo un tanto exagerado para aliviar su vejiga. Me parecía prudente salir a buscarlo. Al descender del coche nos dimos cuenta de que nos hallábamos a un par de metros escasos del abismo. El gerente se volvió para increpar al chofer, pero yo lo detuve para explicarle que detenerse al pie del talud hubiera sido más peligroso debido a las rocas que solían caer con frecuencia a causa de la lluvia. Nos dedicamos a recorrer la orilla del precipicio, pero el doctor Garcés no daba muestras de vida. El chofer nos ayudó en la pesquisa y, finalmente aventuró una sugerencia: era preciso ir palpando las orillas para ubicar el sitio donde el ministro había orinado. El lugar debía estar aún tibio, pese a la llovizna que continuaba cayendo sin piedad. Nos resignamos a la tarea, pero no obtuvimos ningún resultado. Resolvimos, por fin, llamar al ministro a voces. A nuestros gritos de: «¡Doctor Garcés! ¡Doctor Garcés!» sólo respondía el lejano y sordo estruendo de las aguas en su raudo cho-

[24] *La Divina Commedia* (iniciada *circa* 1306 y concluida *circa* 1321) de Dante Alighieri (1265-1321) es uno de los primeros grandes clásicos literarios europeos escrito en *lengua romance*. La obra es un poema que constituye un viaje intelectual y espiritual del Poeta —que representaría la Humanidad según las interpretaciones— a través de los tres reinos del «más allá»: Infierno, Purgatorio y Paraíso. La edición que menciona el narrador es la que incluye las ilustraciones que el diseñador, pintor, grabador y escultor francés Gustave Doré (1832-1883) realizara en 1861 basándose en la trama de Dante.

car contra las rocas. De repente, el blanco fantasma del coronel de la guardia presidencial, cayó sobre nosotros dando gritos desaforados y blandiendo una pistola 45:

—¡Oigan, carajo! ¡Qué demonios hicieron con el doctor Garcés! ¡Aquí me los voy a quebrar a todos si le pasó algo! —nos increpaba con vozarrón tartajoso de quien despierta de un empacho de vino, champaña y langosta mal digeridos.

Fue entonces cuando se me reveló una faceta del carácter de Bashur. Mientras los demás permanecíamos paralizados ante el energúmeno militar y su pistola que nos apuntaba con mano insegura, Abdul se le fue acercando hasta quedar frente a él y en voz baja pero audible se limitó a decirle en tono de quien habla con un subordinado:

—Oiga, amigo. Guarde esa pistola y no grite más. A lo mejor es contra usted mismo que va a tener que usarla si no aparece su ministro.

El hombre se quedó un instante sin saber qué responder y, luego, guardando su pistola debajo del uniforme, regresó al coche con aire de mastín regañado.

Seguimos llamando al doctor Garcés durante un buen rato hasta cuando, en medio de un silencio creado por un cambio de viento, escuchamos un leve gemido que venía del borde del abismo. El chofer fue de inmediato al automóvil y lo orientó para iluminar las tinieblas de donde llegaba el sordo quejido. Por fin divisamos el cuerpo del doctor Garcés, muellemente acogido por las frondosas ramas de un árbol que había crecido en la pared del barranco, un poco debajo del borde de éste, junto al lugar donde se había detenido la limusina. Con las cadenas que ésta traía para poner en las llantas, en caso de tener que avanzar por el lodo, logramos rescatar el funcionario, milagrosamente ileso, fuera de algunos pequeños rasguños en el rostro. Una vez en tierra, se quedó mirándonos con el asombro de quien aún no entiende lo que ha sucedido. Luego, en tono mesurado y oficial, nos dijo:

—Muchas gracias, señores. Regreso en un momento. Con permiso. —Se dirigió al pie del talud y allí orinó larga y pudorosamente.

Regresamos a la limusina y seguimos el camino sin hacer mayores comentarios al accidente ministerial. El coronel tornó a roncar sin compasión. El ministro aludió brevemente al milagro de la providencia que dispuso que ese árbol creciera justamente en ese sitio improbable. El gerente comentó algo en árabe al oído de Bashur. Se le notaba un tanto excedido ya por el conspicuo representante del gabinete. Si había comentado con Bashur, en un idioma que los demás no comprendíamos, algo a todas luces referido al incidente, era que, o poco esperaba del doctor Garcés, o ya había conseguido de él lo que quería. El viaje continuó sin más contratiempos y seis horas después llegamos a la ciudad en un estado de cansancio y abatimiento que pedía la cama a gritos. El gerente, Abdul y yo nos alojamos en el hotel en cuyo bar atendía León. El ministro y el coronel, partieron hacia la capital del país en el avión de la empresa. Las despedidas fueron más bien escuetas y con la dosis apenas suficiente de urbanidad como para mantener en el futuro relaciones que nos eran necesarias. Antes de subir cada uno a su habitación, el gerente dijo a Bashur, poniéndole una mano en el hombro:

—Cuente con el contrato de sus buques cisterna. Desde la capital enviaré a Gordon un télex en ese sentido. No se si aquí volvamos a vernos. Me esperan dos días de juntas y deliberaciones con las autoridades departamentales. Si no nos vemos, le deseo mucha suerte. Lamento que haya tenido que padecer este viaje en automóvil, pero me dio la grata oportunidad de conocerlo. Créame que ha sido un placer —volvió a mirarme mientras me guiñaba un ojo. Era la manera de despedirse cuando estaba satisfecho de mi trabajo.

Al día siguiente, después de una noche de sueño reparador, nos encontramos Abdul y yo en la veranda del hotel a eso de las once de la mañana. León nos recibió, fresco y sonriente, con un *Tom Collins* de su cosecha que hubiera resucitado a un húsar[25]. Había llegado esa madrugada. En el

[25] «Tom Collins» es uno de los cócteles más antiguos. Fue inventado a principios del 1800 por John Collins, *maître d'hôtel* en el Limmer's Hotel de Londres. Posee numerosas variantes pero su versión «clásica» consiste en (1) hielo, (2) una cucharada pequeña de azúcar, (3) el jugo de un limón entero, (4) una medida de gin y (5) agua Perrier hasta completar el vaso. Puede ir decorado con una rodaja de limón o cerezas «à l'eau-de-vie».

camión que trajo la vajilla y los implementos de cocina, había dormido a pierna suelta. *J'ai trouvé votre ministre type trés malin,* me comentó refiriéndose, claro está, al de obras públicas que lo había felicitado tan calurosamente. El mismo León nos sirvió luego una comida deliciosa, dentro de los cánones de la cocina belga.

Salimos, luego, a dar una vuelta por la ciudad, justamente famosa por la belleza de sus mujeres. En el puente sobre el río que la cruza, esperamos la entrada del personal de las oficinas y almacenes del centro comercial. Desfilaban las más bellas muchachas, en una suerte de ritual que se repite desde hace años. En verdad, el espectáculo era deslumbrante. La elegancia del andar, la esbelta proporción de esos cuerpos jóvenes y elásticos, los grandes ojos oscuros y la piel mate y tersa que invita al tacto, hacen de las mujeres de esa región una suerte de raza aparte, venida de quién sabe dónde. Como si hubiese adivinado mi pensamiento, Abdul pronunció su juicio:

—Tienen mucho de andaluzas y también de levantinas. Pero, al verlas, uno sabe que la edad no producirá en ellas los estragos que convierten a nuestras mujeres, a los treinta años, en una ruina. Es como si su esqueleto estuviera hecho de una substancia más dúctil y, al mismo tiempo, más duradera. Son mutantes.

Al caer la tarde regresamos al hotel. Abdul contrató un taxi para salir en la madrugada siguiente hacia Urandá. Tomamos algunos aperitivos en el bar de León y éste nos sirvió una cena frugal e impecable. Subimos a nuestras habitaciones y me despedí de Abdul en la puerta de la suya.

—Estoy seguro —le dije— que nos vamos a encontrar de nuevo más de una vez. Cuando vea al Gaviero dígale, por favor, que siempre espero noticias suyas y no deje de contarle la caída del doctor Garcés y su increíble rescate. Yo sé que le va a divertir. —Me repuso que Maqroll debía estar a esas alturas en un barco danés, viajando de Java a la costa Malabar. Por allá tenía una amiga que fabricaba incienso para ritos funerarios y recalaba en su casa cuando resolvía descansar.

—Ya nos veremos —agregó Bashur— y antes, seguramente, de lo que usted supone. Mis barcos cisterna van a comenzar su servicio en la compañía dentro de algunas semanas y para esa fecha espero estar en Aruba[26].

Se despidió con un firme apretón de mano en el que me confirmaba la mutua simpatía que nos iba a unir por mucho tiempo, nacida en ese primer encuentro en Urandá de indeleble memoria. Otros iban a seguir a lo largo de muchos años, pero no el que me pronosticó en Aruba. Los dioses dispusieron otra cosa y, para entonces yo recorría otras tierras y conocía nuevas experiencias, no todas ellas placenteras.

Abdul Bashur entró a formar parte de la restringida legión de amigos cuya vida se ha cumplido bajo el signo del azar y la aventura y al margen de códigos y leyes creados por los hombres con el objeto de justificar, a la manera de Tartufo[27], la menguada condición de su destino. Durante los días de Urandá y en la ciudad de las mujeres inconcebibles, pude familiarizarme con algunas de sus particularidades de espíritu más singulares. Poseía un sentido de la amistad en extremo delicado y profundo; sabía sacrificar por el amigo toda consideración hacia su propio bienestar. Su manejo de las secretas leyes del azar, alcanzaba a menudo extremos rituales; sólo lo desconocido despertaba su interés —en esto se hermanaba con el Gaviero—. Pero, allá en el fondo, Bashur preservaba un núcleo inexorable, donde iba a estrellarse todo atentado contra su independencia, la inclinación de sus sentimientos o sus muy personales caprichos. Sabía ser, en este caso, de una ferocidad implacable y gélida. Ésta surgía siempre que se trataba de someterlo a la más ligera servidumbre, no aceptada de antemano por él por razones del corazón o puramente prag-

[26] Aruba es una isla que se halla localizada en el centro-sur del Caribe, a unos 25 kilómetros al norte de Venezuela. La isla tiene 31,5 kilómetros de largo y 10 kilómetros de ancho. Es notoria por la belleza de sus playas. Véase también la nota 20 de la página 185.

[27] Referencia al personaje de Molière (1622-1673) de la obra *Tartuffe ou l'imposteur* (1669), comedia satírica en cinco actos que ataca las falsas devociones y sus víctimas ingenuas. La obra también la emprende contra el autoritarismo de padres y maridos. Tartufo simboliza el personaje que engaña por medio de una pretendida creencia en aras de beneficios materiales o amorosos. Tartufo no es lo que dice ser y de allí obtiene su fuerza, ya que convence siempre a sus próximos de ser aquello que no es.

máticas. Cuando lo vi someter al frenético coronel de la guardia presidencial, supe hasta dónde iban los límites de su tolerancia. La complicidad con Maqroll, sobre la cual ya tenía de antes más de una noticia, se explicaba fácilmente al conocer a Bashur. Estaba cimentada en un doble juego de rasgos de conducta opuestos y otros complementarios o afines que terminaba creando una armonía inquebrantable. Maqroll partía de la convicción de que todo estaba perdido de antemano y sin remedio. Nacemos ya, decía, con vocación de vencidos. Bashur creía que todo estaba por hacer y que quienes en verdad acababan como perdedores eran los demás, los necios irredentos que minan el mundo con sus argucias de primera mano y sus camufladas debilidades ancestrales. Maqroll esperaba de las mujeres una amistad sin compromiso ni tráfico de culpas y siempre acababa abandonándolas. Bashur se enamoraba con infalible regularidad, como si fuera la primera vez, y aceptaba, sin examen ni juicio, como un don inestimable caído del cielo, todo lo que de ellas viniese. Maqroll en raras ocasiones enfrentaba a sus adversarios; prefería que la vida y las vueltas de la fortuna se encargaran de la lección y el castigo correspondientes. Abdul respondía de inmediato y brutalmente, sin calcular riesgos. Maqroll olvidaba las ofensas y, por lo tanto, la venganza. Bashur la cultivaba durante el tiempo que fuese necesario y la cobraba sin piedad, como si la ofensa hubiera ocurrido en ese instante. Maqroll carecía por completo de todo sentido del dinero. Abdul era generoso sin medida, pero en el fondo, mantenía un balance de pérdidas y ganancias. Maqroll no tuvo jamás lugar sobre la tierra. Abdul, lejano descendiente de beduinos, añoró siempre el aduar que lo acogía con el calor de los suyos. Maqroll fue un lector devorante, sobre todo de páginas de la historia y de memorias ilustres; le gustaba así confirmar su pesimismo sin salida sobre la tan traída y llevada condición humana, de la que tenía un concepto más bien desencantado y triste. Abdul jamás abrió un libro, ni entendió cuál era la utilidad de tal cosa en la vida. No creía en los hombres como especie pero daba siempre a cada uno la oportunidad de probarle que estaba equivocado.

Es así como estos dos compadres lograron andar juntos por el mundo, emprendiendo las más inusitadas tareas y sembrando a su paso un recuerdo familiar y legendario a la vez. Dejar testimonio de esta saga impar es lo que he venido intentando, si no con cabal fortuna, al menos sí con la ilusión de retardar en la parca medida de mis posibilidades, su caída en el olvido[28].

Después de aquel primer encuentro ha corrido mucha agua por los ríos. Abdul ya no está entre nosotros. De Maqroll el Gaviero hace casi dos décadas que no tengo mayor noticia. Después de una larga carta enviada desde Pollensa, en Mallorca, las cosas han cambiado tanto, que muchas de las empresas de los dos amigos son hoy inconcebibles. De los *tramp steamers* en los que navegaron y de los que derivó la familia de Bashur su mediocre fortuna, sólo quedan en el mar dieciséis, convertidos en objetos de museo. Se enseñan en los libros como si se tratase de exóticos supervivientes de un remoto pasado.

Seleccionados los papeles que me envió Fátima y los que he ido guardando de Maqroll, me encamino ahora a la tarea de revivir con su ayuda algunos pasajes de la vida de Abdul Bashur. Confieso mi reparo sobre el interés que pueda tener para mis lectores esta secuencia de andanzas, muchas de ellas anacrónicas en el deslucido presente que nos ha tocado en suerte. Sin embargo, me he propuesto hacerlo, ya lo dije, con la ilusión de que, al rescatar el pasado de mis dos amigos, cumpla, quizá, con un acto de somera justicia hacia ellos, a tiempo que tal vez me ayude a prolongar mis nostalgias que, a esta altura de mis días, representan una porción muy grande de las razones que me asisten para continuar mi camino.

[28] El narrador sin duda se refiere aquí a la saga contenida en *Empresas y tribulaciones* (1993), pero también en parte a la de la *Summa de Maqroll el Gaviero* (Madrid, Visor, 1997).

II

En otro lugar queda relatada la forma como se conocieron Maqroll y Bashur en Port Said[29]. Si bien es verdad que quien cuenta el asunto es el mismo Gaviero en su Diario del Xurandó[30], cuyas páginas encontré refundidas en un viejo libro sobre el asesinato del Duque de Orleáns que me vendió un librero en Barcelona[31]. En el episodio, tal como lo registra

---

[29] Véase en *La Nieve del Almirante* (Madrid, Alianza, 1986), págs. 89-90. Port-Said es un puerto franco situado en Egipto (31° 3' N y 32° 2' E). Se halla sobre el mar Mediterráneo y en la extremidad norte del canal de Suez.

[30] El Diario de Xurandó («Diario del Gaviero») aparece en *La Nieve del Almirante, op. cit.*, págs. 16-114. El Xurandó es un río imaginario que, siguiendo el origen portugués de su nombre y la mención del Narrador acerca de que «Maqroll partió a Manaos para emprender su viaje Xurandó arriba» (págs. 285-286), hacen pensar en un sitio de algún lugar del «mato grosso» o de la selva amazónica.

[31] Philippe Orléans (1336-1375), Louis Orléans (1372-1407), Gaston Orléans (1608-1660), Philippe Orléans (1640-1701), Philippe Orléans (1674-1723), Louis Philippe Joseph (1747-1793), Ferdinand Orléans (1810-1842) han ostentado todos el título de «Duc d'Orléans». El narrador, teniendo en cuenta la mención del asesinato, probablemente se refiera a Louis, quien fuera el segundo duque de Orléans. Segundo hijo de Charles V y hermano de Charles VI, fue protegido de la reina Isabel de Baviera y luchó contra los duques de Bourgogne, contra Felipe II y contra Juan sin Miedo. Este último le mandará asesinar y ello desatará la guerra civil en aquello que hoy conocemos como Francia.

En *La Nieve del Almirante* (1986), en el «Diario del Gaviero», hay una mención el 13 de junio a un libro similar al aquí mencionado, sólo que allí Louis Orléans aparece con su otro título de duque de Borgoña (véase *La Nieve del Almirante, op. cit.*, págs. 89 y 138).

Maqroll, hay ciertos puntos nada claros. Siempre he creído que el judío de Tetuán que salió maldiciendo de los dos compadres[32], fue víctima de algo más serio que la compra de unas piedras a un precio que no era el que previamente había calculado. En el pormenor de Maqroll hay puntos que se prestan a serias dudas. El Gaviero, por ejemplo, habla al judío en castellano y a Bashur en flamenco. ¿Cómo sabía que Abdul hablaba ese idioma? El judío acaba maldiciéndolos con tal furia que es lógico pensar en otra clase de trastada sufrida por el pobre hijo de David de manos de la pareja. Cabe preguntarse si ellos no se habían conocido antes y si las piedras en cuestión no tenían un dueño diferente de Bashur. Nunca quise aclararlo con ellos, porque tal clase de imprecisiones y remiendos en sus anécdotas es una constante en las cartas de ambos amigos. Pasemos, pues, por encima de este pretendido primer encuentro y entremos en materia ocupándonos del que parece ser el capítulo más remoto de sus correrías mediterráneas.

Por aquel entonces era Marsella el gran núcleo de distribución de la droga en Europa y Asia Menor y, junto con Shanghai, el mayor foco de delincuencia del mundo. Abdul Bashur se había visto obligado a vender, acosado por sus acreedores, el pequeño carguero con el que operaba entre Marruecos y Túnez y los puertos de España y Francia sobre el Mediterráneo. No quiso, esta vez, recurrir a su familia, que seguramente le hubiese ayudado. Los negocios del grupo tampoco estaban particularmente prósperos. Además, en la última ocasión que acudió a ellos, no habían querido hacer efectivos los documentos que Bashur había firmado. Se encontraba en Marsella, alojado en un cuarto de pensión en la Rue Marzagran, a pocos metros de la Canebière. La dueña del establecimiento, una francesa nacida en Túnez, con un pasado bastante colorido, fue amante de Bashur cuando éste comenzaba a recorrer

[32] Tetuán es una ciudad situada en la parte septentrional de Marruecos que obtuviera reputación y fama como refugio de piratas en los siglos XIV y XV. Ocupada como parte de llamado «Marruecos Español», fue restituida completamente a Marruecos en 1956. Tetuán fue asimismo notoria por la variedad de etnias, culturas y lenguas que había entre su población.

los puertos de la región, trabajando para los astilleros que entonces tenía su familia. La mujer se había casado, luego, con un comerciante en vinos que murió pocos años después dejándole una modesta herencia que le sirvió para instalar en Marsella esa pensión, frecuentada, en su mayoría, por viejos amigos de la pareja. El lugar era discreto y Arlette, tal era el nombre de la patrona, sabía mantener buenas relaciones con la policía. Parte de sus huéspedes se dedicaba a tratos no siempre comprendidos en los límites que establece la ley. La mujer sabía muy bien, en cada caso, ya fuera brindar su protección, o, simplemente, dejar que actuaran las autoridades. En ese balance de lealtades descansaba la prosperidad de su negocio.

Bashur traía, desde días atrás, un proyecto cuyos detalles venía afinando y andaba en busca de un socio para ponerlo en ejecución. El asunto era delicado y no le parecía prudente compartirlo con alguien que no ofreciera una total confianza. Recorriendo los cafés de la Canebière y calles aledañas, daba vueltas a la idea, instalado en las terrazas, tratando de limitar sus gastos a un mínimo absoluto. Una noche, en que el calor se había hecho insoportable dentro de su habitación, resolvió salir a buscar un poco de brisa y tomar un café granizado que debía durarle hasta el amanecer. Era experto en esa técnica, aprendida en su juventud y sabía aplicarla con una impavidez que desconcertaba a los meseros. Hacia las tres de la mañana, cuando ya sólo transitaban en el bulevar algunas prostitutas de edad avanzada, vigiladas por chulos que hubieran podido ser sus nietos, vio que alguien le hacía señas mientras descendía de un autobús en marcha. La inconfundible silueta del Gaviero salió de la penumbra y entró a la terraza iluminada, avanzando hacia Abdul con su bolsa de marino al hombro. Se saludaron como si se hubieran visto el día anterior, Maqroll pidió otro granizado de café y un cognac aparte. Bashur tembló por su magro presupuesto. Cada uno contó en breves palabras los recientes sucesos de su vida y la razón por la que se hallaba en Marsella. Maqroll venía de abandonar su cargo de contramaestre en un pesquero noruego, a raíz de una disputa con el primer oficial, aquejado de una manía persecutoria llevada hasta el delirio. Decretó que Maqroll era un enviado de Belzebú[33] con la misión de sembrar de nuevo el cólico negro en Europa. Resultaba que el hombre era sobrino del propietario de la flota y no había manera de quitarle de la cabeza esa obsesión, típica de fanático luterano inabordable. Maqroll había llegado esa mañana en tren procedente de Génova y tenía su maleta en la consigna de la Gare du Prado[34]. Bashur lo invitó, sin vacilar, a compartir con él su cuarto en la pensión de Arlette. Pronunció en ese momento, una frase sibilina que dejó al Gaviero intrigado:

—No se preocupe por buscar trabajo. Ya tendremos de qué ocuparnos. Dentro de pocas semanas podremos recibir, al fin, todo el dinero que nos debe la vida.

Antes de seguir adelante, me parece útil aclarar algo respecto a la relación de estos amigos: jamás consiguieron tutearse. Alguna vez se lo comenté al Gaviero, quien me dio una respuesta muy suya:

—Cuando nos conocimos, cada uno había vivido ya una porción de experiencias abrumadora. Las que vivimos juntos, luego, han sido de orden tan diverso y fuera de lo común, que tutearse hubiera sido una novedad inusitada, algo como una frivolidad impropia de nuestra edad y condición. Hemos avanzado ya juntos un trecho demasiado denso para cometer una ligereza semejante.

Pero volvamos al diálogo en el Café des Beges, objeto más tarde de tantas y tan animadas remembranzas por parte de sus protagonistas.

La promesa que encerraban las palabras de Bashur, despertaron en Maqroll una especie de revigorizada disponibilidad sin condiciones, de entusiasmo sin obstáculos, que comunicó de inmediato a su amigo. Con el mentón apoyado en sus manos cruzadas y los codos sobre la mesa, el Gaviero se dispuso a escuchar lo que aquél iba a referirle.

---

[33] En la mitología, Belzebú era el dios de los acaronitas, que, según la Biblia, era el príncipe de los demonios o de las moscas. En el habla llana actual es asociado con el demonio o «el diablo».

[34] La Gare du Prado es la antigua estación de trenes de la ciudad portuaria de Marsella (43° 17' N y 5° 23' E) y se halla situada al S de la ciudad. Esta estación era el sitio natural de afluencia del llamado «Vieux Port» y que el Narrador menciona en algunas ocasiones.

—Hace unas semanas —comenzó Bashur— me llamó Ilona Grabowska desde Ginebra[35]. Sí, está allí tratando de concretar un proyecto que, de realizarse, nos podría dejar a los tres ganancias insospechadas. Gracias a la amistad que tiene con el secretario privado de un emir del Golfo Pérsico, secretario que conoció de niña en Trieste cuando éste era un talentoso abogado en ciernes, Ilona ha recibido el encargo de realizar la decoración del nuevo edificio de la Banque Suisse et du Proche-Orient, en Ginebra. Los directores del banco le han exigido que, tanto en los salones de recepción, como en la sala de juntas y en las oficinas de los gerentes y jefes de departamento se coloquen alfombras persas antiguas, de gran valor. Princess-Boukhara, Tabriz y cosas así[36]. A nuestra querida amiga, lo primero que se le ocurrió, ya la conoce, fue llamarme para que, como musulmán y libanés, la asesore en el negocio. Le expliqué cuál era ahora mi situación. Pasó por encima del problema, como si no tuviera la menor importancia. Me pidió que la llame cuando tenga noticias concretas. Me ha vuelto a telefonear dos veces, presionada por los banqueros, que desean tener todo listo para la próxima visita de va-

[35] En *Ilona llega con la lluvia* (Bogotá, Norma, 1992) puede consultarse un acabado *dipinto* de este personaje fundamental de *Empresas y tribulaciones*.

[36] Estos nombres representan las variedades más costosas de tapices «de origen persa». Como se sabe, la antigua Persia ocupaba aproximadamente un territorio desde el actual Egipto y Grecia hasta un poco más allá de Afganistán por el E. En parte de ese territororio —el actual Irán, las regiones de Azerbaiyán, de Turkemenistán, de Afganistán, de Irak, de Siria y el S de Turquía— se han producido históricamente tapices de excelente calidad. El texto se refiere aquí a dos de los tipos más conocidos. Boukhara (también «Bukhara») es un pequeña población al S del llamado mar de Aral, en la región de Turkemenistán. De esta área proviene el nombre del tapiz. «Princess» se refiere al motivo gráfico con el cual se le identifica (motivos octogonales, hexagonales o *losange),* el cual además se caracteriza por una abundante presencia del color rojo o rojo anaranjado. Por otra parte, Tabriz es una antigua ciudad al O del mar Caspio, actual región de Azerbaiyán, que fue capital de Persia durante la época de Sefévides (dinastía que gobernó de 1501 a 1736), y de cuya área asimismo provienen tapices del mismo nombre y de reconocida calidad.

Recuérdese que, justamente en honor a este negocio de los tapices que se menciona aquí, uno de los barcos de Abdul será bautizado como «Princess Boukhara».

rios emires que son sus clientes principales. Yo no he sabido qué responderle. Hace dos semanas se me presentó, de repente, la solución ideal. Sólo me faltaba el socio para llevar a buen término el proyecto. Llega usted y todo se ordena. Eso, en árabe se llama...

—*Baraka* —contestó Maqroll al punto—. Lo que no entiendo es el primer golpe de *baraka*, el que le dio la solución de todo—, porque ya estaba por sugerirle que habláramos con Ilona para decirle que busque por otro lado las tales alfombras. Nosotros, tal como andamos ahora, estamos muy lejos de Princess Boukhara, Tabriz y demás tapices de Arum-al-Raschid[37].

—Los tenemos al alcance de la mano. Haga de cuenta que ya son nuestros. Déjeme explicarle, — repuso Abdul. Maqroll hizo un gesto con las manos como intentando detener a alguien, e interrumpió a su amigo, diciéndole:

—Un momento Abdul, un momento. Se da cuenta de que, en ese caso, no podemos intentar ninguna treta con falsificaciones o copias, por fieles que sean, porque está la triestina de por medio y puede ir a parar a la cárcel, lo que no nos perdonaría jamás.

—Y con razón —afirmó Bashur—. Pero el asunto no va por ahí. Ilona y sus emires tendrán las más auténticas, las más originales y certificadas alfombras persas antiguas que hay en el mundo. Escúcheme con atención para que vea qué golpe de *baraka* más inverosímil. ¿Recuerda a Tarik Choukari, mi paisano con pasaporte francés, funcionario de la aduana, que nos ayudó aquí con lo de las banderolas de señales?[38].

---

[37] Arum-al-Raschid (también «Haroun al-Raschid», «Harun al-Raschid» y «Harun al-raschid») es uno de los Héroes del famoso libro *Las mil y una noches*. Arum al-Raschid (764-809) fue el quinto califa de la dinastía abasí; su califato es asociado con una época de esplendor y riqueza. Arum al-Raschid, que traducido literalmente significa «Aaron el Justo», es descrito en ocasiones en *Las mil y una noches* como rodeado de una corte esplendorosa y plena de riquezas, de allí proviene la mención del texto y su conexión con los tapices.

[38] Episodio clave en *Empresas y tribulaciones*, no sólo porque allí se conocen Ilona y Abdul Bashur, sino sobre todo por su carácter simbólico: pergeñar un contrabando con banderolas, que son como puros símbolos ya que significan y valen por el código no presente que indican, es tal vez la metáfora suprema del espíritu que anima todas las empresas de la saga. Véase *Ilona llega con la lluvia, op. cit.*, cuarto capítulo («Ilona»).

—¡Por Dios! —exclamó el Gaviero llevándose las manos a la cabeza—. Que si lo recuerdo. Todavía lo sueño. No me diga que en él está la solución.

—Sí, en él. Un tipo así es, precisamente, lo que nos hace falta ahora. Pues bien, el otro día me lo encontré en un antro del Vieux Port donde se puede ver a las mejores bailarinas del vientre de esta parte del Mediterráneo. Ya sabe el poder tranquilizante que sobre mí tiene esa danza erótica y ceremonial, cuando la ejecutan auténticas profesionales de un arte mucho más difícil de lo que suponen los europeos. Allí estuvimos hasta la madrugada tomando un té de yerbabuena infecto. Cuando se cerró el local, fuimos a desayunar pescado frito recién desembarcado. Le comenté a Tarik la pérdida de mi barco en manos de los bancos y, de paso, sin darle importancia y más bien para subrayar la ironía de la vida, le conté que andaba buscando antiguas alfombras persas de gran clase. Se quedó mirándome con la patente sospecha de que había mencionado esto en forma intencional y como si estuviera en antecedentes de algo.

—No sé por qué te extraña tanto —le dije—. Te lo menciono con toda inocencia, créemelo. ¿Qué pasa? No entiendo.

—Tarik se convenció de mi ignorancia y, mientras regresábamos por la Canebière hacia la pensión, me puso al corriente de todo. Tarik sigue trabajando en la aduana. Ahora es jefe de los celadores nocturnos en las bodegas de la Policía Aduanal y mantiene con algunos de sus jefes las mismas conexiones y arreglos que aquella vez de las banderolas nos fueron tan útiles. Pues bien, y aquí viene la parte increíble del asunto: en esas bodegas descansa desde hace varios meses una colección de veinticuatro alfombras, llegadas directamente de Bushehr, en Irán. Es el puerto, ya lo sabe, que comunica con Shiraz[39].

---

[39] Shiraz es la capital de la provincia de Fars en Irán. Se halla a unos 900 kilómetros de Teherán y a 1.600 metros sobre el nivel del mar. Shiraz es conocida como «la ciudad de las rosas y los poetas» —Hafez (1324-1391) y Sa'di (1209-1291), dos de los más famosos poetas del mundo persa, son oriundos de Shiraz. La ciudad también posee hermosos parques y edificios históricos de renombre, como la mezquita de Masjed-e Vakil. Shiraz se halla situada al pie del monte Allah-o-Akbar.

—Lo conozco —comentó el Gaviero—, un hueco donde uno puede morirse de tedio.

—Ese mismo —prosiguió Abdul—. Pues esas alfombras tienen la antigüedad y las características de las que busca Ilona. Descansan allí, no porque hayan intentado pasarlas de contrabando, sino porque su propietario murió inopinadamente en una riña de burdel donde había droga de por medio. El crimen no ha podido aclararse. Hasta hoy, nadie se ha presentado para reclamar las alfombras. Pero allí no termina el cuento. Un revisor de la aduana, amigo de Tarik, con el cual ha realizado algunas operaciones, ya imaginará de qué orden, le informó que el dueño de las alfombras, en su declaración aduanal, clasificó aquéllas como corrientes y de fabricación actual, valuándolas muy bajo para reducir los impuestos de entrada. Por un descuido, raro pero explicable, ningún inspector ha caído en la cuenta del timo. Tal vez porque el misterio que rodea la muerte del propietario ha desviado la atención. Pues bien, las alfombras están allí. Basta cambiarlas por otras que, más o menos, correspondan a la descripción del manifiesto aduanal y ya está. Se trata, pues, de hacer el cambio, sacar las alfombras auténticas en una operación relámpago por si algo se descubre, llevarlas a Rabat y de allí reexpedirlas a Ginebra[40]. Eso es todo. En caso de que algo saliera a la luz, es fácil demostrar que todo sucedió hace mucho tiempo y las sospechas recaerán sobre empleados que hoy están en la cárcel purgando otros delitos. La historia de Tarik

---

Buhsher (o Bushehr) es una localidad portuaria iraní situada sobre el golfo Pérsico y capital de la provincia del mismo nombre (28° 58' N y 50° 50' E). Bushehr reúne el 75% de todo el tráfico marítimo de mercancías que sale o entra de Irán.

Shiraz se halla a unos 300 kilómetros al NE de Buhsher y ambas están comunicadas por vía terrestre. La mención de Abdul en el texto se refiere aquí al hecho que Buhsher constituye el puerto de salida para casi todas las exportaciones provenientes de Shiraz.

[40] Rabat es la capital del reino de Marruecos y se halla situada sobre el océano Atlántico (34° 02' N y 6° 50' O), al S del estrecho de Gibraltar y a unos 100 kilómetros al N de la localidad de Casablanca. Rabat se halla emplazada asimismo en la rivera sur del río Oued Bou Regreg, que divide la misma Rabat de la ciudad de Sale. La ciudad fue fundada en el siglo XII y constituye en la actualidad uno de los principales puertos del país.

me dejó en la situación que podrá imaginar. Me faltaba un socio para poner en marcha los varios movimientos que requiere el asunto. Yo lo hacía en Malasia sumergido en inciensos funerarios y por eso ni pensé en usted. Ahora se me aparece aquí, en Marsella, y ése ha sido el segundo golpe de *baraka* en el que hay que ver la mano del Profeta[41].

—No exageremos, Abdul, no exageremos. Es mejor dejar al Profeta al margen de estas operaciones —comentó Maqroll sonriendo. Permaneció luego un rato en silencio, concentrado en digerir lo que Bashur acababa de exponerle y, finalmente, dijo:

—Bueno. Manos a la obra. Lo primero es comprar las alfombras ordinarias. Eso puede hacerse en Marruecos o en Túnez. Yo me ofrezco a hacerlo. Conozco en ambos países las personas que pueden orientarme fácilmente. Lo segundo, es sacar las auténticas de Francia y, pasando por Marruecos, hacerlas llegar a Suiza con todos los papeles en orden. De esto se debe encargar usted. Suena mucho más lógico, por su nacionalidad y los antecedentes comerciales de su familia. No se sonría, Abdul. Hablo en serio. Usted lo sabe. Me parece que sólo falta una cosa: el dinero para los viajes y para comprar las alfombras corrientes. También vamos a necesitar algo para adelantarle a Tarik y que éste unte la mano de sus colegas, a tiempo de reemplazar la mercancía. Arreglado esto, estaremos listos para actuar. Cuente conmigo.

—Ilona —aclaró Bashur— tiene el dinero suficiente para cubrir los gastos que usted menciona. Los del banco le adelantaron ya una suma importante y ésa es una de las razones de su prisa. Sobre el resto, estoy en pleno acuerdo con usted. Sólo que se le ha escapado un detalle: alguien tiene que ir a Ginebra para explicar a Ilona los pasos de la operación. El teléfono hay que descartarlo, como es obvio. Yo creo que esa misión debe correr por su cuenta.

---

[41] «Profeta» es el nombre con que también se designa a Mahoma *(circa* 570-632), el propagador de la palabra de Alá («Allah») (palabra de origen árabe que justamente significa «Dios») a través del Corán —el Libro que contiene la palabra sagrada— y padre terrenal al que se remiten los musulmanes. Mahoma es conocido también como «el venerado».

—Estoy de acuerdo. Mañana hablamos con Ilona para que envíe el dinero necesario para mi viaje a Suiza. Le diremos que todo está arreglado y que voy a explicárselo personalmente.

Eran las siete de la mañana y les quedaban un par de horas para poder dormir con relativa frescura, antes de que tornara el calor. Se dirigieron a la pensión con el ánimo repuesto. A cada uno, allá adentro, le comenzaban a vibrar esas alas que se despiertan ante la emoción de lo desconocido y la cercanía de la aventura y que anuncian algo como una recobrada juventud, un mundo que se antoja recién inaugurado. La dueña aceptó gustosa la llegada de Maqroll, de quien tenía noticias a través de su antiguo amante. Al día siguiente hablaron con Ilona desde la pensión. Arlette autorizó la llamada de larga distancia. Algún rescoldo quedaba de sus pasados amores. Al escuchar la voz del Gaviero, Ilona exclamó, sin poder contenerse:

—¡De dónde sales, vagabundo ingrato! Ya me imagino que algo deben estar tramando juntos. ¡Qué pareja, Dios mío!

Les prometió enviar un giro ese mismo día y quedó devorada por la curiosidad de escuchar a Maqroll en persona explicar la inesperada y, al parecer, milagrosa solución urdida por los dos compadres al problema de las alfombras cargadas de antigüedad y de vaya a saberse qué riesgos.

Esa tarde fueron en busca de Tarik al antro de las *belly dancers,* que era el lugar donde despachaba sus asuntos durante el día. Choukari se quedó mirando al Gaviero.

—Ya nos conocíamos, ¿verdad? Claro, ya lo recuerdo...

—Cuando el negocio de las banderolas de señales. Hace años de eso.

Algo más iba a decir Maqroll, pero en ese momento apareció la primera bailarina haciendo resonar los crótalos y meciendo las caderas con una lentitud soñolienta que iniciaba la danza. Él era, también, un ferviente espectador de ese ritual al que atribuía, además, una virtud propiciatoria de la buena suerte y la salud mental. Abdul se apresuró a informarle:

—Aquí las primeras no son las mejores. No es como en El Cairo. Escuchemos antes a Tarik, que luego vendrán las auténticas traídas de Damasco.

Maqroll sonrió condescendiente y prestó atención a lo que iba a explicar Tarik. Éste fue más bien breve, porque al poco rato, comenzarían a aparecer los soplones mezclados con la primera clientela de la noche. El sitio no era muy frecuentado por la policía, pero esto no quería decir que lo descuidara del todo. Choukari estaba de acuerdo en que debía ser Bashur quien viajase con las alfombras auténticas hasta Rabat. Allí debía esperarlo Ilona, quien partiría a Ginebra con la mercancía, ya adquirida legalmente y con su factura en orden. Ésta debería ser preparada e impresa en Marsella con un encabezado que dijera: «Abdul Bashur. Alfombras persas legítimas: Beirut, Rabat, Teherán, Estambul». Las alfombras saldrían de noche del depósito aduanal, después de ser reemplazadas por las que Maqroll debería comprar en Tánger. Bashur viajaría con ellas hasta Media, puerto marroquí donde un amigo de Tarik facilitaría los trámites. Las alfombras regresaban reexpedidas por muerte del propietario. De esos papeles se encargaría Tarik, pagando, desde luego, una propina sustanciosa a un colega suyo.

Choukari despertaba en el Gaviero, más que desconfianza, una especie de inquietud causada por la raquítica figura del personaje, con su rostro desvaído y torturado por tics desconcertantes, su tez palúdica y el febril girar sin pausa de sus ojos que le recordaba a los espías del cine mudo. Pero también se daba cuenta de que todos esos síntomas, puramente exteriores, bien podían esconder, como era frecuente en las gentes de su raza, una energía devorante y un inagotable ingenio para descubrir los caminos que transgreden el código con el mínimo de riesgos. Abdul seguía las explicaciones de Tarik, con ese ojo fijo en un horizonte incierto que indica en los estrábicos un esfuerzo de atención. Tarik partió de pronto, casi sin despedirse, a tiempo que entraba al lugar un nuevo grupo de espectadores. Abdul y el Gaviero permanecieron hasta la madrugada, disfrutando del espectáculo que crecía en calidad y en tensión dramática, como pocas veces lo habían presenciado. Como siempre, las bailarinas más notables y que se entregaban a éxtasis similares a los que conocen los derviches, eran las de más edad, en cuyo cuerpo se advertían, sin remedio, los estragos del tiempo.

Maqroll viajó a Ginebra en tren y cuando Ilona lo recibió en la estación, cada uno se extrañó ante el aspecto del otro. El Gaviero estaba ante una Ilona más esbelta, tostada por el sol y respirando un aire inusitado de bienestar y prosperidad. Maqroll se le antojó a Ilona aún más torturado por la fiebre de su errancia y azotado por las internas borrascas de origen incierto, viejas ya de tantos años sin rumbo ni asidero, pero ahora patentes en su mirada de profeta sin palabras ni mensaje. La triestina pensó que había idealizado un tanto a su compañero de largas noches de alcohol y retozos eróticos en el hotelucho de Ramsay en la isla de Man y de otros lugares aún menos confesables y clandestinos, donde se habían dado cita después de aquel primer encuentro[42]. Ambos confesaron su desconcierto. Ilona explicó que solía tomar el sol desnuda, tendida en una canoa, en mitad del lago, para escándalo o deleite de los pudibundos funcionarios embebidos de calvinismo, que pasaban en el ferry camino a su impoluto hogar o a sus asépticas oficinas. Tenía ahora más dinero y había renovado notablemente su guardarropa. Maqroll convino en que, si bien los demonios que lo acosaban seguían siendo los mismos, las últimas pruebas a que lo habían sometido sobrepasaron los límites de su tolerancia. Pero, en el fondo, no creía haber cambiado mucho.

Ilona ocupaba un pequeño apartamento con servicio de hotel y vista al lago y allí se instaló el Gaviero, después de pedir una cena generosa, antecedida por algunos martinis secos que resultaron tolerables. Hicieron el amor como si en ese momento lo hubiesen inventado. Desnudos en la cama, el Gaviero explicó, luego, cómo iba a desarrollarse el plan para adquirir las alfombras y llevarlas a Ginebra.

[42] La isla de Man se halla situada en el estrecho que existe entre las islas de Inglaterra e Irlanda y posee una superficie aproximada de 570 km^2. La isla constituye un antiguo reino con gran autonomía pero que posee estrechos vínculos con el Reino Unido, Corona de la que en última instancia depende pese a tener su propio parlamento e independencia en la realización de leyes y administración de los impuestos. Ramsay es una pequeña localidad que se halla al N de la isla.

Ilona había conocido a Bashur en Chipre, cuando la historia de las banderolas de señales[43]. Allí se hicieron amantes. Los tres vivieron, luego, en común otras experiencias, siempre al límite de las convenciones cuando no violándolas paladinamente. En otro lugar se han relatado algunas de ellas. Ilona tenía para Abdul cuidados de hermana mayor y trataba, inútilmente buena parte de las veces, de protegerlo de los riesgos que, a menudo, enfrentaba movido por un curioso mecanismo que la misma Ilona, al escuchar el plan expuesto por el Gaviero, se encargó de examinar con su elocuente lucidez de siempre:

—Eso es típico de su temperamento. Puedes estar seguro de que hay una manera de adquirir esas alfombras, sin necesidad de violar la ley. Eso a Abdul no le interesa. Sus genes de beduino lo mueven a establecer sus propias leyes y, para lograrlo, lo más fácil es desconocer las que ya están escritas. Recuerda su frase de siempre: «Por qué más bien, en lugar de... » y de inmediato enfila por los caminos más barrocos, sembrados de peligros, hasta salirse con la suya y tener a la policía en los talones. Lo curioso es que, cuando están de por medio los intereses de su familia, jamás intenta nada que no sea de la más estricta normalidad. Bueno, como tú y yo somos para él, a tiempo que amigos entrañables, cómplices necesarios de todas sus fechorías, ya me tendrás en Rabat trayendo las alfombras a Ginebra. ¿Has pensado en lo que pueden valer, los tales tapices? Estoy segura de que no, de que a ninguno de los dos se le ha ocurrido averiguarlo. Una fortuna, Maqroll, una fortuna que no has sospechado siquiera. Lanzados a la «Operación Princess Boukhara» vamos camino de ser millonarios en francos suizos. Todo esto suena a mala novela de suspenso.

Ilona tenía razón en su análisis, pero tampoco dudó un instante en unirse a sus amigos y amantes, con idéntica y febril disponibilidad.

Maqroll regresó a Marsella trayendo el dinero necesario para emprender la tarea. Una semana después, todo estaba lis-

---

[43] Episodio que se relata en *Ilona llega con la lluvia, op. cit.*, pág. 67. Véase asimismo la nota 38 de la página 204.

to. Tarik adelantó a su colega en la aduana, la mitad de la suma prometida y él recibió la que le correspondía. El Gaviero viajó a Tánger. En opinion de Tarik allí se encontrarían más fácilmente las alfombras de pacotilla destinadas a reemplazar las valiosas. Pocos días más tarde, Maqroll estaba de regreso. Había escogido la mercancía con tanta fortuna que se ajustaba, con pocas diferencias, a la descripción del manifiesto aduanal. Las facturas para entregar en Rabat a Ilona ya estaban impresas y en manos de Bashur. Ahora Tarik tenía la palabra. El cambio debía hacerse el domingo siguiente, día en el que era menor el riesgo. El sábado por la noche, una voz de mujer informó a Bashur que Choukari había caído en manos de la policía. Cuando aquél se lo comunicó a Maqroll, éste, menos expuesto a desmoralizarse con ese tipo de sorpresas, tranquilizó a su arnigo:

—Si lo han detenido, es por algo que nada tiene que ver con lo nuestro. Hasta este momento no hemos movido un dedo en Marsella y nadie puede estar enterado de algo que, hasta ahora, no pasa de ser un simple proyecto.

Pero Abdul conocía mejor los complejos laberintos que comunicaban en Marsella a las autoridades de policía con el mundo del hampa. Pensaba en los soplones del tugurio frecuentado por Tarik y no se hallaba tan seguro de que la prisión de éste nada tuviera que ver con las alfombras persas. En esto estaban, cuando la patrona entró para cambiar la ropa de cama y las toallas del baño. Al verlos con tal aire de preocupación, les preguntó lo que sucedía y si en algo podía ayudarles. Abdul se incorporó de repente exclamando: «¡Arlette es nuestra salvación!» La dueña se quedó mirándolo estupefacta, mientras Abdul la abrazaba estampándole sonoros besos. La invitó luego a sentarse y le explicó que un amigo había sido detenido por la policía y ellos no podían ir personalmente para enterarse de lo que se trataba, porque ninguno de los dos tenía los papeles en orden. Ella sí podía hacerlo. Arlette se les quedó mirando, con expresión de quien sabe más de lo que se supone, y les dijo:

—Se trata de Choukari, ¿verdad? Ya me lo imaginaba. Traen algo entre manos con él. Lo he visto rondando por estos lados y le conozco mejor que ustedes y desde hace más tiempo.

Es de fiar, no se preocupen. No soltará prenda. Lo malo es que tiene cola que le pisen y la policía lo trae entre ojos desde hace mucho. Iré a preguntar qué sucede. Diré que vivió aquí durante un tiempo, lo que es cierto, y que le tengo algún afecto, lo que no es verdad. Esperen aquí y no salgan hasta cuando regrese —mientras Arlette hablaba, Maqroll se entretuvo en examinarla, como si fuese la primera vez que la veía. Su cuerpo frondoso y blando despedía una aura de salud y plenitud que iba a concentrarse en el rostro, en donde los ojos de un violeta azulado y cierta regularidad céltica de las facciones, daban aún fe de una belleza que debió ser notable. Toda ella emanaba una picardía coqueta, muy francesa, junto con una autoridad en los gestos y palabras. Esta mezcla ha inspirado varios siglos de literatura amorosa y de pintura galante, sólo conocidas en Francia. El Gaviero se puso en pie y, tomando una mano de la patrona, la besó con galantería mientras le declaraba en un francés copiado de las comedias de Marivaux[44]:

—Señora, permítame expresarle mi más calurosa simpatía y mi gratitud más rendida. Le ruego que, a partir de este momento, me cuente, no sólo entre sus amigos más sinceros, sino también entre sus más obsecuentes admiradores —la patrona se le quedó mirando, entre regocijada e inquisitiva, como pensando: «Y a éste, ¿qué le pasa?» Bashur dejó oír una risa contenida de quien ha entendido todo y volvió a mirar a su antigua amante, en espera de la réplica que daría a Maqroll. La patrona miró, a su vez, fijamente al Gaviero a los ojos y, con una gran sonrisa, le repuso:

—Ya me pareció desde el primer día que lo vi que detrás de esa traza de nigromante en vacaciones, se escondía otro elemento de cuidado, digno camarada de este otro libanés lunático.

Mientras esto decía, acariciaba las mejillas de Abdul en un gesto de inimitable gracia y tierna sabiduría de mujer cuyas

---

[44] Pierre Carlet de Chamblain de Marivaux (1688-1763), dramaturgo y escritor francés. Famoso por sus comedias teatrales, de las cuales realizó unas 40. Su estilo de escritura es reconocido por su incomparable elegancia, la cual fuera duramente criticada por Voltaire (1694-1778).

brasas están aún muy lejos de extinguirse. Arlette salió del cuarto sin decir más y ellos quedaron a la espera del resultado de sus gestiones. Bashur comentó a su amigo, moviendo la cabeza en un gesto de incredulidad:

—Esto era lo que me faltaba por ver. Maqroll haciendo el *chevalier servant* con Arlette. Tampoco usted tiene remedio, mi querido Gaviero.

—Escuche bien lo que le digo, Abdul —repuso Maqroll—. Si alguna vez resuelvo terminar mis correrías y sentar cabeza, me gustaría hacerlo al lado de una mujer como Arlette. Es lo que Apollinaire llamaba *une femme ayant sa raison*[45]. Qué más quiere uno en la vida.

Abdul se alzó de hombros y fue a recostarse en su cama en espera de las noticias que lo traían aún inquieto, a pesar de las reflexiones del Gaviero.

Cerca de la medianoche apareció la patrona trayendo a Tarik prácticamente a rastras. Lo dejó en medio de la habitación y dijo:

—Ahí lo tienen. La próxima vez que se les ocurra usarlo para algo, díganle que, al menos mientras lo ocupen, se abstenga de golpear a su mujer. —Ignoraban que tuviera esposa, pero, con la tranquilidad que les produjo su aparición, olvidaron increparlo por la angustia que les había causado. Tarik, mientras trataba de arreglarse las ropas que traía en un desorden que anunciaba su paso por el cuartel de policía, explicó lo sucedido:

—No pude contenerme. La encontré en la cama con Gastón el tranviario, vecino nuestro, ambos desnudos y en pleno regocijo. Él logró escapar a su habitación y ella se me quedó mirando como si fuera un fantasma. Le di una lección y parece que se me fue la mano. Gastón llamó a la policía. Así esperaba salir de mí.

---

[45] Wilhem Apollinaris de Kostrowitzky (1880-1918), conocido también como Guillaume Apollinaire. Poeta francés de origen italiano vinculado a los movimientos de vanguardia europeos de inicios del siglo XX. Ha dejado numerosos trabajos, no obstante su muerte prematura en 1918 a causa de la llamada «gripe española». *Alcools* (1913) es indicado como su trabajo más destacado.

Arlette condujo a Tarik al cuarto del portero, que estaba desocupado hacía muchos meses. Al salir, hizo señas llevándose un dedo a un ojo para indicar que no lo perdieran de vista.

El incidente les reveló las bases un tanto precarias sobre las que descansaban sus planes. Pero ya no había más remedio y era preciso seguir adelante. Tarik, la noche siguiente, tras deshacerse en excusas y promesas de lealtad y discreción, realizó el cambio de las alfombras en las bodegas de la aduana. Las valiosas fueron llevadas a una lancha, junto con el equipaje de Bashur, quien se embarcó hacia el puerto de Media, en Marruecos[46]. Maqroll permaneció en Marsella rondando la plenitud otoñal de Arlette.

En Media esperaba Ilona, quien, al recibir a Abdul, no pudo menos de felicitarlo por la eficiencia con la que, hasta el momento, se cumplía el plan. Bashur le reclamó su poca fe en las habilidades delictivas de sus dos amantes y la respuesta de Ilona fue inmediata:

—Ay, Abdul querido, ustedes dos nunca serán verdaderos profesionales en ese terreno. Tú, porque lo único que te interesa es ir contra los códigos y Maqroll, porque a la mitad del camino puede desentenderse de la tarea y está pensando ya en una nueva intriga al otro lado del mundo. Delinquir es un oficio muy serio, querido. Los aficionados siempre quedaremos, al final, fuera del juego.

Abdul repuso que, en esa ocasión, al menos, todo iba saliendo sin tropiezos. Los papeles preparados por Tarik para entrar las alfombras a Marruecos como mercancía de regreso no reclamada funcionaron perfectamente. El amigo de Choukari en Media facilitó la maniobra y recibió su propina de manos de Abdul. Éste entregó a Ilona las facturas que garantizaban la compra de la mercancía y la convertían en dueña indiscutible de 24 alfombras antiguas de gran clase. Al llegar a Rabat se registraron en hoteles diferentes para no despertar sospechas. Pero Ilona no resistió el subir a Bashur a su cuarto, donde hicieron el amor con la excitación de quienes han co-

[46] El puerto de Media es una pequeña localidad que se halla en el reino de Marruecos (35° 0' N y 6° 2' O), sobre el océano Atlántico y a poca distancia al N de Sale.

ronado una hazaña sembrada de peligros. Se citaron luego para cenar en un pequeño restaurante de comida bereber, donde tocaban música de los tiempos de Al-Andalus[47]. Durante el famoso episodio de las banderolas, lo habían descubierto por casualidad.

Al día siguiente, Bashur pasó por Ilona para acompañarla al aeropuerto. Las alfombras fueron registradas como carga acompañada que amparaba el pasaje de Ilona en el vuelo directo Rabat-Ginebra de la Royal Air Maroc. A tiempo de despedirse, ella le recordó que los esperaba en Ginebra dentro de dos semanas para repartir la ganancia. Abdul la besó en forma tan convencional y rápida que Ilona le comentó al oído:

—¿Ves? Nunca tendremos la naturalidad de los verdaderos malhechores. Somos amateurs, por fortuna, diría yo. Hasta pronto.

El cambio de las alfombras nunca fue descubierto, Tarik siguió paseando su figura de fakir palúdico por las tabernas del Vieux Port y maldiciendo al tranviario que seguía substituyéndolo en el lecho conyugal, cada vez que se presentaba la ocasión. Abdul y Maqroll se despidieron de Arlette y pagaron la cuenta con una puntualidad que despertó en la dueña una sonrisa cómplice. Maqroll, a tiempo de partir, se acercó a ella dejándole una promesa de regreso en un sonoro beso que le estampó en la boca.

En Lausanne los esperaba Ilona, vestida con un traje primaveral a la última moda. Toda ella irradiaba un optimismo provocador y juguetón. En la terraza del Gran Hotel Palace, donde se alojaron, pidieron una botella del delicioso vino de la región, ligeramente gasificado. Cuando Ilona entregó a cada uno el cheque que le correspondía, ambos se quedaron atónitos al ver la cifra de seis ceros que allí estaba escrita, la primera y última, sin duda, que tuvieron en sus manos.

---

[47] Al-Ándalus es el nombre con que los árabes que invadieron la Península Ibérica en el siglo VIII denominaron los nuevos territorios, que incluían casi toda la Península (comprendido asimismo el actual Portugal). El nombre de «Andalucía» se cree proviene de este nombre originario.

—No pongan esa cara de lelos —se burló Ilona— y más bien díganme qué van a hacer con tanto dinero. Tengo curiosidad por conocer sus planes.

—Yo no hago planes de ninguna especie —repuso Maqroll de inmediato—. En verdad no sé qué hacer con esto.

—Y tú, Abdul de mis pecados, ¿qué piensas hacer? —preguntó Ilona, mientras acariciaba los cabellos de Bashur como si mimara a un gato siamés.

—Yo, —contestó éste— voy a Estambul para comprar el barco que he querido tener toda mi vida. Se llama *Nebil*, fue construido en Suecia en 1914, tiene un motor diesel marca Crosley 8/480, inglés; cuatro bodegas para carga con capacidad total de seis toneladas y una tripulación de nueve personas. Sus líneas son de una elegancia impecable. Un experto en el asunto, Michael J. Krieger, lo llamó el Bugatti de los viejos cargueros. Con esto —mostró el cheque con unción— pago las primeras tres cuotas de las seis que debo cubrir para ser el dueño de esa joya.

—Ahí están las otras tres cuotas. Es nada comparado con el placer de convertirme en copropietario del *Nebil*. Lo vi el año pasado en Gálata y me inspiró un respeto casi religioso. Pidamos, para celebrarlo, otra botella de este vino que está portándose muy bien —Maqroll llamó al mesero para ordenar la nueva botella, mientras Ilona miraba a uno y a otro con expresión de quien ha sido rebasada por los hechos:

—No sé cuál de los dos está más lunático —exclamó al fin—. Se juegan veinte años de cárcel y ahora uno quiere comprar un barco paleolítico y el otro le entrega su dinero para completar el precio, como si el cheque le estorbara en el bolsillo. No tienen remedio, ninguno de los dos. Yo, en cambio, voy a Trieste para comprar un piso en el que pienso vivir durante los veranos. También es un viejo sueño nunca satisfecho.

—Muy sensato, muy sensato —comentó Bashur en medio de una carcajada general, con la que se canceló el tema.

Aquí me parece indicado traer a cuento una ilusión de Bashur que lo acompañó toda su vida y que jamás pudo ver cumplida. Fue una constante en su destino, obstinada como ninguna otra y, para sus amigos, la más conmovedora. Se trataba de su incesante búsqueda, por todos los puertos de la tierra, del buque de carga ideal, cuyo diseño, tamaño y motor tenía Abdul presentes a toda hora. En él quería pasar el resto de sus días, navegando por todos los mares del mundo al lado de un capitán que, como Bashur, supiera apreciar la esbeltez de líneas y las óptimas condiciones marineras de la nave. En la pesquisa de tan improbable sueño, pasó nuestro amigo buena parte de su existencia. Tanto Ilona como el Gaviero hacía ya mucho tiempo que habían prescindido de bromas y alusiones sobre esta manía de Abdul. Fueron tantas las veces que lo escucharon describir su encuentro con el buque de sus anhelos, reunir el dinero para adquirirlo, pasando por pruebas tan arriesgadas como insensatas, y, al ir a buscarlo, enterarse que ya lo habían comprado o que yacía en un astillero donde comenzaba a ser desguazado para venderlo como chatarra, que no quedaba ya humor para hablar del asunto. La última circunstancia mencionada, era la que mas le dolía y la tristeza podía durarle varios meses y hablaba de ello como de la pérdida de un ser querido. Que hubiera alguien que pudiese volver hierro viejo una obra de arte, le hacía maldecir del género humano y, en especial, de los armadores, a los que, por cierto, pertenecía su familia. En esta perpetua indagación en búsqueda del carguero perfecto, Bashur perdió todas las oportunidades que su ingenio, al parecer inagotable, y sus reconocidas dotes de simpatía, siempre a flor de piel, le habían brindado para hacer fortuna. Maqroll, comentando un día conmigo este rasgo de Bashur, pronunció estas palabras reveladoras:

—Abdul sabe muy bien que persigue un imposible. Su barco ideal se le escapa siempre de las manos, en el último momento o, cuando ya lo va a tener, descubre que algunas de sus características no se ajustan al sonado modelo y se desentiende del negocio. Esta trampa diabólica pienso que debió inventarla durante su niñez, tratando de corregir y mejorar los modelos impuestos por su padre que, como usted sabe, era un armador muy prestigiado en todo el Oriente Medio. Esta fama paterna, intentó superarla creando un prototipo de barco inalcanzable, que convertiría en su morada y del cual derivaría el sustento. Pero toda rebeldía contra la imagen paterna, magnificada y opresora, se paga durante el resto de la vida. La única manera de salir de ese laberinto, por el que todos nos internamos alguna vez, es llegar a la convicción de que al padre, en vez de substituirlo, hay que intentar prolongarlo, en la medida de nuestras propias fuerzas y de nuestros propios demonios. No es fácil, ni suele ser grato, pero no existe otro camino para enfrentar el reto de vivir nuestra propia vida.

Como no recordaba haber escuchado hablar al Gaviero en esos términos, deduje que los lazos que lo unían a Bashur eran más recios y de un orden mucho mas complejo que los de una simple camaradería. Volvió a revelárseme, entonces, el carácter de complementaria que caracterizaba a esa relación, tan evidente para quienes los conocíamos de cerca. Ilona, que con ambos supo mantener una relación amorosa sin sobresalto, comentó alguna vez:

—Son como hermanos, pero cada uno hecho con elementos opuestos. Los griegos algo dijeron sobre esto, pero ya no recuerdo el nombre de la divinidad o de la fábula que sirve de ejemplo.

Sabido lo anterior, era, por tanto, perfectamente previsible que, al llegar al Bósforo[48], Abdul Bashur se enterara de que el *Nebil* acababa de ser vendido a un naviero turco que lo guardaba como un tesoro. Maqroll regresó a Marsella, se instaló en la pensión de Arlette y estableció con la patrona una relación de intimidad que dejaba a la mujer en una especie de limbo erótico, poblado de sensaciones que ella tenía por canceladas hacía años.

Abdul llegó varios meses después. Intentó devolver a Maqroll su dinero, pero éste lo convenció de que lo guardara consigo. Bashur terminó, como siempre, adquiriendo un carguero común y corriente que le ofrecieron en Marsella en condiciones particularmente ventajosas. La mitad de las ganancias que rin-

[48] El estrecho de Bósforo es el que conecta el mar de Mármara con el mar Negro en Turquía y sobre la que se halla situada la ciudad de Estambul, que posee así una parte «europea» y una parte «asiática». El estrecho en teoría constituye el límite geográfico entre Europa y Asia. Bósforo proviene del turco «bogaziçi» que significa «estrecho». El estrecho tiene la forma de un canal y tiene 31,7 kilómetros de longitud.

diera el barco, serían para Maqroll. Éste sabía que, buena parte de las mismas, tornarían a Bashur para cubrir el costo de reparaciones y mantenimiento.

—No sé —comentaba Arlette, buena francesa cultora del arte de ahorrar— qué demonios tienen ustedes dos contra el dinero. No lo saben guardar para las épocas difíciles y se les derrama de las manos como si no lo hubiesen ganado duramente.

—Es que las épocas difíciles nosotros ya las vivimos todas, querida —contestaba Maqroll—. Ahora pasamos por lo que nuestro amigo Paul Coulaud llamó alguna vez la *misère dorée*[49].

—La verdad que no le veo la gracia —concluía Arlette mientras el Gaviero exploraba el opulento escote de flamenca bien alimentada.

---

[49] Probable referencia a un amigo personal del narrador (o del autor).

III

No me ha sido posible ubicar en el tiempo el encuentro de Abdul Bashur con Jaime Tirado *El rompe espejos*. Para evocarlo he tenido que recurrir a cartas de Bashur a Fátima, donde se menciona el hecho sin muchos detalles y a mis apuntes de conversaciones con Maqroll, éstas sí mucho más explícitas y detalladas. Bashur menciona el *tramp steamer* adquirido en Marsella[50], que bautizó con el nombre de *Princess Boukhara*, dando muestras de un humor más achacable al Gaviero que a él. En ese barco viajó a encontrarse con *El rompe espejos*. Pero antes de esto, muchas otras andanzas ocurrieron y otras tantas vinieron después, a juzgar por noticias, casi todas sin fecha, procedentes de Maqroll, cuyo fuerte no fue nunca la cronología. No tiene, al fin, mucha importancia esta vaguedad ya que tampoco es mi intención, en este recuento, de todos modos parcial, de la vida de Bashur, ceñirme a ninguna estricta secuencia temporal, como tampoco lo ha sido antes, en mis relatos dedicados al Gaviero[51]. Lo que me ha desconcertado en este particular, para establecer la fecha en que ocurrió, es la aparición de las gemelas Vacaresco, que yo daba por desaparecidas mucho antes de la cita de Bashur con Tirado. El error debió de ser mío, de seguro, porque tanto los datos venidos de Bashur como los recogidos a Maqroll, coinciden en men-

[50] Acerca de la noción de «Tramp Steamer» puede consultarse *La última Escala del Tramp Steamer, op. cit.*, págs. 17-18.

[51] Se refiere a la *Summa* (1997) y a los relatos de *Empresas y tribulaciones* (1993). Sobre esta ausencia de cronologías nos hemos ya referido en el estudio introductorio.

cionar a las famosas hermanitas en el origen del suceso del río Mira y el encuentro con *El rompe espejos,* en donde Abdul estuvo a punto de dejar la vida[52].

Maruna y Lena Vacaresco se presentaban en un cabaret de mala muerte de Southampton, con un número de erotismo un tanto primario, pero que adquiría una salacidad extra por tratarse de dos hermanas gemelas que se lanzaban en una serie de acrobacias lesbianas, con toda gama de quejidos y ojos volteados en espasmo, poco creíbles, es cierto, pero suficientes como para mantener el morboso interés del público. Éste lo componían, en su casi totalidad, marineros de las más variadas nacionalidades, nada exigentes en punto a un riguroso realismo en el acto protagonizado por las gemelas.

Una noche en que resolvieron abandonar el *Princess Boukhara,* que descargaba en el puerto inglés lino en rama traído de Egipto, Maqroll y Abdul fueron a dar una vuelta por los bares cercanos a los muelles. La gris monotonía de las calles de Southampton y la imponente masa de sus fábricas e instalaciones portuarias, les deprimió el ánimo como ningún otro puerto de la isla.

—Un buen *whisky* borra las dos terceras partes de tanto cemento sin color, tanto ladrillo, tanto hollín y tanto inglés obtuso y mal comido —comentó el Gaviero tratando de convencer a Bashur de que lo acompañase para huir del estruendo sincopado e implacable de las grúas.

Fue así como acabaron visitando el Pink-Surprise, como se llamaba, con bastante gratuidad, el tugurio donde actuaban las gemelas Vacaresco. Venían de recorrer una cantidad suficiente de bares como para que el *scotch* hubiera empezado a cumplir la promesa de Maqroll y todo tomara un aspecto más tolerable. El número de las hermanitas estaba animado, vaya a saberse por qué, con música española, lo que causó en Bashur un regocijo que el Gaviero no terminaba de entender.

---

52 El río Mira se halla situado al extremo S de Colombia, casi al límite de la frontera con Ecuador. Su desembocadura en el Pacífico se halla situada en las inmediaciones de cabo Manglares.

El acto comenzaba con la presentación de las hermanas, una en cada extremo del pequeño escenario, en medio del cual lucía una cama circular adornada con lazos y pompones color rosa, al igual que la sábana que la cubría. A la izquierda estaba Maruna, con una cabellera negra retinta, los ojos con gruesas rayas de kohl y sus rotundas formas cubiertas con un sucinto *baby doll* celeste. A la derecha aparecía Lena, con una abundante cabellera rubia platinada, los ojos circundados de un lila intenso y un atuendo tan escaso como el de su hermana, pero de color rosa. Comenzaba la acción con el pasodoble *El relicario,* al que seguían otras piezas de igual fama, hasta terminar, en el éxtasis de las hermanas, con *España cañí.* La rutina de entrelazamientos, besos, caricias y sonoros lametones, acompañado todo de quejidos y suspiros desaforados era, ya se dijo, tan poco convincente como monótona. La hilaridad de Abdul lo indujo a invitar a su mesa a las gemelas y ordenar una botella de champaña. El Gaviero lo miraba, intrigado ante tanto entusiasmo que no justificaban, ni el lugar ni las hermanas Vacaresco.

—Sólo los ingleses —comentó Abdul para explicar su entusiasmo— son capaces de producir un adefesio semejante, tan absurdo como chabacano. Esto es lo más deliciosamente grotesco que he visto en mucho tiempo. Las gemelitas tienen lo suyo. Poseen eso que usted llama la «calentura danubiana». Ya lo verá.

En efecto, las hermanitas Vacaresco resultaron ser algo bastante alejado de lo que podía pensarse viendo su actuación en el Pink-Surprise. Para comenzar, como era de suponer, su apellido no era ese, ni tampoco sus nombres. Se llamaban Estela y Raquel Nudelstein. Su padre había sido un sastre judío, nacido en Besarabia y su madre, que hacía las veces de agente y guardián a la vez, era de Lwów, hija de un rabino hasídico[53]. En alguna vieja revista francesa, Doña Sara, como se llamaba la imponente matrona, había visto en su juventud la fotogra-

[53] Besarabia era un región de Europa del E que se hallaba limitada al N y al E por el río Dniéster, y el Prout (afluente del Danubio) al O. En la actualidad dicha región es compartida por la República de Moldavia y la de Ucrania. Lwów es una ciudad de Ucrania que se halla situada al N de los Cárpatos.

fía de la poetisa rumana Hélene Vacaresco[54], que gozó en París de una cierta notoriedad en los años inmediatamente anteriores a la primera guerra mundial. A la madre le pareció que Vacaresco iba muy bien con la profesión que tenía destinada para las gemelas que Jahvé le había dado como medio infalible de ganarse la vida. El padre murió en uno de los primeros *pogroms* del estalinismo. Todo esto fue relatado por las protagonistas, después de la segunda copa de champaña, con una desenvoltura y una gracia que, tenía razón Bashur, guardaban para la intimidad y jamás lucían en escena. Quitado el maquillaje y las vistosas pelucas, aparecía un rostro interesante y una expresión despierta y maliciosa que cumplían con lo que Abdul había anunciado citando a Maqroll. Por cierto que es ése un rasgo característico de muchos judíos de la *mitteleuropa*, que acaban siendo más vieneses que los vieneses o más magyars que los húngaros. Véase si no, el caso de Erich von Stronheim, judío vienés que caracterizó en el cine al típico oficial de la guardia del emperador Franz Joseph o al «junker» prusiano de pura cepa[55]. Lo

---

[54] Hélene Vacaresco (1866-1947), poetisa y diplomático rumana, habiéndose negado a contraer matrimonio con el príncipe heredero de Rumania, Ferdinand, se exilia en París a la edad de 27 años, donde comienza a escribir en lengua francesa. Este exilio doble —de territorio y de lengua— producirá una poesía (por ejemplo, entre sus títulos se encuentran, *Chant d'Aurore, Lueurs et flammes, Nuits d'Orient)* y una novelística (por ejemplo, entre otras, *Le sortilège)* marcada por la nostalgia y la congoja. Miembro de la Sociedad de Naciones, militante por la causa democrática de su país y activa colaboradora de la resistencia durante la Segunda Guerra Mundial, muere en el olvido en su departamento parisino en 1947.

[55] Erich von Stronheim (1885-1957), cineasta y actor norteamericano de origen autriaco. Sus trabajos, marcados por un empirismo extremo y por una violencia cruel y provocativa, rozan el límite de lo melodramático. Introdujo en el cine un nuevo sentido del *tempo* para la dimensión psicológica de los personajes y una manera innovadora de llevar adelante un *récit romanesque*. De una personalidad radical y no conformista fue expulsado de Hollywood y debió ganarse la vida como actor.

Franz Joseph (1830-1916), notorio emperador de Austria (1848-1916) y rey de Hungría (1867-1916), probablemente uno de los últimos grandes monarcas en sentido tradicional. Planeó y ejecutó la hegemonía de los Habsburgo en Europa y al interior del imperio. El asesinato de su sobrino y heredero a la corona, François-Ferdinand de Habsburgo (1863-1914), desata la Primera Guerra Mundial y significa el fin del imperio.

primero que les preguntó Abdul, cuando las gemelas se sentaron con ellos, fue de dónde había salido la idea de usar esa música española de tan irresistible cursilería. Maruna, que comenzaba a mostrar una marcada preferencia por el Gaviero, explicó que los dueños del lugar debieron deducir que Vacaresco era un apellido típico andaluz y habían fabricado ese alucinante popurrí de pasodobles para amenizar el acto. Bashur, insistió ufano:

—Lo que yo había dicho. Sólo los ingleses pueden lograr semejante maravilla. Son impagables.

Lena, por su parte, había puesto su atención en Bashur y fue ella la que propuso que se pasaran al francés para intercambiar sus opiniones. Ya comenzaban a llover, de las otras mesas, miradas de franca censura. Los cuatro abandonaron el Pink-Surprise, después de una segunda aparición de las Vacaresco, en donde la indiferencia y la fatiga resultaban casi insultantes para el público. Después de visitar dos o tres lugares más, fueron a desayunar al puerto ostras y pescado fresco con vino blanco portugués, que vendía un lisboeta en un minúsculo expendio a la salida de un garaje. Subieron luego al barco y cada pareja fue a su camarote en medio de fados espurios ensayados por las mellizas sin saber una palabra de la lengua de Camões[56].

Terminado de descargar el lino crudo, el *Princess Boukhara* fue sometido a una limpieza de casco que necesitaba con urgencia. Los cinco días que duró el barco en carena, los pasaron Maqroll y Bashur en el hotel de las gemelas, con anuencia, no muy entusiasta, es cierto, de la madre. Las hermanitas resultaron ser una fuente de diversión al parecer inagotable. Su tendencia natural a un humor cáustico e instantáneo, aplicado a los más nimios incidentes cotidianos, logró convertir el tiempo pasado en Southampton por los dos amigos, en una celebración memorable. Las gemelas tenían personalidades por entero contrapuestas. Maruna, la amiga de Maqroll,

---

[56] La «lengua de Camões» es la forma de indicar la lengua portuguesa a través de la figura de Luis de Camões *(circa* 1524-1580), poeta nacional de Portugal. Su obra más conocida es *Os lusíadas* (1572), título que en portugués significa «los hijos de *luso»*, es decir, de la lengua y de la cultura portuguesas.

era de carácter concentrado, con inclinación a la melancolía y al melodrama fugaz. Una cierta tendencia a la frigidez, la compensaba en el lecho mimando éxtasis inopinados, mucho más convincentes que los fingidos en escena. Esta imitación, en la intimidad, despertaba en Maqroll una excitación desconocida. Cuando la cosa iba en serio, Maruna caía en trances de madona, igualmente estimulantes para él. Lena, extrovertida, superficial y desordenada, tenía esa sensualidad a flor de piel de las mujeres para las que sólo existe el presente, que prefieren los hombres instintivos, negados para «toda complejidad intelectual y toda angustia metafísica», como ella misma los definía. «La única angustia que conozco es la de no gustarle a alguien», solía decir, mientras se sacudía los cabellos en un gesto provocativo que se le había convertido en un tic. Las Vacaresco pasaron a ser, más tarde, para ellos, una suerte de tabulador para medir la condición de un ambiente o de una experiencia. Una noche Vacaresco o una mujer nada Vacaresco, daban la medida de lo que habían disfrutado.

Pero el incidente que hizo de esos días una temporada inolvidable, en especial para Bashur, ocurrió la víspera de partir el *Princess Boukhara.* Lena quiso dejarle un recuerdo de ese encuentro. Buscando entre un montón de fotografías que había sacado de una caja de galletas vacía, quería darle una en donde sus atributos estuvieran a la vista, sin caer en lo manido. Bashur vio, de pronto, una en donde ella estaba con un hombre de aspecto próspero, rostro ligeramente inquietante y aire deportivo. Se hallaban recostados en la barandilla de popa de un carguero de notable y airosa silueta. El castillo de popa le recordó el del *Nebil,* pero tenía un diseño más clásico aún. Tomó la foto y se quedó absorto mirándola, tratando de identificar el navío. Lena no comprendió el interés de Abdul por esa imagen en particular y le preguntó por qué le llamaba la atención. En lugar de contestarte, Abdul le preguntó con notoria ansiedad:

—¿Dónde está ahora ese barco? ¿El dueño es el tipo que aparece en la foto? ¿Quién es?

Lena lo miró, sorprendida por el chaparrón de preguntas y contestó con la paciencia con la que se habla a alguien a quien se desea hacer volver a sus casillas:

—El barco se llama el *Thorn* y ahora se pudre en la desembocadura del río Mira en la frontera norte del Ecuador. El propietario es, en efecto, el hombre que aparece en la foto —aquí dudó un momento antes de proseguir—. No hay mucho que contar sobre él. Yo, al menos, sé bien poco. Tiene mucho dinero, logrado con la venta de no sé qué producto vegetal, cuyos sembrados le pertenecen. Están río arriba a varias horas de navegación.

—¿Cómo se llama el tipo? —la interrumpió Abdul impaciente.

—¿Por qué te pones así? El tipo se llama Jaime Tirado, pero lo conocen como *El rompe espejos.* No me vengas ahora con que tienes celos. Es algo que nunca hubiera pensado de ti —Lena no podía explicarse el febril interés de Abdul por tan lejano personaje.

—No, por Dios —aclaró Bashur—. Es el barco lo que me interesa. Es una maravilla de línea. ¿Crees que aún esté allí?

Lena, ya más tranquila, contestó:

—Allí debe estar, creo. Temo que ya no navegue. Me parece recordar que el dueño intentó venderlo alguna vez.

—¿Río Mira, dijiste? —insistió Bashur.

—Sí, río Mira, en el límite con Colombia —repuso Lena—. Pero no me digas que piensas ir hasta allá. Es el fin del mundo. Yo viajé con *El rompe espejos* desde Panamá hasta ese sitio, en un yate. Hace un calor de todos los demonios, los zancudos te devoran día y noche, en medio de una desolación y una miseria inconcebibles. Él, desde luego, vive como un marqués, pero eso es allá más arriba y no te arriendo la ganancia si intentas acercarte.

—Conozco lugares mucho peores y mil veces más peligrosos. No te preocupes —contestó Abdul, mientras guardaba la fotografía en su billetera.

Lena le dio otra en donde aparecía abriendo su blusa y ofreciendo los pechos al fotógrafo con sonrisa desafiante.

—Llévate ésta también —dijo— aunque no aparece ningun barco. Guárdala para que recuerdes nuestras noches de Southampton.

Abdul la guardó junto a la anterior y habló de otra cosa. Más tarde pasaron por Maqroll y Maruna y fueron a cenar a un restaurante pakistano, que les recomendó Doña Sara. La señora, de imponentes carnes y astucia inagotable, sabía permanecer en la sombra y dejaba a sus hijas en una libertad al parecer absoluta que, en el fondo, se concretaba al viejo y conocido juego del pescador y la carnada. Ellas no la mencionaban jamás, pero los dos amigos habían ya advertido ciertas señales, imperceptibles para otros, que era fácil colegir se referían a severas instrucciones de la matrona de Lwów, jamás transgredidas por ellas.

Esa noche la pasaron en blanco, en un acelerado y febril desquite antes de decirse adiós. Recorrieron los pocos bares transitables del puerto y, de regreso al hotel, hicieron el amor con el ímpetu de quienes saben que no se han de volver a encontrar. Partieron hacia el *Princess Boukhara* y, al pie de la escalerilla, antes de despedirse, Maqroll declaró a las gemelas con énfasis no muy común en él:

—El recuerdo de las hermanas Vacaresco nos servirá, en adelante, cuando lleguen los días negros que nunca faltan a la cita, para recordarnos que la alegría no es un invento de los inocentes para engañarse a ellos mismos. Nos consta que existe porque la conocimos con ustedes.

Ellas, en medio de algunas lágrimas que les corrían por las mejillas trasnochadas, trataron de entender lo que el Gaviero decía. Era evidente que se habían quedado en ayunas. Cuando el barco comenzó a ponerse en movimiento, Maruna y Lena aún estaban allí, paradas en el muelle, moviendo los brazos y llorando con un aire desamparado que les produjo al Gaviero y a Bashur, un nudo en la garganta.

En alta mar, camino a Dantzig[57] donde los esperaba una carga de herramientas agrícolas con destino a Djakarta[58], Abdul mostró a Maqroll la fotografía del *Thorn* y le comentó su

---

[57] Dantzig (también conocida como Danzig o Gdansk) es una importante ciudad del N de Polonia, situada sobre la margen O del río Vístula y a 6 kilómetros de distancia del mar Báltico. La ciudad prácticamente ha absorvido a la localidad de Gdynia, que constituye el puerto artificial más grande de Polonia.

[58] Djakarta (también conocida como Jakarta o Batavia) es la capital de Indonesia y se halla situada en la costa NO de la isla de Java. Djakarta es asimismo el puerto más importante del país (6° 6' N y 106° 53' E).

interés en averiguar si el barco estaba aún en venta. El Gaviero, acostumbrado ya desde hacía mucho a simpatizar con la manía de su amigo, le propuso que buscaran en alguno de los puertos que iban a tocar, una carga para Panamá o para Guayaquil. Así podría echar un vistazo al barco que tanto le inquietaba. Reconoció, de paso, que el diseño de la nave era en verdad de notable elegancia y sencillez. Faltaba ver qué máquina tenía y en qué estado se encontraba. Respecto al dueño, comentó con franqueza:

—En la historia de Lena falta una pieza, pero ella ha sido lo suficientemente lista como para, con lo que nos dijo, esperar que la encontrásemos. De una cosa estoy seguro: el famoso *Rompe espejos* no ha hecho su fortuna exportando banano, que es lo que por allá se cultiva. Ese dinero viene de algo que vale más y es más arriesgado conseguir. Además ese aire que tiene de niño bien algo tarado, me parece altamente sospechoso. No hay peor ralea que esos señoritos que se salen de sus cauces y rompen con las reglas y convenciones de su clase. Son de alta peligrosidad porque han dejado atrás los principios con los que nacieron y jamás respetan los establecidos por el hampa. Es por eso que son capaces de todo. No hay límites que los contengan. Vamos a ver qué pasa. Hay que conseguir esa carga para Panamá o para el Ecuador y luego se verá.

Abdul guardó de nuevo su fotografía, satisfecho de comprobar que su camarada y cómplice lo respaldaba, una vez más, en su búsqueda del *tramp steamer* ideal.

En Djakarta, Maqroll resolvió quedarse para viajar un poco por el archipiélago Malayo y reanudar en Kuala Lumpur sus experiencias con la viuda vendedora de inciensos funerarios cuyos encantos seguían teniendo para él un prestigio nada desdeñable. Lo último que aconsejó a Bashur, antes de abandonar el *Princess Boukhara*, fue:

—Abdul, cuídese de *El rompe espejos.* Recuerde lo que le dije de esos niños bien. No me deje sin noticias. Ya sabe dónde escribirme.

—No se preocupe. Tendré muy en cuenta sus advertencias. Vaya tranquilo —le repuso Bashur, mientras lo veía descender la escalerilla con su paso cauteloso de felino cansado y perderse, luego, entre la abigarrada multitud del puerto, la cabeza levantada y alerta, como midiendo las acechanzas del mundo. Volvió a sentir, entonces, esa solidaridad afectuosa, esa amistad sin sombras, adusta y cálida a la vez, que te despertaba ese personaje impar, sondeador incansable de los médanos donde el destino y el azar se confunden para atrapar al hombre y aturdirlo con los necios espejismos de la ambición y el deseo. Las reservas que el Gaviero le había expresado en relación con el dueño del *Thorn*, iba a recordarlas en momentos que hubiera querido compartir con su amigo y que tuvo que afrontar solo, en el desamparo inclemente de un trópico atroz.

De Djakarta, Abdul viajó a Trípoli y de allí, con el buque cargado de explosivos, a Limassol[59], en Chipre, donde entregó la comprometedora mercancía a un hombre de largas barbas rojizas, cuidadosamente peinadas y cabellos del mismo color que le caían sobre los hombros. Tenía todo el aspecto de un pope y movía sus pequeñas manos de dama perfumada como si repartiera bendiciones. Era a todas luces un pope disfrazado de civil y metido en las intrincadas conjuras de la isla que iban a dar al traste con el dominio británico. De tiempo atrás Bashur había aprendido en ese negocio de hacer rendir a un *tramp steamer*, que no deben hacerse muchas preguntas y que las respuestas deben dosificarse con parsimonia vigilante.

El *Thorn* no se apartaba de sus pensamientos. Cada noche, antes de dormir, examinaba largamente la fotografía del barco. Llegó a calcular, con indiscutible aproximación, sus medidas y su capacidad de carga, partiendo sólo de esa imagen en donde la sonriente pareja añadía un toque de intriga y de nostalgia que lo dejaba varias horas en vela: ¿Quién sería ese Jaime Tirado, *El rompe espejos*, sobre el que Maqroll abrigaba tanta sospecha? La respuesta no se hizo esperar mucho tiempo.

---

[59] Limassol es el puerto turístico y comercial más importante de Chipre, situado sobre la costa S de la isla (34° 40' N y 33° 03' E). Los orígenes de la ciudad se remontan a la Edad Media y se sabe que el rey Ricardo I («Ricardo Corazón de León») (1157-1199), líder de la denominada Tercera Cruzada, residió en la isla y también allí contrajo matrimonio con Berengaria de Navarra en 1191.

De Limassol viajó a La Rochelle. Su agente en ese puerto le había enviado un telegrama pidiéndole que acudiera allí lo más pronto posible. Con un cargamento de mineral de zinc, partió para Francia, con la premonición, casi la certeza, de que algo maduraba con respecto al *Thorn*. Así fue. En el puerto de la antigua Aquitania le esperaba un contrato de carga para Guayaquil, consistente en veinte inmensos cajones con maquinaria textil que coparon la capacidad del *Princess Boukhara*. En La Rochelle adquirió una carta de navegación de la costa ecuatoriana y otra, más detallada, de la desembocadura del Mira. Durante el viaje se dedicó a estudiar esas dos cartas en compañía del capitán, personaje que nos hemos demorado en presentar, con imperdonable descuido, ya que fue por mucho tiempo un auxiliar irremplazable de Abdul, por su lealtad y don de gentes, indispensables para manejar tripulaciones reunidas al azar de los puertos.

Se llamaba Vincas Blekaitis y había nacido en Vilna[60]. Tenía esos ojos de un gris pálido, tan comunes entre los bálticos y de ellos también heredó la estatura hercúlea y una lentitud de movimientos que escondía milenarias astucias y huracanados cambios de humor. Hacía largos años que trabajaba con Abdul, siempre que éste disponía de barco. Sentía hacia él una fidelidad sin reservas y una admiración un tanto infantil, a pesar de ser mucho mayor que su patrón cuyo nombre jamás logró pronunciar bien. Le decía Jabdul, lo que a menudo causaba la hilaridad del resto de los tripulantes. Maqroll, en ocasiones, cuando quería hacerle a Bashur alguna broma, lo llamaba también Jabdul y éste sonreía complacido.

Atracaron en Guayaquil, después de un viaje salpicado de contratiempos. En el Caribe les sorprendió una tormenta que hacía temblar los costados del *Princess Boukhara* como si fue-

---

[60] Vilna es en la actulidad la capital de Lituania, situada en el encuentro del río Vileika y Vilja. Vilna, fundada en el siglo X como capital del Gran Principado de Lituania, ha estado en manos de polacos, rusos, suecos y alemanes en diferentes períodos a lo largo de su historia. Vilna, debido a su historia, fue asimismo una ciudad habitada por diversas etnias y culturas. Originario de Vilna, por ejemplo, fue el Rabbi Eliyahu (1720-1797), llamado también el «genio de Vilna», uno de los personajes más importantes en la historia hebrea moderna.

ran de papel. La carga se corrió en las bodegas y hubo que acomodarla de nuevo en Panamá. Allí hubo una demora en Colón para cruzar el canal, causada por el paso de una flota de la armada americana que iba a maniobras en el Pacífico. Una lluvia tenaz, tibia y pegajosa, trabajaba los nervios y minaba el ánimo. Vincas decía estar seguro de que le iban a nacer sapos en los oídos. Parece que fue la única nota de humor que se le escuchó en la vida. Para colmo, en Guayaquil les sorprendió una huelga de operadores del puerto. Diez días tuvieron que esperar allí hasta que las grúas volvieron a funcionar. Era la temporada en que el río Guayas se sale de su cauce[61], ocasionando esa siniestra plaga de gruesos insectos, parecidos a los grillos, pero más rollizos y lentos, que, huyendo de las aguas, invaden la ciudad, entran por la menor rendija a casas y hoteles y llegan a paralizar el tráfico. Los autos patinan en la pasta verdinosa y fétida que se forma al pasar éstos sobre los ejércitos de insectos que ocupan la calle. A cuarenta grados de temperatura, la experiencia consigue tener características dantescas. Las tripulaciones se ven obligadas a permanecer en los barcos y esto aumenta su irritación y su inconformidad.

El *Princess Boukhara* estuvo listo para partir después de tres días de faena para descargarlo. Vincas comentó a Bashur que era aconsejable explicar a la tripulación que se dirigían a la desembocadura del Mira y que allí habrían de permanecer por algunos días. El encierro en Panamá y, luego, en Guayaquil, traía los ánimos bastante soliviantados. Buena parte de los marinos eran bálticos y el trópico les resultaba casi imposible de tolerar. Bashur resolvió ofrecer a la marinería una prima especial de sueldo para compensar en alguna forma el sacrificio de permanecer de nuevo inactivos frente a las costas ecuatorianas. Vincas consiguió calmar los ánimos y el sobresueldo prometido cumplió eficazmente su función.

---

[61] El río Guayas se forma de la confluencia de los ríos Daule y Babahoyo en la República del Ecuador. Es al mismo tiempo un estuario de unos 100 kilómetros de longitud y que desemboca en el golfo de Guayaquil. Sobre la rivera O del estuario se encuentra situada la ciudad de Guayaquil.

Cuando llegaron al cabo Manglares en la desembocadura del río Mira, en una mañana de sol que era el primero que veían después de tantas semanas de cielos grises y lluvias constantes, el *Thorn* estaba allí luciendo la esbeltez de sus líneas y el aire de aristocrática dignidad que le daban sus muchos años. El *Princess Boukhara* ancló al lado del airoso carguero que parecía abandonado, aunque la cubierta y el puente de mando acusaban huellas de un cierto mantenimiento. No se veía un alma a bordo. Abdul resolvió acercarse en la lancha, para ver el buque más de cerca. Así lo hizo y cuando estaba a pocos metros del costado del *Thorn*, un negro obeso, a medio despertar, se asomó por la barandilla de cubierta y en tono bastante áspero preguntó qué querían. Bashur le explicó que tenía noticias de que el barco estaba en venta y deseaba ponerse en comunicación con el dueño. El negro no respondió y de inmediato entró a un camarote donde debía estar la radio. Salió poco después y, con el mismo acento desabrido, explicó que el barco no se vendía, que el dueño vivía río arriba y no deseaba hablar con nadie. Bashur, sin darse por vencido, a pesar de la evidente y agresiva reserva del negro, se le ocurrió preguntar a éste si el dueño seguía siendo el señor Jaime Tirado, conocido como *El rompe espejos*. El vigilante cambió al instante. Temeroso y suspicaz, preguntó a Bashur si acaso conocía a esa persona. Abdul repuso que tenían algunos amigos comunes y a ellos debía la información sobre el *Thorn*. El hombre tornó a desaparecer y mucho después volvió para informarle que don Jaime vendría esa tarde para entrevistarse con él. Abdul regresó al *Princess Boukhara* para esperar al amigo de Lena. Vincas, que desde el barco siguió el diálogo con el cuidador del *Thorn*, le comentó:

—Estos negros de la costa del Pacífico son así: huraños y taimados, pero temibles cuando se irritan. Son todo lo opuesto a los del Caribe —Abdul ya lo sabía y asintió con la cabeza.

La espera se hizo interminable. El sol, sin una nube en el cielo, había creado, a causa de la humedad ambiente, una atmósfera opalina que flotaba sobre las aguas tranquilas. Era un ambiente de leyenda celta pero en plena zona ecuatorial. Reinaba un silencio irreal y oprimente. Cada ruido en el buque repercutía en el ámbito con una sonoridad que se antojaba irreverente. El *Thorn* parecía suspendido en el aire y su silueta se copiaba en la serenidad del estuario, duplicando la gracia de su diseño, evocador de esos carteles de los años veinte que anunciaban los paquebotes de las grandes líneas de navegación, anclados en exóticos puertos del Asia o de las Antillas. Abdul no se cansaba de admirar el diseño del barco, que le despertaba nostalgias de una época que sólo conocía por referencias de sus mayores. Allí, frente a él, estaba el barco de sus sueños. El *Nebil*, que fue su último capricho, jamás estuvo al alcance de su vista por tanto tiempo ni ofrecido en ese marco de espejismo sereno, intemporal e hipnótico. La luz se fue haciendo menos intensa y todo el lugar tomó una ligera coloración naranja que se mudó pausadamente hasta llegar a un rojo operístico que se desvaneció al impulso de la gran noche de los trópicos, que se instaló de repente.

Con las primeras estrellas, que comenzaron a brillar en un cielo gris morado, se oyó a lo lejos el ronroneo de un motor que se acercaba desde el fondo del delta. Se despertó la brisa que rizó levemente la superficie de las aguas, fragmentando la imagen del *Thorn* en un inquieto rompecabezas. Donde el río se estrechaba, entre manglares y raquíticas palmeras desflecadas, apareció una embarcación que llegaba a gran velocidad. Era una de esas lanchas forradas en finas maderas, con los bronces resplandecientes de impecable diseño, más propia para lucirse en Mónaco o en Porto Ercole que en ese paisaje tropical, desamparado y soñoliento. La embarcación se detuvo al pie de la escalerilla del *Princess Boukhara*. La conducía el amigo de Lena, vestido con una camisa color rosa pálido y botones de concha, pantalones de lino de corte impecable, con las arrugas reglamentarias en cualquier Country Club de Alejandría o de Beirut. En la cabeza lucía un sombrero jipijapa auténtico, de esos que tejen las indias bajo el agua, durante la noche, que valen una fortuna. Un negro hercúleo, vestido de blanco y con los pies descalzos, que venía al lado del conductor, atrapó con una pértiga de fino cerezo, rematada con un gancho niquelado, la soga que servía de baranda a la escalerilla del buque y ayudó a subir a su patrón, que remontó los escalones con paso gimnástico y apresurado. Abdul lo esperaba arriba, atento a cada gesto del visitante.

Todas las premoniciones y diagnósticos del Gaviero le vinieron a la memoria mientras saludaba al recién llegado. De estatura un poco mayor que la mediana, tenía esa agilidad de movimiento, a veces un tanto brusca, propia de quien ha practicado los deportes durante buena parte de su vida. Pero esta primera impresión de salud, se esfumaba al ver el rostro, cuyas facciones denunciaban a leguas eso que suele llamarse un «cabo de raza», o sea el espécimen en donde termina el entrecruzamiento de muy pocas familias durante más de un siglo. Matrimonios que han tenido por objeto primordial conservar las vastas posesiones de tierras y el nombre que las distingue, sin mezcla de extraños ni de recién venidos por ricos que sean. La mandíbula un tanto caída, notoriamente prognática y, como consecuencia de ello, la boca de labios carnosos y sensuales, siempre entreabierta. La nariz protuberante pero de un trazo regular y firme, bajo una frente estrecha donde los huesos sobresalientes ocupan el breve espacio entre las cejas pobladas y el pelo ralo y desteñido que apenas cubre una no disimulada calvicie. Esa cara de Habsburgo clorótico cobraba, de pronto, una intensidad felina gracias a los ojos móviles, inquisitivos y siempre dando la impresión de percibir los más escondidos pensamientos del interlocutor. Las grandes manos, de palidez cadavérica, se movían con seguridad dando en todo momento el efecto de una fuerza animal en engañoso descanso.

—Me dicen que usted me buscaba, ¿no es así? Supongo que es Abdul Bashur —dijo mientras extendía la mano alargando el brazo lo más posible como para mantener a distancia a la otra persona.

—Sí yo soy —repuso Bashur—. Usted es el señor Jaime Tirado, sin duda. Pase, por favor. Vamos a mi cabina. Allí podremos conversar cómodamente. —Abdul guió a Tirado a una pequeña oficina que comunicaba con su camarote. Vincas, de lejos, vigilaba la escena.

A pesar del anuncio del Gaviero, Bashur no pensó nunca encontrarse con un tan acabado ejemplar de lo que suele llamarse por esas tierras un «niño bien», no importa la edad que tenga. Que el tipo era de cuidado, lo denunciaban cada gesto y cada inflexión de sus palabras. Por debajo de sus buenas maneras, de su voz pausada de bajo y de su perpetua sonrisa, se advertía, sin dificultad, un aire de truhanería ganado a todas luces en experiencias posteriores a su educación en costosos colegios suizos y a sus éxitos deportivos en los clubes campestres de varias capitales del continente. Había perdido todo acento que pudiera identificarlo con algún país de Latinoamérica. «Este hombre —pensó Bashur, mientras se sentaban alrededor de una pequeña mesa de pulido caoba—, ha matado no una sino varias veces. Es de los que se pasaron para siempre a la otra orilla como dice Maqroll». Todas las milenarias señales de alarma de hijo del desierto despertaron en él al instante y, con ellas, llegó esa ligera ebriedad causada por el peligro, tan parecida al placer erótico, que llevó a sus ancestros a buscar la muerte ante Carlos Martel, en tierras de la Dulce Francia[62]. Una serenidad, también heredada, lo poseyó como invocada en nombre del Profeta. La muerte estaba descartada. Sencillamente no existía. En ese ánimo se dispuso a escuchar al visitante.

—Dígame una cosa, si no es indiscreción: ¿usted le dio ese nombre al barco? —preguntó Tirado a boca de jarro. La pregunta traía escondida una tal dosis de insolencia, de burla, de intento de poner en su sitio al otro, que Abdul se quedó un instante sin responder.

—Sí —repuso finalmente—, lo bautizamos así con mi socio. El nombre nos trajo suerte en un negocio que pienso que a usted le hubiera interesado.

—No me diga —comentó Tirado— ¿puedo saber de qué se trataba?

—Es una historia un tanto complicada y poco ortodoxa. Prefiero dejarlo con la curiosidad —Bashur sintió que ya estaban a mano.

—Dijo usted que lo enviaban comunes amigos. ¿Puedo saber quiénes son? —dijo Tirado cambiando de tono.

---

[62] Carlos Martel (685-741) fue uno de los adalides de la cristiandad y obtuvo fama por haber detenido el avance de los árabes en la legendaria batalla de Poitiers (732) (también conocida como batalla de Tours). Empleando tácticas innovadoras con el arma de infantería, «Martel» fue conocido también como «Martillo» por la manera en que golpeaba sin cesar a las tropas musulmanas. Su hijo, Pipino el Breve (714-768), fue rey de los francos.

—Por supuesto. Se trata de las gemelas Vacaresco, que conocí en compañía de mi socio hace poco en Southampton.

—¿Tanto han descendido? —interrumpió Tirado, en otro intento de irritar a Bashur.

—Más precisamente, fue Lena quien me habló de usted y del *Thorn*, —prosiguió Bashur sin tomar en cuenta el comentario del otro— como también del viaje que hicieron juntos desde Panamá hasta aquí. Conservaba una fotografía que vi por casualidad y me llamaron la atención las cualidades del buque. Ella tuvo la amabilidad de obsequiármela. Aprovechando un viaje que he tenido que hacer a Guayaquil se me ocurrió pasar por aquí y conocer tanto al barco como a su dueño.

Bashur había sacado de su cartera la foto del *Thorn* y de la pareja y se la alcanzó a Tirado, quien la tomó en la mano, sin verla, mientras, revelando el otro aspecto de su carácter, concluyó:

—Pues bien, el barco ya lo vio y en cuanto a conocerme a mí creo que ya hizo lo más que se puede en tal sentido. Veo que sabe ya que me llaman *El rompe espejos*. Curioso apodo, ¿verdad? El que destruye su propia imagen y la de los demás, el que hace pedazos ese otro mundo del que nada sabemos. No me choca. Casi le diría que me he esmerado en cultivarlo y, quizá, también, en merecerlo. Ya le contaré más tarde cómo nació. Es una historia necia, pero, en alguna forma, dieron en el blanco los que así me apodaron. Respecto al *Thorn* quisiera decirle, desde ahora, que no me interesa venderlo. Me interesaría negociarlo. Eso es diferente. Darlo, no a cambio de dinero, sino de otra cosa. No sé si me entiende.

—No, en verdad no le entiendo. Me gustaría que me lo explicara —repuso Abdul, que había entendido perfectamente, mientras extendía la mano para tomar la foto que Tirado no había visto.

—¿Tanto le interesaba el barco? Qué curioso. No me lo puedo imaginar como coleccionista de viejos modelos de *tramp steamers*. Este barco en el que estamos, no estaría, por ejemplo, en la colección —repuso *El rompe espejos* con evidente intención de seguir buscando un lado débil a su interlocutor. Con calma digna de un jeque negociando el paso por sus tierras de un oleoducto de la Aramco[63], Bashur respondió:

—No. No hago colección de viejos barcos. En mi familia somos armadores y transportadores, en modesta escala, desde luego. El *Princess Boukhara,* a pesar del nombre que tanto le divierte, me sirve perfectamente para lo que necesito. Un barco como el *Thorn,* me atrae más bien para mi uso personal y disfrutar acondicionándolo a mi gusto. Ahora bien. Usted habla de negociar. Eso me interesa. Bien sabe que mi gente lleva unos cuatro mil años dedicada a hacerlo con cierto éxito, diría yo. ¿No cree?

—De acuerdo —contestó *El rompe espejos,* dejando colgar su labio inferior en lo que quiso ser una sonrisa amable—. Pero recuerde que cada negocio que ustedes hacen hoy, pone a prueba esos cuatro mil años. Pero, bueno, vamos al grano. Le propongo que venga conmigo. Lo invito a cenar en mi casa. Allí le haré saber las condiciones en las que me puede interesar desprenderme de esa joya. En medio de esta desolación no se inspira uno. Allá estaremos más cómodos.

Abdul Bashur sacó, en ese momento, de la manga una carta que tenía preparada para jugarla en el momento indicado:

—Le acompañaré con mucho gusto. Si quiere que le confiese la verdad, prefiero mil veces negociar con *El rompe espejos* que con Jaime Tirado. Es un terreno que me resulta más familiar. Disculpe si no le he ofrecido algo de tomar, pero no traigo alcohol, soy musulmán. Partimos cuando usted lo desee. Estoy listo —se puso de pie y el otro hizo lo mismo, a tiempo que comentaba con una sonrisa, ya no tan natural como la que traía al llegar:

—No puedo creer que les haya aplicado la ley seca a las hermanitas Vacaresco que beben como cosacas. Sobre su preferencia a negociar con *El rompe espejos,* allá usted, como se sienta más cómodo. Respecto al terreno que compartimos,

---

[63] Aramco es una de las compañías petroleras más importantes del mundo. Originada en Arabia Saudí en la década de los años 30 del siglo XX, sus intereses se extienden hoy por todo el planeta y por áreas de producción e investigación no necesariamente dedicadas a la explotación petrolera.

podría agregar algunas cosas que quizás le hagan cambiar de idea, pero, en fin, pago sin ver, como dicen en el poker.

Abdul no hizo comentario alguno. Invitó a pasar primero a Tirado y lo siguió hasta la escalerilla.

—Permítame un momento voy a dejar algunas instrucciones. Ya estoy con usted —le dijo y regresó al puente de mando para hablar con Vincas. *El rompe espejos* descendió hasta su lancha y allí se sentó a esperar en actitud indiferente.

En pocas palabras, Abdul explicó a Vincas lo hablado con *El rompe espejos* y ordenó estar alerta, armar a algunos de sus hombres de mayor confianza con los tres rifles israelíes y las pistolas Walter 45 que había a bordo, y vigilar sin descanso el *Thorn* y el camino por donde llegó Tirado.

—No creo que ese barco valga la pena de arriesgar en esa forma el pellejo. Ese tipo es de lo peor que me he encontrado en mi vida de marino —comentó Vincas con aire preocupado.

—Ya no es el barco lo que me mueve —repuso Abdul—, es otra cosa. —Nunca he tolerado digerir esta clase de desafíos sin responder a ellos. Tampoco el *Thorn* será para mí. Tanto mejor.

Bashur descendió por la escalerilla y vio que Tirado conversaba en voz baja con el negro. Había algo en los gestos de ambos, una encubierta intimidad que nada tenía que ver con Abdul ni con el *Thorn*, sino con la relación de ellos dos. Una curiosa sospecha le vino a la mente. «También eso —pensó—. Definitivamente nuestro hombre es más complicado de lo que mostraba la foto.»

La noche se había establecido con sus inmensos cielos ecuatoriales y sus constelaciones que parecen estar al alcance de la mano. La luna llena iluminaba el paisaje con un resplandor lácteo de intensidad inusitada. El viaje en la lancha duró cerca de dos horas. La zona de manglares, al comienzo de la ruta, dejaba en el ánimo una desolación indefinible. El silencio, roto apenas por el chapoteo de las aguas contra los troncos que se hundían en el agua y el zumbido del motor y la monotonía de esa vegetacion enana, de hojas metálicas, daban al ambiente un sabor a muerte y ceniza. Se internaron río arriba y aparecieron los grandes árboles de vistosas flores color naranja fosforescente y las bandadas de loros que regresaban a sus nidos en medio de una algarabía desbocada a la cual respondían otras aves desde la espesura del bosque. El paisaje cobró una animación festiva que borraba, en parte, el recuerdo de los manglares. La vegetación se iba cerrando hasta llegar a trayectos en los que las ramas de una y otra orilla se entrelazaban ocultando el cielo. Bashur y Tirado intercambiaban apenas cortas frases intrascendentes que se referían al paisaje y al clima. Cada uno se reservaba para lo que pudiera ocurrir más adelante.

De pronto, la lancha viró bruscamente hacia la orilla y entró a un estrecho caño, oculto por tupidos matorrales hasta hacerlo prácticamente invisible para quien pasara por allí sin conocer muy bien la entrada. Media hora después arribaron a un atracadero de concreto, provisto de los elementos más modernos para recibir las embarcaciones. Descendieron de la lancha y recorrieron el muelle protegido por una barandilla niquelada que brillaba a la luz de la luna. Abdul volvió a recordar las grandes villas al borde del agua en Estambul y Alejandría, en Ostia o en Saint-Jean-les-Pins[64]. *El rompe espejos* iba adelante, señalando el camino que se internaba por entre un lujurioso sembrado de naranjos en flor. Los pasos hacían crujir la grava del piso, con un ruido que producía una impresión de suntuosa prosperidad. Llegaron al fondo de los naranjales. Allí se veía una casa de estilo Bauhaus de un solo piso, cuyas amplias superficies de cristal y aluminio se iluminaron de pronto con reflectores escondidos en el jardín.

---

[64] La pequeña localidad de Ostia se halla situada a unos 20 kilómetros de Roma y no lejos de la desembocadura del Tíber. La existencia de esta población (conocida entonces como «Ostia Antica») se remonta al imperio romano donde constituía su puerto marítimo. En realidad, la relevancia del sitio comienza en el siglo III a.C., durante la denominada Segunda Guerra Púnica. La decadencia de su importancia comienza en el siglo IV, durante el reinado de Constantino, en razón de la pérdida del monopolio que Roma poseía sobre el Mediterráneo occidental. En la actualidad, es un sitio residencial con *ville* de indudable garbo.

La pequeña localidad marítima de Saint Jean-les-Pins (o Juan-les-Pins) se halla situada en la denominada Costa Azul francesa, sobre la parte S del cabo de Antibes, a escasos kilómetros al N de Saint-Tropez y en el Golfo Juan. Es famosa como sitio de residencia con grandes casas y villas, tal como lo sugiere el texto.

Una mujer de acusadas facciones indígenas, casi asiáticas, vino hacia ellos con paso lento de servidor obsecuente. Estaba vestida con prendas masculinas cuidadosamente escogidas: pantalón de mezclilla de corte italiano, camisa blanca con el cuello abotonado y una corbata con diseños polinesios anudada con rebuscado descuido. Los pies descalzos mostraban las uñas pintadas de color azul pálido. Saludó con respetuosa inclinación de cabeza y esperó las órdenes del dueño. El cuerpo, de formas jóvenes y elásticas, descansaba bajo la luz de los reflectores como un maniquí en la vitrina de un lujoso almacén. Tirado le hizo una seña y ella se dirigió al interior de la casa mientras ellos la seguían en silencio. Entraron a un recibidor en forma de terraza, en cuyo centro se veía un estanque en el que cruzaban en perpetuo movimiento peces de colores fosforescentes, sin duda traídos de la región amazónica. Pasaron, luego, por un corredor en el que colgaban cuadros en el estilo de Rothko y de Pollock[65]. Todo esto no tomaba de sorpresa a Bashur, quien, desde la aparición de la lancha, había presentido que la residencia de Tirado debía ser así. Tampoco le cabía ya duda alguna sobre los orígenes de la fortuna que permitía ese lujo en un lugar tan primitivo.

---

[65] Mark Rothko (1903-1970), pintor de origen ruso nacionalizado norteamericano, fue miembro de la llamada escuela de Nueva York. Trató de reformular la pintura abstracta a través de un cuestionamiento de los usos y las formas empleados por la vanguardia europea. Utilizaba telas de grandes dimensiones, con superficies horizontales de colores simples que, no obstante, en su efecto combinatorio, crean un colorido destacable.

Paul Jackson Pollock (1912-1956) fue un innovador pintor americano que recibió influencias tanto de los muralistas mexicanos como de los europeos Picasso, Miró y Masson. Más tarde también, al encontrarse con Ernst, Matta y Masson en Nueva York, cuando éstos emigraron a esa ciudad y bajo su influjo, acentuará su técnica hasta hallar hacia 1943 su propio estilo. Su fama se debe a que empleaba para pintar todo tipo de herramientas y elementos con la técnica de lo que se llamaría *dripping*, que consistía literalmente en volcar, inyectar o tirar la pintura sobre la tela. La forma asimismo en que realizaba sus telas de grandes superficies, encima literalmente de ellas, dio origen a lo que el crítico de arte Rosenberg, llamará *action painting*. Se negaba a considerar su arte como *cosa mentale* y sostenía en cambio que su arte se vinculaba con una tarea física, corporal, en donde la amplia función violenta y rápida del gesto era lo que realmente importaba.

Se sentaron en confortables sillones de ratán forrados en tela de lino, con tenues manchas de colores pastel. La mujer les preguntó qué deseaban tomar. Abdul pidió un té helado. El dueño sonrió con ironía y pidió un Margarita *frapé*[66]. Abdul dejó pasar sin comentario la sonrisa de Tirado e hizo un elogio del lugar y del buen gusto de la decoración. Anotó, de paso, que el mantenimiento de una residencia así, en un clima semejante, debía ser tarea harto difícil.

—Con personal bien entrenado y alguien que lo dirija con mano firme, no hay problema —explicó *El rompe espejos*—. De eso se encarga un mayordomo que traje de Porto Alegre, cuyos abuelos alemanes le transmitieron la férrea disciplina de su gente. El estilo de la casa lo escogí más por razones de comodidad que por gusto. Imagínese lo que debe ser vivir en este infierno en una casa estilo Tudor[67], como la que mis pa-

---

[66] El cóctel «Margarita» es una variante del llamado «White Lady» y fue uno de los primeros cócteles que con base de tequila aparecieron en Tijuana durante los años 30 del siglo XX. Su composición consta de 1/10 de jugo de limón (o lima), 3/10 de Cointreau y 6/10 de tequila. Normalmente, todo Margarita es *frappé,* es decir, batido ligeramente en hielo picado o molido.

[67] Tudor es el nombre de la familia que reinara Inglaterra de 1485 a 1603. Originaria de Gales, esta familia es conocida desde el siglo XIII. Owen Tudor (*circa* 1400-1461), su verdadero fundador, debió su fortuna al casamiento secreto con Margarita de Valois, viuda de Henry V. El así denominado estilo Tudor en arquitectura proviene en su mayoría de la imitación que se realizara en Inglaterra, durante el siglo XIX, de lo que entonces se creía había sido la arquitectura durante el período previo al siglo XVI, es decir, durante el período en que el reino era regido por la familia Tudor —de hecho, en inglés, este estilo es también conocido como «Medieval Revival style». Sin embargo, algunas técnicas y materiales empleados en estas casas, sugieren que en realidad estarían empleando características de un período medieval anterior incluso a la dinastía de los Tudor. Este estilo arquitectónico fue enormemente popular durante los años 20 y 30 del siglo XX, en particular en Inglaterra, Europa y los Estados Unidos. Se considera, no obstante, que su período de influencia y desarrollo va aproximadamente desde 1890 hasta 1940.

La casa estilo Tudor suele ser de dos o tres plantas, cimientos y muros de la planta baja en piedra (en algunos casos también en el primer piso) y estructura interior en madera. La característica más notoria del estilo es que deja a la vista exterior los numerosos tirantes verticales y horizontales de madera («half timbering») que sostienen la estructura. Posee, por lo general, ventanas altas y angostas, formada de pequeños paneles. Tiene techo a dos aguas y sobresalen del mismo prominentes chimeneas («chimney pots»).

dres habitan en la capital. Bueno, si no tiene objeción podemos hablar un poco de nuestro barco. No creo que haya venido aquí para conversar sobre las ventajas de la arquitectura de Mies van der Rohe[68]. —La mujer llegó con las bebidas, las dejó silenciosamente sobre la mesa de centro y partió otra vez sin hacer el menor ruido—. Voy a explicarle, muy sencillamente, cuál es mi idea. Usted ha llegado en forma providencial para mí. Ayer, justamente, me informaron por radio desde Panarriá que un barco que venía para recoger un cargamento delicado que debe entregarse en su destino en fecha fija no podía zarpar a causa de una avería que tomará varias semanas en ser reparada. He pensado que usted puede encargarse de ese transporte y su costo lo tomo como un primer pago sobre la compra del *Thorn*, que sólo en tales condiciones me interesaría venderle. Luego terminaría de pagarlo con dos o tres viajes más. Me gustaría conocer sus comentarios al respecto.

Abdul sintió, allá muy adentro, una suerte de alivio. Ésa era, entonces, la trampa que le esperaba. Tampoco esto fue sorpresa para él. Con *El rompe espejos* era natural prever algo de ese orden. Pero, precisamente, lo que le atraía del asunto era la zona de peligro, ya definida y evidente, que le producía un cosquilleo en la espina dorsal. El *Thorn*, como se lo había explicado a Vincas al partir, ya no jugaba ningún papel en todo esto. Fue así como resolvió seguir el juego de su contrincante hasta ver en qué paraba.

—En primer término —aclaró Bashur—, necesitaría conocer el barco en detalle y saber si aún navega o hay que remolcarlo. En segundo lugar, me gustaría, desde luego, saber qué clase de cargamento delicado es ése y adónde debo llevarlo.

---

[68] Ludwig Mies van der Rohe (1886-1969), arquitecto y diseñador de muebles de origen alemán, vinculado en sus comienzos con las vanguardias artísticas europeas, miembro y director de la Bauhaus, será conocido internacionalmente por sus diseños racionales basados en acero y vidrio. Emigra a Chicago en 1937, donde realizará asimismo numerosos edificios, como, por ejemplo, el «Crown Hall» de dicha ciudad. El «Seagram Building» sobre Park Avenue en Nueva York es un ejemplo clásico de la arquitectura de Mies van der Rohe, donde un empleo racional y estandardizado de los elementos resalta como la cualidad inicial para explorar nuevas formas y espacios.

Aclarados esos dos puntos, estaré en condiciones de darle una respuesta.

—Sobre el primer punto —repuso Tirado, saboreando el final de su Margarita, con cierta golosa morosidad que se le antojó a Bashur más vulgar que infantil— puedo decirle que el *Thorn* tendría que ser remolcado hasta Panamá. Allí lo pueden acondicionar para que navegue. El motor ha estado detenido hace varios años y me temo que esté inservible. Para convertirlo, como usted desea, en barco para su uso personal, idea que, con perdón suyo, me parece un tanto peregrina, eso podría hacerse ya fuera en Nueva Inglaterra o, también, en Estambul, pero nadie mejor que usted para saberlo. Sobre el segundo punto, quisiera que esperásemos hasta mañana, cuando tenga en mi poder algunos datos indispensables. Por ahora, lo invito a compartir conmigo una cena que nos están preparando y que buena falta nos hace. Su habitación ya está lista. Si quiere tomar un baño para refrescarse un poco, hágalo con toda confianza. Ya ordené que le preparen ropa fresca, por si quiere cambiarse. No se preocupe, es de su talla, no de la mía. Eso faltaba.

El escalofrío que persistía en su espalda le estaba anunciando a Bashur que se hallaba en el ojo de la tormenta. Pidió permiso al dueño y partió a su habitacion para tomar un baño. Siguió a la muchacha vestida de hombre, que había surgido como por ensalmo. La habitación contaba con las mas impensables comodidades, dignas de un gran hotel de lujo. La ducha, que graduó con agua muy caliente, le trajo una sensación de bienestar que bastante necesitaba. Se rasuró con una máquina eléctrica nueva, que descubrió en el gabinete del baño. Se probó, luego, la ropa que le había traído la mujer con pómulos de anamita. Todo le sentaba a la medida. La camisa de popelina fresca, los pantalones de lino y la ropa interior de hilo se parecían mucho a las prendas que estaba dejando. Metió los pies dentro de unas suaves sandalias hechas de esparto, y regresó a la terraza. La mesa estaba servida allí mismo. *El rompe espejos* lo esperaba con un segundo Margarita *frapé* en la mano. Pasaron a la mesa y comenzaron a servir una serie de platos de cocina japonesa, todos dentro del estilo más tradicional e impecable. El *sushi,* en particular, era de una variedad y una frescura inconcebibles en ese sitio. Abdul así se lo comentó al dueño, quien se limitó a sonreír con una complacencia que luego fue derivando en malicia.

—Me gustaría —dijo Bashur para cambiar de tema— conocer ahora el origen de su inquietante apodo. Se lo recuerdo porque antes ya me lo había prometido y siento que sería un complemento perfecto para saborear esta magnífica cocina. No sé si esté en vena para complacerme.

—Recuerde —repuso Tirado sin inmutarse—, que le previne sobre el motivo bastante obvio del apodo. De esto hace muchos años. Entrenaba con mi equipo para competir en el Campeonato de Polo de Palm Beach y el juego empezó a ponerse algo violento[69]. De pronto, se me resbaló el mango del mazo y le di a la bola en tal forma que salió disparada contra los ventanales del comedor del Club de Polo y rebotó en un gran espejo veneciano que no recuerdo qué magnate cafetalero había dejado en herencia. El espejo voló hecho añicos. Mi padre lo pagó sin protestar. Pero esto no es todo. Al año siguiente, jugábamos un partido con el equipo visitante, integrado por polistas chilenos realmente notables. Volvió a fallarme, fatalmente, la orientación de un golpe a la meta y la bola fue a pulverizar uno de los espejos laterales del imponente Packard de la Presidencia, famoso en ese entonces en toda la ciudad, donde no se conocía ningún otro coche de ese estilo y tamaño. El propio Presidente, que presenciaba el juego y había sido padrino de matrimonio de mi padre, fue quien me bautizó como *El rompe espejos.* Antes de entrar en la política, había sido golfista notable y clubman muy dado a figurar en sociedad. De allí en adelante todo el mundo comenzó a llamarme con el apodo presidencial. Nunca me ha molestado, en verdad. Ahora que mi vida ha tomado rumbos tan radicalmente opuestos a los de esos años, ya tan distantes, vie-

---

[69] Palm Beach, «playa de las palmas», es un condado del estado de Florida en los Estados Unidos y también población portuaria del mismo nombre (26° 46' N y 80° 3' O), sede administrativa del condado. Palm Beach es una conocida localidad residencial y turística, notoria por sus habitantes «ricos y famosos» y por sus extensas mansiones. Situada al SE de la península sobre la costa atlántica, la localidad es asimismo conocida por sus campos de golf.

ne muy a punto con cierta fama que he ganado de lograr mis propósitos por encima, no sólo de leyes y autoridades, sino de intereses y vidas que no sean los míos. Bien. Ahora que ya he tenido el gusto de satisfacer su curiosidad, le invito a que vayamos a dormir antes de que nos invada la calima. Es una niebla que se levanta en las primeras horas de la madrugada y que hace desvariar a las personas.

El rompe espejos se despidió de Abdul y fue a perderse entre los naranjales, donde aquél pensó que debía estar su habitación, separada de la casa y a salvo de sorpresas. Su deducción se vino abajo porque oyó luego el motor de la lancha que se alejaba río arriba.

Ya en la cama y en vista de que el sueño no llegaba, lo que dada la situación era fácil de entender, Bashur se dedicó a pensar en cómo escapar de la celada que le había tendido el dueño de la casa y que él voluntariamente aceptó, atraído por la incógnita que esconde el mundo del crimen. Muchas horas debieron pasar mientras maduraba su plan para salir con vida. Sobre la personalidad de Tirado no le quedaba ya duda. Al abandonar la clase en la que había nacido, dejó al libre arbitrio el instinto de mórbido sadismo que sus antepasados supieron mantener a raya, gracias a una valla hecha de buenas maneras y de codicia sabiamente administrada.

El propósito de *El rompe espejos* era, sin duda, liquidarlo en caso de que no accediera a su propuesta. Bashur preparó minuciosamente un plan para salir con vida y, examinados, punto por punto, todos sus detalles, entró en el sueño resignado como buen musulmán a lo que dictasen más altos poderes. Antes de dormirse profundamente, volvió a escuchar el motor de la lancha que regresaba. Los pasos de Tirado en la grava del sendero, fueron lo último que escuchó. Alcanzó a darse cuenta de que no iba hacia la casa sino al lugar donde debía estar su habitación.

Lo despertaron unos tímidos golpes en la puerta.

—Pase —dijo con voz opaca de quien no acaba de salir del sueño. Entró la atractiva indígena vestida de hombre. Puso encima de la cómoda la ropa que él se había quitado el día anterior, mientras decía, sin mirar a Bashur:

—El patrón lo espera en la terraza para desayunar. ¿Desea té o café?

Abdul pidió té con tostadas y mermelada. La mujer salió sin hacer ruido. Mientras se jabonaba bajo la ducha y, luego, se rasuraba, cayó en cuenta de que en aquella mujer había un cierto aire andrógino que acababa por desviar el interés que, a primera vista, despertaba su figura. Recordó el íntimo cuchicheo de *El rompe espejos* con el negro de la lancha y comenzó a atar cabos que confirmaban sus sospechas de que el propietario del *Thorn* debía tener más de una desviación en su conducta sexual. Antes de salir de su cuarto, repasó el plan concebido la noche anterior. Todo estaba en orden y todo, también, en manos de Allah. Cuando llegó a la terraza, *El rompe espejos* estaba sirviéndose una gran taza de café negro, humeante y perfumado. Tirado le dio los buenos días indicándole cortésmente el asiento que había ocupado la noche anterior.

—¿Durmió bien? —le preguntó mientras saboreaba el café con fruición de adicto.

—Muy bien —contestó Bashur—. ¿Y usted? Tengo la impresión de que no se fue a la cama de inmediato.

—En efecto. Tuve que dedicarme un poco a trabajar para usted —repuso el dueño, mientras una chispa perversa le cruzó por los ojos.

Abdul no respondió a esta observación y comenzó a preparar su té; un auténtico Lapsang Suchong, fuerte y ahumado como a él le gustaba[70].

—Bueno —comenzó a decir Tirado poniendo sus manos sobre la mesa—, me parece que ha llegado el momento de concretar nuestros negocios y conocer qué opina de mi oferta.

Abdul hizo con las manos el gesto de detener a su interlocutor, quien se quedó mirándolo un tanto desconcertado.

---

[70] Lapsang Suchong (también «Lapsang Souchong») es una variedad de té, *noir et fumée,* originario de la provincia de Fujian (o Fulkien) en el S de China. Este té se obtiene de colocar las hojas en canastas de bambú expuestas al humo de un fuego hecho con madera de pino. Muy apreciado por europeos y occidentales, es, sin embargo, poco considerado en China y visto como «el té de los extranjeros». Su *flavour* es claramente identificable, posee un *medium liquor character,* unas ligeras notas de ginger y caramelo y un *spicy, wood-smoked* aroma. Es sin duda un «afternoon tea».

—Antes de que sigamos adelante yo quisiera decirle algo. Anoche pensé largamente el asunto y llegué a una decisión que debo comunicarle. En primer lugar, he perdido todo interés en el *Thorn*. Tal como estamos actualmente, con el *Princess Boukhara*, mi socio y yo ganamos lo suficiente. Nunca he pensado en adquirir un barco como el suyo, sólo para placer y para mi uso personal exclusivamente. De todos modos tendría que hacerlo trabajar para mantener ciertas entradas indispensables. Así las cosas, en verdad, para nada me interesa conocer las condiciones en que me ofrece el *Thorn*. Prefiero quedarme en la ignorancia. A nadie, es obvio, le comentaré nada en este sentido. Prefiero dejar las cosas con usted en este punto. Establecido esto, le propongo que nos separemos como si nada hubiese sucedido, ni nos hubiésemos visto jamás. Es lo mejor para ambos.

El rompe espejos se le quedó mirando por un instante, que le pareció a Abdul un siglo, y luego habló con voz que deseaba ser ecuánime y no acababa de lograrlo:

—No creo que ésa sea su última palabra. Si lo es, debo confesarle que me equivoqué lamentablemente. Los paisanos suyos que he conocido, tenían más agallas para enfrentar el azar. Pero, está bien. Supongamos que ésa es su determinación final. Pero yo quisiera que me respondiese a esta pregunta: ¿ha pensado, así sea por un momento, que yo voy a ser tan ingenuo en creer que usted, que ha transitado todos los mares y conocido, sin duda, las innumerables maneras que existen para burlar la ley, no sabe en qué consisten mis negocios y que, sabiéndolo, va a callarlo para el resto de su vida? Por Dios, amigo Bashur, no estamos, ni usted ni yo, en edad de como dicen los brasileros, engullir semejante sapo. ¿Desea más té? — preguntó mientras estiraba el brazo para alcanzar la tetera y servirle. Bashur hizo un gesto afirmativo a tiempo que se daba cuenta de que Tirado alargaba el pie para tocar algo en el suelo. Éste acabó de servir el té y encendió un cigarrillo cuyo humo aspiró profundamente.

Instantes después se escucharon pasos en el sendero que llevaba hasta el muelle. Dos negros atléticos salieron del naranjal y se dirigieron a la terraza. Abdul dedujo que venían del lugar donde el dueño dormía. Pertenecían, como el de la lancha, a esa raza sudanesa que pobló las costas del Pacífico Ecuatorial, y cuya ferocidad era legendaria. Cuando la pareja de sicarios estaba a pocos pasos, se escuchó a lo lejos el golpe característico de una embarcación contra el muelle de cemento. A un gesto de Tirado, los negros dieron media vuelta y corrieron hacia allá. Bashur y Tirado se quedaron un instante en silencio, tratando de entender algunas palabras que se escucharon en dirección del desembarcadero. Tirado se puso de pronto en pie y partió corriendo hacia donde se oyeron las voces. Abdul fue tras él, pensando que se trataba de alguna acechanza que le tenían preparada en el sitio donde estaban desayunando. Llegó al muelle tras *El rompe espejos* quien, con las manos en alto, al igual que los guardaespaldas, miraba a Vincas y a dos colosos polacos contratados en Gdynia[71] que apuntaban desde la lancha con sus rifles. Vincas apoyaba su pistola en la cabeza del guardián del *Thorn* que miraba con ojos desorbitados y llorosos a su patrón. El lituano hizo a Bashur señal de que saltara a la lancha. Bashur no obedeció de inmediato. Volviendo hacia Tirado, le dijo en voz baja:

—Ustedes dicen que los caminos de Dios son insondables. Nosotros pensamos que los de Allah lo son más aún. Gracias por su hospitalidad y hasta nunca. Aunque no lo crea, nada quiero saber de sus asuntos que para nada me interesan.

Saltó a la lancha. Ésta dio la vuelta a todo motor y se dirigió caño abajo entre la tupida vegetación de las orillas que, al unirse por encima, apenas dejaba espacio para una embarcación. Los polacos seguían apuntando hacia el muelle, con esa impasibilidad eslava de la que todo puede temerse y casi nada se adivina. Al pasar frente a la lujosa lancha de Tirado le dispararon dos ráfagas en la línea de flotación que la hundieron en pocos segundos, Se escuchó poco después el ruido de un cuerpo al caer al agua. Era el vigilante del *Thorn.* Uno de los marinos, tras de soltarle las manos, lo había arrojado al caño de un puntapié. La lancha, conducida por Vincas, llegó al Mira y, conservando su velocidad, se encaminó hacia la de-

[71] Véase la nota 57 de la página 228.

sembocadura en un zigzag vertiginoso destinado a evitar cualquier disparo que viniera de la orilla. Bashur le preguntó al capitán cómo había logrado llegar en forma tan oportuna. Vincas le repuso que ya se lo explicaría en el barco. Era preciso llegar a la mayor brevedad porque aún podían tener una sorpresa.

Siguieron río abajo, a toda la velocidad que permitía el motor fuera de borda instalado en la barca de remos del *Princess Boukhara.* Salieron al estuario y al pasar junto al *Thorn*, Abdul se le quedó mirando. «Otro barco que se me va —pensó—. Extraña maldición la que me persigue. También puede ser que el destino insista en evitarme algo fatal que se esconde en estos saurios de otros tiempos.» Vincas miraba el viejo barco con los ojos desorbitados de pánico. Abdul no entendió esa expresión que se advertía también en la pareja de polacos que observaban al venerable despojo inmóvil, reflejado en las aguas del estuario. Cuando llegaron al *Princess Boukhara,* que tenía los motores encendidos y estaba listo para partir, izaron de prisa la barca con todo y ocupantes. Cuando ésta se niveló con la cubierta y la gente saltó al piso, el barco había comenzado a desplazarse en dirección al mar. Bashur estaba intrigado por la premura con la que estaban actuando. Vincas lo tomó del brazo y lo llevó rápidamente a proa. Allí permanecieron observando el *Thorn.* Abdul, sin entender lo que sucedía, se quedó absorto mirando uno más de los tantos barcos que habían poblado sus insomnios. De repente una explosión atronadora conmovió la bahía y una llamarada infernal, coronada por un humo negro que subía hacia el cielo se levantó del *Thorn* que comenzó a inclinarse suavemente a babor. Cuando el casco se volteó del todo, mostró sus lomos invadidos de algas y fucos de mar. Había una impudicia lastimosa en ese vertiginoso agonizar de la augusta pieza de museo. Lo vieron desaparecer en un remolino de aguas sucias de óxido y aceite y algunos trozos de madera carbonizada que giraban tristemente en atropellado vértigo. Fue todo lo que quedó del *Thorn.* La mancha se fue extendiendo como un último signo de infortunio y descomposición.

Vincas se llevó a Bashur hacia el puente de mando. Éste no salía de su pasmo y estaba como atontado. El capitán ordenó al timonel que saliera de la cabina y él tomó los mandos, después de cerrar la puerta con seguro. El relato de Vincas no duró mucho tiempo. Las cosas habían ocurrido en una veloz secuencia de pesadilla, pero dentro de una lógica muy simple. Cuando Abdul partió con *El rompe espejos,* Vincas se quedó intranquilo, acosado por presentimientos nacidos, en buena parte, por la desapacible impresión que le causó el personaje. Ya sabían que el vigilante tenía comunicación por radio con la residencia de Tirado. Avanzada la noche, Vincas resolvió visitar el *Thorn.* Lo acompañaron los dos colosos de Gdynia, armados de fusiles automáticos de gran poder. Él llevaba una Walter 45[72]. Subieron al barco sin mayores explicaciones y el negro no se atrevió a oponer resistencia. El infeliz tenía en el rostro tales signos de consternación, que apenas lograba pronunciar algunas palabras deshilvanadas. Temblaba como una hoja y les pedía que abandonaran el barco de inmediato. Más le aterraba el castigo de *El rompe espejos* que las armas de los visitantes. Vincas ordenó que lo encerraran con llave en un camarote sin muebles, contiguo al cuarto de la radio, y dejó a uno de los marinos vigilando la puerta. Fue luego a examinar el transmisor y, cuando se colocó los auriculares, coincidió con una conversación de *El rompe espejos* con un lugar al que aludía como puesto dos. Era notorio que evitaban mencionar nombres propios. La comunicación duró poco más de quince minutos y siguió de inmediato otra con el llamado puesto tres. Una frase repetida por Tirado en ambas conversaciones, puso a Vincas al corriente del peligro mortal que corría Abdul: «Al dueño del barco lo tengo aquí. Da igual si entra o no por el aro. De todos modos es necesario liquidarlo, ahora o

[72] Walter 45, más conocida como «Walther PPK, calibre 7,6 mm» y tal vez el modelo más popular de su tipo. La pistola Walther es de origen alemán y fue concebida en la fábrica de armas que, en 1886, iniciara Carl-Wilhelm-Freund Walther, en Turingia. Los modelos «PP» provienen de 1929 y los «PPK» de 1938. Si bien de amplio uso en los sectores militares, ambos modelos fueron comercializados en forma masiva sólo a partir de 1952, cuando la factoría de la familia Walther había ya desaparecido. La pistola «Walther» es asimismo notoria porque el modelo llamado «PPK» es el arma que siempre llevaba James Bond consigo. La «Walter PP/PPK» es considerada como una pistola semiautomática de siete disparos.

más tarde, después de que nos haya servido para lo que necesitamos. Ha visto demasiado y, además, no es ninguna mansa paloma.» Vincas se dispuso a actuar sin demora. Lo que había escuchado le permitió saber que Tirado tenía varias toneladas de hoja de coca listas para enviar a un puerto de la costa colombiana en el Pacífico, muy cerca de la frontera con Panamá. Allí, el cargamento sería trasladado tierra adentro por cuenta de los que él mencionaba, como «la fábrica». Si Abdul aceptaba el trato, lo liquidarían después que entregase la hoja de coca. Si no aceptaba, sería ejecutado esa misma mañana y su barco tomado por asalto. El *Thorn* debía ser volado al día siguiente. Existían sospechas de que la policía tenía ya ubicada la señal de la radio. Las cargas estaban colocadas y Tirado daría la señal para activar los explosivos a control remoto desde la orilla. Los tales «puestos» eran plantíos de coca de propiedad, por partes iguales, de *El rompe espejos* y de los dueños de «la fábrica». Tirado tenía participación en la venta final de la droga. Vincas ordenó bajar al negro con ellos para que le indicase el camino a la casa donde tenían a Bashur. Partirían de inmediato y esperarían a la madrugada para tratar de rescatarlo. El vigilante seguía temblando y le escurrían por las mejillas gruesos lagrimones que le empapaban la camisa. «Me va a matar —repetía entre sollozos—. Ese hombre me va a matar. Ustedes no lo conocen. ¡Dios mío, de ésta no me salvo!» No conseguía escuchar a Vincas cuando le decía que, antes de llegar al sitio, lo dejarían escapar. Se internaron por los manglares. Más tarde entraron al caño guiados por el negro. Allí apagaron el motor y siguieron a remo hasta divisar la casa de Tirado. En espera del alba se escondieron en la vegetación de la orilla. Cuando oyeron voces que venían del fondo del naranjal, se dirigieron hacia el desembarcadero. La barca chocó con el borde de cemento y una pareja de negros corrió hacia ellos. Los fusiles de los polacos que les apuntaban los detuvieron en seco. Después llegaron Tirado y, tras él, Bashur. El resto, Abdul ya lo sabía. El negro no había querido saltar a la orilla en la zona de los manglares. «Escapar adónde ¡Virgen Santa! —se quejaba—. Pero ustedes no saben quién es *El rompe espejos,* No duro vivo ni un día.» Por eso tuvieron que arrojarlo, después de rescatar a Bashur. Si lamentaba la pérdida del

Thorn, era bueno que supiera que el barco carecía de motores y estaba totalmente desmantelado. Lo tenían allí únicamente para comunicarse entre las diferentes bases de la instalación montada por Tirado y sus socios. El comando costero había ubicado la señal y su voladura era inevitable. El vigilante debía perecer con el barco, no valía la pena rescatarlo.

Cuando Vincas terminó su historia, Abdul ordenó poner rumbo a Panamá. En pocas palabras expresó al capitán su gratitud y encomió la rapidez con la que supo actuar. Sencillamente, le había salvado la vida. Vincas transmitió a los marinos de Gdynia estas palabras. Ellos sonrieron satisfechos y expresaron su contento en un dialecto que sólo Vincas lograba entender a medias. Desde luego, los dejó a oscuras sobre en qué consistían las actividades de *El rompe espejos*. En las interminables borracheras con las que celebraban su arribo a los puertos, podía írseles la lengua a pesar de su fidelidad a toda prueba.

Anclaron en Panamá para esperar turno en el Canal y esa tarde llegó una lancha con dos inspectores y cuatro agentes armados de metralletas. Subieron al barco y pidieron hablar con Bashur. Éste los recibió y contestó sereno a las preguntas que le hicieron. Todas estaban relacionadas con la voladura de un barco en el estuario del río Mira. Las respuestas de Bashur se concretaron a su interés en la adquisición del barco y a la imposibilidad que se le presentó de hablar con el supuesto dueño. El vigilante del barco no quiso ponerlos en contacto con él. Esperaron hasta el día siguiente y, cuando estaban partiendo, el *Thorn* explotó envuelto en llamas. Era todo lo que podía decirles. El interrogatorio de los inspectores no fue más allá. Parecían mostrar muy poco empeño en saber más de lo que Abdul les informaba. Se trataba de una operación rutinaria para salvar las apariencias. En esto se advertía hasta dónde alcanzaban los tentáculos de *El rompe espejos*.

El *Princess Boukhara* cruzó el Canal y viajó hasta Fort de France en Martinica[73], en donde recibiría carga para el Havre.

---

[73] Martinica es una isla francesa situada en el corazón de las Antillas Menores, en el mar del Caribe, situada al N de Venezuela y al S de la isla de Guadalupe. La isla, notoria porque fuera descubierta por Cristóbal Colón en 1502, fue ocupada por los ingleses de 1794 hasta 1802. En posesión de Fran-

Cuando llegaron a este puerto, los esperaba Maqroll quien subió al barco en compañía de un singular personaje a quien presentó como su gran amigo el pintor Alejandro Obregón[74], compañero de andanzas por el sureste asiático y la costa canadiense del Pacífico, sobre las cuales, por cierto, algo se ha escrito en su momento. Mientras daban cuenta de tres botellas del espléndido ron de las islas Trois Rivières[75], compradas por Bashur en Martinica para agasajar a sus huéspedes, escucharon el relato de éste y su providencial rescate gracias a una conversación escuchada por radio y a la diligencia de Vincas Blekaitis. Terminado el relato, Maqroll se concretó a comentar:

—Mis premoniciones sobre las virtudes de *El rompe espejos* se cumplieron generosamente. No pensé que el personaje fue-

---

cia desde 1635, fue restituida a Inglaterra en 1803. En 1946 se convierte en Departamento y en 1982 en región autónoma. La explotación azucarera y las plantaciones bananeras han cedido sitio en la actualidad al turismo como principal fuente de recursos. La isla posee asimismo una decena de distilerías de *rum* («rhum», «ron»), que es considerado como uno de los más refinados del Caribe y que consiste en un destilado de una mezcla de melaza y zumo extraídos de la caña de azúcar, al cual se da color ámbar con caramelo.

[74] Alejandro Obregón, que aparece aquí como compañero de andanzas de Maqroll, posee un papel protagónico en *Tríptico de mar y tierra* (Bogotá, Norma, 1993), donde una de las tres partes del libro aparece vinculada con él (véase «Razón verídica de los encuentros y complicidades de Maqroll el Gabiero con Alejandro Obregón»).

Alejandro Obregón (1920-) es un pintor colombiano de origen catalán. Habiendo nacido en Barcelona, pasó su infancia entre Barranquilla y Liverpool. Estudió Bellas Artes en Boston y ha ocupado los cargos de cónsul y de director de la Escuela de Bellas Artes de Bogotá. En 1945 presenta su primera exposición individual en Bogotá. Abandona la vida pública en 1948 cuando emigra a Francia, en donde reside hasta 1955. Desde entonces se ha dedicado casi con exclusividad a su obra pictórica. Los trabajos de Obregón se caracterizan por un intenso trabajo con los colores.

El vínculo de Obregón con el autor Mutis es indudable y es aquí, por tanto, una de las partes de la novela donde la relación entre autor y Narrador se confunden.

[75] Trois Rivières es un pequeño poblado de la isla de Guadalupe, que constituye un departamento francés de ultramar situado en las llamadas Antillas Menores, al N de Martinica. Aquí el narrador se refiere probablemente a las Île des Saintes (15° 52' N y 61° 35' O), que se hallan frente a la localidad de Trois Rivières, al S de la isla de Guadalupe.

ra tan colorido. Tampoco su foto al lado de Lena permitía vaticinar mucho más. Me hubiera gustado encontrarme con él. Esos señoritos descarriados representan una de las más acabadas personificaciones del mal. Del mal absoluto que carcomía las entrañas de Gilles de Rais y de Erzsébet Báthory[76].

Obregón, moviendo la cabeza, objetó:

—No crea. Esos tipos no dan para tanto. Conozco a unos pocos que se ajustan al modelo de *El rompe espejos* y no dan el ancho. Les falta la grandeza de los ejemplos históricos que usted acaba de citar. Siempre esconden, allá, en el último rincón del alma, a un pobre diablo. Yo creo que el mal puro es un concepto abstracto, una creación mental que jamás se da en la vida real.

El resto de la última botella de Trois Riviéres se consumió mientras ellos, a su vez, daban cuenta a Bashur y a Vincas de sus correrías por Malasia, nada ejemplarizantes por cierto.

---

[76] Gilles de Rais *(circa* 1400-1440), noble y acaudalado francés, miembro relevante del ejército, se conjetura que asesinó y torturó a cientos de niños de origen humilde, convirtiéndolos en muchos casos en parte de sus experimentos químicos y físicos. Acusado de algunos de estos crímenes, fue ahorcado en 1440.

La condesa Elisabeth Barthóry (o también Erzséber Báthory) (1560-1614), miembro de un antigua familia noble húngara, que diera origen a los príncipes de Transilvania y a Etienne I, rey de Polonia. Su fama se debe a que mandó asesinar, en diferentes períodos, a 612 mujeres jóvenes para bañarse en su sangre caliente, puesto que suponía que eso era garantía de belleza y eternidad. Acusada y juzgada, fue encarcelada de por vida en 1611.

IV

Ha llegado el momento de relatar el suceso que cambió por completo el curso de la vida de Abdul Bashur, suceso sobre el cual muy poco sabemos por él mismo. En su correspondencia con Fátima, cita el hecho de paso sin agregar comentario alguno. Todos los detalles a este respecto los conocí por Maqroll el Gaviero, ya en forma verbal directa, ya por carta. Si bien es cierto que por esta última vía también fue bastante escueto, como si quisiera respetar un tácito deseo de su amigo. Se trata de la trágica muerte de Ilona Grabowska en Panamá, en circunstancias que jamás lograron aclararse del todo. Después de ocurrido el desastre, Maqroll acompañó a Bashur hasta Vancouver. Pocos meses después encontré al Gaviero quien me contó la tragedia de la cual había sido no sólo testigo, sino, en cierta forma, protagonista. Todos estos detalles, junto con otros hechos que los antecedieron, fueron relatados por boca del Gaviero en un libro que anda por el mundo, dedicado, en su mayor parte, a Ilona, la amiga triestina de los dos camaradas[77]. Me limitaré entonces, en esta ocasión, a resumir brevemente lo sucedido en Panamá. Ilona y Maqroll habían establecido allí un próspero negocio, consistente en una casa de citas adonde concurrían mujeres que se decían aeromozas de conocidas líneas aéreas que tocaban en Panamá. Bashur pasaba en esa época por una mala racha.

---

[77] Se refiere a *Ilona llega con la lluvia, op. cit.* La primera edición de esta obra es de 1987.

A pesar de ello, se había ingeniado entonces la manera de enviar algunas libras esterlinas a Maqroll, quien se encontraba al cabo de la cuerda en Panamá, antes de su encuentro con Ilona y la genial idea del burdel de falsas aeromozas. Las ganancias del original y productivo negocio fueron enviadas en buena parte a Bashur. Con las pingües contribuciones de sus dos amigos, éste compró un barco cisterna acondicionado para el transporte de productos químicos. Lo había bautizado *Fairy of Trieste,* en honor de Ilona. Por cierto que a la homenajeada no le hizo mayor gracia el detalle que encontró demasiado dentro del ampuloso gusto oriental. Maqroll y su socia se cansaron de la vida en Villa Rosa que era el nombre de la casa de citas, y de manejar a las pupilas que la frecuentaban y a su clientela abigarrada y siempre conflictiva. Tomaron la determinación de salir de Panamá. Iban al encuentro de Bashur, quien iba rumbo a Vancouver y había anunciado su próximo paso por el Canal. No le dirían nada, para darle la sorpresa. En los últimos días, antes de partir, una de las asiduas asistentes a Villa Rosa, comenzó a mostrar un extraño apego hacia Ilona, interés que nada tenía de erótico, al menos superficialmente. Se llamaba Larissa y era natural del Chaco. La mujer vivía en un barco abandonado en un malecón de la Avenida Balboa. Allí citó a Ilona una tarde, con el propósito de implorarle que no se fuera. Nadie ha podido saber lo que sucedió, pero lo cierto es que el barco saltó en pedazos a causa de una explosión ocasionada por un escape de gas butano que alirnentaba la pequeña estufa de Larissa. Las dos mujeres quedaron semicarbonizadas y Maqroll partió para Cristóbal a encontrarse con Bashur, quien llegó en el *Fairy of Trieste* al día siguiente de la explosión. Hasta aquí lo ya narrado en ocasión anterior[78].

El encuentro de los dos amigos fue, como era de esperarse, desgarrador, en particular para Bashur para quien la noticia tuvo consecuencias imprevisibles. El Gaviero subió a bordo y, tomando a su amigo del brazo, lo llevó al camarote de éste, diciéndole que tenía que comunicarle algo en privado. El ros-

---

78 Se refiere a la trama de *Ilona llega con la lluvia, op. cit.*

tro de Bashur quien, en ese instante, intuyó que algo había sucedido a Ilona, cobró un tono gris y rígido como de quien espera un golpe y no sabe de dónde va a venir. Ya en el camarote, Maqroll le relató en breves palabras la tragedia. Bashur, anonadado, pidió al Gaviero con voz sorda, que, por favor, lo dejara un rato solo. Maqroll salió para hablar con el capitán del *Fairy of Trieste.* Se trataba, una vez más, de Vincas Blekaitis, inseparable de Abdul y, como siempre, incapaz de pronunciar correctamente el nombre del patrón.

—Qué le pasó a Jabdul. ¿Una mala noticia? ¿Ilona no vino acaso con usted? —preguntó mientras lo acompañaba para indicarle el camarote que le tenían reservado.

—Ilona murió, Vincas —le dijo Maqroll con voz opaca.

—¡Dios mío! ¿Y usted lo dejó solo? —exclamó el capitán alarmado.

—No se preocupe. Él mismo me lo pidió. Bashur no es de los que buscan escaparse por la puerta que usted está pensando. Le hará bien estar solo unas horas para acostumbrarse a vivir con el vacío que le espera. Las consecuencias vendrán después. Pienso que serán fatales, pero en otro sentido —explicó el Gaviero.

—Bueno. Usted lo conoce mejor. Me angustia pensar en el dolor que lo debe estar torturando ahora. Estaba tan ilusionado de ver a su amiga y de mostrarle el barco, bautizado en su honor. ¿Pero cómo sucedió eso? ¿La mató alguien? —la desolación de Vincas era conmovedora.

Maqroll lo puso al corriente de lo sucedido y el pobre lituano entendía aún menos el absurdo pero fatal ordenamiento de los hechos. Ya en su camarote, el Gaviero meditó largamente sobre el destino nefasto que parecía marcar a quienes llegaban a compartir con él algún trecho de su vida. Para Abdul, la muerte de Ilona era un desastre abrumador. Su relación con ella, con ese cariz fraterno y, al mismo tiempo, una fuerte dosis de erotismo, había creado un vínculo mucho más sólido de lo que el itinerante libanés sospechaba. Para Ilona, por su parte, Abdul era ese hermano menor que nunca tuvo y cuya vida le producía secreta satisfacción orientar. Había en ella una mezcla de complicidad sensual y de sutil dominio ejercido con destreza esencialmente femenina. En cambio, la relación con Maqroll significaba para Ilona un perpetuo reto y una continua sorpresa. Nunca había conseguido asir, así fuera por un instante, alguien por quien sentía evidente atracción y cuyo enigma superaba la eficaz y apretada red de su inteligencia premonitoria de hechicera. Con Maqroll todo quedaba pendiente y nada se cumplía a cabalidad. Los cabos sueltos tornaban a intrigarla, despertando su curiosidad por el personaje. De allí que su trato con el Gaviero estaba siempre sazonado de un humor entre irónico y cariñoso que a ella le permitía conservar siempre una salida de escape. Con Abdul, en cambio, todo se formalizaba dentro de un orden cuyo escueto diseño, que no excluía la aventura y el riesgo, la mantenía dentro de cauces que jamás escapaban a su amorosa inteligencia. Que los celos no hubieran asomado jamás su tortuosa silueta para separar al trío, era fácilmente explicable para quienes conocían esos distintos matices de su relación. La desaparición de Ilona dejaba un vacío que, sin separar a los dos amigos, les despojaba de un intermediario que había facilitado y hecho más amable el manejo de situaciones cuya gravedad siempre acababa disolviéndose por obra del saludable sentido común y el indeclinable amor a la vida de su común amiga y amante.

El viaje a Vancouver estuvo, así, teñido por la turbia torpeza que deja la muerte de alguien a quien hemos amado sin reservas y que formaba parte de la más firme substancia de nuestro existir. Maqroll cuidó, desde el comienzo, en dejar muy claro ante Abdul la condición de inevitable que marcó la tragedia. Larissa escondió hasta el último instante las armas que tenía preparadas, e Ilona se lanzó de cabeza en la celada de la chaqueña sin dejar a Maqroll la menor oportunidad de intervenir. Bashur insistía en darle al asunto una explicación erótica y morbosa de parte de Larissa. El Gaviero insistió muchas veces en que Ilona fue a este respecto de una claridad absoluta. En otras ocasiones, cuando ella había tenido una pasajera aventura de ese orden, solía comentarla sin reservas. El hacer el amor con otra mujer, era para Ilona una suerte de juego sin consecuencias, una gimnasia de los sentidos en donde sólo éstos participaban, jamás los sentimientos. Lo de la chaqueña había tenido que ver, más bien, con una piedad mal entendida y con una oscura culpa gratuitamente asumida. Larissa se había aprovechado de esto con el cinismo tenebroso propio de cierta clase de insania bien definida por la psiquiatría. Maqroll insistía en que, al dejar escapar el gas y, una vez Ilona presente, encender el cerillo que causó la explosión, Larissa se había vengado, en la persona de la triestina, de la amarga serie de humillaciones que conformaron esa vida de perpetua servidumbre y de sórdida dependencia. No fue posible aclarar los hechos, ni a la policía de Panamá le interesó sobremanera hacerlo. La explicación de los secretos móviles de Larissa debía andar muy cerca de la tesis del Gaviero.

Ya sin Ilona y su amorosa pero sutil vigilancia, Abdul Bashur, con el paso del tiempo, se fue inclinando cada vez más a seguir los pasos del Gaviero, asumiendo su deshilvanada errancia y el gusto por aceptar el destino sin medir el alcance de sus ocultos designios. Por este camino, Abdul, movido por el secular atavismo de su sangre trashumante, descendió, si no más hondo, al menos a las mismas tinieblas abismales visitadas por Maqroll. Era como si hubiese perdido un freno, un asidero que lo detenía en lo pendiente de su querencia al desastre. Esto me ha llevado a veces a pensar en que la cita con *El rompe espejos,* sucedió después de la muerte de Ilona. Cuesta creer que ella no hubiese intervenido en semejante aventura, en la que iba de por medio la vida de su amante. Pero si nos atenemos a las fechas de la correspondencia, esa suposición debe descartarse. Habría que decidir, entonces, que la influencia de Maqroll había comenzado a ejercer su dominio aun antes de la desaparición de Ilona, lo que tampoco es muy creíble.

V

Sea como fuere, cuando llegaron a Vancouver, Bashur ya había soltado todo lastre y sin pensarlo dos veces, aceptó la sugerencia de Maqroll de vender el *Fairy of Trieste* y, con ese dinero, comprar un carguero que acondicionarían para el transporte de peregrinos a La Meca[79]. Así lo hicieron y, como pasajeros en un venerable carguero turco, viajaron hasta el Pireo[80], donde se encontraba el barco que deseaban adquirir. El motor diesel de la nave necesitaba una reparación a fondo ya que se trataba de un D11, Scania Saab, fabricado en Suecia en 1920. La conversión del *Hellas,* que así se llamaba el carguero, se realizó en el mismo Pireo a tiempo con el ajuste del motor. Y su registro se hizo en Chipre.

---

[79] La Meca (o Mecca) es la ciudad sagrada del Islam. Se halla situada en el reino de Arabia Saudí a unos 60 kilómetros del mar Rojo y en la zona centro O de la península arábiga. La Meca es el lugar de peregrinación por excelencia del Islam, el sitio al que se supone cada mulsulmán debería visitar al menos una vez en su vida. La ciudad posee asimismo el llamado *Ka'ba,* un edificio rectangular que constituye el centro mismo del Islam y hacia todas las plegarias de los creyentes van dirigidas, sin importar dónde se encuentren. Vecino al *Ka'ba* se halla también la famosa mezquita de *al-Haram.*

[80] El Pireo *(Piraeus* en griego) es un puerto situado en Grecia central (37° 56' N y 23° 39' E) y el más importante de este país. El puerto se halla a 9 km al sudoeste de Atenas. Aunque ya se tienen noticias de este puerto en el 450 a.C., fue destruido por los romanos en el año 86 a.C. Es así que en 1834, cuando Grecia comenzaba a eregirse como nación en sentido moderno, un espacio vacío fue elegido para crear un nuevo puerto. El puerto de pasajeros de Pireo es el tercero en el mundo en orden de tráfico.

El negocio de transportar peregrinos a La Meca era ya conocido de los dos amigos y algo de esto se menciona en el relato dedicado a Ilona y Maqroll y a sus andanzas en Panamá[81]. Las ganancias en esa clase de actividad son bastante alentadoras, pero el manejo de los pasajeros trae inconvenientes y riesgos fáciles de imaginar. En esa nueva etapa de sus actividades en el Medio Oriente, Abdul y Maqroll anduvieron juntos algunos años. Aunque poco digno de contar les sucedió durante dicho período, sí vale la pena consignar un hecho que pone en evidencia los cambios en el carácter de Bashur. En el tercero o cuarto viaje que hicieron con peregrinos a los santos lugares del Islam, toparon con un contingente que estuvo a punto de acabar, no sólo con el negocio sino también con sus vidas.

Habían recogido a un grupo de familias de una pequeña comunidad musulmana instalada en Jablanac, en la costa croata de Yugoslavia[82]. Se trataba de sobrevivientes de los tiempos de la ocupación otomana, que habían resistido con inquebrantable entereza, durante generaciones, todos los intentos de disolución promovidos por las autoridades de Croacia. El primer incidente del viaje no pasó a mayores y fue oportunamente sofocado por Maqroll. Un contramaestre recién enganchado por el Gaviero y que respondía al nombre de Yosip, conocido suyo de años atrás, hombre de ánimo un tanto desorbitado y susceptible, nacido en Irak, de ancestros georgianos, fue el detonador de esta primera riña. Yosip sentía por Maqroll un afecto probado ya en ocasiones anteriores[83]. Era el encargado de instalar en la cala del barco, convertida en dormitorio común, a las familias de los peregrinos. Apenas entendía Yosip el arduo dialecto que hablaba esa gente y, de pronto, se suscitó una riña por un lugar que había asignado a

[81] Se refiere a *Ilona llega con la lluvia, op. cit.* Sobre el particular pueden consultarse los capítulos 2 a 6.

[82] Se refiere a la costa del mar Adriático, frente a la península itálica, que hoy constituye parte de un país independiente bajo el nombre de Croacia. Jablanac es una pequeña localidad portuaria situada frente al estrecho que divide el contienente de la isla de Rab.

[83] Véase *Amirbar,* Bogotá, Norma, 1990.

una familia y que otra insistía en ocupar. Yosip trató de poner orden en la disputa cuando, de repente, los dos grupos contrincantes se unieron para irse contra él con el propósito de matarlo. En ese momento el Gaviero descendía para supervisar la instalación de los pasajeros. Conociendo el ánimo conflictivo y feroz de los croatas, traía siempre consigo un revólver calibre 38 en el bolsillo de su chaquetón de marino. Cuando vio lo que sucedía hizo dos disparos al aire y, apuntando a los rijosos, los conminó a guardar el orden, mientras hacía a Yosip señas de que abandonara el lugar. El que figuraba como jefe de la comunidad, un anciano imponente de luengas barbas entrecanas y ojos de iluminado, se destacó del fondo de la cala y se acercó para calmar a sus feligreses. Luego se dirigió a Maqroll en turco para explicarle que Yosip representaba para ellos una disidencia religiosa especialmente ofensiva. Era, por lo tanto, más prudente evitar, en lo posible, todo contacto del contramaestre con la comunidad. Maqroll asintió, en principio, a la solicitud del Imán y todo pareció tornar a la normalidad[84]. Por cierto que, muchos años después, me iba a encontrar con Yosip, que regentaba un infecto motelucho en La Brea Bulevard de Los Ángeles, en donde había acogido a Maqroll derrumbado por un agudo ataque de malaria. En esa ocasión, Yosip me relató el hecho con ferviente e intacta gratitud hacia el Gaviero[85].

El viaje pareció continuar sin otro contratiempo, pero una sorda inquina se iba fermentando entre el pasaje, motivada, ya no solamente por la presencia de Yosip, sino por cierta liberalidad en la estricta observancia de los preceptos de su religión que comenzaron a advertir en Abdul Bashur, al que sabían musulmán y cuya conducta venían juzgando desde el comienzo del viaje. En esas comunidades, que han sobrevivi-

[84] «Imán» es la máxima jerarquía religiosa en la llamada *Sh'i Islam* (la tierra del Islam). De todas formas, según el Corán, existirían cinco diferentes acepciones de la palabra según el ámbito o contexto en el que se use. Aquí, el narrador la emplea para designar a una persona eminente o reconocida dentro de la comunidad *(sunni islam)* y en estos casos el título de «Imán» se agrega al nombre propio de dicha persona.

[85] Se refiere a la trama de *Amirbar, op. cit.*

do al aislamiento a que las someten las autoridades de su país, la intransigencia y el dogmatismo se acentúan con mayor fuerza por obvias razones de supervivencia de su fe en un medio hostil a ésta. Maqroll sugirió que tanto Yosip como Abdul y Vincas, permanecieran siempre armados hasta llegar a La Meca. Y aquí vale tal vez la pena de hacer algunas aclaraciones respecto a las creencias de Abdul y a su manera de practicarlas. Siendo un musulmán solidario con los avatares del Islam y perteneciendo a una familia donde la religión está integrada a la cotidiana rutina del hogar, Abdul, sin embargo, mostró desde niño una actitud de creyente marginal, de observante que se reservaba, allá en su interior, algo muy parecido a una actitud de examen, de análisis racional de las normas impuestas por el Corán; actitud que en ninguna religión es la más indicada para vivir como creyente auténtico y devoto. Su madre, mujer de gran dulzura, que sentía por él un cariño absorbente, trató de corregir esa tendencia de su hijo, pero, muy pronto, al llegar éste a la adolescencia, tuvo que prescindir de su empeño. Los continuos viajes, sobre todo por el continente europeo, no modificaron esa manera de vivir Bashur sus convicciones religiosas, antes bien acentuaron más sus reservas y perplejidades. Todo fanatismo lo perturbaba en extremo. Más aún, cuando cayó en la cuenta de que éste constituía el núcleo auténtico del islamismo, cuya perpetua actitud intransigente condenaba la más mínima desviación o tibieza en la práctica de los preceptos coránicos. La ductilidad conciliadora que lo distinguió desde niño, le habría de servir como escudo en sus andanzas por tierras del Profeta, en donde evitó siempre el menor roce con sus correligionarios. Más bien era frecuente que Bashur entrara en conflicto con sus amigos europeos, que lo trataban como un levantino occidental izado, chocando siempre con la intimidad lastimada de Abdul, que reaccionaba ante tan burda incomprensión. Seguramente, una de las razones de la sólida amistad que se estableció con el Gaviero, era el respeto innato y espontáneo que éste supo mostrar, desde el primer momento, por las convicciones de su amigo. En cuántas ocasiones fue el mismo Maqroll quien tuvo que encargarse de poner en su lugar al interlocutor occidental que, viendo a Bashur brindar con ellos, se creyó autorizado a comentarios desobligantes sobre los preceptos del Islam en esa materia. Bashur guardaba, en esas ocasiones, un silencio entre fastidiado y contrito, mientras Maqroll dictaba al imprudente una lección que, de seguro, no olvidaría fácilmente. Abdul estaba cansado ya de repetir que El Libro en ninguna parte prohibía taxativamente el uso del alcohol[86]. Lo que sí reprendía sin reservas era la ebriedad, gran pecado contra la mente, don inapreciable de Allah.

—No se preocupe, Abdul —consolaba el Gaviero a su amigo—. Esta gente no ha entendido nada del Islam. Lo peor es que esa ignorancia insolente viene ya desde las Cruzadas. Siempre acaban pagándola muy cara, pero no entienden la advertencia y siguen en su tozudez. No tienen remedio. Así será hasta el fin de los tiempos.

—No todos son así —solía aclarar Bashur— conozco muchos españoles y portugueses con una disposición mucho más abierta y sensata que la de otros europeos.

—No se haga ilusiones —insistía el Gaviero— recuerde la Inquisición.

—Según tengo entendido entre los inquisidores hubo más de un converso. Le tengo más miedo al fanatismo de mis hermanos que al de los «rumi»[87].

En esas palabras Bashur retrataba fielmente su actitud frente al conflicto secular de dos civilizaciones que han sostenido un diálogo de sordos durante más de un milenio. Si nos hemos detenido en ese aspecto de la personalidad de Bashur es porque, precisamente en ese viaje con los croatas a los lugares santos, se manifestó en forma patente su actitud ante el problema religioso.

Cuando el *Hellas* dejó el Adriático, comenzó cada mañana a subir a cubierta una mujer vestida un poco a la moda euro-

---

[86] «El Libro» hace referencia al Corán, indicando su cualidad de libro sagrado y «único». El Corán es el libro sagrado que contiene las revelaciones dadas por Muhammad («Mahoma») entre el año 610-632 y escritas por discípulos de su entorno por la misma fecha. Hacia el año 650 se establece el primer *corpus* escrito. La primera traducción del árabe del Corán fue hacia el latín en 1143.

[87] Expresión árabe que sirve para identificar a los no musulmanes, en particular a los cristianos. Es el equivalente del término *goïm* que emplean los hebreos.

pea, con un traje floreado que le llegaba a los tobillos. Desde el primer día en que apareció, Bashur puso en ella la vista. Alta, casi de su estatura, delgada y esbelta, los pechos breves y firmes, la mujer mantenía un porte erguido y ausente que armonizaba con la perfección de sus facciones. Era una cara alargada y pálida, de facciones finamente delineadas, con una ligera tendencia a seguir el óvalo del rostro. Los ojos grandes y oscuros conservaban una mirada de esquivo estupor, de gacela alarmada, que le daba un particular encanto. El viento, al ceñirle el traje al cuerpo, ponía de manifiesto unas caderas apenas insinuadas, con las crestas de los ilíacos resaltando bajo la tela. La mujer permanecía allí, sin acompañante alguno, durante dos largas horas, escrutando fijamente el horizonte, cosa que despertó la curiosidad de Bashur y la inquietud de Vincas. Periódicamente se pasaba la mano por la abundante cabellera de un negro profundo, en un gesto de impaciencia apenas manifiesta. Al tercer día de pasar Abdul a su lado, con un pretexto cualquiera, escuchó que se dirigía a él, en el dialecto de El Cairo, para preguntarle qué islas eran esas que habían quedado atrás hacía un rato y se perdían ya en el horizonte.

—Son Othonoï y Erikousa[88]. Vale la pena, un día, visitarlas. Son el primer anuncio del encanto helénico —contestó Bashur, con evidente propósito de continuar el diálogo.

La mujer resultó dueña de una educación bastante mas extensa y refinada que la del resto de sus compañeros de peregrinación. Viajaba para reunirse con su marido, explicó, tras algunas frases convencionales. Sus padres la habían casado con un hermano mayor del Imán que los conducía a La Meca. Era un comerciante muy respetado en la región, que, desde hacía muchos años, se tenía que desplazar en silla de ruedas debido a un ataque cerebral que lo dejó semiparalítico. Ella había ido a Jablanac para visitar a sus sobrinas políticas, hijas del Imán, y ahora regresaba al hogar. De soltera vivió en Egipto, trabajando en un almacén de perfumes en El Cairo, pro-

---

[88] Othonoï y Erikousa (también «Othoni» y «Erikoussa») son dos pequeñas islas de Grecia que se hallan al NO y al N de la isla de Kérkira (39° 37' N y 19° 56' E). Othonï tiene un bonito faro que en su tiempo era empleado para ayuadar a la navegación de los «ferries» provenientes de Bari y Brindisi.

tegida por unos lejanos parientes de su madre. Sus padres murieron en un accidente de tren, cuando viajaban a Zagreb para instalarse allí[89]. A su regreso de Egipto el Imán, que había recibido la custodia de la joven, la casó con su hermano que ya se encontraba inválido.

Durante todo este relato de su vida, no advirtió Bashur el menor tono de queja o autocompasión. Ella contó los hechos en forma escueta y directa, como si le hubiesen ocurrido a otra persona. Abdul, un poco en retribución a tales confidencias y un mucho para proseguir la charla, hizo, a su vez, un breve resumen de su vida. Pasaron, luego, a rememorar El Cairo, quien Abdul conocía muy bien, y Alejandría, donde había vivido de adolescente, trabajando con un tío. Precisamente en Port Said había conocido a su socio y viejo amigo, y señaló hacia Maqroll que, recostado en una silla de lona, estaba embebido en el libro de Gustave Schlumberger sobre Nicéforo Phocas[90]. Bashur percibió una ligera reticencia en los ojos de la mujer y le preguntó, a boca de jarro, qué opinaba del Gaviero. Ella, con espontánea naturalidad, le repuso que el hombre le causaba un indefinible temor. Quizás, dijo, era debido a la imposibilidad de ubicarlo en oficio alguno y tampoco en una determinada nacionalidad. Nada comentó Bashur al respecto y pasó a hablar del viaje que hacían y de los puertos donde iban a tocar. La mujer se despidió poco después. Antes de partir, volvió hacia Abdul para decirle:

—Mi nombre es Jalina. Ya sé que el suyo es Abdul y no Jabdul como lo llama el capitán. Por cierto: por qué no lo corrige cuando lo llama así.

---

[89] Zagreb es la capital de Croacia desde 1991, situada al N de Sarajevo y al E de Ljubljana, sobre la ribera N del río Sava. La ciudad remonta sus orígenes al imperio romano y ha sido caracterizada por la presencia de artistas e intelectuales, así también como por su universidad y diversas academias. Históricamente poseía un reputado mercado y desde el período de imperio austrohúngaro la ciudad adquiere también relevancia industrial y comercial.

[90] Gustave Schlumberger (1844-1929), médico y escritor francés de origen alemán. Fue asimismo un especialista en el período bizantino. El narrador hace alusión aquí a *Un Empereur byzantin au dixième siècle: Nicéphore Phocas* (París, Hachette, 1890), una edición rara y lujosa de la cual se encuentran ya muy pocos ejemplares.

—Porque me divierte que lo haga —repuso Abdul, sonriendo ante el desenfado de su interlocutora, inesperado en una musulmana— también el Gaviero lo hace cuando me quiere tomar el pelo.

—Yo jamás podría hacerlo —comentó ella mientras se dirigía hacia la escalerilla que llevaba a la cala. En esas palabras dejaba algo que Bashur interpretó como una tácita promesa de un futura intimidad.

Siguieron viéndose cada día y la relación se hizo cada vez más fluida y personal. Abdul cayó en la cuenta de que la mujer le atraía en forma muy particular. Más que atractivo, se trataba de un excitación comunicada por ese cuerpo de una esbelta delgadez y esa piel cuya blancura mate y tersa le traían a la mente los tan citados versículos coránicos sobre las huríes del paraíso[91]. Era un lugar común inaceptable, lo sabía, pero también sabía que esos lugares comunes toman cuerpo y adquieren presencia tangible. Por la misma razón de su obviedad, cobran un prestigio obsesivo y arrollador. Tanto Maqroll como Vincas vigilaban la temeraria senda por la que se internaba su amigo. El Gaviero, fiel a su principio de dejar siempre que las cosas sucedieran, sin importar lo que viniese, no intervino para nada. Vincas, más ingenuo y desprevenido, comentó a su patrón:

—Por Dios, Jabdul, los muslimes andan ya harto irritados. Usted bien sabe a lo que se arriesga si se lleva a la cama a esa mujer, casada con el hermano del Imán. Nos van a degollar a todos.

—No se preocupe, capitán. Andaré con cuidado. No pasará nada. Ya conoce usted aquello de la atracción del fruto prohibido. Además, esa mujer es más civilizada que sus broncos compañeros de viaje —repuso Abdul, que, si bien no estaba tan seguro de que el asunto no traería consecuencias, ya

---

[91] Huríes son las hermosas mujeres del paraíso que, según el Corán, acompañarán a los bienaventurados. Estas mujeres celestiales se caracterizan por sus hermosos ojos. Sobre el particular puede consultarse la versión castellana del Corán de Abderrahman Abad (Granada, Grupo Editorial Universitario, 2000) o también la edición bilingüe de Vicente Ortiz de la Puebla (Madrid, Amigos del Círculo del Bibliófilo, 1980).

había resuelto llevarse a Jalina a su camarote, exasperado por el turbador reclamo que la mujer ejercía sobre sus sentidos.

La iniciativa, sin embargo, no partió de él y esto exacerbó aún más su capricho. Una noche, cuando dormía ya profundamente, tocaron tímidamente a su puerta. Se levantó para abrir y entró Jalina, envuelta en un amplio chal que le envolvía todo el cuerpo como a una sacerdotisa fenicia en trance. Sin pronunciar palabra cayeron abrazados en la litera. Abdul solía dormir desnudo y ella, al quitarse el chal, apareció en plena desnudez ofrecida en un desordenado delirio de posesa. Bashur confirmó, en febriles episodios que se sucedían en un vértigo que parecía no acabar nunca, sus premoniciones sobre el temperamento de la croata, cuyas caricias lo dejaron exhausto.

Los encuentros nocturnos se repitieron cada noche, a tiempo que la mujer no volvió a presentarse en la cubierta, en un vano intento, tal vez, de ocultar su relación con el dueño del *Hellas*. Los temores de Vincas no tardaron en cumplirse. Abdul comenzó a notar en el cuerpo de su amiga moretones que indicaban el castigo por su conducta. Ella le restó importancia al hecho e inventó que se había caído de la litera mientras dormía. Abdul prefirió aceptar la disculpa. Pero una noche, cuando fue a abrir la puerta, en lugar de Jalina entró el Imán en persona. La actitud del anciano no era violenta. Daba la impresión, más bien, de estar turbado ante la desnudez de Bashur y no lograba expresarse claramente. Bashur se envolvió en la sábana y lo invitó a sentarse. El hombre permaneció de pie mirándole fijamente. Bashur le preguntó la razón de esa visita y el Imán le contestó con voz que escondía un hondo reproche:

—Usted conoce muy bien el castigo que en El Libro se impone a las parejas adúlteras. No tengo que decirle más. Cuando lleguemos a La Meca, esa mujer sera juzgada según la ley del Profeta. Respecto a usted, nada podemos hacer aquí. Su ofensa será un día castigada como está prescrito. Lo conmino a que suspenda de inmediato todo contacto con la mujer de mi hermano. Si hasta hoy he conseguido detener a mi gente, que está ansiosa de limpiar la vergüenza que cayó sobre nosotros, no garantizo que, en adelante, pueda lograrlo. Esto es todo lo que tengo que decir, además de proclamarlo, con la autoridad de mi investidura de Mullah[92], réprobo indigno de la infinita clemencia de Allah el misericordioso.

Bashur informó a Maqroll al otro día sobre las palabras del Imán y sus propósitos justicieros. El Gaviero se quedó pensativo por un instante, como sospechando la gravedad del anuncio y luego comentó:

— ¡Ay, Jabdul!, cómo siento tener que darle la razón a Vincas. Pero, por otra parte, es cierto que en esta materia no he predicado precisamente con el ejemplo y nada puedo decir. Ahora bien, mientras estemos en el barco, el Imán no puede aplicar en esa pobre mujer su feroz justicia. Estamos bajo pabellón británico. No olvide que *Hellas* está registrado en Limassol. El anciano sabe que las leyes inglesas considerarían cualquier atropello a Jalina como un delito grave. Él mismo lo está reconociendo así al decir que la sentencia se ejecutará al llegar a La Meca. Nos conocemos hace tiempo y bien sé que usted buscará la manera de seguir en contacto con ella y tratará de protegerla. Eso va a enardecer los ánimos de estos bárbaros. Si se nos vienen encima, no cabe duda de que dan cuenta de nosotros en pocos minutos. La única solución posible es que descienda con ella pasado mañana en Port Said. Nosotros seguiremos hasta Jiddah[93] dejamos allí a los peregrinos y, de regreso, los recogemos a ustedes. Hay que ver qué papeles tiene la dama.

—Trae pasaporte yugoslavo —explicó Abdul—, pero como ha vivido varios años en Egipto, la policía debe tener registrado su nombre. No creo que haya ningun contratiempo para bajar en Port Said y esperar allí algunos días el *Hellas*. Pero ése no es el verdadero problema —prosiguió Abdul con tono desolado—. Lo que en verdad me inquieta, en caso de que lo-

---

[92] «Mullah», al igual que «Ayatollah» son títulos de carácter religioso dentro del mundo musulmán. El «Mullah» por lo general es un jefe de índole tribal, al mismo tiempo religioso y político, como es costumbre en las creencias de las corrientes musulmanas contemporáneas más radicales.

[93] Jiddah es una localidad portuaria de Arabia Saudí (21° 29' N y 39° 11' E), situada a orillas del mar Rojo, y una de las ciudades más importantes del reino. Jiddah es el puerto a través del cual pasan la mayoría de los peregrinos que se dirigen a La Meca.

gremos quedarnos en Port Said, es cargar con esta hembra desenfrenada y hacerme cargo de ella, vaya a saber por cuánto tiempo. Usted sabe que ésta es una aventura pasajera. Y le he contado sobre los arrestos de la señora en el lecho y la delirante experiencia que ha sido estar con ella. Pero de allí, a compartir la vida con una bacante desmelenada, hay un abismo.

—Todo eso ya está tenido en cuenta. En Port Said le daremos dinero suficiente para que viaje adonde quiera. No me da la impresión de que sea persona para quedar desamparada así nomás. Si trabajó en El Cairo y en Alejandría, se abrirá camino fácilmente en cualquier sitio. Hay una cosa cierta y ella la sabe: si desciende en Jiddah con los demás, muere lapidada antes de ver La Meca. Habría que encontrar a alguien que se interese por ella y dejársela en herencia, como hice con la viuda de los inciensos funerarios en Kuala Lumpur, que acabó en brazos de Alejandro Obregón —a estas últimas palabras del Gaviero, Abdul respondió con un movimiento de cabeza que decía más que cualquier frase, luego comentó:

—Pero cuál va a ser la reacción de esos energúmenos, cuando se den cuenta de que desembarcamos en Port Said —era evidente que no acababa de ver del todo claro en el plan de su socio.

—Muy bien —le respondió el Gaviero—, ustedes bajan de noche, en forma discreta. Yosip los acompañará. Es de confiar y tiene papeles de Irak, que no presentan problema. Se dirá que fue al puerto para entregar unos documentos a nuestro agente. Lo importante, ahora, es que se comunique usted con su Dulcinea. Yo estoy seguro que ella hará lo imposible para verlo.

En efecto, Jalina apareció a la madrugada siguiente en el camarote de Abdul, con el rostro magullado, una ceja desgarrada que sangraba copiosamente y la espalda llena de señales de azotes propinados sin piedad. Bashur intento, como pudo, curarle las heridas con los medios disponibles en su botiquín y le hizo tomar un analgésico fuerte para calmar los dolores que debían ser insoportables, aunque la mujer no se quejaba. Tampoco quiso contar quién le había castigado así. Escuchó la propuesta de Bashur respecto a desembarcar con él en Port Said y estuvo de acuerdo en todo. Confirmó también que en su pasaporte figuraba aún la constancia de haber vivido y trabajado en Egipto. Se insinuó para hacer el amor, a pesar del maltrato que traía, y Abdul accedió para no contrariarla en ese momento. Antes de regresar a la cala convino en esperar un cuarto de hora antes de la medianoche siguiente al pie de la lancha del *Hellas* que los llevaría a tierra. Bashur le indicó claramente cuál era.

Abdul informó esa mañana a Maqroll y a Vincas sobre la visita de Jalina y su conformidad con el plan de escape. Quedaba el problema de los peregrinos y su reacción cuando se dieran cuenta del hecho. Estuvieron todos de acuerdo en repartir armas entre los miembros de la tripulación de mayor confianza.

Atracaron esa noche en Port Said y comunicaron por radio a la capitanía del puerto que iban a descender dos pasajeros con sus papeles en regla. Esperarían en Port Said hasta el regreso del *Hellas* que se dirigía con peregrinos hasta Jiddah, el puerto de La Meca. Las autoridades estuvieron conformes. A la hora que indicó Bashur, Jalina apareció al pie de la lancha. Había sido golpeada de nuevo y apenas podía caminar. Casi al tiempo llegaron Yosip y un marinero que lo acompañaría hasta el muelle. En la cala no se escuchaba señal de vida. El Gaviero y Vincas se quedaron en espera del regreso de la lancha ansiosos de saber cómo habían sucedido las cosas en el puerto. El tiempo pasó y nadie regresaba. Finalmente, en la mañana del día siguiente la lancha volvió conducida sólo por el marinero, quien hacía señas para que le ayudaran a izarla. Al llegar a cubierta el hombre relató lo sucedido, sin esperar a las preguntas de sus superiores. Abdul y Jalina pasaron la barrera de inmigración sin problema alguno. Un policía preguntó por qué venía esa mujer en tal estado, le explicaron que había sufrido un traspiés en la escalera que descendía a la cala y había caído de casi cuatro metros de altura. Iba a someterse a un examen médico en el hospital de Port Said. Cuando Yosip se disponía ya a regresar, le pidieron sus papeles y él repuso que no los traía consigo, ya que no tenía intenciones de desembarcar allí. Le ordenaron esperar, después de pedirle su nombre completo y otros datos personales. Al poco rato ingresó el mismo oficial con dos guardianes armados y le dijo a Yosip:

—Usted estuvo en la Legión Extranjera francesa y tiene asuntos pendientes en Francia con la justicia militar. Queda detenido. —Los guardias lo esposaron y partieron con él hacia el interior de las oficinas. Al marinero, que trataba de abogar por el contramaestre, le indicaron que no se mezclara en eso y regresara al barco de inmediato, si no quería que lo detuvieran también. El hombre explicó que había escuchado, allá detrás de las mamparas de vidrio que separaban el área de inmigración del resto de las oficinas, que Abdul y Jalina algo hablaban con Yosip quien debió cruzarse con ellos.

La presencia de Yosip en el barco era indispensable para enfrentar a los croatas en caso de algún desorden en la cala. La tripulación sentía hacia él una mezcla de fidelidad, respeto y admiración por su abigarrado historial en todos los puertos del Mediterráneo. Maqroll y Vincas se fueron a dormir, luego de acordar que se comunicarían a la mañana siguiente con la persona que los representaba como agente aduanal, para pedirle que interviniese en alguna forma para conseguir la liberación de Yosip. Así lo hicieron y hacia las diez de la mañana consiguieron, por fin, comunicarse a Port Said con el hombre cuya voz se oía trasnochada y tartajosa. Pasó Abdul al aparato y los puso al corriente de lo ocurrido. Resulta que Yosip era desertor de la Legión Extranjera francesa y las autoridades de ese país habían cursado un pedido de extradición a Egipto, donde sospechaban que se había refugiado. Yosip explicó que ese cargo estaba ya prescrito y solucionado hacía más de diez años. Si las autoridades egipcias preguntaban ahora a Francia por el caso, todo se aclararía al instante. En el pasaporte, que le fue enviado por Vincas esa mañana, podían ver que varias veces había entrado y salido de Francia, Argelia y Túnez, sin ser molestado. Los archivos de Port Said no debían estar al día. Pero daba la casualidad de que era sábado y el consulado francés sólo abriría hasta el lunes siguiente. Abdul sugería que continuasen el viaje lo más pronto posible, por obvias razones. Aclaró también que la persona enferma que había bajado con ellos estaba ya bajo atención médica en el hospital inglés. En un par de días estaría en condiciones de salir de allí. Era urgente que enviasen todos los demás papeles referentes a Yosip, que guardaba Vincas con los demás documentos del *Hellas.*

Tan pronto regresó la lancha, zarparon rumbo a Jiddah. Esa misma noche apareció de repente el Imán en el puente de mando, con el solemne porte de quien trae en sus manos la ira de Allah. Amenazó con entablar una demanda ante las autoridades sauditas, por secuestro de una pasajera. Todos tendrían que descender en Jiddah para rendir cuentas de su tropelía. Maqroll, en forma muy serena pero igualmente terminante, repuso al Mullah:

—Esa mujer vino a nosotros en busca de protección y ayuda médica, debido a las varias tandas de golpes y azotes de las que fue víctima. No quiso decir de manos de quién. Éste es un delito grave, cometido bajo pabellón británico, que se castiga, usted debe saberlo, con varios años de cárcel. La mujer descendió por su propia voluntad y así lo hizo saber a las autoridades egipcias, quienes ya están comunicando el hecho a las de Jiddah. El señor Bashur descendió en Port Said para atender negocios relacionados con nuestra operación comercial. Así consta ante las autoridades del puerto. Ahora bien: a la menor muestra de rebelión de su gente contra el capitán Blekaitis y su tripulación, se pedirá ayuda a las autoridades británicas más cercanas y los peregrinos serán desembarcados, sin contemplaciones, en el primer sitio donde podamos atracar. Desde luego haremos una denuncia por intento de secuestro de una nave de registro inglés. Cualquier acto de violencia de su gente contra nosotros será rechazado con las armas, con la autoridad que las leyes internacionales sobre navegación marítima conceden al capitán de la nave. Le aconsejo que, teniendo en cuenta lo que acabo de decirle, regrese a la cala y medite sobre las consecuencias de cualquier violencia.

El anciano ministro del Profeta dio media vuelta sin decir palabra y caminó hacia la cala con envarada prosopopeya, tan poco natural que era claro que trataba de salvar la cara frente a su gente que se había asomado para que ver qué sucedía con su Imán. Era de esperar que los convenciera de seguir hasta Jiddah sin crear desorden alguno y olvidarse de Jalina. El anciano debió lograr su propósito, porque los croatas permanecieron tranquilos durante todo el trayecto hasta el puerto de La Meca. En Jiddah, descendieron al remolcador que había ido por ellos, ya que Vincas no quiso atracar en los muelles, por natural precaución. Al descender el grupo, un gigante de mirada torva y labios temblorosos de ira, se enfrentó a Vincas y a Maqroll, que vigilaban de cerca el desembarque de los peregrinos, y los increpó en turco:

—¡Perros, hijos de perra! Algún día nos hemos de encontrar, no importa dónde y beberé su sangre y escupiré sobre sus cadáveres hasta que se me agote la saliva. Recuerden bien mi nombre: Tomic Jankevitch los perseguirá con su furia hasta matarlos.

Maqroll le respondió en el mismo idioma:

—No te preocupes por eso, Tomic. Cuando tengamos el placer de encontrarte nos adelantaremos a tus buenos deseos y obsequiaremos tu cadáver a los cuervos. Si lo aceptan. Cosa que dudo.

El hombre hizo ademán de lanzarse contra el Gaviero y éste se llevó la mano al bolsillo de su chaqueta. Alguien que venía detrás del energúmeno, lo empujó ligeramente diciéndole algunas palabras al oído. El hombre siguió su camino maldiciendo entre dientes contra todos los del barco. Vincas comentó divertido:

—Por lo visto, la ardiente Jalina cuenta con admiradores entre los santos peregrinos a La Meca. Habrá que comentárselo a Jabdul.

Partieron los croatas y el *Hellas* estaba a punto de levar anclas, cuando una lancha del resguardo portuario, con la bandera saudita flotando altiva en el tibio aire del desierto, se dirigió al barco. Por altavoz ordenaron al capitán detenerse y esperar la visita de las autoridades. Cuando subieron a bordo, los atendió Vincas con la tradicional flema nórdica. Se trataba de dos funcionarios uniformados y cuatro guardias armados de ametralladoras cortas. El funcionario que ostentaba el mayor rango, preguntó al capitán por una mujer que venía en el barco y había desembarcado contra su voluntad en Port Said, según declaracion del Imán al llegar a tierra. Vincas explicó en inglés que la mujer había descendido por su propia voluntad y así se había hecho constar en las oficinas de Inmigración en Port Said. Era fácil verificarlo comunicándose por radio con las autoridades egipcias. La mujer había sido, además, brutalmente golpeada por sus compatriotas y estaba bajo atención médica en Egipto. El oficial saudita pidió ver los documentos del barco y Vincas se los mostró de inmediato. Los examinaron con el otro empleado en forma minuciosa y desesperante, como si no entendieran bien el inglés. El superior del grupo devolvió los papeles y, sin hacer ningún comentario, ordenó en árabe a su gente volver a la lancha. Dio media vuelta y descendió rápidamente la escalerilla. Ya en la lancha, comunicó al capitán que podía partir cuando quisiera.

El viaje de regreso se cumplió sin contratiempos. Todos en el barco estaban ansiosos por saber noticias de Abdul y de Yosip. Al llegar a Port Said anclaron a la entrada del puerto y muy poco después llegó Abdul en una lancha, acompañado por el agente aduanal. Después de los saludos entusiastas de Maqroll y del capitán, éste le preguntó por Yosip. Abdul les informó con amplia sonrisa que economizaba cualquier comentario adicional:

—Ya está libre de toda acusación como desertor de la Legión, pero debe permanecer durante un mes en territorio egipcio. Así lo exigen las leyes del país, cuando se ha anulado un pedido de extradición por parte de cualquier gobierno extranjero. Esa formalidad, puramente burocrática, la está cumpliendo con enorme placer, porque le permite quedarse cuidando a Jalina, que se repone lentamente de los golpes y azotes que le propinó, con anuencia del Imán, un gigante que la pretendía. Yosip y ella han descubierto que se entienden maravillosamente. No duden que los veremos muy pronto formando una pareja ejemplar. Bien. Les pido me excusen, voy a dormir un rato porque me caigo de sueño. Hace dos días que ni duermo. Pero antes les doy un consejo: no echen en saco roto las direcciones que tiene a su disposición Malik para divertirse en Port Said. Les aseguro que valen la pena. El agente, que respondía al nombre de Malik, era un ventrudo egipcio de rostro plácido y bonachón, que sonreía a través de los grandes bigotes teñidos de henna que le caían sobre las comisuras de la boca dándole un aspecto de turco de opereta.

Tal como lo predijo Abdul, Yosip se convirtió en el inseparable compañero de Jalina. Con ella recorrió el mundo desempeñando los oficios más diversos. Abandonó la navegación, en buena parte porque su mujer no quería acompañarlo a bordo. Vincas perdió al mejor contramaestre que había tenido y Maqroll ganó dos amigos con quienes se encontró en varias ocasiones. La mujer había tomado un cariño ferviente al Gaviero desde cuando supo que había sido suya la idea de que desembarcase en Port Said. En este sentimiento de Jalina hacia el Gaviero había una gran dosis de piedad que ella explicaba siempre en una frase:

—Está más solo que nadie y necesita más que nadie de quienes lo queremos bien.

En el sórdido motel de La Brea Bulevard de Los Ángeles, donde muchos años más tarde fue a recalar el Gaviero derrumbado por las fiebres, ella iba a mostrar hasta dónde iba su afecto por él. Esto ha sido objeto de otro relato que ya anda en manos de algunos lectores interesados en las andanzas de Maqroll[94].

[94] Se refiere a *Amirbar, op. cit.*

VI

La vida de Abdul iba a mudar muy pronto de rumbo de manera radical. Aunque ni Maqroll, ni el mismo Bashur y, menos aún, sus familiares, mencionaron esta coincidencia, al revisar las cartas y escritos correspondientes a la que pudiéramos llamar la segunda etapa de la vida de nuestro amigo, es evidente que la desaparición de Ilona determinó el cambio. Al abandonar a su propia inercia ciertos mecanismos, que Ilona solía percibir desde el primer instante de su aparición y tenía la sabia y misteriosa facultad de mantener bajo control, Abdul, muerta su amiga, dejó que un ciego fatalismo desbocado lo condujera a los mayores extremos de incuria y desaprensión. No quiere esto decir que cambiase su carácter generoso e inquisitivo. Bashur siguió siendo el mismo pero transitando por veredas y ambientes por entero distintos a los que, hasta ese momento, había frecuentado. Las cosas fueron sucediendo paulatinamente. Al comienzo, no era fácil percibir el cambio, si bien, la buena suerte, que hasta entonces estuvo de su lado, se fue alejando hasta esfumarse en el horizonte de sus andanzas. El primer síntoma grave se presentó con la pérdida del *Hellas*. Sobre ello algo se dijo al comienzo de esta historia. Es hora de completar la trama de lo ocurrido entonces.

Al regresar a Chipre, después de la experiencia con los peregrinos croatas y la turbulenta Jalina, el *Hellas* realizó algunos breves recorridos en el Mediterráneo que, si bien no dejaron mayores ganancias, tampoco ocasionaban gastos considerables. La tripulación se redujo a ocho personas. Yosip fue reemplazado por un contramaestre irlandés, que ya había trabajado años atrás con Bashur, en barcos de la familia. El hombre tenía una capacidad para almacenar *whisky* en el cuerpo, que superaba todo cálculo imaginable. Pero, al mismo tiempo, sabía mantener con su gente relaciones afables a la vez que exigirles un riguroso rendimiento en el trabajo. Nunca se le vio borracho y en lo único que se le notaba que había llegado a la altamar de su dosis de escocés, era por un permanente canturrear en voz baja tonadas en la espesa lengua de la verde Erín[95]. Se llamaba John O'Fanon. De él partió la idea de transportar armas y explosivos a España.

En una taberna de Túnez John encontró a una joven pareja que decía estar pasando la luna de miel. Los dos eran catalanes y hablaban con fluidez varios idiomas. Ella era una morena de estatura más bien baja y facciones expresivas de una incesante movilidad. Él era uno de esos seres altos, descarnados y melancólicos, con cierto aire de seminaristas, de pocas palabras y que siempre dan la impresión de que acaba de caer sobre ellos una gran desgracia. La pareja simpatizó de inmediato con el contramaestre del *Hellas* y pasó buena parte de la noche disfrutando sus historias de mar y sus anécdotas, algunas muy subidas de tono, sobre su vida en los puertos. O'Fanon no estaba ya en condiciones de poner en duda esa manifestación de simpatía, nacida tan de repente y una tan marcada atención a su torrentosa charla salpicada de incidentes manidos, comunes a toda vida en el mar. Antes de regresar a su hotel, la pareja aceptó entusiasmada la invitación que les hizo John para visitar el *Hellas* y ofrecerles allí una copa en compañía de los patrones, cuyas excelencias no se cansaba de encomiar. Nada de esto informó O'Fanon a los dueños del barco y, al día siguiente, había olvidado por completo su entusiasta invitación. Los catalanes aparecieron, a eso de las cinco de la tarde, al pie de la escalerilla y pre-

[95] Alusión a Irlanda y a sus rasgos geográficos. «Erin», a su vez, hace referencia a «High Kingship of Erinn», que, de acuerdo con la mitología, se halla en el origen de lo que hoy conocemos como Irlanda. El nombre proviene de «Eriu», quien fuera esposa de MacGrené («Son of the Sun»), uno de los tres reyes nietos de Dagda, que gobernaran en sus comienzos el reino.

guntaron por su amigo O'Fanon. Maqroll supervisaba la operación de descargue de cemento proveniente de Génova, que terminaría en breves minutos. Le intrigó que la curiosa pareja preguntase por el contramaestre con tanta familiaridad. Hizo llamar a O'Fanon y, éste, al llegar, reconoció a sus amigos de la noche anterior y recordó la invitación hecha en la euforia del *scotch*. Musitó una excusa cualquiera y bajó para atender a sus amigos. Ya sobrio y refrescado por la hiriente brisa que venía del interior tunecino, en pleno mes de enero, John descubrió en la pareja algunos rasgos nuevos que no dejaron de sorprenderle. El hombre había perdido mucho de su aire clerical y miraba a su alrededor en actitud alerta, sobre todo en dirección de Maqroll. La mujer, en medio de su extrovertida variedad de gestos, que tenían más de tic nervioso que de otra cosa, también acusaba una tensa vigilancia que la noche anterior no había advertido O'Fanon. El irlandés les presentó al Gaviero, que ya estaba sobre aviso respecto a los visitantes por la conducta que desde el puente había notado en ellos. Recorrieron el barco, mirando sin detenerse en ninguno de los detalles que les enseñaba el contramaestre y sobre los cuales les daba minuciosas explicaciones. Al llegar al puente de mando, toparon allí con los propietarios y fueron presentados a Bashur. El olfato de Abdul ya había percibido varios indicios que no lo tranquilizaban. En un silencio que se creó, cuando ya nadie, al parecer, tenía nada que decir, Abdul dejó caer la pregunta que tenía a flor de labios desde hacía rato:

—¿Podemos servirles en alguna otra cosa, diferente de mostrarles un triste carguero común y corriente? Programa que se me ocurre bien poco interesante para pasar la luna de miel.

El melancólico ampurdanés —ya había explicado que era oriundo de La Bisbal[96]— atrapó de inmediato la invitación de Bashur y repuso tranquilamente:

---

[96] La Bisbal d'Empordà es un pequeño poblado de Cataluña y capital administrativa de la comarca del Baix Empordà. Se encuentra a pocos kilómetros al E del «Pirineu de Girona» y cercana a la costa del Mediterráneo («Costa Brava»).

—En efecto nos gustaría hablar con ustedes dos para plantearles un negocio. ¿Podemos ir a algún lugar privado?

Maqroll pescó al vuelo la intención de Bashur y los invitó a la pequeña oficina que compartía con Abdul entre los dos camarotes que ocupaban como dormitorio. O'Fanon miraba todo aquello con sus ojos azul cielo desorbitados, moviendo la cabeza como quien no entiende nada y se ausentó pretextando una tarea urgente.

Los tiernos cónyuges en luna de miel se transformaron, una vez sentados alrededor de la pequeña mesa de trabajo, en algo por entero diferente de lo que pretendían ser. A pesar de la prudencia con la que fueron dejando caer los datos que concernían a sus actividades, los dueños del *Hellas* sacaron en claro lo siguiente: se trataba de miembros de una organización anarquista catalana, autora de varios golpes muy sonados en la prensa europea y que habían costado la vida a varias decenas de militares y guardias civiles. Deseaban contratar un transporte de armas y explosivos que debían ser descargados en el puerto de La Escala en la Costa Brava[97]. Maqroll iría con el barco para entregar la mercancía y Bashur se quedaría con ellos y con otra pareja que los esperaba en el muelle. Los acompañaría a Bizerta[98], en espera del resultado de la operación.

—Eso quiere decir que yo quedaría en manos de ustedes como rehén —precisó Abdul con voz neutra que no calificaba el hecho.

—Eso quiere decir exactamente —repuso en el mismo tono la mujer—. No nos creerá tan ingenuos como para dejar al arbitrio de otros un asunto de esta índole. Así nos aseguramos de dos cosas: la entrega de cargamento y su discreción. Me parece que, tanto nuestro amigo libanés como usted lo

---

[97] El puerto de La Escala se halla al norte de Barcelona y de La Bisbal. Este pequeño poblado marinero está situado en el litoral del Ampurdán y al S del golfo de Roses. La Escala posee en la actualidad dos puertos: uno antiguo y una deportivo y más moderno, llamado también «Port de la Clota» (42° 7' N y 3° 8' E). Véase asimismo la nota 2 de la página 165.

[98] Bizerta es una localidad portuaria al N de Túnez situada sobre el mar Mediterráneo (37° 17' N y 9° 50' E). Véase también la nota 3 de la página 165.

han entendido perfectamente —dijo volviéndose hacia el Gaviero.

—Más claro, imposible —repuso éste con sonrisa desvaída.

—¿No les interesa saber cuánto estamos dispuestos a pagar por este servicio? —preguntó la mujer con suficiencia que irritó a Maqroll.

—Claro que nos interesa. Lo que sucede es que, tal como están planteando la cuestión, llegué a pensar que esperaban que hiciéramos la tarea en forma gratuita —contestó aquél ya un poco fuera de sí.

El hombre hizo con la mano un gesto como para detener el diálogo entre los contrincantes y mencionó la cifra que estaban dispuestos a pagar. La cantidad correspondía a lo que, en los últimos seis meses de ímproba labor, había producido el *Hellas,* sin dejar de navegar un solo día. Esto los llevó a manifestar su conformidad en forma simultánea.

Abdul partió con ellos al día siguiente y las armas y explosivos fueron cargados bajo la vigilancia de Maqroll y de Vincas que supervisaba todo aquello con su neutra mirada gris y sin hacer ningún comentario. La carga venía oculta en grandes cajones y aparecía declarada como repuestos para una planta empacadora de anchoas en La Escala. Sobre la suerte que corrió Maqroll ya se habló al comienzo de este relato, con motivo de mi encuentro con Fátima, la hermana de Bashur, en la estación de Rennes. También narré la buena suerte que acompañó al Gaviero, merced a los ingleses y a sus complejas componendas en el disputado Peñón[99]. Vincas tuvo que regresar con el *Hellas* a Chipre y allí le fue cancelada al barco la licencia de navegar a nombre de sus dueños de entonces. Un armador sirio se aprovechó de las circunstancias y adquirió el *Hellas* por una suma irrisoria. Vincas volvió a navegar con la familia de Bashur y éste comenzó a rodar por los puertos del Oriente Medio y del Adriático, sin oficio ni rumbo. Maqroll partió a Manaos para emprender su

---

[99] El Peñón es el nombre corriente con que se indica a Gibraltar (36° 8' N y 5° 21' O), valiéndose de su condición geográfica. El narrador aquí hace referencia a lo dicho y sucedido en el «prólogo» (págs. 163-176).

viaje Xurandó arriba[100] en busca de los miríficos aserraderos de lo cual ya se habló en pasada oportunidad[101].

La enumeración de los muy distintos y transitorios oficios a los que se dedicó Bashur, a partir de ese momento, llenaría varias páginas. Baste mencionar algunos a los que alude en su correspondencia y otros referidos por Maqroll: distribuidor de publicaciones y fotos pornográficas en Alepo[102], proveedor de alimentos para barcos en Famagusta[103], contratista de pintura naval en Pola[104], Crupier en

---

[100] Manaos (en la actualidad «Manaus») es un notorio puerto fluvial del Brasil situado al NO del país (3° 8' S y 60° 1' O), en plena selva amazónica y capital del estado de Amazonas. La localidad se halla situada sobre el Río Negro, afluente del río Amazonas, casi en la desembocadura con éste. Reputado históricamente como un sitio inaccesible y como un refugio para delincuentes, criminales y gente de «la mala vida», ha sido al mismo tiempo argumento literario de diversos autores. Fundada en 1669 por los portugueses, la ciudad ha basado su economía en la exportación de caucho, en la explotación maderera y, en menor medida, en la explotación petrolífera. Véase también la nota 30 de la página 199.

[101] Se refiere a *La Nieve del Almirante, op. cit.*

[102] Alepo (también «Alep», «Aleppo» o «Halab») es una antigua localidad al NO de Siria, cuyos orígenes se remontan al siglo II a.C. Situada a poca distancia del mar Mediterráneo y equidistante hacia el E con el río Éufrates, la ciudad se halla en un sitio estratégico en el paso de Europa hacia Asia. En sentido histórico fue entonces un paso obligado de caravanas, y lugar de innumerables disputas a través de los tiempos, lo cual explica sus antiguas ruinas, la presencia cristiana, sus numerosas mezquitas y la *citadelle* que domina la ciudad. En la actualidad constituye un importante centro comercial e industrial del reino, aunque Damasco le ha sustituido en cuanto ciudad más relevante.

[103] Famagusta (también «Magusa» o «Ammochostos») es una antigua localidad portuaria de Chipre que se encuentra al E de la isla, sobre la bahía que lleva el mismo nombre (35° 7' N y 33° 53' E). La ciudad se caracteriza por su estilo arquitectónico de origen medieval. De hecho, el período de esplendor de esta localidad se remonta a los siglos XII y XIII, cuando la ciudad constituía uno de los mercados más importantes del E del mar Mediterráneo y refugio de cristianos y miembros de diversas órdenes religiosas y militares. En la actualidad y desde 1974 la ciudad, que se halla en la denominada «parte N» de la isla, es controlada por la influencia de Turquía.

[104] Pola (también «Pula») es una localidad portuaria de Croacia que se halla al SO de la península de Istria (44° 53' N y 13° 48' E). La ciudad se remonta al período del imperio romano, del cual quedan aún numerosas ruinas. La mezcla de etnias eslavas, románicas y germánicas, en cuanto constante histórica, ha hecho de la península de Istria un sitio multicultural, diverso del resto de la Croacia, del cual Pula conserva cierto *flavour*. En la actualidad, el turismo se ha convertido en la principal actividad de la ciudad.

Beirut[105], guía de turistas en Estambul, fingido apostador para atraer ingenuos en una sala de billares de Sfax[106], proveedor de personal femenino adolescente en un burdel del Tánger[107], limpiador de calderas en Trípoli[108], señuelo de cambista en Port Said, admistrador de un circo en Tarento[109], proxeneta en Cherchel[110], afilador en Bastia[111], a tiempo que ven-

---

105 Beirut (en árabe «Bayrùt») es la capital del Líbano. Situada sobre el mar Mediterráneo (33° 54' N y 35° 30' E), esta ciudad portuaria remonta sus orígenes a cuando los fenicios dominaban la región en el siglo II a.C. Durante mucho tiempo, en particular entre fines del siglo XIX y mediados del siglo XX, fue conocida como «la suiza de Oriente Medio» debido a su esplendor, prosperidad y riqueza. La guerra civil iniciada en 1975 destruyó hasta las ruinas de la ciudad, la cual se haya aún dividida entre el E (cristiano) y el O (palestino-musulmán).

106 Sfax («Sfaqis» o «Safáqis» en árabe) es una localidad de Túnez que se halla a unos 300 kilómetros al S de la capital y sobre la costa N del golfo de Gabès en el mar Mediterráneo (34° 44' N y 10° 46' E). Varias industrias básicas del país se hallan situadas en Sfax, que, sin embargo, es al mismo tiempo una de las localidades más bellas de Túnez. En años recientes, el turismo se ha convertido asimismo en una importante fuente de ingresos. Según la creencia popular, en Sfax hay sol todos los días del año.

107 Tánger (en árabe «Tandja») es una localidad portuaria de Marruecos situada al N del país y al O del estrecho de Gibraltar (35° 47' N y 5° 49' O). La notoriedad de Tánger se debe a su situación estratégica y al hecho de que fuera puerto franco desde 1963. La variedad de intereses comerciales, políticos y militares, que se han dado lugar en su seno, así como la variedad de etnias y nacionalidades que le han poblado a lo largo de la historia, hacen de Tánger un lugar casi único. De hecho fue considerada como «zona internacional» prácticamente de 1923 a 1956.

108 Trípoli (en árabe «Taràbulus al-Gharb») es la ciudad portuaria capital de Libia, que se halla situada al N del país y sobre la costa del mar Mediterráneo (32° 54' N y 13° 11' E).

109 Tarento («Taranto» en italiano) es una antigua e importante ciudad portuaria del S de Italia (40° 26' N y 17° 12' E), cuya existencia se remonta al momento que en que los exiliados espartanos de Grecia le fundaran hacia el siglo IV a.C. La ciudad en realidad fue construida sobre un isla y se halla conectada al continente por una serie de canales. Tarento, capital de la región de Puglia, se encuentra situada sobre el golfo del mismo nombre en el mar Jónico. En la actualidad posee en una importante presencia industrial y constituye el arsenal más grande del país.

110 Cherchel (también «Cherchell» o «Césarée») es una localidad portuaria de Argelia situada a 55 kilómetros de la Capital (36° 37' N y 2° 11' E). Sus orígenes se remontan a Cartago y al imperio romano —y el puerto, que se ha visto reducido desde el esplendor de entonces, continúa, no obstante,

dedor de hachisch. La lista puede continuar, pero con esta muestra es suficiente para medir hasta qué fondo de infortunio y desenfado llegó nuestro amigo, el mismo airoso y emprendedor naviero libanés con quien, años atrás, me había encontrado en Urandá. A pesar de su barba entrecana y mal cuidada y de los trajes de fortuna, maculados por el uso en tan diversos oficios, con los que varias veces se me apareció durante ese descenso al averno del hampa, Bashur conservaba aún sus cortesanos gestos de brazos y manos, rima con sus palabras, y ese encanto suyo hecho de humor breve y escéptico, de continuo desafío a su destino, sin pronunciar una sola queja y de esa fidelidad a sus amigos, tan suya y tan conmovedora. Lo que, por otra parte, llama la atención en esa etapa de la existencia de Abdul, es su concordancia sincrónica con las más oscuras y abismales experiencias de su amigo de siempre, Maqroll el Gaviero. Podría pensarse que se hubiesen puesto de acuerdo para hacer ambos, cada uno por su lado, ese abyecto recorrido y transitarlo hasta sus últimas consecuencias, sin perder, ninguno de los dos, su altanera visión de un destino escogido por ellos y apurado hasta la última gota de su desventura. Quien tal cosa pensara se equivocaría sólo en un aspecto: Maqroll había comenzado mucho antes esa exploración desenfadada y carecía de los lazos y vínculos familiares y de origen que, hasta el último día, insistió en preservar Abdul.

Muestra muy elocuente de hasta dónde pudo llegar entonces Abdul es el episodio que voy a narrar con detalle. Aunque no es de los más turbios y peligrosos, revela muy fielmente los abismos que llegó a frecuentar. Algunos detalles del asunto aparecen en una carta a su hermana Fátima,

---

siendo de difícil acceso. La localidad posee numerosas ruinas de interés arqueológico y un bonito faro, que, situado sobre un islote, domina la rada del puerto. En Cherchel existe asimismo una mezquita, llamada de «las cien columnas», que ha sido convertida en hospital y que hace recordar en mucho a la atmósfera de *Reseña de los Hospitales de Ultramar* (Bogotá, Separata de Mito, 1959).

[111] Bastia es una localidad portuaria corsa situada al NO de la isla (42° 42' N y 9° 27' E) sobre el mar Tirreno. Fundada por los genoveses en 1383, constituye hoy el principal puerto y centro económico de la isla.

perteneciente al paquete que me envió de El Cairo. Hay, también, informes sobre el mismo tema en dos largas cartas a Maqroll, que éste me hizo llegar mucho más tarde desde Pollensa. En la época en que Maqroll las recibió, Bashur se estaba curando un extraño mal en una institucion de beneficencia de Paramaribo[112].

Pero antes de entrar en pormenores sobre el episodio, quizás convenga volver por un momento sobre la obsesión que persiguió a Bashur buena parte de su vida y de la cual ya hemos hablado anteriormente: ser el dueño del carguero ideal que cumpliera con las especificaciones de diseño, calado y máquina que se forjó en su mente y que, en pocas pero memorables oportunidades, había tenido al alcance de su mano. Los repetidos desencantos, señal de una soterrada ironía del destino que lo privaba, en último momento, de cumplir con su ilusorio propósito, vinieron a confundirse en su interior con la desaparición de Ilona, creándole la certeza de que Allah le anunciaba así, con brutal evidencia, que otros eran sus designios. Bashur así lo entendió, olvidó su obsesión y dejó que los días se sucedieran en la forma como el Magnánimo y Todopoderoso quería disponer. Para Bashur, por lo tanto, su odisea por los bajos fondos estaba dictada, no por la curiosidad ni por el desencanto, sino por un sereno propósito de ajustarse a más altas instancias que a su mera voluntad o al vaivén de sus caprichos. Esto es de la mayor importancia tenerlo en cuenta, para entender cuál era el estado de ánimo del amigo de Maqroll, al cumplir con esas pruebas, al parecer ofrecidas por el azar, que en verdad no es sino un juego sólo a los dioses permitido.

Merodeando de lugar en lugar del Mediterráneo, Bashur fue a recalar al Pireo. Allí cayó en gracia de una mujer, dueña de una cantina de mala muerte en la playa de Turko Lima-

---

[112] Paramaribo es la ciudad portuaria capital de Surinam (5° 49' N y 55° 9' O). La variedad de cultos existentes —iglesias, mezquitas, sinagogas— y el estilo arquitectónico holandés de la época de la colonia dan a esta localidad un colorido particular. Desde 1667 en posesión de Holanda, la ciudad se convierte en capital de provincia autónoma en 1954 y en capital de la República independiente de Surinam, creada en 1975.

non. Para redondear su presupuesto, la dama arrendaba, para propósitos pasajeros y *non sanctos,* tres habitaciones que había encima de su establecimiento de bebidas. Respondía al nombre de Vicky Skalidis, y tenía un hermano ciego vendedor de medallas milagrosas. De vez en cuando, cuidaba el lugar cuando su hermana tenía que ir de compras al puerto. Este sujeto, llamado Panos, era un dechado de picardías y resabios y, a pesar de su ceguera, sabía mantener a raya la equívoca y heterogénea clientela del tugurio, que llevaba el más improbable de los nombres: «Empurios». Cabe dudar que los dioses de la Hélade, aún en el más oscuro de sus avatares, hubieran aceptado morar en la cantina de Vicky Skalidis y menos aún bajo la vigilancia del viejo Panos, cuyo humor infernal hubiera espantado al mismo Zeus. Abdul llegó allí, tras dejar el cargo de contable en un buque cementero que hacía el recorrido del Pireo a Salónica. Él había, movido por la necesidad, sobrevalorado un tanto sus conocimientos en matemáticas. Las cuentas que entregaba fueron siendo cada vez menos ajustadas a las leyes de Pitágoras y, finalmente, con un mes de salario en el bolsillo, lo bajaron en el Pireo sin mayores contemplaciones. Anduvo varios días rondando en hoteluchos y pensiones de miseria, hasta cuando fue a parar a la playa de Turko Limanon, en donde vendía filtros contra la impotencia y postales eróticas, artículos ambos de los que hacía provisión en un sórdido comercio cuyo propietario había sido marinero en el *Princess Boukhara,* de imborrable recuerdo. Fue así como una tarde fue a pedir alojamiento en el Empurios. Primero habló con Panos y éste, por algún abscóndito motivo, simpatizó con Abdul. Sostuvieron una larga charla que los familiarizó con sus respectivas y desatinadas existencias y despertó en Panos un cierto respeto hacia la serena aceptación que el otro mostraba ante la adversidad. Cuando Vicky regresó en la noche, los encontró en pleno intercambio de poco edificantes confidencias. Vicky era una típica griega sesentona, ya entrada en carnes, cuya tez olivácea de intacta tersura y sus grandes ojos verdes, le daban un aire remozado que le valía aún muchos admiradores, por desgracia ninguno desinteresado. Se casó dos veces, la segunda con un griego de Chicago —de allí la transformación sajona de su nombre— del que heredó algún dinero, al morir su marido de una apoplejía fulminante en un restaurante de Wabash. Con su herencia resolvió abrir el Empurios y allí apareció Panos, su hermano, que ella creía desaparecido hacía muchos años. El hombre vino a servir de protección contra los pretendientes, pero también de irritable juez de su hermana que conservaba una sana coquetería, nada inocente pero juiciosamente dosificada. Panos presentó a Bashur en términos tan calurosos que Vicky pensó que se conocían de hacía tiempo. Por esta razón, accedió a que ocupase uno de los cuartos, No era ésta la regla del negocio, como es obvio, ya que se trataba de arrendar las habitaciones varias veces al día, a parejas que venían del Pireo para esconder sus amores o sus eróticas urgencias. Bashur explicó a la dueña que él no tenía el menor inconveniente en dejar libre la habitación cada vez que se presentase un cliente. El equívoco sobre la amistad de Bashur y Panos fue muy pronto descubierto por Vicky, pero, ya para entonces, ella estaba más interesada en su huésped de lo que imaginara en un comienzo. Bashur se había dejado crecer la barba y el bigote, ambos de un *salt and pepper* muy atractivo. Se los cortaba al estilo Jorge V, muy en boga entonces, que le daba un aire de superficial respetabilidad[113]. Así las cosas, no tardó Abdul en compartir la habitación de Vicky, al fondo de la taberna, y satisfacer las otoñales ansias amorosas que dormían dentro de ella en su papel de viuda respetable. Panos tomó al comienzo la nueva situación con algunas quisquillosas reservas, que Abdul supo aplacar, si no totalmente, sí, al menos, hasta hacer tolerable la convivencia. Bashur cultivaba sus relaciones con el ciego, pensando en que algún día le podrían ser de utilidad. La vasta escuela de Panos en las artes de la bribonería y en la industria del engaño, despertaron en Abdul un semillero de no precisados proyectos que prometían un futuro interesante.

---

[113] Jorge V (1865-1936), segundo hijo de Eduardo VII que reinara Inglaterra —y sus otros dominios— entre 1910 y 1936. Su figura en uniforme, con espesos *moustaches* y ojos saltones se convertirá en modelo de toda un época británica previa a la Segunda Guerra Mundial. Para algunos autores, su figura constituye asimismo el verdadero nacimiento de la monarquía «moderna» en Inglaterra, es decir, el monarca como una figura representativa y con escasa relevancia política.

Había aprendido a esperar y a dejar que las circunstancias maduraran sin prisa ni esfuerzo. En el medio marginal y ambiguo en el que ahora se movía, toda prisa era funesta, toda precipitación desaconsejable.

Abdul Bashur se opuso rotundarnente a ejercer oficio alguno en la taberna, desde el momento en que comenzó a compartir el lecho con la dueña. No por vergüenza ni pudor, eso faltaba, sino para quedar libre de poner en práctica proyectos harto más rendidores que servir *uzo* y destapar cervezas para los broncos clientes del Empurios[114]. Cuando no estaba obligado a quedarse cuidando el negocio, el ciego partía cada mañana hacia el Pireo, para vender sus medallas milagrosas al pie de la iglesia de la Trinidad Sacrosanta. Al menos tal era su pretexto para permanecer en una calle tan concurrida y ejercer otras actividades, sobre las que Abdul abrigaba fundadas sospechas. Ocurrió que, poco a poco, se fue enterando de que Panos era la cabeza de una pandilla de jóvenes rateros, ninguno de los cuales sobrepasaba los quince años. El ciego, cuyos otros sentidos, afinados hasta lo inverosímil, le permitían seguir los pasos de los viandantes, sin despertar recelo alguno, daba a sus pupilos una señal convenida para indicar que se acercaba una posible víctima. El sonido de los pasos, el olor que percibía desde lejos y otros datos aún más sutiles, le permitían definir al que llegaba hasta por su misma respiración. Panos deducía la clase social, el carácter y el origen de su clientela. Al llegar la noche, los muchachos le entregaban religiosamente el producto de sus rapiñas y él encaminaba los objetos a su destino, consistente en varias tiendas de cosas usadas cuyos propietarios eran conocidos suyos.

Desde luego, Panos nada de esto había comentado con Abdul. Pero éste, un día en que fue al puerto para poner unas cartas al correo, divisó al ciego en la esquina de la iglesia. Ya

---

[114] El *uzo* (también «ouzo») es una típica bebida alcohólica comercializada mayormente en Grecia. Posee una graduación aproximada de 35° y es muy similar a los que los turcos llaman *raki* y a lo que los árabes denominan *arak*. Algunos etnólogos, por el contrario, atribuyen el origen del *uzo* a la región S de Albania y consideran a éste similar, en cuanto licor de anís, al que sí llaman *ouzo* griego.

iba a acercarse a él para saludarlo, cuando vio que emitía un curioso silbido. De inmediato, dos jóvenes harapientos rodearon a una dama para pedirle limosna, la siguieron hasta que dobló la esquina y regresaron donde el ciego, dejando caer algo en el bolso donde traía las medallas consagradas. Abdul comprendió al instante de lo que se trataba y partió sin acercarse a Panos. Pasados algunos días, una tarde en la que quedaron solos porque Vicky salió de compras, Bashur abordó el tema como si se tratase de algo ya sabido y comentado entre ellos. Panos sonrió con brutal sarcasmo y volviendo el rostro al cielo, como buscando una luz incierta, comentó:

—Esos angelitos son una mina sin aprovechar. Ahora me limito a mantenerlos entrenados para más altos destinos. Ya se me ocurrirá algo brillante.

—En principio —comentó Abdul—, creo que estás operando en un sector del puerto que no es el más productivo. Habría que explotar los lugares frecuentados por los turistas. Es más, desde el instante en que descienden de los barcos que los traen de las islas, habría que comenzar a trabajarlos. Luego, en las calles donde están las tabernas con «buzukia» y finalmente, a la salida de los hoteles de lujo[115].

—Yo también había pensado eso. Pero a esa escala no puedo hacerlo solo y no todos los muchachos están igualmente entrenados —arguyó Panos.

Abdul, entonces, consideró que era llegado el momento de exponer el plan que traía en mente y cuyos detalles había madurado en los últimos días:

—Lo primero que debe hacerse es una selección estricta y cuidadosa entre todos ellos y quedarse con los que en verdad están listos para un trabajo fino, delicado e interesante. Los demás, sin descorazonarlos, deben dejarse operando donde ahora lo hacen, pero ya por su cuenta. La acción debe concretarse a objetos de valor: relojes de marcas conocidas y cos-

---

[115] «Buzukia» deriva de «buzuki», que es uno de los instrumentos musicales típicos de Grecia. El «buzuki» es el laúd griego, originado del encuentro entre la guitarra occidental y el laúd de origen árabe. «Buzukia» se denomina comúnmente a los lugares públicos de divertimento en donde se ejecuta el «buzuki». En Grecia es prácticamente una categoría aparte y específica de local.

tosas, pulseras, collares, billeteras con dólares, libras o marcos. Nada más. Otro aspecto a cuidar, es la venta de lo que se consiga. A ti te están robando tus amigos ropavejeros. Ellos se quedan con la parte del león. Eso debe estudiarse más a fondo. El botín de valor comprobado y considerable, debe venderse en Estambul. A tus pupilos se les dará dinero y jamás el producto directo de sus hurtos.

Mientras Bashur exponía su plan, el ciego volvía hacia él la cara a cada instante, con expresión de incredulidad que aumentaba a medida que se perfilaba el proyecto. Sólo pudo colocar una objeción:

—No creas que es fácil engañar ni mantener a raya esas fierecillas. Ya están acostumbrados a recibir una parte considerable del botín y no creo que podamos meterlos en cintura.

—No estoy de acuerdo —refutó Abdul—. A los que escojamos, para trabajar con nosotros, se les explica claramente, desde un comienzo, que se trata de una operación enteramente distinta y nueva. Se les ha escogido como a los mejores y van a ganar mucho más que antes. Las condiciones son ésas. El que no quiera puede regresar con los otros y trabajar por su cuenta. Cuando reciban los primeros pagos, verán que el asunto no va en broma y que vale la pena alinearse con nosotros.

Después de esta conversación, que siguió por varias horas dedicadas a estudiar y afinar todos los detalles, cada uno de los socios empezó a poner en práctica la parte del plan que le correspondía. Bashur entró en contacto con amigos suyos en Estambul, que operaban en combinación con el hampa de esa ciudad. Recorrió, luego, los sitios del Pireo más concurridos por los turistas y tomó nota de las horas de mayor movimiento en cada lugar. Panos, por su lado, inició la selección del personal más calificado entre sus pupilos, elaboró una lista y estudió con Bashur caso por caso en particular. Los dos entrevistaron luego a cada joven para medir sus habilidades. Cuando todo estuvo listo, Abdul descubrió la carta maestra que guardaba oculta hasta ese instante. Consistía en lo siguiente: en cada sitio donde operaran, instalaría un puesto para vender avena helada espolvoreada con canela, una bebida refrescante que conoció en Cartagena de Indias y cuya receta obtuvo a través de una amiga cumbiambera y cariñosa. La bebida se mantendría en un gran caldero. Con un cucharón Bashur serviría los vasos para los clientes. En el caldero se pondrían siempre trozos de hielo. Precisamente en ese caldero, los jóvenes ladrones dejarían caer en forma rápida y discreta, el producto de sus hurtos, inmediatamente después de cometerlos. Si la policía los capturaba, no hallarían nada al esculcarlos. Esto, en el caso de joyas, relojes, pulseras y collares. Las carteras con dinero las dejarian caer detrás de la olla, donde Bashur las recogería para esconderlas al instante. La manera de verificar la lealtad de los muchachos era muy sencilla: Panos tenía un primo lejano en la policía del puerto y por él sabría de las quejas levantadas por las víctimas y estas quejas debían coincidir, casi con absoluta precisión, con el producto recogido en el día. Los objetos eran rescatados del caldero en casa y todo estaría en orden.

El lugar donde se inició lo que Bashur y Panos bautizaron como la «Operación avena helada», fue el desembarcadero de los navíos que traían o llevaban a los turistas de las islas del Egeo. Bashur y Panos tenían la intención de ir desplazando el centro de su actividad cada cierto tiempo, con el doble objeto de explotar otras zonas de afluencia turística y escapar de la policía, alertada por la frecuencia de las quejas en una determinada área. El rendimiento del negocio en su primera etapa en los muelles, sobrepasó todos los cálculos de sus organizadores. Pasaron luego a trabajar la zona de las tabernas con «buzukia». Allí el éxito fue aún mayor. Pero, como era previsible, los muchachos comenzaron a darse cuenta de que el caldero de avena helada jamás devolvía los relojes de grandes marcas, ni las joyas de valor que ellos recordaban haber arrojado allí. Ni Abdul ni Panos hacían jamás mención de tan valiosos objetos. A sus reclamaciones, éstos respondieron que nada sabían de tales maravillas, dudosas de ser reconocidas por el hurtador en una acción tan rápida. Lo rescatado en el caldero, les dijeron, era lo que ellos mencionaban y no había nada más qué hablar sobre el asunto. Además, estaban percibiendo diez veces más de lo que antes ganaban junto a la iglesia de la Trinidad. Era injusto que se quejasen, ahora que recibían lo que jamás soñaron. Es claro que los jóvenes no se tragaron la píldora que con tanto cinismo como énfasis les querían hacer ingerir. Algunos, los más audaces e inconformes, llegaron a hacer alusiones poco comedidas sobre los progenitores de sus jefes que éstos hicieron como si no las hubieran escuchado.

Meses después, el grupo se trasladó a Atenas. En el Pireo ya habían agotado los lugares idóneos para actuar. Lo último allí fueron las puertas de los grandes hoteles. La policía comenzó a sospechar de algo, porque las quejas de los turistas y de sus respectivos consulados empezaron a llover en forma tan intensa como desacostumbrada. En Atenas se fueron de una vez a Plaka, la larga calle de las tabernas que no cierran nunca. Allí, Bashur y Panos coronaron con tal plenitud sus objetivos, que el ciego optó por retirarse y así se lo manifestó a Bashur. Éste, con la policía en los talones, viajó de súbito a Estambul, donde había venido acumulando sus ganancias durante las visitas a esa ciudad para vender los artículos robados. No quiso despedirse de Vicky Skalidis quien, por lo demás, ya sospechaba que las actividades de su amante y de su hermano nada tenían de inocentes y había anticipado que todo terminaría, bien en la cárcel, o bien en la precipitada huida de Bashur. Éste en un último rasgo de gratitud, le dejó una carta encomiando las cualidades físicas y morales de su protectora y prometiéndole volver un día para renovar el idilio interrumpido por razones de fuerza mayor. Le daba las más expresivas gracias por la ayuda que le brindó en momentos de la mayor penuria, cuando había perdido toda esperanza de salir adelante. Ella guardó la carta en un pequeño baúl donde conservaba recuerdos de su vida sentimental, que aún conservaban aromas que despertaban nostalgias deleitables en la propietaria del Empurios.

VII

Y así fue como Bashur consiguió salir de nuevo a la superficie, dejando atrás sus experiencias por los tortuosos caminos de la milenaria picaresca mediterránea. La suma que había logrado poner a salvo en Estambul, le permitía renovar con toda holgura sus actividades en la marina mercante. Pero ese peregrinaje por el ámbito de la transgresión, que fue largo y salpicado de episodios no todos tan fácilmente confesables como los que hemos registrado aquí, había traído cambios notables en su carácter y en su forma de ver la vida. Volver a comprar un *tramp steamer* para, finalmente, tener que venderlo con pérdida como había sido el caso del *Princess Boukhara*, el *Fairy of Trieste*, el *Hellas* y tantos otros anónimos y olvidados, era algo para él hoy día inconcebible.

A este respecto, fue Maqroll el Gaviero quien dio fe, con mayor certitud, sobre la mudanza de su viejo amigo y cómplice. En innumerables ocasiones se habían encontrado durante los años negros de Bashur, que, como ya dijimos, correspondieron a una época no menos accidentada y catastrófica del Gaviero. Maqroll, de viva voz, en las oportunidades que tuve de verlo, cuando le preguntaba por Abdul, se extendía en una minuciosa disección de sus cambios y de las pruebas por las que estaba pasando. En su correspondencia con la familia, Bashur hizo, apenas, veladas alusiones a todo esto, con excepción de un par de cartas a Fátima, su hermana preferida, en las que se mostraba más explícito.

—En Abdul —explicaba Maqroll— existía una especie de maliciosa tendencia a disfrutar de la vida y a desafiar las acechanzas de la fortuna, que hacían de él un compañero ideal en las horas difíciles y el más indicado para disfrutar las venturosas. Nada para él era imposible ni prohibido, nada le estaba vedado y frente a lo que la vida le planteaba, solía adoptar una actitud de abierto desafío, que cada vez es menos la mía. Cuando salió a flote y apareció en Estambul, dueño de un pequeño capital, pude notar que mantenía una distancia, una reserva, discreta pero firme, ante las propuestas del destino. La agresividad se trocó en escéptica observación de la realidad, la cual asumía con la indiferencia del que sube al cadalso pensando ya en la otra vida. Las mujeres, usted bien lo sabe, que fueron su máxima tentación y su mayor fuente de dicha, son ahora objeto de una curiosidad y de una extrañeza que las deja intrigadas y hasta incómodas las más de las veces. Desde luego ya no se le escucha hablar del barco de sus sueños. Alude sí, a las características que éste debe tener, pero como quien menciona algo que ya no pudo ser, algo que no fue concebido y que, por lo tanto, pertenece al mundo de lo ilusorio e inalcanzable. Mundo que ya para nada le atrae, ni le mueve a búsquedas y empeños que sabe vanos. No quiero decir que se convirtió en un ser amargado, ni que se doliese de frustración alguna. Sigue siendo caluroso y devoto de sus amigos, pero en su actitud se percibe algo como un velo, como un opaco cancel que lo mantiene al margen del torbellino que azota a los hombres con la gratitud que distingue a toda intervención de los dioses.

Señal muy elocuente de su nuevo modo de ser es que, radicado ya en Estambul, en lugar de volver a su antigua querencia marinera y mercantil, Abdul se conformó con adquirir, en compañía de un primo lejano radicado en Uskudar[116], un

[116] Uskudar (también «Crysópolis», «Golden City» y «Skoutarion») es la ciudad portuaria que se sitúa del otro lado del estrecho de Bósforo (41° 1' N y 28° 58' E), enfrente de Estambul. Es también conocida como la «Estambul asiática». Los orígenes de la ciudad se remontan a la Antigüedad, pero fue durante la dominación otomana cuando obtuvo su esplendor —y de este período provienen los innumerables baños, palacios y mezquitas que hacen de esta ciudad un cantera inagotable de arqueología e historia. Entre 1453 y 1923, es decir, durante toda la existencia del imperio otomano, la actual Estambul era conocida como «Constantinopla».

transbordador para hacer el servicio entre esa ciudad y Estarribul. El negocio, sin ser próspero, dejaba a sus dueños lo suficiente para vivir sin estrecheces ni apuros. Con la barba casi blanca, las espaldas ligeramente agachadas, Abdul seguía conservando, sin embargo, ese aire de Califa que pasa de incógnito, que lo distinguió siempre y que causaba la curiosidad de todo el que lo conocía.

Permanecía largas horas en los cafés instalados a orillas del Bósforo, frecuentados por comerciantes y gentes de mar. Entre copa y copa de arak con hielo, tomado con la circunspección que prescribe el Corán y una taza de café humeante y perfumado a su vera, hacía reseña de su vida de marino y escuchaba con amable atención los relatos de sus contertulios, mostrando siempre el vivo interés que le movía hacia las cosas del mar. Se le conocieron dos o tres amigas. Solía cenar de vez en cuando con una de ellas y pasaban la noche juntos en su apartamento cerca de Kariye. Ellas aprendieron muy pronto a no hacerse ilusiones sobre la duración de estos amores, ni, desde luego, sobre la fidelidad de Abdul. Cada una sabía a qué atenerse en ese sentido, pero la atracción de Bashur seguía siendo lo suficientemente fuerte como para disfrutar de su compañía y de su hecho.

Durante la llamada Guerra de Crimea (1854-1856), la armada británica tenía base en Uskudar y aquí también se localizaba —en el entonces suburbio de Scutari— el Barrak Hospital que hizo famoso Florence Nightingale (1820-1910). Eventos estos que, una vez más, hacen pensar en la atmósfera de *Reseñas de los Hospitales de Ultramar (op. cit.).* Por otra parte, en Uskudar también existían numerosos *caravansaries,* que asimismo sugiere conexiones una vez más con Maqroll.

VIII

Entre los últimos papeles que Maqroll me envió desde Pollensa en Mallorca, todos relacionados con su amigo de tantos años, encontré veinte hojas escritas a mano, al reverso de las instrucciones de ensamble y uso de una complicada sierra de madera fabricada en Finlandia. Las páginas están numeradas. La primera tiene un título torpemente subrayado que dice: *Diálogo en Belem do Pará*[117]. La letra es, sin lugar a duda, la del Gaviero. Un antiguo amigo suyo dijo de su caligrafía que parecía la letra de Drácula. El mismo Maqroll se encargó de difundir esta definición tan acertada como macabra. La redacción es en forma de diálogo entre dos protagonistas, identificados, uno con la letra M y el otro con la A. Al recorrer unos pocos renglones me fue fácil reconocer que se trataba de Abdul y Maqroll. Quedaba por aclarar cuándo sucedió ese encuentro y la consiguiente charla tan fielmente transcrita por el Gaviero. Como no he vuelto a recibir noticias suyas, ni respuesta a las cartas que le he enviado a Pollensa, me ha sido imposible saber por él ese dato. Me he tenido que conformar, pues, con la aplicación de un método deductivo basado en el texto mismo. De ello he podido sacar en claro lo siguiente: La conversación ocurrió después de haberse aposentado Bashur

[117] Belem es un puerto fluvial del Brasil situado en la vera del río Pará, a poca distancia al sur de la desembocadura del río Amazonas, del cual es afluente (1° 28' 3'' S y 48° 29' 18'' O). Es asimismo la capital del estado de Pará y sus orígenes se remontan a 1616, cuando un fuerte militar, con el nombre de Nossa Senhora de Belem, fue establecido en el lugar.

en Estambul, en una época cercana a su fatal viaje a Lisboa y Madeira; es evidente que Maqroll había pasado ya por la tremenda prueba de remontar el Xurandó en busca de los miríficos aserraderos, pero no por la experiencia de Puerto Plata con los contrabandistas de armas[118]. En lo que toca a Bashur, se puede establecer que, desde su aparente retiro en Estambul, hizo, al menos, tres viajes: uno a Cadiz para supervisar la operación de calafateo de un barco de la familia, viaje al que se refiere Fátima en una de sus cartas a Maqroll; otro a San José de Costa Rica para cerrar un negocio de compra de café y entrevistarse con Jon Iturri, el capitán del *Alción*, amante de Warda, hermana de Abdul y dueña de la nave y el último viaje de su vida a Madeira, vía Lisboa. ¿Cuándo pasó, entonces, por Belem do Pará para encontrarse con Maqroll? Sólo he logrado intentar una hipótesis valedera, aunque imposible de confirmar. Bashur visitó Belem, después de tocar Costa Rica, para tratar con su amigo algún proyecto de los varios que éste siempre tenía en mente. Abdul no habló de esto, quizás porque nada en claro resultó del encuentro y no había razón de mencionarlo en su correspondencia. No es éste, ni mucho menos, el único vacío que hay en el curso de las existencias paralelas de los dos amigos. Hay que tener en cuenta, además, que las cartas de Bashur a los suyos se suceden con largos intervalos y, como creo que ya lo dije, dejan sin tocar muchos episodios y ocultan no pocos detalles de lo que relata. Existe una última posibilidad, que no debe desecharse del todo y es la de que ese encuentro jamás tuviera lugar y Maqroll intentase resumir en esos apuntes la esencia de ciertos temas que estuvieron presentes en muchos diálogos entre ellos, en diversas ocasiones de su vida. Conociendo al Gaviero y su afición por esta clase de juegos —véase el mismo diario del Xurandó, en donde aparecen a cada paso— esta tesis puede ser

[118] Puerto Plata es una localidad situada en la República Dominicana sobre la costa N de la isla de Santo Domingo (19° 48' N y 70° 42' O). La ciudad fue fundada en 1502 por Nicolás de Ovando en un sitio elegido por Cristóbal Colón. En 1863 la ciudad fue incendiada a consecuencia de la guerra de Restauración contra España y volvió a ser reconstruida a partir de 1865. En la actualidad es un importante centro turístico.

la más válida, aunque deja sin responder varias dudas importantes.

Así las cosas, me ha parecido oportuno transcribir el diálogo recogido o creado por el Gaviero. No deja de ser inquietante, por otra parte, pensar en que Maqroll resolvió dejar pormenor de un probable encuentro, ocurrido en ese momento preciso de sus vidas y no en otra de las inumerables ocasiones en que estuvieron juntos. Hay, en la vida del Gaviero, repetidas coincidencias de ese orden que no son tales y más bien se antojan turbadoras anticipaciones que denuncian un certero poder de jalar el hilo preciso en el ciego ovillo del futuro. Esta condición, que, sin temor a exagerar, podemos calificar de visionaria, cobra mayor evidencia en los temblorosos trazos de su escritura de ultratumba. Veamos, entonces, lo que este diálogo cualquiera que haya sido su origen y motivo, nos puede revelar sobre la accidentada travesía de estos dos seres singulares sobre los cuales he intentado dejar testimonio.

Diálogo en Belem do Pará

Maqroll —Me pregunto qué podría sucederle ahora, de regreso de los inciertos y nefantos territorios en donde llegué a pensar que se hundiría para siempre. Qué pasaría, digo, si, de pronto, se le aparece el barco con el que ha soñado toda su vida.

Abdul —Antes de contestarle, déjeme hacerle una aclaración que me importa sobremanera. Usted, junto con otros amigos y parientes insisten en hablar de un descenso cuando se refieren a la reciente fase de mi vida. Yo no lo veo como tal, ni lo he vivido nunca de esa manera. Para mí, ese mundo, dentro del cual viví años cargados de una plenitud incomparable, no está más bajo ni más alto que ningún otro vivido por mí. Darle esa calificación moral, es desconocerlo y distorsionar su realidad. En ese trayecto de mi existencia, me encontré con los mismos hombres, arrastrando los mismos defectos y miserias y las mismas virtudes e impulsos generosos, que el resto de los seres, habitantes del supuesto imperio del orden y de la ley. Es más, en el hampa, en la irregularidad y la miseria, que todo es uno, la parte generosa y solidaria de la gente se pone de manifiesto en forma más plena, más honda, diría yo, que en el mundo donde los prejuicios y las represiones y frustraciones, son un imperativo de conducta. Pero todo esto lo sabe usted tan bien o mejor que yo. No necesito seguir hablando como un predicador al uso. Respecto a lo del barco que me ha ilusionado siempre, pues, bueno, déjeme decírselo: sí, iría a buscarlo y trataría de adquirirlo porque siento que es algo que me debo a mí mismo. Pero si eso no sucede y el barco no aparece nunca, me daría igual. Ya aprendí y me acostumbré a derivar de los sueños jamás cumplidos sólidas razones para seguir viviendo. Por cierto, Maqroll, que en eso usted es maestro. Qué le voy a contar, por Dios. Mi *tramp steamer* arquetípico no es menos ilusorio que sus aserraderos del Xurandó o sus pesquerías en Alaska.

Maqroll —En verdad, tiene razón. Creo que tanto usted como yo, sabemos siempre de antemano que la meta, en cuya búsqueda nos lanzamos sin medir obstáculos ni temer peligros, es por entero inalcanzable. Es lo que alguna vez dije sobre la caravana. A ver si lo recuerdo: «Una caravana no simboliza ni representa cosa alguna. Nuestro error consiste en pensar que va hacia alguna parte o viene de otra. La caravana agota su significado en su mismo desplazamiento. Lo saben las bestias que la componen, lo ignoran los caravaneros. Siempre será así»[119].

Abdul —Nada puedo agregar. Imposible decirlo mejor. No sé, entonces, por qué, estamos hablando de esto.

Maqroll —Sólo intentaba confirmar algo de lo que, por lo demás, estoy bastante seguro. De sus hazañas en el Pireo con Panos; de la venta de alimentos, más o menos adulterados, para las naves que tocan en Famagusta; de ayudarle a la ruleta en Beirut para inclinarla hacia ciertos números; de sorprender la ingenuidad de los turistas en el Cuerno de Oro; de reclutar vírgenes remendadas para el burdel en Tánger; de cambiar dólares o libras a viajeros más o menos intoxicados con arak falsificado y de explotar dos pobres hembras sardas en las callejuelas de Cherchel; de todo eso y de mucho más que me callo, no queda la más leve sombra de culpa, ni tampoco el cosquilleo de haber probado el fruto prohibido.

Abdul —En primer lugar, no hay tal fruto prohibido, usted lo cita como puro recurso retórico. Luego, queda lo hecho, tal

[119] El texto que cita Maqroll se halla en *La Nieve del Almirante, op. cit.*, página 29. El mismo argumento, por otra parte, atraviesa todo el libro *Caravansary* (México, Fondo de Cultura Económica, 1981).

cual, sin calificación ni medida. Lo que se vivió como un fruto mondo, absoluto, devorado en la plenitud de su sabor y de su pulpa, listo para transformarse en el equívoco proceso de la memoria hasta ser puro olvido. Algo vivido así no puede dejar rastros de culpa ni ser sometido a la prueba de la moral. Eso es claro, ¿verdad?

Maqroll —Eso quería saber y escucharlo de la propia voz de mi amigo Jabdul, el consentido de Ilona, el devorado por Jalina, el iniciado por Arlette en las artes del lecho.

Abdul —Si no iniciado, sí, digamos, confirmado. Por cierto que no sabe, seguramente, que Arlette murió hace tres años y hasta hace unas semanas he venido a enterarme de que soy su heredero universal[120]. Ya iré algún día para reclamar esa herencia. No sería mala idea, pienso ahora, darle a usted poder para que vaya a hacerlo en mi nombre. Eso tendría mucho de justicia poética.

Maqroll —Déjese de lirismos justicieros, Abdul. Iré con gusto, pero no creo que haya mucho para reclamar. La última vez que estuve en Marsella, la estaban esquilmando un par de adolescentes bastante ambiguos, que se metían con ella en la cama al mismo tiempo. Se me ocurre que sin resultados muy apreciables para ella, pero sí, en cambio, para los dos efebos de la Canebière. Pero mire que acabar usted y yo en este infierno amazónico, bebiendo cachaza mediocre y cerveza tibia, sólo para pasar revista a empresas descabelladas y amores marchitos, tiene gracia. Eso sólo a nosotros puede ocurrir.

Abdul —De usted he aprendido, entre muchas otras cosas, a jamás renegar del pasado. «¡Lo que pasó, pasó!», le escuché un día exclamar alborozado, cuando nos encontramos en Martinica, a mi regreso del río Mira y de mi encuentro con *El rompe espejos*.

Maqroll —¿Quiere saber una cosa? Lo que lamentaré siempre, es no haberle acompañado en esa ocasión. No es fácil toparse, por los caminos del mundo, con un representante del mal en estado puro, del mal al alto vacío diría yo. Sigo insistiendo en que ese tipo se daba plenamente esa rara condición.

---

[120] Arlette es el personaje que aparece en el capítulo II. Véase págs. 199-200.

Mi amigo Alejandro Obregón no quiso concederle a *El rompe espejos* esa gracia. Para mí, que estaba equivocado.

Abdul —Sí, lo estaba, sin duda. Pero le debo decir que el encuentro con alguien así, representante del mal absoluto, tiene tesultados sombríos que hacen mucho daño. Trataré de explicárselo: Cuando me enfrenté a *El Rompe espejos,* cuando llegué a su guarida y cené con él; durante toda la noche que siguió, sentí, por primera vez en la vida, un miedo de orden puramente animal, un terror de bestia acorralada. Era un miedo que tenía menos que ver con la muerte misma que con la posibilidad de que ésta me llegase por obra de alguien así. Como musulmán, soy fatalista y de ese fatalismo he derivado una regla de vida. En la mansión de *El rompe espejos,* el fatalismo iba, allá dentro de mí, por un camino y las acechanzas de Tirado amenazaban, por otro, una zona desvalida de mi ser, desde la cual era impensable, hasta ese momento, recibir un ataque. No es fácil explicarlo. Era como si mi propia muerte sufriera una violación bestial. Estoy seguro de que usted me entiende y sabe de lo que estoy hablando.

Maqroll —Sí, creo saberlo, en efecto. Pero, primero, pensemos un instante en el nombre: *El rompe espejos.* Un espejo, y esto es algo que existe en todos los mitos de la tierra, un espejo no se puede romper. Un espejo refleja esa otra imagen nuestra que nunca conoceremos, ya se lo dijo Tirado; pero un espejo, también, es el camino hacia ese otro mundo desconocido, que para siempre nos estará vedado si rompemos el cristal que lo oculta. Tal vez sea el sacrilegio absoluto, el mayor desafío a los dioses, el más insensato atropello que pueda cometer un hombre, romper un espejo. Bien, respecto a su muerte a manos de ese sujeto, es claro que hubiera sido gravísimo recibirla en esa forma. Se trata siempre de saber qué muerte nos espera. No me refiero al aspecto puramente físico o doloroso del asunto. La muerte, venida de tales manos, no es la muerte que le tocaba desde siempre, la muerte que ha venido preparando durante toda una vida; desde el instante mismo de nacer. Cada uno de nosotros va cultivando, escogiendo, regando, podando, modelando su propia muerte. Cuando ésta llega, puede tomar muchas formas; pero es su origen, ciertas condiciones morales y hasta estéticas que deben configurarla, lo que en verdad interesa, lo que la hace, si no tolerable, lo cual es muy raro, sí por lo menos, acorde con ciertas secretas y hondas circunstancias, ciertos requisitos largamente forjados por nuestro ser durante su existencia, trazada por poderes que nos trascienden, por poderes ineluctables. La muerte que llega de manos de alguien como *El rompe espejos* es una muerte que afrenta un cierto orden, una velada armonía que hemos intentado imprimir al curso de nuestros días. Una muerte así nos niega alevosamente a nosotros mismos y por eso nos es intolerable. Más que miedo, lo que sintió entonces fue un profundo desconsuelo, una náusea esencial a terminar de esa manera.

Abdul —Sí, creo que da en el blanco. Mientras hablaba, he vuelto a vivir esas horas y a sentir lo que sentí entonces y puedo decirle que fue exactamente eso: un asco substancial a morir en esa forma y por tales manos. Exteriormente, estaba sereno y como flotando en la indiferencia, es un viejo ejercicio aprendido hace varios millares de años por mi raza de señores del desierto. Por dentro agonizaba de asco. No hay otra palabra. Pero no me diga que no ha sentido eso alguna vez en la vida. Usted, que ha sufrido pruebas que, a menudo, no consigo explicarme cómo ha logrado soportar.

Maqroll —Pues sepa, mi querido Abdul, que sólo recuerdo haber vivido en una ocasión algo parecido. Por eso me pesa no haber estado en el Mira. Fue una noche en Mindanao, en un atracadero de mala muerte, cerca de Balayan[121]. Después de dos días con sus noches de recorrer bares con la tripulación de un pesquero irlandés de nefasto recuerdo, terminé solo en un burdel de las afueras del pueblo, en medio de una red de caños infectos. Tenía más deseos de dormir que de otra cosa. Una muchacha, de la que sólo recuerdo sus pocos años y la voz aniñada y aguda, me acompañó hasta un cuartucho de tablas mal unidas, alineado con otros en el fondo de la casa. Caí en un sueño profundo, sin tocarla siquiera. Muchas

[121] Mindanao es una de las islas del archipiélago que forman en su totalidad las Filipinas, en el SE asiático, entre Taiwan y Borneo. Balayan (también «Calayan») es una pequeña localidad portuaria situada en la misma isla (19° 16' N y 121° 28' E).

horas después, me desperté sobresaltado. Mi ropa, con mis papeles, el poco dinero que me quedaba y un reloj, regalo de Flor Estévez, habían desaparecido. Tocaron a la puerta y entró una anciana desdentada, que bien hubiera podido tener cien años y que repetía sin cesar. *«Hundred fifty dollars, sir. Hundred fifty dollars»*, mientras sus ojos lagañosos recorrían el aposento como tratando de descubrir qué quedaba mío que hubieran olvidado. Pedí hablar con el dueño y ella salió repitiendo su letanía de los «hundred fifty dollars». Estaba en calzoncillos, sin ropa, en un sitio que, sólo hasta ese instante, caía en cuenta del antro siniestro y abandonado que era, sin poder comunicarme con nadie conocido y en manos del hampa más violenta y desalmada de toda el Asia y, tal vez, del mundo. A los pocos minutos entró el que debía ser el encargado del lugar, al menos así lo pensé en ese momento. Se sentó al pie de mi cama, mirándome fijamente con ojos de rata lista al ataque. Era un enano obeso, con cara aplastada y asiática de luna llena, picado de viruelas y dientes llenos de oro, que relucían en una sonrisa cargada de los peores augurios. Traía una camiseta pringosa con figuras de colores chillones y unos bermudas igualmente sucios, abotonados debajo de un vientre de hidrápico que le sobresalía como un tumor informe. Sin decir palabra se llevó la mano a la espalda, a la altura del cinturón y sacó un revólver calibre 32 corto con el que me apuntó a la cabeza. En ese instante me subió a la garganta el mismo pavor con náusea que usted sintió en casa de *El rompe espejos.* La rnuerte, mi muerte, no podía llegar por ese conducto innoble. En el rostro del tipo vi que esa forma de suprimir a los intonsos parroquianos que caían en el tugurio, llevados por un chofer de taxi cómplice, era para él una rutina normal. Una ira incontenible, desbordada, ciega, de pensar en morir en esas manos, rne hizo lanzarme sobre el enano, envolverle la cabeza con la sábana y apretar desesperadamente. Alcanzó a disparar dos veces, antes de morir estrangulado en estertores que me aumentaron el asco hasta casi hacerme vomitar. Una bala me rozó la mejilla, dejándome una profunda herida que sangraba profusamente y la otra fue a incrustarse en los tablones de la cabaña. Aún conservo la cicatriz, como bien puede ver. Salí corriendo por la parte trasera de la cabaña y, al llegar al canal de aguas negras que despedían un olor nauseabundo, salté a una canoa que estaba amarrada a un árbol, la desaté y, remando con las manos, empecé a alejarme del lugar. Llegué a una carretera. Algunos automóviles transitaban por allí de vez en cuando. Uno atendió a mis señas y me recogió sin hacer comentario alguno. Esto, también, debía ser normal y común en aquella zona. Le pedí al conductor que me llevara al muelle. Llegamos hasta la escalerilla del barco y subí precipitadamente. El contramaestre me esperaba en cubierta con cara de espanto. Le encargué que diera unos dólares al hombre del auto y fui a curarme en el botiquín de nuestro dormitorio. Al recapitular el incidente con mis compañeros sólo entonces caí en la cuenta de la ausencia de toda persona en la cabaña, cuando salí huyendo. Alguien comentó que esos lugares suelen estar abandonados a propósito, nadie vive en ellos. Por las noches, dos o tres mujerucas sirven de carnada y un par de malhechores esperan a la víctima que ha de traerles el chofer con el que operan en combinación. Allí sacrifican al incauto para desvalijarlo. Pues bien, ésa ha sido la única ocasión en la que estuve a punto de recibir la muerte que no me correspondía. Ésa cuya trayectoria y cuyo origen no estaba destinada para mí.

Abdul —Habría mucho qué decir sobre el tema. Por ejemplo: *El rompe espejos* era alguien mucho más elaborado y refinadamente maligno que el enano filipino. Es cierto que, al final, la náusea es la misma.

Maqroll —En efecto, la náusea es idéntica. Pero vale la pena tener en cuenta que el pretendido refinamiento que usted indica en Tirado, apenas constituye una débil máscara que cubre el mismo instinto de muerte, primario, elemental, desprovisto de todo lo que pueda significar el menor indicio de eso que se ha convenido en llamar «humanidad» y que, en el fondo, pertenece más bien al orden estético, a la *armonia mundi* de los antiguos.

Abdul —Ya que nos hemos internado por los vericuetos del arte de morir, se me ocurre algo que jamás antes había pensado: es muy improbable, casi imposible, que el mar nos brinde una muerte distinta de la que, como usted dice, nos toca desde siempre. Pienso que sólo en el mar estamos a salvo de la infamia que nos amenazó a usted en Mindanao y a mí en la pretenciosa villa del río Mira.

Maqroll —Eso sería tanto como pensar que el mar siempre estará revestido de una esencial dignidad. Tal vez sea mejor creerlo así. La verdad, no estoy tan seguro de ello, pero la tesis es atractiva y sirve de precario consuelo, pero de consuelo al fin.

Abdul —Ahora, de repente, caigo en la cuenta de que Ilona murió en el mar. Me pregunto si era ésa la muerte que la esperaba, la que le estaba destinada desde siempre. ¿Qué me dice de eso?

Maqroll —Primero, que no murió en el mar. Murió en un despojo tirado en las rocas de la escollera. Segundo, que creo firmemente que halló la muerte que le pertenecía. Nunca sabremos qué fue, para ella, Larissa. En todo caso, puedo asegurarle que no era el mal. Era otra cosa, pero no la pura maldad de *El rompe espejos* o del filipino. La prueba es que ella fue a su encuentro con plena conciencia de quién la esperaba en la cita.

Abdul —Ojalá tenga razón. Al fin y al cabo, yo no estaba presente y nada sé de cómo se ordenaron los hechos allá, dentro de ella. Hubiera dado no sé qué por haber conocido a esa chaqueña.

Maqroll —No hubiera sacado nada en claro. Sólo puedo decirle que era la desventura misma.

Epílogo

Que el diálogo antes transcrito tiene un palmario sentido premonitorio, es cosa tan evidente que huelga todo comentario. El mismo hecho de que el Gaviero lo hubiera consignado con tal fidelidad, nos está probando que, precisamente, su condición de pronóstico fue la que lo llevó a dejar testimonio de ese encuentro. Los hechos que se encadenaron para llevar a Abdul Bashur hacia el fin de sus días, sucedieron con tal presteza que bien pudiera decirse como el poeta:

Eso lleva menos tiempo
del que yo llevo en lo narrar[122].

Maqroll, a su paso por Lisboa camino a La Coruña[123], en donde lo esperaba un antiguo compañero de incursiones por

---

[122] Teniendo en cuenta la predilección del autor Mutis, tanto por Pablo Neruda (1904-1973) como por Antonio Machado (1875-1939), estos versos podrían provenir de algunos de los dos. Aunque también Saint-John Perse (1887-1975), al que Mutis leyó, comentó y tradujo en ocasiones, sería otro autor que podría considerarse como fuente. Esa forma de empleo del adjetivo determinante neutro («lo») hace, sin embargo, también pensar en algún autor del Siglo de Oro.

[123] La Coruña es un notorio puerto español situado en la región de Galicia (43° 22' N y 8° 24' O), al extremo NO de la Península Ibérica. La ciudad es capital de la provincia del mismo nombre. Los romanos llegaron a la Península en el siglo II a.C. y La Coruña fue establecida bajo el nombre de *Brigantium,* localidad ésta que fue visitada por el propio Julio César en 62 a.C. La ciudad constituye en la actualidad un importante centro comercial e industrial de España.

Alaska, para concretar juntos un recorrido semejante, en un pequeño carguero adaptado para el transporte de ganado, se enteró de la existencia, en la isla de Madeira, de un antiguo *tramp steamer,* armado en Belfast allá en los primeros años del siglo, que estaba a la venta por los albaceas de un rico naviero canario muerto recientemente. El barco se hallaba en muy buen estado. Por las fotografías que le mostraron, Maqroll pudo apreciar que se trataba de una auténtica pieza de museo. Voló a Funchal para hablar con los vendedores y ver de cerca el barco[124]. En efecto, era un ejemplar único en su clase que conservaba, intactos, los muebles originales en camarotes, oficina y puente de mando. Tenía un motor diesel hecho en Kiel, marca Krup-Mac, que podía prestar buen servicio por varias décadas. Sin pensarlo dos veces, el Gaviero firmó una opción de compra, que, por cierto, le costó baratísima. Regresó a La Coruña, donde convino con su socio todos los detalles del trabajo en Alaska que comprendería la costa del Pacífico hasta Vancouver. Viajó luego a Estambul para hablar con Bashur, provisto de fotografías del carguero, que había hecho tomar en Funchal. Al verlas, Abdul resolvió enterarse personalmente y, en caso de que le convenciera, cerrar de inmediato la compra, prevalido de la opción firmada por su amigo. Su primo estaba dispuesto a comprarle la mitad que le correspondía en el trasbordador de Uskudar y, con eso, pagaría su barco. Maqroll y Bashur viajaron juntos hasta Lisboa. De allí, el Gaviero partió a La Coruña para supervisar la reconversión de su barco en transporte de ganado. Abdul tomó el avión a Funchal.

Por una casualidad, muy común en nuestros encuentros, yo me hallaba en Santiago de Compostela, cumpliendo mi

---

[124] Funchal es una localidad portuaria de Portugal situada sobre la costa S de la isla de Madeira (32° 38' N y 16° 5' O). La ciudad se origina en torno a 1425, cuando se estableció en ella Joao Gonçalves Zarco. Convertido en sitio de paso obligado para las embarcaciones portuguesas que comerciaban fuera de Portugal, la ciudad ha poseído siempre un importante tráfico marítimo y la industria naval también ha tenido un período de apogeo en el pasado. La producción vitivinícola y azucarera ha tenido asimismo influencia sobre la ciudad. En la actualidad, el turismo se ha convertido en una fuente importante de recursos.

periódica visita al Apóstol, de cuya protección tengo feacientes pruebas[125]. Me enteré de que Maqroll estaba en La Coruña y una mañana lo llamé por teléfono al hotel donde solía parar. Quedamos en encontrarnos allá dos días después. Al día siguiente, en las horas de la tarde, me esperaba un mensaje de La Coruña pidiendo que llamase urgentemente. Lo hice de inmediato y, antes de preguntarle al Gaviero la razón de su urgencia, me dijo con una voz blanca que me sonó aterradoramente cercana:

—Abdul murió ayer en Funchal. El avión se estrelló al aterrizar. Había mal tiempo. Ignoro cuáles sean sus planes, pero me gustaría que me acompañase a recoger los restos para enviarlos a la familia.

Cuando llegamos a Funchal, el mal tiempo persistía. El pequeño Convair aterrizó sin mayor trabajo pero vibraba con el viento como una caja de fósforos. La policía del aeropuerto, advertida de antemano de nuestra llegada, nos esperaba al bajar del avión. El cuerpo de Abdul estaba reducido a cenizas, nos explicaron, y por esta razón lo habían colocado en una pequeña caja de madera. ¿Queríamos verlo? Respondimos al tiempo que no era necesario. El avión regresaba dos horas después a Lisboa. Teníamos tiempo de ir hasta la ciudad, pero el Gaviero propuso visitar más bien el sitio del accidente, en la cabecera de la pista. Nos llevaron en un jeep hasta allí. Un montón de fierros retorcidos y de restos carbonizados de láminas y tela se alzaba, informe, al borde del mar aún picado por la tormenta que acababa de pasar. Allá, al fondo, en una pequeña ensenada, descansaba la silueta del esbelto *tramp steamer,* con el casco pintado de negro y una delgada franja rojo cadmio en el borde superior. El puente y la sección de camarotes resplandecían con un blanco que se antojaba puesto el día anterior. Nos quedamos mirando largo rato esa aparición, que se nos presentaba como un indescifrable mensaje de los dioses. Camino hacia el jeep, volvimos a detenernos

[125] El texto se refiere al apóstol Santiago y a la ya clásica peregrinación, dentro del culto católico, a la catedral de Compostela (estilo románico/gótico, siglo XII), donde yacería la tumba de dicho apóstol y donde concluye la peregrinación del así llamado «Camino de Santiago».

frente al entreverado túmulo de hierros calcinados. Escuché a Maqroll murmurar en forma apenas audible:

—Ésta sí era tu propia muerte Jabdul, alimentada durante todos y cada uno de los días de tu vida.

No me fue dado entonces entender el sentido de sus palabras. Me llamó, sí, la atención que se dirigía a su amigo del alma con un tú que jamás usó en vida de Abdul.

En ese momento me vino a la memoria la fotografía del niño que contempla absorto con sus grandes ojos estrábicos de beduino, un montón de escombros humeantes, y las nevadas montañas del Líbano al fondo. Meses después, le llevé al Gaviero esa fotografía para que la guardara consigo. Me contestó, con la misma voz blanca que escuché por teléfono en Compostela:

—Es mejor que se quede usted con ella. Yo no sé guardar nada. Todo se me va de entre las manos.

Colección Letras Hispánicas

Últimos títulos publicados

529 *Desde mi celda,* Gustavo Adolfo Bécquer.
Edición de Jesús Rubio Jiménez.
530 *El viaje a ninguna parte,* Fernando Fernán-Gómez.
Edición de Juan A. Ríos Carratalá (2.ª ed.).
531 *Cantos rodados (Antología poética, 1960-2001),* Jenaro Talens.
Edición de J. Carlos Fernández Serrato.
532 *Guardados en la sombra,* José Hierro.
Edición de Luce López-Baralt (2.ª ed.).
533 *Señora Ama. La Malquerida,* Jacinto Benavente.
Edición de Virtudes Serrano.
534 *Redoble por Rancas,* Manuel Scorza.
Edición de Dunia Gras.
535 *La de San Quintín. Electra,* Benito Pérez Galdós.
Edición de Luis F. Díaz Larios.
536 *Siempre y nunca,* Francisco Pino.
Edición de Esperanza Ortega.
537 *Cádiz,* Benito Pérez Galdós.
Edición de Pilar Esterán.
538 *La gran Semíramis. Elisa Dido,* Cristóbal de Virués.
Edición de Alfredo Hermenegildo.
539 *Doña Berta. Cuervo - Superchería,* Leopoldo Alas «Clarín».
Edición de Adolfo Sotelo Vázquez.
540 *El Cantar de los Cantares de Salomón (Interpretaciones literal y espiritual),* Fray Luis de León.
Edición de José María Becerra Hiraldo.
541 *Cancionero,* Gómez Manrique.
Edición de Francisco Vidal González.
542 *Exequias de la lengua castellana,* Juan Pablo Forner.
Edición de Marta Cristina Carbonell.
543 *El lenguaje de las fuentes,* Gustavo Martín Garzo.
Edición de José Mas.
544 *Eva sin manzana. La señorita. Mi querida señorita. El nido,* Jaime de Armiñán.
Edición de Catalina Buezo.
545 *Abdul Bashur, soñador de navíos,* Álvaro Mutis.
Edición de Claudio Canaparo.
546 *La familia de León Roch,* Benito Pérez Galdós.
Edición de Íñigo Sánchez Llama.